天与安排

李金兰 著

广西人民出版社

广西 2014—2015 年重点文学创作扶持项目

图书在版编目（CIP）数据

天与安排 / 李金兰著.—南宁：广西人民出版社，2016.4

广西 2014～2015 年重点文学创作扶持项目

ISBN 978-7-219-09820-2

Ⅰ.①天… Ⅱ.①李… Ⅲ.①散文集—中国—当代 Ⅳ.①I267

中国版本图书馆CIP数据核字（2016）第 045035 号

策划编辑　吴春霞
责任编辑　林晓明
责任校对　曾蔚茹
印前制作　麦林书装
封面设计　广大迅风艺术
　　　　　　李浩丽

出版发行　广西人民出版社
社　　址　广西南宁市桂春路 6 号
邮　　编　530028
印　　刷　广西民族印刷包装集团有限公司
开　　本　787mm×1092mm　1/16
印　　张　19
字　　数　325 千字
版　　次　2016 年 4 月　第 1 版
印　　次　2016 年 4 月　第 1 次印刷
书　　号　ISBN 978-7-219-09820-2/I·1870
定　　价　41.00 元

序

曾读赵禹圭散曲《折桂令·题金山寺》，很欣赏其中几句：“长江浩浩西来，水面云山，山上楼台。山水相辉，楼台相映，天与安排。诗句就云山动色，酒杯倾天地忘怀。”虽为小令，却也豪迈。“天与安排”四字，成了非常契合我个人审美的一种意境：天地悠悠，人与自然同在，相互间的交集与融合，有着清晰、奇妙而动人的美。

现实有温暖的一面，也有冷峻的一面。生存难免有苦累，有厌倦，有悲愁。于是，我们离不开大自然，离不开缓慢的生活，离不开怦然心动的体会。我也离不开行走。所有的行走，一定是脚步、眼睛与心灵的同时行走。就像暂时被困惑与疲惫束缚的我，去寻找另一个清醒、明朗、自然、自在的我。我是众山之间的一座山、众水之间的一捧水、众树之间的一棵树、众鸟之间的一只鸟……并没有离开现实的土壤，我只是善于融入、善于触摸、善于聆听，热爱着该热爱的，疼痛着该疼痛的。物我之间的交流，只有局限，没有界限。

更多的时候，我待在活动半径只有五六十公里的生活地域中。这个地方叫作临桂，或者桂林。钟灵毓秀，这片区域的地理标志，一个是深厚丰富的人文，一个是秀甲天下的山水。的确有许多东西给我写，因为过去的积淀是如此丰美，现在的生活是如此的生动。比如，我写彩调，写舞龙，写舞狮，种种充满文化底蕴的民间习俗，从童年时代就记忆深刻，绵延至今仍不曾消逝。诸多尚未过去的过去，让贮存就像一口井，深挖下去，就遇到清冽甘甜的泉源。

我把各自独立的篇章，分入人间、行吟、物语、时光、素描五个系列。从对人、对物的理解与诠释，到对地域环境和生物生态的观察与认知，再到对人情物事的体验与思考。我最想要表达的，是对人世与物世和谐统一的归宿感与存在感。

我想过，如果文章也是树上结的果实，思想内涵是它的味道与香气，那么，语言呈现一定是大自然赐予的质地与光泽。十多年前，新散文论坛很活跃。有一段时间，常把文字放到论坛上。记得四川作家阿贝尔给我留下评论："文字有如森林般纯洁……"既是森林，必定是一个原生态的、纯自然的、物种纷繁的世界。那时，有一种深刻的领悟：作者与读者之间，懂得的人是瞬间就懂，不懂的人会擦肩而过。我希望能够写出森林般纯洁的文字，那即使不是命运的奖赏，至少也是生命中的愉悦。

英国作家毛姆曾言："美是奇异的。它是艺术家从世界的喧嚣和他自身灵魂的磨难中铸造出来的东西。"不论是生活，还是写作，都还有我尚未触及的美存在，或是错过，或是未发现，或是未抵达。我且当作一场等待。

2016 年 3 月 30 日于广西临桂

目　录
CONTENTS

第一篇　人　间

第二篇　行　吟

第三篇　物　语

第四篇　时　光

第五篇　素　描

第一篇

人　间

教父

仿佛恩师，仿佛父亲，仿佛知己，他以己身为灯烛。我尊崇他为教父。

——题记

一

被我尊崇为教父的，是清康熙三十五年（1696 年）九月生于广西临桂的陈宏谋，原名弘谋，后因避清高宗爱新觉罗·弘历讳，改为“宏谋”。他横山老家的屋边，曾有榕树一株，蟠枝若门，故号榕门，人称榕门先生。教父居官四十八年，任地方封疆要职三十多年，历官三府十二行省二十一任，政绩卓著，撰作宏富，被誉为“理学名臣，岭南儒宗”。他是清代广西桂林籍官员中官位最高、任官时间最长、任官省份最多而在民间影响最大的一位清官、名臣，同时也是著名的学者和诗人。

在我心目中，教父的形象，是从少年时代就开始了的。

那时候，陈宏谋在我父亲讲述的一则故事里生动着。父亲说，他是清朝的一位宰相，一个本乡本土的人。在一则趣味横生的故事里，他启迪了我童年的心智。

故事说的是雍乾年间广西受灾歉收，民间缺衣少食。地方官员为邀功讨赏，弄虚作假，说广西垦荒二十余万亩，连年丰收。陈宏谋得知此事后，直言禀报朝廷。朝中就派人调查此事了。也许是所谓的调查浮光掠影，又或者是水分文章早作好，反正事情几经周折而无果。

他知道不费些心思恐怕行不通。暗地里，交代了可信之人，拿米汤掺和蜜糖，在京城官员视察途经的一座石拱桥上，写了“广西受灾”几个大字。随后，了解民情的官员路过此桥，看见千千万万浓黑如墨的蚂蚁在桥拱上写字，惊得目瞪口呆。哎呀，了不得啦，上天都忍不住说话来揭穿人的谎言啦！这才深入民间查访，事情得以水落石出。从此广西灾民得以减轻赋税，休养生息。

我记得，故事是在春节走路去我外公家的途中听的。父亲眼神明亮地讲着故事，好像他曾亲历柳暗花明的过程。我和弟弟被故事吸引，之后路过一座石拱桥，就问是不是这座桥呢？父亲说不是。再路过一座石拱桥，又问，是不是这座桥呢？父亲仍然答不是。

那座桥在哪里呢？那桥下，是静水深流还是流水哗啦？到今天，我希望弄清楚而事实上没法弄清楚的那座桥，便永远存留在传说中了。

父亲说的是一种良心与智慧。教父之用心良苦，无非源于对民间疾痛的体惜。换个角度看，教父站在故事的背后，是一种思想，民本思想，或者叫作体惜。

二

等我长大，又过了多年，才知道幼年听说的陈宏谋故事，是真有其事。教父，为了拆穿“垦荒二十余万亩，连年丰收”的谎言，比我简单的想象费了更多的周折。

时间往前推移至雍正十一年（1733年），这一年二月，陈宏谋三十八岁，被提拔为云南布政使。尚年轻，正有为，理所当然的踌躇满志。只是，内心一角，一桩心事剪不断理还乱。

事情从雍正八年（1730年）说起。这年，教父带御史衔任江南扬州知府，获准从横山老家迎候父母来团聚。公务之余，有一些闲暇时光，为老迈的亲人端杯茶水，或者露个笑脸，照应个眼神，用方言拉扯一些家乡事，让他觉得安然。然而，谁能够预料得到呢？雍正九年（1731年）正月，他才三十六岁，父亲永辞人世。从此以后，再没有一双慈父的眼睛注视他的一言一行了。本来，他是要亲自送父亲回归故土的，但这样的愿望却是奢望。理由是“要地需人，令在任守制”。尽忠与尽孝，不能两全其美。

时间快快慢慢地过了一个年头。再一次的悲伤，猝不及防地来临，母亲也离开他到另一个世界去了。他突然发现，人身上一直有一块肉是没有与生身父母割开的。父母健在时，并不觉察。直到那唯一的时刻来临，终于都失去了，才意识到，心里割空的一大块一直在痛。隐痛。这一年八月，他请假并获准回故里，为双亲治丧。

离开家乡近十年，第一次回家。陈宏谋在料理父母丧葬事宜时，在家乡办了一所义学。那时的义学，也叫义塾，始于北宋，经过范仲淹倡导，开启了中国古代基础教育阶段免费教育的新风尚。这类学校，或由官员、地主出资在家乡开办，或依祠堂地租及私人捐款而设，对象多为贫寒子弟。素朴的陈宏谋，拿着讲义，亲自到义学里讲学，指导作文，鼓励家乡学子刻苦。他还经手捐献家里二百亩田产，做陈氏后人助学金之用，以鼓励家族子弟勤奋读书，并规定不准做任何开支。这一规定一直延续到民国年间。1940 年在横山村创办榕门中学时，征得陈氏家族后人同意，二百亩学田全部捐献给榕门中学。

在家乡度过的半年时间，陈宏谋听到并目睹了“垦荒二十余万亩”的谎言，并摸清了事情的来龙去脉。当时，任广西巡抚的金鉷为取悦朝廷，令已罢免的官员从事开垦，以所增粮赋作为复官的捐费。而急于复官者，便与在职官员勾结，责成百姓谎报“垦荒二十余万亩”。实际上，田亩并不增加，而赋税却加重了，百姓苦不堪言。此事关乎民生，一日不解决，便一日不得安宁。然转眼第二年春天来了，他又要从临桂出发，往云南就任布政使。

“莫做心上过不去之事，莫萌事之行不去之心。”他常告诫自己。而那谎言，自然就成了他心上的沟壑，横竖都过不去。临行前，他提笔，蘸墨，写起了奏疏，把事情禀报到雍正皇帝那里了。他在折子里写道：粤抚金鉷虚报垦荒，田地只仍此数，而赋额暗增，永为粤人子孙之累。宏谋回故里目击其弊，不敢缄默，据实酌陈。

一句“不敢缄默”，表尽心迹。他是想着，一粒稻种能够长成一串，而粤人的田亩，一亩生不出两亩。那事实上并不存在的二十余万亩垦田，是一个挑不起的“累”。

教父到了云南。他劝导农民保存肥料，改良土壤，因地制宜种粮植树；他改革铜厂旧制，增加铜厂工本，鼓励开新矿，除依法纳税外，任民众自由销售，使开采者更为踊跃，产量日增，自产铜取代了进口铜；他兴办和恢复义学七百多所，并亲身示教，编印《孝经小学》《纲鉴》《大学衍义》等书籍分发各地，使苗民子弟有书可读……边方之地，有得他脚不点地的忙碌。偶尔想起那“不敢缄默”而又鞭长莫及之事，直教人平添焦虑。

第二次密陈粤西二十余万亩垦田不实之事，是三年之后的乾隆元年（1736 年）七月。转眼间，连皇帝都换了。事情却依然搁着，悬着。

“行其有利于民者，去其有害于民者。”他不相信事情会到做不下去的地步。

乾隆二年（1737 年）闰九月，教父第三次向皇上疏陈粤西老百姓挑不起的“累”。这一次，乾隆皇帝自然是不耐烦了，说，关于广西垦荒之事，陈宏谋所奏与金鉷互不相同，朕已经降旨令督臣鄂弥达、抚臣杨超曾秉公确查，不得偏颇。现在，还没有个结果出来，身在云南为官的陈宏谋，原本并非分内事，应该静候，哪有反反复复说来说去的道理？实在是冒昧之至，固执之至，讨嫌之至。于是，乾隆一面怒责其“粤人屡陈粤事”，一面交办有关部门“严加议处，寻议降三级调用”。

还好，这一年的十月，鄂弥达等人终于查清真相。这个秋天，在滇为官的教父，是长长地舒了一口气吧。同年十二月，他奉旨进京候命。书上说，他离开时，滇中百姓依依不舍，泪眼相送。

三

十年前，导师指导我作《从陈宏谋教育思想探临桂人才的成长与发展》的课题研究，借此机缘，得以一步步走近教父的内在世界。

一壶清茶袅袅升腾的水雾，替我撤走隔朝隔代的阻隔。在文字擦亮的星空，言语带来温暖。能够找到可以超越时空说话的人，是一个人的福分。

“人才之兴，唯资教育。”此为教父一贯的主张。在多年的地方长官生涯中，他始终对教育格外厚爱。在他的年代，地方学校有书院和义学两种形式。他认为，“书院为育才之地，必使人务实学，庶望皆真才”。“义学宜城市与乡村并设，以诗书之气，化其嚣竞之风。”为振兴家乡教育事业，他曾捐资刊印了《十三经注疏》《通鉴》《通志》《文献通考》《小学正史约》及《五种遗规》等书，分发到广西全省七十二所义学和八所书院，供士子们阅读。他任江西巡抚时，亲自为江西四大学院之首的豫章书院拟了《学约十则》：1. 立志向；2. 明义利；3. 宜诚敬；4. 敦实行；5. 培仁心；6. 严克治；7. 重师友；

8. 立课程；9. 读经史；10. 正文体。这十条学则，豫章书院至今沿用。最难得的是他在《教女遗规》中提倡妇女接受教育："天下无不可教之人，亦无可以不教之人，而岂可独遗于女子也?"仅此一点，几百年后的今天，我依然想替女性对他鞠躬言谢。

他是把求真、务实、终身学习作为一条人生的底线来约束自己的。事事认真，时时唯恐虚度光阴，凌空蹈虚的东西便疏远了。"人自三十以后，阅历世事，看书倍觉亲切，所以眼光如铁锥着物，着即贯，贯即不脱，此书方为我用。予向以居官后读书，远胜于诸生时，诸生读书，喜其词华，及居官以后，乃服其义理之精切，可以坐言起行，正谓此也，忆世儒方以过此便难读书，毋怪终其身不知读书之益也，可惜可叹。"在他的思想观念里，学习不仅仅是少年、青年的事情，学习更是中年、暮年的事情。

教父不仅对自己严谨，对儿孙要求亦严格。乾隆十九年（1754 年），他的妻子杨氏携嗣子陈钟珂从福建回广西。他在进京赴陕西就任前，撰写家书一封，再三叮咛："到家以后，行止坐卧总不离书本方好。纵有往来酬应，稍可抽身即亲书籍。丢荒半日，必要补足，才可谓之好学。吾向年觉得外务皆可缓可缺，而每日工夫不可缓，亦不肯缺者，非不近人情也，心乎好之，乐此不疲耳。必如此才有进益。"

我第一次详尽地读到教父的文字时，正好三十岁。一种既疼痛又幸福的透彻感在骨髓中传递。之所以疼痛，是因为步入三十竟浑然不觉。此时他来了，举手叩门，提醒身后已经有三十扇门关闭了，而此后的门，需要积攒足够的智力去打开。说幸福，是因为我在适宜的时候，读了适宜读的文字，懂得应该懂的事理，终究不算错过。

四

说来也令人惊奇，我好几次拜访四塘横山村陈氏宗祠，天都不期而遇地下雨。不论春夏秋冬，去一次雨一次。所以，每一次都是在屋檐水隔断的宁静中，屏声静气地默读镶嵌在墙壁上的碑刻、墓志铭或者御赐诗文。必须剔除一切杂念，才可以接近教父。冥冥中，总有一种神圣的意念在牵引着我的思想。我愿意把雨水当作为我隔断喧嚣，为我洗去尘埃，为我剔除多余的杂念之物。在文字和精神的世界里，这里是我眷恋的地方。虽然，除了陈氏宗祠、碑刻以及从前大门口的石狮子，教父的故居连断壁残垣都不遗存了。思之，令人惆怅，令人惆怅。

听家父说，1960年至1963年，他就读的临桂中学就设在陈宏谋故居旁。当时，故居已遭遇北上攻打桂林城的太平军洗劫，乾隆皇帝特许建造的御书楼、书楼收藏的榕门公遗作《培远堂文集》和文集全部刻板，悉数化为灰烬。教父曾经出出进进的相府，只剩下断壁残垣。“文革”时，教父故居再度遭遇厄运。到如今，只剩下两只遥相呼应的石狮子，守着一片空阔的宅基地，似一种眷恋，不随时间推移而改变。

陈氏宗祠里，立着教父的画像。画像一侧，挂着条幅，上书——

圣 诏

朕离燕地驾幸江南
迟则十年早则五载
江山大事着陈弘谋协同刘墉秉公料理
各大臣见陈弘谋即如见孤皇耳
钦此

乙酉年春

那是1765年春天，乾隆皇帝南巡，就让陈宏谋代理朝政。屈指算来，教父此时，已走过人生将近七十春。人生至此，已是暮年，想必，受托于皇上，是很有些老骥伏枥、壮志不已的意味的。令人感动和感慨的，是信任，皇帝对于臣子的信任。这种信任，涵盖人格、品格、才识、能力、魄力等方面。

尽管，在北方人眼里，他不过是个南方人。被唐太宗称誉为“碧桂之林，苍梧之野，大舜隐真之地，达人遁迹之乡”的岭南，钟灵毓秀，怎么在北方人那里就是“蛮”呢？偏见！偏见！他真想破口来一场酣畅淋漓的大骂，只是君子当以沉默应对咄咄逼人，隐忍为妙。他挺了挺脊梁，像扑衣衫上的尘埃那样，抖落随着讥嘲而来的自卑。

与其争论，不若作为。“知必真知，行必真行，知道一字，便行得一字，知得一句，便行得一句，随处随时，反观内照。”“有志之士，正宜负笈从游，潜心下惟，讲求实学。”“从来经世之实学，济人利物，不以遇之显晦其心。”他穷尽一生，致力于实学。强调知与行的统一，执着有如夸父逐日，遂成了“理学名臣，岭南儒宗”。如此，在雍乾年间任外官内宰的四十余年间，他走到哪儿，就将开拓的犁铧延伸到哪儿。所到之处，对水利、农桑、河防、矿产、运输、社仓、义学都悉心考察，缕析筹划，夙兴夜寐，辛勤实践。

几百年后，我走过的地方，还有许多教父的痕迹可循。在我常常往来的临桂四塘乡，有教父带领乡民修建的水利工程“横山大堰”。在湖南，面对水波荡漾的洞庭湖，想起教父为了治理“与水争地”造成的水患，下令禁止“围湖造田”。在鼓浪屿面对海峡，我想起教父在福建巡抚任内，当地灾荒缺粮，他奏请乾隆皇帝解除航运定额之禁令，由台湾输入粮食赈济百姓。他了解到，福建民间出洋经商者众多，早先康熙帝曾一度禁止，后虽开禁，仍规定三年不归者不准回籍。撇开闭关锁国的危害不论，单从人性的角度，这一规定亦不近人情。陈宏谋启奏乾隆帝：“福建地狭民稠，多出海为商，年久例不准回籍，请令查实内地良民或已死妻妾子女愿还里者，不论年例，许其回籍。”乾隆帝批准了他的建议，为侨民称颂。……在教父的足迹里，有一种抵达，那是他孜孜以求的人生境界——“不负朝廷为民设官之义，不虚此生读书济世之志”。

这倒是令皇帝都刮目相看了。他任吏部尚书一年，又晋升协办大学士的乾隆二十九年（1764 年）秋天，或者是无意间一抬头，望见辽远天际掠过南飞的北雁，触景生情，君主与他的爱臣之间，有了一段关于边方话题的交流。

皇上问：“粤西本朝有中堂（宰相）否?”

他答：“边方僻陋，居官原少，尚书且未曾有，从无中堂也。”

皇上又问：“前朝有中堂否?”

他答：“止闻临桂有吕调阳，全州有蒋冕。”

皇上再问：“二人相业如何?”

他答：“未见设施。”

他在家书中把事情记下来，或许是有感于滴水之恩当涌泉相报，况天子厚爱。怎能不感激涕零呢?

他的另一层意思，应当是期望后辈才质可以读书，立志远大，毋苟安自足。

——这便是教父。有一段时间，我把自己当作他的一个不算遥远的亲人，读他的家书，读着，以抵挡人世间令我不堪的疲惫。然后觉得夜晚安宁，世间平静。

五

是在春天，单位组织去陈氏宗祠开展廉政教育。头一天是个雨天。早晨也看见一个阴天。但当我们踏进宗祠，当我们走到挂着陈宏谋画像的厅堂前，当大家列队在画像右侧，又把宣誓的廉政誓词摆正，不可思议的事情就瞬间出现了——太阳钻出云层，透过天井，亮灿灿地斜照在我们面对着的誓词上。

所谓的天意，应该就是这样的巧合吧。我相信，世间有一种不可知的精神力量存在，如同火光的温度，如同磁场的吸引，如同书香的流淌。

教父给自己定了《自箴十则》：谨言语以寡过，节饮食以尊生，省嗜好以养心，耐烦劳以尽职，慎喜怒以平气，戒矜张以集事，绝戏谑以敦体，崇退让以和众，慎然诺以全信，减耗费以惜福。从箴言中，不难看出其对于俭以养德的看重。

如此严于律己，与自幼的生存环境息息相关。他的家族，世代均为自耕农，家境贫寒。他在著述中说，“有薄田数十亩，雇佃耕作，所入不足以给”，又说，“吾父爱惜物力，最恶暴殄。百凡什物，安置如法，小物克勤，粒米必珍”。在乾隆二十九年（1764 年）九月十一日，陈宏谋在任吏部尚书职一年之际，写给老家亲人的信中，仍万般感念当初家人供他读书的艰难：“更念父母当年生我取名‘成儿’，望我读书成名，有如饥渴，几同登仙上天之难。”

正因为艰难，所以时时谨记惜衣惜食惜财惜福。乾隆三十年（1765 年）九月十五日，陈宏谋在京城度过了他的七十岁寿辰。他原想，铺张必然浪费，一切从简就好。然事前，乾隆皇帝北上秋狩，提前御赐匾额“硕望延祺”祝寿，不得已大庆一番。事后，他在家书中自责感叹：“九月寿辰事不容已，竟至戏筵六日！诸物甚贵，费至一千四五百两！……若以此银仿照大太爷前岁将所费作为修理桥路，岂不经久有益耶？悔之晚矣。”

又因为律己，便处处经心。教父曾在在乾隆三十年（1765 年）十二月二十六日的家书中说道：“凡事亦须各有专责，方免相持于前而又推委（诿）于后也。此间男女仆妇非不多家，而绝不肯关心，常见争执，最属可恨！总之家中无论上下老幼男女，亦无论才情短长，但求有一二人处处经心，肯管闲事，则尽可然省主人之心力，所得多矣。最怕者，不愁吃，不愁穿，也不念吃从何来，穿从何来……”推而广之，他由一己的小家，想到一国的大家，遂有“家与国无二理也，朝廷设官非不多也，而不以民事为事，止图‘自了’以为得计，则民不受官之益，反觉多官之为累矣。直谓之无良心可也”。

陈宏谋在繁忙的政务之余，笔耕不辍，为后世留下诸多精神食粮。他辑录了《五种遗规》：《养正遗规》以蒙学少年为读者对象，教他们读书、立志的；《教女遗规》以女孩为读者对象，强调了女德、女智教育；《训俗遗规》以士、农、商贾等为读者对象，教人处世做人；《从政遗规》专门指引为官者从政，要求上副圣训，下符民望；《在官法戒录》以胥吏为读者对象，提出“见善而以为法，见不善而以为戒”的要求。

清末，《五种遗规》被定为中学堂的修身读本。民国年间，《五种遗规》被定为官员从政的必读书。20世纪中后期，被称为“亚洲四小龙”之一的新加坡开展廉政建设时，也应用了陈宏谋《在官法戒录》的相关思想。教父在18世纪呕心沥血辑录的《五种遗规》，在21世纪的今天重读，仍令人深受教益。

在21世纪之初的2001年，堪称巨著的《救世：陈宏谋与十八世纪中国的精英意识》的出版，让一位两百多年前的清代汉族官员走进21世纪的世界视野。我想，必定是教父身上经久不衰的魅力，深深地打动了美国著名历史学家、美国霍普金斯大学历史系教授罗威廉先生。

六

1769年，乾隆皇帝仍在南巡中。教父因病几番请求告退，都被慰留。

1771年春天，教父病情加剧。一生把许多精力用来治水、治灾、治乱的他，已经力不从心了。此时，才被皇上允许离职还乡，谕令回籍后仍享朝廷俸禄。临行前，加封太子太傅，赐御用冠服，命其孙刑部主事陈兰森陪侍还乡。并诏令所经之处，地方官在二十里内照料护行。四月，他的船只到达天津一带，恰逢南巡的乾隆皇帝。

那一天，静静的京杭大运河水波不惊。

那一天，告老还乡的臣子邂逅南巡的天子。

那一天，天子与再无相逢可期的臣子相见，还一起商量事情。

那一天，在一场泪潮暗涌的离别中，天子题诗赠予他的爱臣——

北来恰值南返舟，邂逅因之觌而诹。
川楫已辞惜长往，风帆非利却难留。
归乡自东桑兮梓，释病当怡林与近。
雅忆岳阳楼记语，行哉宁忘退时忧。
粤西天末相望远，祝尔平安归里人。

扁舟一叶，渐行渐远。若能忘却退时忧，若能平安回故里，若能过一段亲近林泉的时光，那该有多好。可惜，天不遂人意。六月三日，船至山东兖州韩庄，教父倦得眼睛都睁不开了，枕边的书籍，连轻轻触摸的力气都没有了。他想，那就先睡一觉，醒来时力气会重新回来的。他闭上眼睛，沉沉睡去，似乎是在白屋里做着年少时去远足的美梦。

这个世界不再有他。

《清史稿·列传》卷三百七《陈宏谋传》篇尾，对陈宏谋的评论是：

乾隆间论疆吏之贤者，尹继善与陈宏谋其最也。尹继善宽和敏达，临事恒若有余；宏谋劳心焦思，不遑夙夜，而民感之则同。宏谋学尤醇，所至惓惓民生风俗，古所谓大儒之效也。于义督军储、策水利，皆秩秩有条理。大受刚正，属吏惮之若神明，然论政重大体，非苟为苛察者比。允随镇南疆久，泽民之尤大者，航金沙江障洱海，去后民思……

此为史家评价。

霜雪寒凉的黄昏，在与教父老家相距二十多公里的邻乡茶洞，我站在垦头村那座颇具古韵的门楼前，凝神仰望。镶嵌于门楼正中的“兰玉家声”谢恩匾，笔迹遒劲清秀，落款是“陈榕门先生题赠”。忆想当年，教父还是一个家境贫寒的青年才俊，苦于无法筹够进京赶考的盘缠，听说垦头村有一谢姓财主仗义大方，便徒步前往问借，得到慷慨资助。高中后，特来感恩还钱。但谢姓人家婉言相拒，并对陈宏谋说：“借钱给你，并非图报，只望你日后能做个好官，做个清官。”教父无以为谢，遂题匾以作纪念。而最好的感念，便是他用漫长一生践行了“做个好官，做个清官”。

人与人之间，最珍贵的，就是爱与和谐。法国诗人拉马丁在其诗作《秋》中吟咏：“也许众生中有我不知道的人/能了解我的心，跟我同声相应……”

现实中的教父，即是如此。当时当世的、后时后世的众生中，有许多他不知道的人，能了解他的心，跟他同声相应！

据《临桂县志》资料统计，明、清两代临桂中进士二百四十二人。陈宏谋考中进士的清雍正元年（1723年）是一个界线，之前三百年，临桂考中进士者不到六十人，之后一百八十年，临桂考中进士者超过了一百八十人。他的玄孙陈继昌三元及第，加上之后的三名状元，整个清代广西的四名状元皆出自临桂。

世上还有什么比好的影响更有影响呢?

丰子恺在两江

一

1938 年夏天，丰子恺来到抗战的大后方桂林，住到离城三十五公里的两江古镇泮塘岭村四十号，成为李宗仁在家乡创建的广西省立桂林师范学校（以下简称桂师）的美术和国文教师。重新拿起搁置十年的教鞭，算是安居定业。

长袍，礼帽，围巾，眼镜，青须，一眼可从粗朴人中认出的温厚男子，就是丰先生了。每天，沿着鹅卵石巷子出村，走野径到洛清江畔，过一座浮桥，上一段石阶到古城，再穿过一片松林，到学校教书。

新成立的学校，10 月 24 日才开学。典礼上，唐现之校长邀丰子恺讲演。盛情难却。他讲："我与诸君行过相见礼，并且共唱党歌。我们已由礼乐结合，成为新相知了。"桂师第一批一百三十八名学子，聆听丰先生讲相知难得：考试是百里挑一的，考取不易；诸位先生来自五湖四海，相识不易；战乱年代，能在山水如画的环境求学，得之不易。

典礼之后，丰子恺为高师班学生授第一堂课，讲美术的范围和学习法，教学生从写生开始绘画。彼时，学校正兴建校舍，便让学生眯缝两眼，观察劳作者形象，把握姿势，忽略细目，捕捉事物传神的一面。接着为简师班上第一堂课，过半学生举手，听不懂老师讲话。障碍是暂时的。过四天，再给简师班上国文课，为了让学生听懂带江浙口音的普通话，在朗诵之前，便用粉笔在黑板上写道："我教你们国文，第一步必须使你们能听懂我的话。"又强调，言语与文化密切相关，能够接纳和听惯各省言语，胸襟气魄会随之广大。一班学生，眼神惊奇而宁静地翻开教育厅规定用的第一册教材，第二篇正是丰子恺随笔《苦学经验》。温言良语的先生，文章都收入教科书了，做他学生，实乃福分。

一个循循善诱的师者，一开始就把学生当朋友或者家人看待，想要教会大家举一反三、一通百通的方法。但从那些摸不着头脑的表情望过去，茫然比领会多。这情形，到底是情有可原的。岭南偏荒，又逢战乱，就算念读过一点书，也是三天打鱼，两天晒网的。学生们埋头做事的精神可嘉，但不善于表达，在教室画画两小时，也不多言语，令人琢磨不透。直至相处日久，丰先生得知受聘浙江大学将成事实时，念及不知与百多名质朴的广西学生还有几许相聚之缘，才顿感留恋不已。

而在学生这一面，眷恋与敬爱的情感恐怕持续更久。我记得十年前某次采访，听已至耄耋之年的桂师学生杜金济回忆，说丰先生平易近人，授课的方式特别生活化。他在乡间看见农家大门贴着持刀执矛的门官，就叫学生也画门官，但是人物换成了勇敢的抗日战士，大家画得饶有兴味。在学校，学生有机会就进他休息间，看他画画。有一幅题名《重生》，画一蔸被人腰斩的树桩，抽出健壮的嫩枝。丰先生语气坚定地解释：中国是不会亡国的，新中国一定要重建。那一幅画，后来被收入《护生画集》第二集，画旁题诗："大树被斩伐，生机并不绝。春来勤抽条，气象何蓬勃。悠悠天地间，咸被好生得。无情且如此，有情不必说。"转眼间，连杜先生也不在人世了。我写这些文字时，想起十年前尚有一个苍老的声音唱起丰先生谱写的桂师校歌："百年之计树人，教育根本在心。桂林师范仁为训，克己复礼泛爱群。洛水之滨，大岭新村，心地播耘，普雨悉皆萌。"那岑寂的歌声，仿若久别的月轮，沉在某个未知的水井，现在被取水的人注视。过去那种间接的存在，令怀想变得温情。

二

安居乐业，只是相对于颠沛流离而言。

从1938年11月28日起，为了宣传保卫大广西，学校停课两星期。丰子恺与国学大师马一浮的弟子王星贤，负责抗日宣传壁报及漫画指导。任务布置给了学生，自己也亲自作抗战漫画。拿来示范的四幅作品中，有一幅表现敌机来临时，母亲背负脑袋不知何时被炮弹切去的无头婴儿往防空洞狂奔。不承想，漫画挂出来给学生示范时，遭遇哄堂大笑。起初，丰先生以为是自己把画挂倒了，同在教室的王星贤以为自己穿的新衣不对劲。却都不是。一问，才有学生答"没得头"。做先生的，那一刻大约觉得缺乏同情心的学生不仅肤浅而且可恨，却又不能放任怒火燃烧，虽然那情形实在无法谅解。

12月1日早晨，得知头一天桂林城遭遇四十架敌机狂轰滥炸，死伤两百余人。准备做漫画宣传艺术演讲的丰先生，终于借此近在咫尺的无情现实，把学生批得狗血淋头："昨天，昨天下午，你们那组人正在对着所画的无头婴儿哄堂大笑的时候，七十里外的桂林城中，正在上演这种惨剧……今天让我来讲漫画宣传技法，但我觉得对你们这种人，画的技法还讲不到，第一要矫正人的态度。一切宣传，不诚意不能动人。"那一顿狠狠的批评，大抵和寂静深处乌云擦出闪电相似。

有时候，刻骨铭心的鞭笞是最见成效的教育。第二天，挨过批评的学生老老实实地照着先生的十种样板，每人完成八张漫画，到村寨张贴，宣传抗战。丰子恺在家作画，听见炸弹声，走出户外细听。有个抱小孩的邻人问：敌人会否侵犯广西？丰先生回答："敌人在千里之外，只须防他飞机轰炸，像这回，桂林城里受难，你们乡下就很好。"谁知，邻人却说出令人刮目相看的话语来："要大家好才好！"言谈得知，此人小学大门槛都没跨进过，于是用尊敬的眼光目送邻人。

12月7日，学校安排另一组人到苏桥宣传抗战。丰子恺得闲在家，想到罹遇战火的缘缘堂藏画悉数被毁，便发心将抗战以来所作画稿选取较满意的，各重画一张，盖上"缘缘堂毁后所蓄"图章，供自己保藏。事情既然开了头，就非做好不可，画了一天，得画七幅。大约是太专注的缘故，先生右脚踩踏炭炉门时，不小心被侧翻的锅中米面汤水烫伤。擦了万金油，仍是疼痛。这可如何是好？按照计划，9日、10日是要亲自带领学生去两江圩宣传抗战的。幸好到了9号早晨，慢慢走，伤脚不觉得痛。上午先到学校集合，出发之前，与从南宁国民中学返桂的萧君交谈，有一番发自肺腑之言："我等生活不安定，在今日实是小事……今日吾民族正当生死存亡关头，多些麻烦，诚不算苦。吾等要自励不屈不挠之精神，以为国民表式。此亦一种教育，此亦一种抗战。"说过，就与另两名教师一起带领学生到两江圩宣传抗战。身着中山装的丰先生，一改往日长衫、围巾模样，与学生们穿行在闹市各条街道上，或张贴漫画，或演讲宣传。当晚，学生在丰先生联系好的两江戏院表演抗战剧。本心是想观看表演的，可惜那晚没有月亮，而居所离圩三里，加上走了大半天，脚痛加剧，没法看。他回到泮塘岭，即把学生宣传抗战的情景画成《看壁报》。

转眼间，新年到了。辞旧迎新之际，丰先生蘸墨挥毫，于是，"天下兴亡，匹夫有责；抗战必胜，妇孺皆知"的对联贴上了房东娘娘家大门。"爱国"一词，看起来高深空阔，本质上内容与形式都丰富实在，落在乡野人家的门脸上，就是本分人讲本分话的一副对联。屋檐下的人，借那红纸黑字表述的心意，步履和神色都添几分坚定。这一年的合家团聚，在离乡五千里外，比旧年添了在桂师开学第一天出生的儿子，逃难途中不期而遇的一枚果实，取名新枚。围着火炉吃年夜，心神也比浮萍飘零的旧年多几分安定。但这除夕的喜悦并不圆满。清清冷冷的冬雨，让他想起人间的不团圆了。

三

战火烧毁的缘缘堂已成废墟，连同曾经悠逸的日子，一去难返。转身离去的四十年，把丰先生推到了另一扇陌生的门前。若是自己乱了阵脚，便不得安然。渐渐悟出无常即是常，崎岖、波折、苦厄都当作历练。夜饮三杯酒，会仰卧了看星。不以吃苦为苦了。

从前，在舟车四通八达的江南，三里路远也会坐黄包车的。现在，不论北风扑面，抑或霜雪刺骨，每日来回走十里路去给学生授课，当作锻炼脚力。甚至，到五十里外的邻县永福寻找雇船，往返都风雨兼程。他的日记中，描述了自己带着两个女儿以伞做盾、顶着饥寒、埋头赶路的情景。天黑回到两江，换下被雨淋湿的衣履，"发炭一大盆，吃饭一顿，饮茶一壶，快活异常。今日视此泮塘岭四十号的陋屋为唯一之归宿处，无上之安息所，胜于石门湾缘缘堂多矣"。其实哪有以吃苦为乐的？只不过是历经苦境，更懂惜福罢了。

虽说江南人见多了精致典雅，却从不吝啬对岭南的平凡纯朴投去赞赏的一瞥。房东家的两扇窗格，是木匠用细条木拼接而成的"富贵长春"和"福禄善庆”图案。在丰先生眼里，这木格文字既雅致又牢固，兼顾了美术与实用。甚至，对暗藏机巧的大门闩抱以兴趣，临摹并旁加解释，作为存念。还有圩上卖的竹椅、竹篮、竹碗、竹饭包、竹烟管、摺灯，见到喜欢的便买，以为深得简朴原始趣味，自己用不完就送来访的友朋。他总是用艺术的眼光来看待民间诸物，那些实用而又带来美感的制造，但凡有三分可爱灵巧的，都偏爱。

两江特产，物美价廉。丰先生喜欢圩上卖的水磨小圆子，认为有家乡滋味。水灵灵的青皮甘蔗最讨他喜欢。起初，并不以为然。的确，甘蔗是那样生硬而不似水果的事物。但他家人喜欢，时常赞美其多汁而甘甜。到后来，也真心喜欢了。对于甘蔗的咀嚼，若从根部吃起，到尾稍会渐觉平淡冲和，若从尾稍吃起，则有渐入佳境的甜蜜。若不计较浓淡，大体是从头甜到尾的。

广西民间诸多原始生活相，成为丰先生入画的素材。两江盛产爆竹，十岁小孩背着婴儿燃放爆竹的情景走进了他的画。他感觉当地人家吃饭最有特色，于四四方方的火盆架上安个火盆，火盆上炭火散发着热与温暖，在火上架个铁铸的三脚猫撑脚，支撑一个什么菜都包容的锅，碗、筷、酒盅陈列四周。人落座，膝盖定然高出桌子。在冬天阴冷的岭南，以此身子蜷曲的姿势吃饭，全身都烤得到火。同时，就着火盆暖酒，烤红薯、芋头、甘蔗、马蹄，一边享受美食，一边吃聊、行酒令，那样土香土色、滋味绵长的情景，就呈现在《煨芋如拳劝客尝》等画作中。

比较一下，逃难之前，杨柳与丰先生的文、画甚至居所都关系密切。他赞美垂杨是最能象征春天的。逃难之后，那独立苍茫的松树，作为命运、境遇与境界的符号，屡屡入画。1939 年大年初一上午，他画了八幅画，题材各不相同，但每一幅的题字都是：“严霜烈日皆经过，次第春风到草庐。”画作中的松树，以与杨柳截然不同的姿势被描摹。正月初九，在桂师任课的最后一日，上午去学校，专程去与一片松树林道别。丰先生对这片离校两三百步的松林可谓情有独钟，每日进校前必先造访，将围巾、帽子挂在树上，然后如厕。最后的一次松林会晤，以依依不舍离去结束。七十余年之后，当初那片矮而密的松林，长到五六层楼高了仍不停止生长。我想起丰先生在其散文作品《大账簿》中，用“惜不胜惜”来形容人与物的情缘，实在是太妥帖了。那天下午，学校为丰子恺开欢送会。丰先生在告别讲话里说：“艺术不是孤独的，必须与人生相关联。美不是形式的，必须与真善相鼎立。”可谓句句不离本心。晚宴后，校工文嵩携灯，唐校长亲自相送。那一天，丰先生写道：“此情此景，今后永不能忘。”世上没有不散的宴席，但曾经的灯火，会守候内心某个角落。多年以后，我数次出入当初的桂师、如今的两江中学，有时候我会对着高楼边缘几排简朴的平房联想当年润物无声的课堂，或者在上了年岁的老树下发一阵呆，细听簌簌作响的枝叶，似在吟诵丰先生的言语：“我今年正值四十之初，在此执教，可说是吾真正生活之开始。故此校犹如吾之母校。今后远游他方，念及此校，当有老家之感。甚望诸君及时努力，将来各有广大真实之成就也。”那年他四十岁，不惑了。

四

受聘成为浙江大学教师的缘故，从 2 月底就准备离开了的。泮塘岭全村人都知道，丰先生将携家带口赴宜山。

那天是 1939 年 3 月 12 日，春风和煦。友人来寓所话别，丰先生送客到两江圩上。在熙来攘往的人群中，看见有人守着铁树卖，一角钱一株。就买下一棵，打算亲手种到租屋的空地。那棵铁树有些惹眼，路遇相识，人家都觉得不可思议：早不种，晚不种，而今离开已是不可改变的事实，还种，种了也没得看了。那天，必定是留恋之心教人想起了缘缘堂，想起从前每次外出回家，芭蕉鞠躬、樱桃点头、葡萄招手的亲切。所以，心里盘算着，将来抗战胜利，打道回杭州时重返此地，再来访旧居、认旧邻，那时会有一棵苍翠的铁树相迎如宾。结局却是一别永别。战火蔓延，最后是从宜山一路向西，不无狼狈地撤往贵州。

因舟车迟迟难办，启程的日子一推再推。心想，焦急亦无用，慢慢等，总会等得到。如果等不到，就继续待在两江。此时，心也安定了。

“桂师已辞，浙大未就，无职身轻，画兴又作。”于是，从 2 月 28 日在桂师授最后一堂国文课，到 4 月 5 日离开，整整一个多月在泮塘岭的乡居时间，成全了《阿 Q 正传》的漫画。此前第一次的画作于印刷中葬身火海。第二次的画作在邮寄过程中杳无音信。这是第三次画笔诠释鲁迅笔下的人物阿 Q 了。3 月 22 日，一上午画了十幅阿 Q，那个愁眉斜眼的阿 Q，猥琐卑怯的阿 Q，精神胜利的阿 Q，腰间别不了枪就别一个烟斗的阿 Q。下午一点，托人去寻得的船从洛河上游开到两江。准备装行李了，偏偏此时传来浙江大学的电报，说日内即派校车来迎。在一种欲行不行的起伏里，体会“君子祸至不惧，福至不喜。而况区区舟车之事，岂足以动吾心哉”？这一晚，继续画阿 Q。又过一星期，连冠首的序言都写好了。为防不测，又让人用薄纸铅笔逐幅印摹一套。此为收获。其间，另一件欣慰的事情，是收到夏丏尊转寄的弘一大师信，说在福建漳州闭关之后，发心重写在上海佛教居士林中被倭寇烧毁的《护生画集》。回想在两江教书的日子，他的所想所做，正与弘一大师所期所望相契。心情，好得跟春风吹开桃花似的。他亲手做了纸鸢，带着儿女到野外的草坪上放，像个老儿童，把什么都放下了。纸鸢扶摇而上，被风托着越飞越高。现在我们看到的画作中，风筝翅膀上还写着汉字——“胜利”“和平”。

七十余年过去，我每次沿着丰先生在两江走过的路径漫步，不论低头，还是仰面，都仿佛有一双慈悲的眼睛在。曾经深得他喜欢的洛清江，流水依旧沉静安稳。东岸渡口上那棵无患子树，年年秋天都结满龙眼大小的洗手果，这棵老资格的树，或许见过那个诗情画意的人拾起三四粒果，搓出细腻洁白的泡沫，洗他握惯画笔的双手。西岸那块风帆似的犀牛石，像一个永远不老的神话在等待什么。圩上，当年丰先生曾想哪天有兴致，去看一次桂戏的戏院还在，老旧得和一张现实版的民国时期照片一样，偶尔还有演出桂戏或彩调的。

几经周折，终于找到丰先生住过又专门在其著作《教师笔记》中写到的谢四嫂家的地址。现在，彼处已是种满桂花的园子了。曾经他在屋宇下读书写字作画吃饭睡觉的陋室，只余下土色山墙欲倒未倒，遮过风避过雨的瓦片，旧梦似的碎在花树下的泥地里。在桂花园近旁的一座老屋里，一个叫谢祥嫂的老妇讲，她过世的婆婆曾谈起，有一个画家一家人住过那边的房子。丈夫早逝的谢四嫂后来改嫁了，她不成器的儿子卖了屋，外出游荡，杳无音信。原本天井的位置有棵大柚子树，常有毛头小孩翻墙上树偷柚子，冒险得很，讨嫌得很，砍了。

村旁，百年老桂花树如伞如盖，三五村人石凳上闲坐。姓谢的中年汉子说：三十年前就已过世的爷爷讲过，村里曾经住过一个画家，画什么像什么。村人朴素，见过丰先生画画好，无人知他声名远播，无人缠他作画收藏，更无人知晓一个深情的艺术家把泮塘岭当作故乡。也许，村子四周随处可见的枝干遒劲的苍松知道，它们很愿意按照丰先生画集里屡屡出现的某种风姿，继续存在。

故园春秋

李宗仁故居坐落在临桂县两江镇浪头村。

据说，当年“桂系三杰”中，李宗仁故居为临桂县浪头村，黄绍竑故居为容县山嘴村，白崇禧故居为临桂县山尾村，三村名中的“头”“嘴”“尾”，正好与李、黄、白在军政中的地位相对应。李宗仁的“德”，黄绍竑的“谋”，白崇禧的“智”，构成了当年新桂系完美无缺的“三人行”整体，从1925年联合统一广西，至1949年各奔东西，彼此心有灵犀的默契合作，竟一直是蒋介石的心患。

在民间，风水与命运常为人津津乐道。寻常人家子弟，经过艰苦卓绝的奋斗，最终坐到副总统、代总统的官位上，李宗仁故居宅第被风水先生来回琢磨，也是自然。

一座山势险峻的马鞍山，是李宗仁故居的靠山。人说，马鞍山充满灵气，远观如天马行空，近看似骠骑长啸，山左有形似战鼓的古定山，山右有状如帅令旗的肖家山。宅第门前良田万顷，视野开阔。在这样一个地理环境中走出去的青年，后来在军中也是以精骑善驭、能征善战驰名。看起来，一切皆与上天冥冥中的安排关联。

故居门楼顶部正中，装饰着一座永远指着 9 点的挂钟。为什么是 9 点，而不是其他时刻？民间传说，当初制钟时，工匠认为，李宗仁已经成为“广西王”，又在国民政府中担任要职，主张指时正午 12 点。李宗仁的兄长李宗唐不以为然，认为日过中天接下来就是下滑阶段了，不如早晨 9 点的太阳，大有上升空间。此外，“9”在中国古代被认为是最大的数字，大写为“玖”，人们多用这一数字来附会帝王，帝王之位称“九五”，帝王称“九五之尊”，且与“久”同音，可谓寄寓深远。

现实生活中，故居的变迁、命运的浮沉以及背后鲜为人知的故事，它们貌似一些独立行走的线，其实暗中互相牵制，走着走着，就耐人寻味地交集在一起。

故居始建于清朝末叶。1904 年，李宗仁的父亲——当地颇有名气的塾师李培英，远赴南洋做劳工，后抗暴失败，返回家乡，深感在家千日好，出门事事难，遂将住屋起名“安乐第”。这是故居最初的模样，三开间，前后两进，极为朴素，是桂北民居常见的样式。

1921 年，李宗仁先在旧桂系军中从营长升为帮统，接着升为统领，不久再升任粤桂边防军第三路军司令。连升三级，可谓春风得意马蹄疾。这一年，故居第一次扩建，在原来的基础上，紧挨着“安乐第”北侧，建造“将军第”。

长久以来，李宗仁父亲做梦都想拥有一座宽敞明亮的学馆。为了达成父亲心愿，1923 年冬天至 1925 年秋，李家花了近两年的时间，在“安乐第”和“将军第”东面修建了一座学馆。这是故居第二次扩建。其间，李宗仁与黄绍竑、白崇禧合作，先后消灭旧桂系陆荣廷、沈鸿英等部，又击退了唐继尧滇军的东侵之师，统一了广西。此时，学馆竣工与李宗仁升迁的双重喜悦，让当时远在上海的李父喜不自禁，他提笔写信告知李宗仁，决定启程回家乡。孰料，在苏州途中，突然罹染霍乱，上吐下泻，一个已经将在自家学馆中传道、授业、解惑的梦想握在手中的生命，意外地失去了享受梦想的权利。

虽然，时局扑朔迷离，但由李宗仁兄长主持的第三次故居扩建却有条不紊，时间从 1926 年持续至 1928 年。此番大兴土木，在“将军第”与学馆北面建造了故居中极具规模的三进客厅，六横两纵的通道，将其连贯成一个回环相通的宾客接待中心。同时，还在两江铜岭开挖兆穴，为其曾祖母周氏、祖父李印廷及父亲李培英造坟。

李宗仁故居为土木结构，虽然在门扇窗格、楼台栏杆的雕刻方面，逊色于精雕细刻的江南园林建筑，但其石刻艺术却是颇具韵味的。汉族建筑中，在柱脚上垫一块柱础石是必不可少的，既为承受房屋立柱压力，也使柱脚与地坪隔离，达到落地立柱不因潮湿而腐烂的目的。普通人家，柱础石就是一个圆形石墩。只有家底厚实的人家，为了达到审美的目的，才在柱础上雕刻各种图案。如今，人们在李宗仁故居见到的各种柱础，称得上是整座故居中最值得欣赏的一部分。柱础石的形状，有鼓形、瓶形、兽形、六面锤形。雕刻的主题，有琴棋书画、麒麟送子、狮子滚球以及各种花鸟草虫。雕刻的图案花样繁多，有佛家八宝法轮、法螺、白盖、莲花、盘长、宝瓶、宝伞、金鱼，有民间八宝古钱、宝珠、玉磬、犀角、珊瑚、灵芝、银锭、方胜，有道家八宝鱼鼓、玉笛、宝剑、葫芦、药篮、紫板、芭蕉、荷花等。其雕工精湛，可谓非比寻常。

故居柱础、墙基、门楼以及造坟所需石材，均来自邻近忠宝村的观音山。

因时逢战乱，万事不得安定。李父灵柩早在1925年底就运回两江故里了，而李宗仁统一广西后，在马不停蹄的戎马倥偬中身不由己，让他无法抽身返乡料理父亲后事。接下来，又过了两个清明节，仍然未能返乡到父亲坟前燃香叩首。

到1927年8月底，北伐军在南京龙潭拉锯战中取胜，俘获“五省联军”总司令孙传芳部四万余人，北伐战争转危为安，国民政府得以底定江南，定都南京。9月，李宗仁终于回到故里。为了表达对祖辈的敬意，李宗仁在先祖的墓前各立置了一块高一百三十厘米、宽六十厘米的海石高碑。为近祖立碑祭奠当天，他一身北伐军通配的灰色中山式戎装，佩剑在身，英姿飒爽。他带来的卫队在墓前列队鸣放排枪，军乐队和乡村吹鼓手齐奏哀乐……也许，他以为这样的安排，是妥帖的、合适的，符合身份的，当哀事戴上荣耀的光环，也便成了哀荣。在哀荣里，他觉着一缕欣慰，继续北上。

我第一次参观李宗仁故居和李家祖坟，是在1986年春天。

那年，老师组织春游，参观李宗仁故居。我们登上了前院炮楼，从炮眼里眺望阡陌纵横的田野。在讲解员的引导下，在“安乐第”、“将军第”、学馆、三进客厅间穿行，在后院的水井、洗衣池、鱼塘、菜地间驻足，在屋后气势雄伟的马鞍山上拍照。因为是第一次参观，又要完成作文，观察自然是新奇而真切的。但讲解的东西记得并不牢，这边耳朵进，那边耳朵出。总体的印象，感觉阔大的宅邸像个迷宫，因阔大而气派，因气派而恢宏，因恢宏而张扬。老师让我们排队在正大门门口照集体照，背景是镶嵌着“山河永固，天地皆春”对联的大门。横额“青天白日”四个字，我一个都认不出来。以后去故居多了，听人说，1940 年 12 月 4 日，蒋介石夫妇来李宗仁家看望李母刘太夫人，见到门楣上的“青天白日”，嘴上不说什么，心中却有想法了。放眼望去，那个“青”字不像青字，倒写得跟个“李”字似的，如此一来，“青天白日”岂不成“李天白日”了。究竟是何居心？蒋的心里，横竖是不舒服了。人的心思就是这么莫名其妙，不在意则已，一在意就去琢磨，一琢磨就发现这啊那啊不对劲，一觉得不对劲就会起心动念，一动念头就会在心里种下迟早生根发芽的种子。后来蒋、李两人之间的貌合神离，其实早就埋下伏笔了。

看过了故居，老师又带领我们去几公里远的铜岭参观李家祖坟。巨石封砌，高大，巍峨，甚至堂皇，这是印象中的李家祖坟。我们搂抱着山岭上摘来的满怀的映山红，在青涩的年纪不染杂质地笑着，而背景，是一组高坟大墓。我后来又许多次进出故居。李氏家族的祖坟，却再没去过。旧事重提，缘于在故居的邻村，发现了一块告诫子孙碑。这是 1929 年之后，另一条少为世人知悉的暗线。而我知道这一线索的时候，时光已掠过八十年。

2013 年秋天，我蹲在忠宝村观音山山麓，慢读一则楷书碑文——

忠宝村大山后之观音山，历来皆系忠宝村管业，封禁年久，别无异言。不料，民国十五、六年，邻近之浪头村新出一军司令官，其兄以修坟之故，擅来开采我观音山之木石。吾村父老兄弟，当经叠次谏阻，奈为伊威势所迫，而吾中国又无中央主权，无从呼告，不得已隐忍，让伊开采。虽于完工后，亦为勒石，以示封禁。然吾观音山之惨遭凿丧者，为自古以来之第一次，而吾村人之被人威胁者，亦为自古以来之第一次，为此勒石，以示永远。吾子孙若稍有血气者，应须□各努力，以求能自树立，勿再受外人之欺凌也。是所深望云！时中华民国十八年仲春月之吉旦　忠宝村公立

二百二十三字的石碑，如同一个惯于沉默的老人，言语不多，然而透彻，让人能够透过表层看见内里。人海茫茫，我们常常不知道彼岸，甚至不知晓脚下的波澜。忠宝村老人说起，该碑所痛指者，就是近邻浪头村的李宗仁与他的胞兄李宗唐。当年，李宗仁的兄长派来湘籍石工，到该村自古就封山育林的观音山砍树伐木、开山取石。村中父老与之理论，对方却仗着李宗仁之势，不当一回事，竟开采了数月之久。

怨恨的疙瘩就此结下了。耐人寻味的是，此后几年时间，忠宝村的石碑又成了几条线的汇合点。一条线，是碑立碑卧本身蕴藏着的情感起伏，另一条线，是动荡时局中李宗仁的命运。

1928 年下半年至 1929 年 4 月间，蒋桂战争爆发。蒋指蒋介石，桂指李

宗仁、白崇禧，因李、白都是广西临桂人，其部队也多是广西人，故称桂系。北伐战争中，国民革命军各集团军都得到扩充，其中，第一集团军司令为蒋介石，第二集团军司令为冯玉祥，第三集团军司令为阎锡山，第四集团军司令为李宗仁。到1928年底，全国军队总数达二百五十万。此时，蒋介石以北伐已经结束、军队素质参差不齐、需要裁减军队、减轻财政负担为由，提出裁减和整编方案。其实际目的是要削弱别人、壮大自己，因而遭到反对。

话说1927年8月，北伐军打到长沙时，蒋介石曾主动提出与李宗仁结拜为异姓弟兄，蒋为兄，李为弟，“同心一德，生死系之”。此时，蒋在采取逐个削弱的办法中，首先动手的目标却是李宗仁。1929年3月，蒋指责桂系威胁中央，下令讨伐，又亲率三个军指向武汉，暗地收买桂系将领阵前倒戈，很快把桂系的三个主力军搞垮。与此同时，又以收买离间的手段，对付桂系在冀东的四个军。至此，桂系大败，广西另立新主拥护中央。消息传来，忠宝村父老当即议会于祠堂，公决立碑。当村人抬着这块高八十四厘米、宽六十厘米的石碑立于观音山前，一村人的感情里，真是既涨了志气，又泄了怨恨气。

世间事，也真是曲折多变。1929年10月，李、黄、白复入广西主政，并组建“护党救国军”，再次与蒋介石较量，这件石碑只好暂行倒置保存。不久，新桂系再次失败，此碑文又立了起来。

1930年3月，中原发生大混战，新桂系半路参加阎、冯阵营，联合讨蒋。6月，新桂系再度败回广西。但新桂系励精图治，营造“模范省”，提出“建设广西，复兴中国”的口号，使广西有所开明。接着，全国上下全面抗战，国难当头，李宗仁率领广西子弟兵北上投入了抗战，首战就取得了台儿庄大捷，振奋国人。到此时，忠宝村的族老一致认为，邻村的李宗仁伸张民族大义，对抗战有功，也多有德行于乡梓之举，是个识大体、顾大局的人，并非仗势欺人之辈。于是议定，从此不再竖立此碑。此碑也就一直匍匐在地，被土半掩埋，保存至今。

从刻碑，到立碑，到倒置，再到竖立，再到倒置，一块石碑的起起落落，映照着世人内心情感的起起伏伏。村里人说，李宗仁从未得知这样一块碑刻的存在。

有意思的是，1990年5月9日，李宗仁的公子李幼邻从美国返乡扫墓，当去到他母亲李秀文外家的村头村时，有知情者对他讲述了这件刻碑的故事。这暗地里的事情，令李幼邻惊讶。他说：“父辈是旧社会的人，难免做了一些错事，对不起乡亲们了。”

天空飞虎

天空也曾不空。

关于天空的记忆，大地留存。桂林城西，有一个秧塘机场。虽然，战争的硝烟早已灰飞烟灭，而“飞虎”飞过的痕迹，让秧塘的天空成了一本活的历史教科书。

秧塘机场旧址西侧，鸡公山上，十二重岩前，灌木掩映的洞口岩壁上，题刻着“飞虎队指挥所旧址”的中英文石刻，笔力洒脱遒劲，一如历史的深沉与厚重。据说这是著名书法家伍纯道生前唯一留刻桂林石山的墨宝。

进入岩洞，穹隆形的左侧石壁上，镌刻着《飞虎队指挥所旧址简介》：

1941 年夏，252 名美国志愿航空队员由陈纳德率领来到中国，支援我国的抗日战争，因该队以飞虎为队徽，故称为“飞虎队”。1942 年 7 月 4 日，美国志愿航空队改编为中国航空特遣队，1943 年 3 月 10 日，该队正式扩编为第 14 航空队，仍由陈纳德将军任司令。同年 9 月该航空队经过整编，将所属部队编为两个混合联队，其中第 63 混合联队辖第 28 歼击机大队和第 308 重型轰炸机大队，于 1943 年 12 月 23 日从昆明转至桂林机场驻防，担负防空和歼擎日本海上运输船只的任务。指挥部设在飞虎队旧址对面山洞，指挥所就设在这。……

往事有些遥远，距今已过大半个世纪。

那时候，桂林还是广西的省会城市。抗日战争刚刚开始，一切都始料未及。在中国南方这个水木清华的城市，天高，云淡，漓水清澈而宁静，浓厚的文化氛围仿佛冬日的阳光，滋润着小城的市民。南方小城敞开温暖的怀抱，俨然中国的大后方之一，迎接并抚慰着流离失所的难民。仿佛一夜之间，桂林人口从 6 万增加到 50 万。

于是，桂林成了日军的眼中钉，肉中刺，心中恨。

这是一座不设防的城市，尤其是它的天空。那时候，也没有条件设防。由此，也就注定它没法逃脱日军的虎视眈眈。

1938 年 11 月 21 日拂晓，21 架日本飞机在市区投下了重约 200 磅的炸弹。其中的一枚，落在广西省立图书馆门前的路上，另有两枚，落在桂北路 88 号居民门首和 70 号民宅前的马路上，死伤 7 条生命。事隔 9 日，51 架日机横扫桂林城，死伤 17 人。满街繁华，化作一地破碎的砖头瓦砾。24 日后，9 架日机再次尖锐地划破桂林的宁静，密集的炸弹再次造成 80 余人死伤……史料记载，从 1938 年 9 月 27 日至 1943 年 3 月 13 日，日军依仗其精良的设备，出动飞机 400 多架次空袭桂林，轰炸达 30 多次，投放爆炸弹及烧夷弹 1000 余枚，加上无法用数字统计的机枪扫射，造成居民死伤达 500 余人，被毁房屋楼宇 3500 栋以上。

那时候，我的父亲尚未出世，而我的伯父、姑妈们，或者在工厂做学徒，或者像跟屁虫拖在祖母身后。桃花江畔，我面貌英俊且沧桑的祖父，在桂林城西门桥下游与南门桥上游之间的地段做干货生意。他挑着担子走过瓦砾与血泊，他守着干货，听着流言，盼着主顾。那些噩梦多多的夜晚，有多少次被惊吓着了，哪怕他是天不怕、地不怕的男子汉大丈夫，也是难免一惊再惊吧。

因为战乱，我的祖父与那时所有的人一样，白天与黑夜都染上了忧郁的色彩。在惊悸与惶恐中度日，连梦也不安稳。柴米油盐的生存担忧，与流离失所的凄迷，以及生离死别的疼痛，是如此迫近！

据有关记载，1941 年 7 月 10 日，第一批美军志愿人员由旧金山启程支援抗日。他们护照上的身份五花八门，有音乐家、学生、银行家，也有农民等。还在缅甸的时候，陈纳德就把自己在中国所见的日机的作战特点、性能等情况告诉队员们，并对这支200多人的队伍进行有针对性的飞行、作战训练。1941年12月7日，日本偷袭珍珠港，太平洋战争爆发。志愿队移师中国，并在昆明建立基地。短短半年间，便以50架旧式的P－40型战斗机的力量击落日机193架、击毁地面日机75架、击伤40架的战绩，令世界惊叹。由此，新闻界在报道中，形容其为“飞行的猛虎”。陈纳德的这只英勇善战的队伍便有了一个响当当的美誉——“飞虎队”！

1942年6月11日，20天前刚晋升为将军的陈纳德意气风发地率领他战果辉煌的飞虎队来了。战机飞抵一马平川的秧塘机场。远远近近的百姓闻听此事，挺好奇，胆子大的便亲自去瞧一瞧来自异国他乡的“飞虎”。有道是天高任鸟飞，海阔凭鱼跃，那些蓄着胡须的高个子军人，是胆敢穿云渡雾过九重天的人，无怪乎他们的眼睛里流露着桀骜不驯的神情。那停泊在机坪上的飞机，模样也另类。机头上，漆绘着凶神恶煞的鲨鱼嘴巴，张开着的血盆大嘴，颜色鲜红，上下两排令人胆战心惊的尖牙利齿，似乎来自地狱。此翻阴森恐怖情景，非为别意，只为怯敌。据说，此乃陈纳德将军心理战术。其中的缘由，说是得知日本人对其周边海域经常出没的鲨鱼有着特殊的敬畏和戒备心理，故有此装饰。

飞虎队抵达秧塘机场没几天，不知是有意还是凑巧，日军的飞机又要轰炸桂林了。警报声把人们从黎明的宁静中震醒。飞虎队战机紧急起飞。18架日本轰炸机和战斗机杀气十足地从广州飞来，日本鬼子做梦也没想到，埋伏在桂林高空的飞虎队战机突然俯冲，杀了下来。敌机惊慌失措，乱了阵脚，四处逃散。飞虎队猛杀猛打，一举歼灭11架敌机。此情此景，让饱受轰炸之苦的桂林人痛快淋漓地长舒一口气。广西当局为飞虎队将士设宴庆功，表达真诚的谢意。陈纳德将军自然也为这一战绩而高兴万分，向上级报告“桂林最适宜强击作战”。此后，秧塘机场便成了飞虎队突击杀敌的前沿阵地，取得了惊人的战果。

1943年秋，飞虎队已经取得了中国战场的制空权。

难怪，日本华中方面军司令高桥在战后哀叹：“如果没有14航空队（即飞虎队），我们想去哪里就可以去哪里。”

可惜，世事没有如果。而同年9月，桂林沦陷前，飞虎队被迫撤离，机场随之被炸毁。

大半个世纪之后，我在漫山野菊盛开的季节，几次寻访飞虎队指挥所旧址。秋很深了，冬还有些浅，似乎这样的季节更适合怀念，也更适合来此地寻觅过往的记忆。

沿着蜿蜒小路，来到旧时机场一隅。上山。然后来到了曾经决胜千里的指挥所所在地。洞口外，那块陈纳德将军曾经站过无数次的突兀的大石上，刻着陈纳德将军的夫人陈香梅用中英文书写的“陈纳德将军观战石”。当年，陈纳德将军就是站在这块貌不惊人的石上，观看他的战士们驾机出征和胜利返航的。

有道是，自古英雄爱美人。美人又何尝不慕英雄？陈香梅祖籍广东，在北京出生及上学。抗战的时候逃难到香港，然后转赴内地，后来成为国民党中央社第一任女记者。当时在云南，身为记者的陈香梅因为英文比其他人好，所以被安排跑美军方面的消息，所以后来就跑飞虎队的消息。陈香梅跟“飞虎将军”陈纳德的第一次见面，是在昆明采访时。仰慕归仰慕，与爱情的来临也还有一段距离。许多年后，与人谈起第一次见面的印象，陈香梅说，她觉得陈纳德“非常英俊，并且很有抗日的精神。但那个时候还很单纯，根本就不会有其他的感觉或想法”。

抗战胜利后，1945 年 8 月，陈香梅被从昆明派到上海工作。陈纳德将军在抗战胜利以后就回到美国去，后来又到上海组织了一个航空公司。两人再次在大上海邂逅，才开始比较多地私下来往，谈起恋爱。陈香梅说：“那个时候他非常努力追求我。”在追求与被追求的过程中，人的心里总会有各种各样的矛盾。毕竟，两人之间，除了宗教、国籍等方面的差异，还隔着 33 岁的年龄差距。其实爱情不需要那么多理由。所以她说：“可是那个时候年纪轻啊，所谓爱情至上。觉得自己决定这样子做以后，就勇往直前根本就不去考虑其他条件。”

而在陈纳德将军这一边，又是怎样的情形呢？她说：“我想当年追求他的女人很多很多，并且多是很成熟的女人。”然弱水三千，取其一瓢饮足矣。这个目光坚毅的天空之子，他喜欢她的天真、纯洁，像一朵百合。

他们的婚礼在一个圣诞节时于上海举行。没有约请太多朋友。切结婚蛋糕所用的刀，是一名战败的日本将军送给陈纳德的。

这样的相爱，这样的婚姻，注定要成为一段传奇。纵然此后，一个早早离开人世间，留下另一个要独自面对风雨。虽然甜美的回忆是永恒的，但忆念时的痛楚亦在所难免。所以，指挥所洞口旁边的石壁上，还刻有陈香梅的另一幅题词，上面写道：“将军一去，大树飘零；壮士不还，寒风萧瑟。”读来令人唏嘘!

在山下，平坦的草地上，几个石碾随意躺着。这是修建飞机跑道用的压路石，大的有一人高，小的直径也是一米左右。当年，为了飞虎队的战机降落桂林，广西地方政府发动成千上万的民工，用泥土和碎石在秧塘机场修建了长达1800米的跑道。

这些石碾，在光阴的流逝中，以等待的姿势一如既往地停留在原地。似在等待，等待，等待像我这样的喜欢怀旧、喜欢凭吊历史、喜欢从往事中汲取一些沉淀下来的东西的人，静静地到此地一坐一下午。

还有那些故地重游的美国老兵！一拨又一拨来，人数一拨比一拨少。岁月难敌，他们已经不是当年桀骜不驯的青春模样了。

来了，还能够与为数不多的几个当年参与抢修机场的中国老百姓做短暂相遇，一同追忆当年的烽火岁月。他们过去工作在一起是为了战争，现在站在一起是为了和平。一位飞虎队老战士兴奋地走到飞虎队指挥所旧址前，张开双臂，做出飞机飞行状，嘴里还模仿飞机飞行的声音。

如今，在秧塘这片土地上，围绕着飞虎队指挥所旧址，建起了飞虎遗址公园。天空的记忆，在这里变得可以触摸起来。

族眷

一

我所见过的祖父，端坐在一张黑白合影照里，玄色长衫映衬着轮廓分明的五官，搁在膝盖上的十指有几分优雅地半握着，眼神明亮、目光沉静而极富穿透力。我父亲、二伯父、二伯母，小小年纪的两个哥、一个姐围绕近旁站立。这个沉默的亲人，他走了，而我未来。

我爷爷先后娶过两个女子。第一个祖母十几岁就嫁我爷爷，未生育。第二个祖母倒是繁花满枝，从我大伯父 1925 年夏天来到人世，到 1943 年秋天我父亲最后一个来到人世，十八年时间里，先后结下了五男二女七枚果实。

听伯父们讲，我爷爷擅长捕鱼，他知悉鱼群聚窝之地，游弋必经之地，能够准确地判断鱼情网位。他是吃苦耐劳的男人，和邻居结伴挑盐去大山里贩卖，遭劫，一伙蒙面盗匪举刀逼迫他俩放下盐担。无奈，为了保命，头上顶着匪徒扣下的蒸桶，在荒无人迹的深山里默默走几个时辰不回头。

解放前，我爷爷在桂林城南门桥一带卖干货，遭遇日机的狂轰滥炸。人到中年，不得不瞻前顾后。1945 年夏，城里待不下了，便撤回老家，和我奶奶拖儿带女往村后更远的越城岭山脉腹地跑。那一段“躲日本鬼”的经历，村里人习惯称之为“跑日本鬼”。

那时，我体弱多病的父亲才一岁多，据说在我大姑妈背上已经奄奄一息了，大约是我爷爷察看过，感觉脉搏和呼吸弱到几近于无，仓皇间决定舍弃。那个灵魂受惊的婴儿，成了从背篼里解下来的包袱，被一双战抖的手搂抱着，搁到路旁浓密的灌木丛后。爷爷、奶奶揪心地携带着其他六个从两三岁到十几岁的小孩，又逃了几里路，终究觉得不妥。无论怎样，都不忍心用这种方式丢那第七个小孩，即使是断了气，也要挖一个坑埋了，免得被深山老林里的野兽撕咬得骨头都不剩一块。我爷爷心急火燎地折返原地，听见他的骨肉正时有时无地低声啜泣。哦，天，他还活着，他注定还活着。一定是骨肉间的心灵感应，冥冥中将他的悲伤传递到亲人的心里。爷爷重新把这弱弱的生命背负起来，紧赶慢赶追上奔逃中的亲人。傍晚，抵达白涧卡，山里一户好心人家，拿出家藏的一抓白米熬了稀粥，喂给这个命悬一线的小孩，结果救回了一条人命。

二

我从未见过我的两个祖母。她们连画像也不曾留得一张给后人。曾有的温热，通过一个家族的延续间接存在。

我奶奶生育了七个儿女，命薄福浅，在我父亲三岁那年撒手人寰。而她娘家没有传承香火的子嗣，父母离世后剩一座空屋，人烟散尽。

我爷爷一个鳏夫拉扯大七个儿女，日子艰难可想而知。幸好，我没有生育的大奶奶虽然过世早，但娘家人情深义重，我表伯至今仍年年派人来请，我父亲仍年年春节去做客，情缘绵延。解放前，我大奶奶一个堂兄弟在桂林城凤北镇当镇长，接二连三地介绍我几个伯父进工厂当学徒。此后，我们这一族人就与机械制造中最古老的金属加工术打上了交道。

1939 年春节刚过，我十四岁的大伯进工厂当了学徒。而我的二伯、四伯、五伯，也先后步我大伯的后尘，当钳工。二伯后来做了桂林机床厂的车间主任、砂轮厂的厂长。四伯在老家镇上的铁工厂上班，后来盘下了一家打铁作坊。五伯在新中国成立初期当了三年兵，在部队做文员，转业到县里的农业机械厂，也当钳工。我父亲是兄弟中读书较多的，可惜，在他高中毕业那年我爷爷去世，他不想增加大哥、二哥的负担，终止了学业，回乡后当过一段时间老师。他说，不习惯当老师，后被派到县里的农机校学开大型拖拉机，遇到“文革”，拖拉机开得半生不熟，修车的机械理论倒是学得扎实，后来他走村串寨卖爆米花，那台膨胀机遇到什么故障，他都自己修。

按辈排序，我大爷爷家的三伯和我小爷爷家的叔，这两个亲人则与机械无甚关系。三伯一辈子生活在农村，面俊心善，劳得神，耐得烦，主持公道，张罗事情有条有理，村里舞龙灯、调狮子、唱彩调都由他做师傅，喜事、丧事基本由他主持。我叔叔做了国家干部，一直做乡镇和县直部门领导，正直，开朗，谨慎，律己，无私，是个国事家事事事关心的人。

到我这一辈，与我同祖父的哥和弟，又多半从事钳工或与机械制造有关联的工作。钳工，以及与之相对应的词汇如錾削、锉削、锯切、画线、钻削、铰削、攻丝、套丝、刮削、研磨、矫正、弯曲和铆接等，融入了亲人们的日常生活。对我而言，钳工台旁的作业是如此陌生。我无法将一件件理想的金属器物跟我的钳工亲人联系在一起，但我熟悉他们举手投足中的坚决，谨慎，果敢，细致，准确，恰到好处的分寸与力度。我所熟悉的，是亲人们一小部分的生活。

三

关于我大伯父，最深刻的记忆是他带回老家的糖。那时，代销店里一分钱一颗的纸包糖，对我毫无吸引力。而大伯捎回的应子糖甜蜜绵软，蛋卷香甜酥脆，让我尝到了另一种品质的糖，我觉得大伯真是值得炫耀的亲人。父亲说，大伯是柳州机械高级技工学校的老师，评得了教授职称，退休后学校还返聘他。

在我眼里，大伯眼神清亮，言语温和，人斯文。那时交通不方便，从柳州回桂林一趟不容易。亲人间难得相聚，血脉亲缘主要靠书信默默维系。我父亲收到的包裹，多半是大伯寄了半旧的衣服回来，他俩高矮胖瘦相近，父亲穿上大伯的衣服很合身。人世间，唯有兄弟姐妹，旧衣才是一个接一个地穿，授和受，都包含着牵挂与疼爱。对我而言，柳州是很亲切的城市，因我大伯一家生活在那里。尽管学生时代第一次去柳州就留下了坏印象，在去柳侯公园的公交车上，衣兜里的钱都被“拐子手”偷了去。

去年中秋，我和父母去涠洲岛漫游。我提议，返程时去柳州大伯家看看。父亲说，以后专门来吧。三个月后，接到父亲电话，说：“你柳州大伯不在了。”我心里咯噔一下：与我父亲同胞的七个兄弟姐妹，如今只剩下父亲和最小的伯父了。而我大娘，已先我大伯两年故去了。我记事起，她就从未回过我的乡下老家，我也从未去拜访过她。她是我大娘，可我们彼此一辈子也未见过。

我已经不可能更多地知道我大伯父了。连我父亲也说不出个一二，他去参加他大哥的追悼会，带回了一份悼词。人生真是奇怪，连亲兄弟，也要靠一份死别的宣告，来知道他的一生。

这份手写的悼词介绍我大伯 1939 年 2 月至 1942 年 12 月在桂林建国机械厂做学徒。之后九年，又先后在桂林唯一机器厂、祥丰机器厂、协大铁工厂做钳工。新中国成立后，到了中国人民解放军第 21 兵团后勤部修械所工作，仍做钳工。从 1956 年开始，大伯成了柳州机械工人技术学校的第一代建校职员，一直从事教学工作到 1985 年退休。由于表现优秀，曾被评为先进工作者。我大伯工作了三十年的单位，代表一种公正的立场，给了他这样的评价：“爱党爱国家，为人诚实，与人为善，遵纪守法，品质优秀。一生敬业，不犯错，不小人。他干一行爱一行，是个优秀的学校职员……”我轻声念出几句悼词：“他不追求轰轰烈烈，不以善小而不为，不以恶小而为之。”父亲在一旁说：“你大伯，就是这样的人。”

我问父亲，参加告别仪式的人多吗？

父亲说，不多，就你大伯的儿女、孙女，加上我、你叔、四伯家的春花姐和二伯家的桂斌哥，再加上他生前工作单位的代表，清净，炮都不放一串。这样也好。

四

二伯是最疼爱我们一家的人了。父亲读高中时每月六元生活费，大伯、二伯轮流出。1963 年父亲高中毕业报考航空专业，都去南宁吴圩机场面试了，最终因听力限制没被录取。那时周末他从学校去我二伯家，看见家里的洗脸盆补了又补。父亲觉得他大哥、二哥虽然有工作，但各自成家了，儿女又多，生活不容易，加上我爷爷在那年过世，便不再提起读书的事情。

父亲回到农村，过了很多年才结婚成家，生育了我们四兄妹。我曾先后两次辍学，与家境艰难不无关系。那年我参加中考，很想节约每日十余里路途往返的时间来读书，但知即使大胆跟父母开口，也是枉然。有一天，我竟通过一个信封、一张邮票，向我二伯的女儿表达借钱住校的愿望。信转到了二伯手里，过不久，父亲说你二伯出钱给你住校，他让你安心读书，考个好学校。

父亲多次讲到，二伯对我们一家是有恩的。那时候，家里做事的人少、读书的人多，沉重的负担压得父亲日夜叹息。天生一副热心肠的二伯父已经病退，他是钳工出身的机械工程师，去我小姑妈家考察，看见这个做炮历史悠久的村庄，几百年来纯粹用手工做炮，比如制作炮引，是将火药摊在炮纸上，再卷成细长的一条。他觉得手工耗时费力，那些工序完全可以通过机械的流水作业来完成。于是，他利用女婿在市郊桃花江畔的三层楼房做厂房，和我父亲一起研究设计出第一台炮引机。我去参观过，用机器控制自动完成炮引生产，比人工快速得多，唯一不满意的是有个别地方不匀称，他们几次改进，这个薄弱环节得到了有效的改进。我听说，机器生产的炮引卖给做炮人，还是受欢迎的。但是光是炮引生产得快，也不平衡，下一步，必须研制炮纸和炮引合成完整的一个炮，一个又一个的炮再合成串，合成封，合成卷。这个工作量就不是一朝一夕可以解决的。他们过着发明家一样的生活，不断地投入，支撑了近半年，产出的效益却有限。后来，这些机械都被搬回我老家了，我父亲可以一边做炮引一边兼顾干农活。再后来，二伯听说姑妈的村子出大事了，有户人家做炮失事致父死母伤，三个儿女炸死了两个，惨不忍睹。二伯果断地让父亲终止做炮，他说万一做炮出什么事情，一家那么多张嘴吃饭，日子怎么过？

我在桂林读书的五年，周末都在二伯家度过。与二伯、二娘有过诸多琐碎而亲密的接触。为了不让我懒惰，他让我一个人骑着他那辆高大的自行车去煤气站换煤气。有一年漓江剧院放映《开国大典》，他得了两张贵宾票，要我和他一起去接受爱国主义教育。二伯的耳朵在制止孙子放炮时被震聋了，戴上助听器也要大声讲才听得见。也许是担心我胆量小，怕我出不了众，便直言不讳：你以后当老师，讲话那么小声，讲课学生怎么听得见？为此我也就养成了讲话大声的习惯。在我心里，二伯是世界上最开明的人了，他的眼神和笑声可以赶走乌云。可惜，因突发脑血栓，二伯刚过六十就离开了人世。

我二伯离开人世二十年后，我二娘的腰椎终于弯得生活不能自理了。我四个下岗工人的哥姐商量，觉得送她去福利院生活更方便些。这个陪伴我二伯生活多年的亲人，我曾经与她在榕荫路 3 号那栋楼的顶层，一起喂养鸽子，一起迎送鸽子扇动洁白的翅膀在城市上空飞翔。在这唯美的体验背后，也有人心险恶的经历。二娘说，她去乐群菜市卖鸽子，遭遇骗子调包，一袋鸽子变成了一袋石头。她驼着背，拎着那袋沉重的石头，找到派出所报案。唉，什么结果也没有。转眼间，我有三年未见二娘了。想到过去她与二伯待我的种种好，便心存愧疚。虽然我哥姐说，住在福利院比住在家里好。

那是一个将近大雪的星期天，我带了糕饼水果，让我二哥带我去看二娘。福利院门口有一大群社会实践的工学院学生在拍集体照。绿树成荫的院子太安静了，这安静太冷清了。苏打水的味道充满楼道。进了一楼的一间房，看见面相慈祥的二娘躺在床上。床上盖着的棉被有个烟火烧出的窟窿。不知是谁烧的，怎样烧出的，露出的棉絮像人体肌肤一样白。二娘思维是很清晰的，她亲切地喊着我们的名字。聊天时，她手指了指窗外，说昨天，早先曾和她住过一间房的一个老人死去了。听着这话，我心里空荡荡的，她说着一个悲哀。这个悲哀的事实令她难过。窗外明晃晃的太阳，也不能减弱充斥着这个空间的阴冷与孤独，不能减弱曾与二娘同住一房的老女人在福利院死去的现实带来的凄凉冲击。二娘的表情平静，不起涟漪。哎，能有什么人与事值得她内心泛起涟漪呢？

五

四伯留给我最深的记忆，至今还在义江江畔他买下的那座打铁作坊里。

俗话说，天下三大苦：打铁、撑船、磨豆腐。三件苦心费力的事情，打铁排第一。20世纪90年代之前，农村人还一年到头守着田园过日子，打铁铺生意好。那时我四伯唯一的儿子还在世，不读书之后就一直跟着打铁。我和四娘去赶圩，要给早出晚归的四伯和哥送午饭。丁丁——当当，丁丁——当当，丁丁——当当，伴随着铁墩头上四散飞溅的铁花，我看见四伯以及他带出的徒弟们，被炉火烤成古铜色的手臂抡着大锤小锤，在此起彼落的捶打中挥汗如雨。犁、耙、锄、镐、镰、菜刀、锅铲、刨刀、剪刀、门环、泡钉、门插、角铁……人们需要什么就打制什么。在足够高的温度下，钢铁，这个坚硬的元素，通过一次次捶打，淬火，再捶打，再淬火，最后稳定成型。尤其碰上圩日，急用的主顾，都想快快将某样农具拿到手，便在一旁等，打铁的人只好抡着大锤小锤一刻不歇地锻打。也许是身子骨原本就不强壮，加上饮食不正常，我哥患上了严重的胃病，竟然无法治好，结了婚，小孩也没养上，二十来岁就去了另一个世界。记得哥离世后，我曾和母亲去邻村同一家族的人家送糕点，那年春节陪后来再嫁的嫂子回娘家，按着习俗去做事情。无法言喻的悲与痛，别人谁都无法替我四伯、四娘减轻一丝一毫。

我尚未出嫁的春花姐便留在家里，招郎上门。姐仍叫姐，姐夫叫哥。四伯仍然经营打铁铺，上门女婿便又跟着做学徒。日子一天天平平安安过下来。四伯、四娘起初住在村里，后来在镇上买地皮建了楼房，搬到镇上住。两老渐渐上了年纪，按理也该交由哥和姐打理家庭和打铁作坊，相互间分出主次，才可以避免矛盾。但四伯、四娘一贯事事做主，好强惯了。后来的哥毕竟不是四娘身上掉下的肉，各自缺少骨子里的爱惜与忍让，争执与埋怨如同老茧，越结越厚，磕磕碰碰地过了二十多年。

四伯上了年纪，居然查出患癌症，无底洞似的花了不少钱医治，最后决定回家试用民间偏方，病情好一阵坏一阵。我去看望，初见时他亲切地微笑着，坐在一起却不知该说什么。这个号称一把手的老铁匠，坚硬的铁块可以随他心意地变方，变圆，变长，变扁，变尖，可是无法让自己的呼吸变长。我走时说四伯您好好休养，话语却听不出力量。他大约已自知时日不多，油尽灯枯，生死置之度外，目光也不愿意送我了。渺渺茫茫的眼神，告诉我他正在远离这世界。

四娘是大户人家的女儿。人其实很好，聪明伶俐，在妯娌间属她嘴巴最能说。我母亲怀上我小弟时，遇上计划生育紧锣密鼓地进行，准备第二天去引产。被我四娘知道了，与四伯一讲，他们说怀都怀上了，怎么能不要，罚钱就罚，总之不可以去。后来四娘总说，我小弟全靠有他们才得生，取名得生好了。父亲嫌那两个字俗，最后换两个同音字。四伯过世后，每次相见，四娘总絮絮叨叨说我哥姐的不好。我能理解她的心境。

六

关于五伯、五娘一家的记忆，有很大一部分是和祖屋有关联的。

我家祖屋，是那条巷子里五座瓦屋的第一家，像一句话句首下沉的那个字。祖屋坐西朝东，人字屋脊，鳞鳞灰瓦，颇有些年岁了。屋檐下，安着破开的竹子接屋檐水。木屏风上，有几个拇指粗的孔洞，可以玩捉手指游戏。山墙上，有几个墙洞，给鸟雀筑巢生蛋育雏。小时候，村里有三户人家的屋子有阁楼。我家祖屋为其中一座，北边的骑阳是阁楼，有些年岁的雕花栏杆在风雨中露出摇摇欲坠的样子，拱形窗扇尚且牢固，木柱上贴着的楹联，虽日久年深但笔迹仍见遒劲清雅。

曾经，我家六口和五伯家四口人，热闹而拥挤地同住一个屋檐下。我家住右厢房加堂屋后，五伯家住有阁楼的左厢房。五伯在县城上班，一个月回一两次。五娘知书达理，可惜身体不好，稍微做点重活就喘不过气。我年幼不懂事，有次打扫，只扫堂屋的一半。五娘说，不对的，你扫干净这一半，另一半邋里邋遢，不好看。再说，扫地也不是这样扫，应该由下而上、由外而内扫，慢慢把垃圾聚拢来。她做了个示范，话里也没有责备，是温言良语的教诲，我便接受了。

我和五伯的女儿梅年纪相仿，我们结伴度过了无忧无虑的童年。我们一起在下雨天望着屋檐下的瀑布发呆，想象沿着细雨拧成的雨绳，一起攀爬到天上去。一起观察燕子在家里的屏风上筑巢。一起去山岭上摘野花，串成花冠戴在头上。一起带着各自的弟弟，去后山寻找落花菌、枞树菌、门稔菌。一起挑着箩筐，带着茅刮，去岭上扒拢厚得跟金地毯似的枞树毛。一起在某个午后沿着乡间土路，漫无目的地往镇上走，几次都在大桥上遇见梅的父亲，回想起来，大约是梅总记得在县城工作的父亲会在某个下午回家。

后来五伯一家搬到县城住。再后来，我考进城里的学校。有一天，我去看我的堂妹梅。那时，她已经病休在家，无法继续上学了。我不懂得安慰，在心里暗暗替她忧愁。她却似一朵傲雪的梅，笑得跟无事人似的。多么安静。堂妹梅把她写的两首歌词和改编的小说《香魂河》递给我看。我说拿回去看，慢慢欣赏。她说好。谁知道呢，那样的年纪，是因为桃花一样嫩薄而绯红的春天，还是因为一天一天不声不响吞噬生命的病魔，让她想起去写诗，去写歌，去编小说。她从什么时候开始，变成一个热爱文艺的少女了？我们没有相约过一起热爱文艺的，但却不约而同地热爱了。

那天分别时，我的堂妹梅将一个胭脂红的塑料壳笔记本赠送给我。在笔记本的扉页上，印着“少小灵颖多娇，长就万里鹏程”。那是梅就读的学校发给毕业生的纪念品。堂妹梅在那行字的底下，另添一行，说是转给姐姐留念。这便是我与堂妹梅的最后一次相见。多么不可思议，一个人在浅得比春草还浅的年纪，就已经明了生死，并且坦然接受死神带她去另一个世界。彼时，内心是不是已经有一盏神灯在照着她的路了？所谓一心一念，正是如此吧。

我工作后也在县城，只可惜，我那个圆脸、大眼、酒窝装满笑的可爱的堂妹梅，一生只拥有十四个春天。我们无从相见，已经数十年了。虽说，“年华虽短而忧患亦少”，却怎比得上真实地活过？当我在世界上承受着深深浅浅的痛楚，品着浓浓淡淡的悲伤，尝着短短长长的愉悦时，就算得失不平衡，我也总是想，如果彼此仍在一起，会有多么不一样。

我父亲说他小哥是兄弟姐妹中最不善言辞、最不爱与人交往的。我想，一个人愿意沉默寡言也没有什么不好。有些人滔滔不绝，旁人都巴不得他快点闭紧嘴巴。我走路经过五伯上班的厂房外围，却不曾见过他在车床旁工作的模样。五娘在市场中卖过干货，在厂区的空地上种过菜，一辈子都没法治好的哮喘病，日复一日地跟随呼吸。五伯似乎传承了我爷爷擅长捕鱼的本事，不论是撒网，还是垂钓，都不会空手而归。有一次天色已晚，我在清狮潭西干渠散步。我走过种满楮树的渠岸，夜色正笼罩着一个钓鱼人，我放轻了脚步从他近旁走过。等我返回时，不知何故，就想跟这个钓鱼人打招呼，问他得鱼否。意想不到的是，我才开口，就认出他是我五伯。他如此安静，仿佛他一生最爱，就是静静坐在水岸，和鱼说话。这是令人高兴的事情，我们不仅相遇于柴米油盐的厨房餐厅，我们也相遇于秋虫写诗的星空旷野，不是刻意的寻找，只是彼此内心的感应与呼唤。

记得日本著名俳句诗人小林一茶在《俺的春天》里，记他女儿之死："虽然明知逝水不归，落花不再返枝，但无论怎样达观，终于难以断念的，正是这恩爱的羁绊。"因着逝者的青葱可爱，使得活着的人，甚至情愿割让一段生命与对方共享。现实是，无论怎样怀念，人已走远。是不是，我五伯的不爱与人交往，也是受着恩爱的羁绊？如今，我留着曾有堂妹梅生命呼吸的文稿，不忍卒读。我的生命在没有她的时空里延续，我走在她无缘走的路途上，写着她想写而不及写的文字。快乐时，自然不必说；无常时，不论过得多么苦，都觉得是上天厚待。

谷与墨

一

祖屋四平八稳。香火堂上，最核心的位置端坐着“天地国亲师”，大红纸那一整块艳若朝霞的红，衬托着端凝庄重的墨色在纸上纵横。其上，“祖德流芳”的祖训，在一代又一代人心坎上无声响过。舍不得遗忘的诗书，比如《诗经》《幼学琼林》之类，经我祖父一辈读，经我父辈读，经我这一辈读，还在，纸色沉暗地停靠在香炉两侧，算是留存着种谷人的种墨梦。

祖屋的安稳，来自谷柜里饱满的稻谷，水缸里一日三担的井水，楼板上堆到瓦根底的干柴，衣柜里干净粗朴的布衣，床榻上厚得发实的棉被……吃的、喝的、烧的、穿的、盖的都不缺，人就心安，神稳，不担心噩梦作乱。

祖屋灵动飞扬的一面，在阁楼，在天井左侧。小窗面北，栏杆向南，望出去顺风顺水。虽然，松动的栏杆不能凭倚了，木柱上对联的墨色，也淡到几近无痕，但觉得，风还在那里藏着，气还在那里聚着。少年踏着木梯，一级一级向上，然后坐下来，闻着风吹来乡村的气味，翻开书读。

为什么会在黄墙灰瓦的土屋，选择建一个风花雪月的阁楼？

也许从记忆中的对联可以找答案——“古今来许多世家，无非积德。天地间第一人品，还是读书”。在阁楼上，与少年清澈的明眸屡屡相遇的，那一抹绵长的书香气息，熏染过我从未谋面的祖父，又温暖过我酷爱读书的父亲，然后，再流淌到我眼前。

读书积德。我祖上，也是世代怀抱着这样的梦想吧。到某天，筹建屋宇，就酝酿着造一个坐可纵情诗书、立可抱拥风月的阁楼。

虽然，小范围内，没听说我祖上有谁通过读书而平步青云的，但是，更大范围之内有，尤其是在临桂，这方“一县八进士，三科两状元”的水土上，更加不缺寒素人家出人才的生动例子，比如康乾年间宰相陈宏谋，民国时期代总统李宗仁，都有过一边放鸭一边刻苦攻读的经历。因此，种谷的人就会有梦想陪伴，说不定，将来哪天梦想就成真了呢？

二

我祖母早逝，祖父把前面的三个儿子都送到工厂当学徒了，老四去参军了，只有他的小儿子、我父亲，念到了高中毕业。可惜等不到我父亲上大学，祖父就过世了。因为小时候患病落下的耳疾，父亲最终没能够成为20世纪60年代大学里的学子。生命里擦肩而过的事情等在那里，让人久久地无话可说。

命运安排他种了一辈子谷。那就种谷。

习惯了辨别天色，选择戴草帽还是斗笠。不是怕日头晒雨水淋，是怕病。事情永远等在手上，身体垮了，头顶的那一片天也塌了。

出门带工具。镰刀、斧头、锄头、犁耙、箩筐、扁担、板车……父亲使用它们，它们也使用父亲。使来使去，不论轻重软硬，农具表面都越来越光滑。相反，父亲身体上的众多零部件，比如肩膀、脊背、指节、踝骨、脚板，却越来越粗糙坚硬，甚至变形，甚至疼痛。

躺床上了，还惦记着地里的活路。虽然只是农事，也非得统筹安排，一不谋划便乱成一团麻。本该清明时节做的事，挨到谷雨，季节就过去了。得赶在立秋之前把所有二季稻种完，晚了，这一年里剩下的光照就不够稻子成熟了。总是忙。比关心自己更多地关心旱涝，比牵挂儿女更多地牵挂虫害。为了稻谷的金黄与饱满，要花许多时间来预防抵御稻螟、稻纵卷叶螟、稻飞虱、稻瘿蚊这些危及水稻的害虫。

“快种快谷——快种快谷——”布谷鸟总在催，催人布谷，催人插田，催我勤劳的父亲不要厌，不要倦。

“西边的太阳快要落山了，鬼子的末日就要来到，弹起我心爱的土琵琶，唱起那动人的歌谣……”水田之上，父亲跟着牛屁股，让犁耙吃进半软不硬的土层，信口的哼唱被风吹远。歌声也会半途停下，换成施加给黄牛的吆喝。这时候，理想与现实、快乐与愁苦，在一幅春耕秋收的水墨画里，亦雅亦俗地交织在一起。

三

种谷得谷，种墨得墨。要逾越其间的界线，不容易。

从前，在铺一层干稻草的床榻上，绣着“大海航行靠舵手”的枕边，我趁父亲不在家时偷读过他的小说稿《一个养鹤老人》。上面压着1982年的《小说月报》。我记得那本杂志上载有张承志的中篇小说《黑骏马》，一读再读，结果，在浅浅的年纪就被令人震撼的文字摄了魂魄，在无人知晓的忧郁里，过早地体验了梦想的爱情或者广义上的美好生活在今生今世是多么的难逢。止不住的泪，湿了少年人单而薄的衣衫。而父亲的小说，只写了一页多信笺，是故事的开端，有铺垫，有伏笔。如果那情节曾经完全铺展开过，也只是父亲脑海中的画卷罢了。

事情就如此这般不了了之了。他生命中，那个开了头的故事，没有结尾就成了最终的结尾。林子里的路分两端，他只能在既定的路上陀螺一般运转，以失去越来越长的光阴为代价，换取从容与睿智，来温暖儿女的美梦。

不知从何时起，他夜半的叹息慢慢减少了。也许是因为母亲埋怨，又或许是他终于豁达：那出自深心的灵感与智性浸透在汗水中，用来浇灌又何妨？水稻收了一茬再种，种了再收，把五谷当作诗歌一样的文字来收割就好。这样想，谷里就含着墨香，墨里也凝着谷韵。

慢慢地，做农民也做得游刃有余了。那时候，杂交水稻取代了传统水稻，父亲好些日子乐得合不拢嘴。后来，有了抛秧技术，父亲是上下村中第一个吃螃蟹就尝到了甜头的。他总是说，没头脑没打算，做农民很吃亏，辛苦种出来的东西烂便宜，不值。打打擦边球，人无我有，人有我优，有意地超越常规，才有出人意料的收获。所以，每年交公粮，卖余粮，粮所的人少不了赞赏我家的谷子。他种的反季节蔬菜也招人喜爱，人家打电话订购，甚至都到地里抢着要。六十岁了还做跨省商人，从广西贩运甘蔗到湖南卖，而促成父亲敢这样冒险的，是我小弟在那年考上了值得他欣慰的大学。在外省落脚的地方，结识了一家私营企业的经理，很热心地为他提供了取暖、借秤的方便。父亲到底是个容易被细节打动的人，就想拿一蛇皮袋柚子当礼物送，却没送出去。事后，父亲诚心诚意地打电话去感谢并问候远方的朋友。“生意好做，伙伴难寻。”他话里满是感叹。有好人可相遇，算是他寻常日子里的幸福了。

四

种谷，是父亲日常生活的正面。种墨，是无缘再圆的梦，是侧面，在生活的角落里风雅地蛰伏着。

他读书的习惯沿袭多年，捧着好书，书卷气就聚拢过来了。一面读着《红楼梦》《飘》《老人与海》《基督山伯爵》，一面读着《南方反季节蔬菜的栽培技术》《果蔗高产管理》。文学书籍始终是他的阳春白雪，农科读物则是他的五谷杂粮。忙碌的间隙，文字的光芒带来与金黄的谷粒全然不同的另一种安宁的幸福。

所有的阅读终归是见缝插针的。为此，要跟一阵又一阵袭来的疲惫对抗。上下眼皮打架了，文字像太阳底下的光圈晃荡不定，人也就靠着屏风睡了。不知道过了多久，膝上的书啪的一声落地，才把他惊醒了。

“哎哟，怎么睡了。”他把嘴里忘了吞咽的口水送进了喉咙，又从地上捡起书，拍了拍灰尘，像自言自语，又像跟他女人交代说，“得去看看野狗冲那块田里的水干了没有。”顺手从门柱的钉子上取了被雨淋黑的草帽扣在头上，前脚已经跨出大门门槛了。我母亲在背后追问什么，听起来总觉得黏糊。

此时，一片即将灌浆的水稻成了他的牵挂。

成了他牵挂的，不仅仅是水稻，还有豆棚、瓜架，以及为耕田而圈养的牛，为利用谷糠而养的猪，为了逮老鼠而养的猫、狗，还有让他操碎心的儿女呢。

五

启蒙的时候，父亲花费不少时间给我们讲《西游记》《水浒传》《薛仁贵征东》《薛仁贵征西》。

我们长大一点了，他又适时地用他的经典语录教育自己不用心学习的儿女。

语录一：“自己吃饭自己饱，自己读书自己巧。不正经读书，就老老实实回来耕田。”

语录二：“读书不上不下，干脆不读，读也是陪人家读。”

语录三：“你是拿我卖血卖汗的钱去读书的啊，你看看你得这点分数?!”

人言，灯不挑不亮，话不说不明。那些刺激人的语录，比举过头顶的鞭子更凌厉：先摆明道理给你听，做农民日子艰难，好好读书就有机会跳出农门；其次是说稼穑艰难，念好书更艰难，因此必须争上游；另一层含义是说，我拿血汗给你换前程，你不长智慧没出息，就永远愧对我。

做儿女的，不打算重复父母那样的苦与累，也不甘愿傻乎乎地陪人家读，更不敢掉以轻心虚度光阴、糟蹋爹娘血汗钱，所以，就把父亲的话当作磨刀石，把自己越磨越利。

不管是有心栽花，还是无心插柳，父亲种墨的念想，在远离他生活现状的地方，一点也不比他少地在儿女的血脉里蛰伏着。

蛰伏并成为梦想的延续。所以，过去的几十年，父亲种谷接二连三地种出大学生。

这样的延续，使我想起了国学大师季羡林的话：“每一代人都有自己的一段路程要跑。如果人生真有意义与价值的话，其意义与价值就在于对人类发展的承上启下、承前启后的责任感。”

我父亲，算是直接种谷，间接种墨。谷中有墨，墨中有谷，也是境界。

寻寻觅觅

一

“咦——好厚的霜哦!”起早的人，踏着霜经过我家小楼侧面的巷子，去挖甘蔗了。

是在乡间，星期天，一醒来就听见夹杂着感叹与担忧的脚步声纷至沓来。心里清楚，霜一重，就会有东西被冻伤冻坏，就会遭遇损失。习惯了，因为地里的甘蔗而对霜敏感，每逢冬至，在凉意浸骨的夜晚预计霜将来临，哪怕不在乡间也不能安睡。

蓦然，在瓦楞上嘈杂雀跃的喜鹊，很突兀地衔来一个游移不定的声音：“你母亲呢？你母亲去哪儿了？”声音凝滞而老迈。

然后，我听见了我母亲的声音：“我母亲不就是您吗？就是您啊!”

此刻，我母亲脸上挂着怎样无奈与惊愕的表情？她是盯着她母亲看呢，还是只顾着自己忙碌？我90岁的外婆是一脸茫然还是一脸惊讶？一个人活着活着就活到连自己是谁都忘了的地步，大约距离告别的时刻就不远了。令人不安的念头掠过，有着迎风踏霜的凛冽。或者是，这个疼爱我的女人昨夜心有灵犀地梦见我回到老家了，所以她早早地来看外孙女。只是昏花的老眼令她再也分辨不出事物的轮廓与棱角，一切仅凭感觉。

“婶，你去哪里回来？弄得水鞋上沾了这么厚的泥？”我母亲和她两个同母异父的弟弟一直称呼亲娘叫婶。

“不懂得耶，去哪来了我？……家里的堂屋好泥泞。”

“咦……你真是，乱讲什么呀！”我母亲不悦地掐断了她母亲不可理喻的话。

哦，这个我又敬又爱的朴素女人，老糊涂了。不知在何时，从花的眼皱的脸白的发，到疏松的骨头健忘的记性苍茫的心境，都越过了老气横秋的界限。入冬了，尾声染上了霜白雪冷，让爱她的人不接受也得接受这样的结局。

庭院里两个是我生命源头的女人匪夷所思的对话停下来了，剩下我的想象与记忆继续逆流而上。

二

外婆的出生地村名叫步洲，澄江如练的水边村子。曾经，她是渡口上临水浣衣的窈窕淑女，天真过，可爱过，怀春过，梦想过。90 个 365 天的日积月累，到头来，似冰雪消逝。春天不复来临。

她从来都不是个故步自封的人。如果不如意，她宁愿改变。这一生，为了寻找想要的幸福，她先后嫁过三个男人。

第一个男人，有一张血色红润的脸，是我母亲的亲生父亲。印象中的场景，是他在一个个村庄的大树下，摆开药箱子与剃头用具，或者替人望闻问切，或者用飞剪给人理发。我去他家做客的时候，屏风上挂着经他医治的患者赠送的“华佗再世”“妙手回春”之类的锦旗。

第一次的婚姻，最不尽如人意的大约是生育困惑了。她生过八个孩子，先头七个都是在缺衣少食的旧社会出生的，从母腹中落地，有的未及睁眼，有的或长或短地见过些天日，最后都化作柔软的泥土回到大地的深暗处。一而再，再而三的来临与离去，生生死死，死死生生，最后成了心伤。

一个男人会怎样对待一个养不住儿女的女人呢？这实在是不得而知的事情。旧时农村有命硬之说，谁的生命中，不幸遇上了美好的事物想留留不住，就说谁命硬。彼此水火不容，相克。克父，克母，克夫，克妻，克子，克女。这硬，总把人间的好物品碰碎了。直到新中国成立了几年后，外婆三十几岁的年纪，我母亲降生，并且健康地活在世间，上天的指端总算是轻柔地触摸了一下她迷惘的眼睛。为了留住这份血缘，他们让我母亲喊父亲为“叔”，喊母亲为“婶”。

按照我母亲的理解，也许是听到传言，说我外公在外面有了相好，外婆义无反顾地与第一个男人离了。别人不知道也无法弄清，她究竟是相信了流言，还是知道了事情的本来面目。反正是离了。留下女儿走了。

许多年后，我去那个村庄采访一个因嫁给国民党军官而落户此地的河南名门望族之女，与她闲聊时说起这个村庄一段婚姻的聚散。与外婆年纪相仿的女子恍若隔世地说：“哦，好久了……”村庄里的事情，要记住的自然会口口相传，谁会刻意去存留一段与己无关的往事呢？

外婆嫁的第二个男人我从未见过。我母亲见过，因为后来她也跟了娘去。不知何故，这第二个男人要遭受牢狱之苦。劳改期满后还带家属在劳改农场生活过一段时日。外婆的第二次婚姻生下了一个儿子，我叫他舅舅。然而外婆对第二次婚姻渐渐地厌倦到无以为继的地步了，她带着我母亲再一次选择离开。

常言道一朝被蛇咬，十年怕井绳。第一次失败后，第二次会谨慎许多。除非愚蠢，不然谁会犯相同的错误呢？原因总归是有的，只是做晚辈的不好过问。

世界上哪有无缘无故的离合，两个人的婚姻，一开始总是新的，新得令人爱惜。然而，婚姻是日复一日的琐碎，如果厌倦，如果麻木，就不在乎彼此的痛痒，漠视各自的眼泪，连叹息连争吵甚至连开口都省略了。如果互不相容了，婚床就成了枷锁，然后做梦都想重新洗牌，将爱情从婚姻的坟墓中解救出来。那时候，让梦想再一次实现就是福而不是祸了。

佳偶难寻，知音难觅。谁说不是？

之后，我外婆有了她的第三次也是最后一次婚姻。

三

最后一次，她嫁到了越城岭山脉的腹地，后来举家迁移到我老家这个近城镇的村子。我母亲嫁在本村，与外婆家隔一条巷子。

第三个男人是木匠，英俊，干练，手艺好，喝自己烧的红薯酒、芭蕉芋酒，叼烟斗抽外婆种的他自己烤的烟。搬到我们村后，全村最干爽、最亮堂的房子便是他的杰作。

母亲说，她的嫁妆，包括雕着鸳鸯戏荷百年合好的床榻，刻着喜鹊闹红梅的脸盆架，还有衣柜、水桶、火盆架、长凳等，全部是这个外公亲手制作的。砍，锯，劈，凿，雕，刻，磨，上色，涂漆，从头到尾一手包揽了。那些家具，无一例外地染上了爱情般浓艳的玫瑰色。

外婆和他生活，挺滋润的。我见过，外婆喜滋滋地从男人肩膀上接过大猪头，那是帮人建房竣工时获得的赠礼。在堂屋里，外婆和外公来来回回配合默契地拉大锯，锯木板：两个木马架一根横木，两个铆钉固定一根圆木，一对夫妻握一把大锯，你推我拉，你倾我倒……锯齿吃进圆木，木屑如雪花簌簌洒落，然后圆木被分解成平展的木板。我喜欢闻着四周萦绕的木香看他做木工活，看他眼睛眯成缝目测曲直，看他刨木板时刨子下木花纷飞。有时候，我拾起形状比较完整的木花，挂到眼睛上当眼镜，挂在手腕上当手镯，挂在脚踝上当脚镯，他并不责怪，表情温和地看上几眼，算是欣赏。

后来，我考上了城里的学校，这个外公特意让舅舅转交10块钱给我。那钱，是他卖了亲手制作的铁锹把得的。事隔一年，他在远离人烟的深山里凿戽斗，误食了毒蕈，几天后才被人发现，抬回家时呼吸已经很弱了。这第三个男人，在深山老林里有过怎样绝望的挣扎与祈祷呢？可惜，叫天天不应，叫地地不灵。上天注定了他要这样不声不响、不可预料地离开，他或许也知道，比误食了毒蕈更为疼痛的会是此后孤单的她。

人无能为力的地方，听凭命运主宰。

四

外婆不可能70岁了还去寻觅伴侣。不过，让她一日都离不开寻寻觅觅的，是生活。

她是搬迁来这个村的，分田下户时没分得山场。与第三个男人在一起，她习惯了操持大刀阔斧，人又勤快，一有闲暇就挑起箩筐、抡把斧头到岭上挖别人砍树剩下的树蔸。别人家有树可砍，也不在乎一个愿意花许多力气去挖树根的老人家动了自家山场。似乎是未雨绸缪，她一有空闲就去挖树蔸，三四个树蔸连根带须挖起来，一担柴就够了。长年累月，她家的柴火就从楼板堆到瓦屋底了，从来不愁没柴烧。

她也去山野寻草药。田基黄、水杨梅、鱼腥草……她并不知道那药草可以医治什么病，只是按图索骥照着镇上收购站提供的样本去找寻。晒干了，在家先过秤，心中有数了，才挑去收购站卖。或者去寻野菜，卖给饭店。

日子也就这样过。只是做梦也想不到，忽然有一天，从前被老父母宠爱太深的儿子竟抛开一家老少去流浪。

从此没有安生日子过。走进人群中，她有了千万个举目四望的理由，也承受了千万次举目空空的失落。离开了人群，便有了千万次蓦然回首的孤单，和千万次老泪纵横的无助。无论走到哪里，逢人就问，见到我家胜喜吗？遇到了就帮我劝他回家吧。唉，难为你了。问多了，人家就不耐烦。她本是不愿麻烦别人的人，即使举手之劳她依然会发自内心地说难为你了。难为，所以才由衷感谢。

我父母，也不知道怎么帮她。只有遇上好饭菜的时候，喊她来吃饭，或者给些钱让她收着。舅舅的出走，令读小学的表弟更加不听管教，常常偷东西，偷米偷谷，偷外婆那点零钱，成为全校出名的问题学生。而我无可奈何的舅母，心里只把怨恨记在外婆身上，谁让她不从小管教好儿子，婆媳间也如水火不容的仇家。

见到可倾诉的人，外婆的叹息就来了：唉，你不知道，真的好难啊。想死，又死不了……

听的人只有安慰：哪能够这么想呢，活着还有个盼头……

我也听不下外婆的叹息，怪她不该埋怨，不该说出那样的话，好像这世上所有的亲人都冷酷，都无情，都不关心她死活了。可是，换个角度看，她的话又是多么真实啊！让人记起日本诗人谷川俊太郎的诗句：“人能够死，该是何等的恩宠。”

死了，痛苦随风消逝。

不死，因为不死心。此情可待，她也有那样的信念吗？

某个没有任何预感的黄昏，她挑着两蛇皮袋捡来的桐油籽走在回家的大路上。走着走着，就凌空蹈虚般飘飘欲飞，一点重量都没有了。她想她不会这么轻易就变成一阵秋风离开人间吧。原来，是肩上的担子没了。转身回眸，竟望见回头的浪子已经把重担安在他肩膀上了。这时候，红得滴血的夕阳在天边最后吻了一下远山，吻了一下她的眼睛。

这真是一个从来没有过的黄昏。正在这时，一辆满载肉鸡的大卡车背对村庄，很粗鲁地迎面而来。而邻居桥送正拉着一胶轮车堆叠得很高的干稻草与卡车擦肩而过。桥送看见她扬手牵袖，不知道是尘土落进了眼睛，还是忍不住了落泪。

她想，这样就好了，别无所求了。

他不言不语的远游，他离家之前那段日子把她卧室的电灯都给拆除了，他有一个世纪那么久都没有喊她婶了……从前纵有千般不好，她都不计较了。

五

日上三竿了，我起床，寻鞋。把脚套进去，隔着袜子依然透冷。

想起从前，许多个寒冬的清晨，总有个女人一边唤我起床了要上学了，一边把焐得暖暖的袜子塞到我手上，把暖暖的鞋垫插进我的鞋，再把鞋子掉个头，让鞋跟向床，鞋头朝门，让我的脚一离开暖暖的被窝就顺顺当当地进入暖暖的鞋。

那时候，我家与五伯父家共住一个屋，房子不够住，我就到外婆家住。那个与我同床共眠的，临上床前总将我的鞋垫、袜子靠着矮木凳就着火塘的余温烤，早上生火烧洗脸水的时候又顺手帮我烘一把鞋袜的女人，她给我的生命留下了暖暖的细节记忆。

如今她老了，像个迷路的人，每天都在朝另一个世界走去。到最后，她就只剩下记忆留给我了。

药草或女伴

一

是谁，在我背后唆使？令我以不忍之残忍把药草和女伴放在了一起。

是些绿色植物，漫山遍野，貌不出众，卑微，寻常，贱生贱长，占据任何一块适合生存的地方，比如墙角、沼泽地、向阳的草坡、阴冷潮湿的山谷、瘴气弥散的幽林、村子的边缘地带。但是在玫瑰、郁金香、香水百合、勿忘我出现之前，无人阻挡它们凭借天然的色泽、姿态、形状以及可口的浆果替代诗情画意，喂养我和彼此追逐玩耍的女伴。

我说的是和我一同出生在岭底村的女子，与我同龄，或者大我七八岁，或者小我两三岁，在我离开村子之前，彼此是亲密的伴侣。我们避开大人在一起窃窃私语，交流成长路上的秘密。

喇叭裤、高跟鞋、烫头发、男人和女人牵手，起初统统被冠以“烂麻包”的秽名。但是，冰雪消融的春天来临并不是那么容易被阻挡的，新嫩的草叶一夜之间掩埋了所有杯盘狼藉的枯枝败叶。我们去邻村看电影或者彩调，被年轻小伙子的目光赤裸裸地扫来扫去，有人在磁场感应中触电，秋波暗送，过些时日就传闻谁跟谁好了。我简直不敢相信，有人就半真半假、推推搡搡着笑我没长大。

1981年七夕，母亲告诉我一群女伴在大招家请七仙女下凡，问爱，许愿。我那时读小学三年级，不敢去。我至今也没有为自己算过一次命。我总是畏惧谶语似的先知先觉，害怕先于现实知道命运的残酷或者温柔。母亲说她们在天井里放个箩筐，盖个米筛，上面放一层米、灯芯草，蒙上红布。旁边放一脸盆清水，水中放筷子。那么，天上的七星是女性的守护神吗？怎么可以看透人间爱恨？我不知道那帮大我七八岁的年轻姑娘怎么问到爱，问到了怎样的爱。

事隔不久，这年秋收后的一天，我们一大群女伴在村后的一个矮坡上玩。太阳暖烘烘的，我和比我小两岁的伊花在采摘野菊花，想要做可以枕着睡大梦的菊花枕。突然，我被一阵子谁也不说话的安静惊醒，回头，看见五个姑娘倚靠着那排堆在背风草坡下的稻草垛席地而坐，脸上的红晕比稻草垛的金黄色更夺目。我的刚去部队相亲回来的堂姐坐在最中间，她们各自望着远处的空阔，目光不知道是忧郁还是期盼。此时，云朵贴着蓝天聚散，鸣蝉不知秋去冬来，河面上波光碎银似的不真实。很多年了，我还记着这个画面，那是说：我在你身边，现在，大家还是在一起的伴侣。可是，未来呢？

2001年夏天，我看高更逗留塔希提岛期间创作的作品，他的人物，总是表现出某种异常迷人的懒散和沉重宁静的神情。粗大魁梧的女人，凝重，在大地上静静地忧郁。第一次面对画作《何时出嫁》，热泪盈眶。那两个在黄色土地上歇息的矜持的女人，玫瑰色的树影投射在她们身后的沙滩上，而看不见的命运从时间的虚空里走来，走来，把她们深深笼罩了。她们的神态，像楔子似的吃进我少女时代犹豫不定的彷徨与苦闷里，我不知道怎样向暗恋的人表达痛楚盖过甜蜜的爱慕。我在水边唱《在水一方》，而我喜欢的人，不懂得我愿逆流而上寻找他。在梦里，他嘴角挂着讥讽的微笑。

二

我和女伴们有过许多跟植物联系在一起的游荡，在村子四周。我们采摘草瓜、桃金娘、野草莓、五指毛桃满足口腹欲望。花费一些时间来扮美，窥探自己能够美到怎样的程度。把花朵插在头上或者串成圈围在脖颈上，用指甲花（即凤仙花）染红指甲和嘴唇。有时候也为家里，摘回来的栀子可以染纱，也可以在做五色糯饭时把糯米染得黄爽鲜艳，或者在感冒发热时熬汤喝，苦丁叶子可以烘焙好泡茶。

我从外祖父那里，懂得许多寻常植物其实是可以用作中草药的。这个领会的过程和我个人成长的过程都远远慢于时光的飞速流逝。所以我把药草和女伴相提并论就是许多年后的事情了。

外祖父是个民间草医。他脸色时常接近葡萄酒那样的艳红，在我明白其与生俱来之前，曾疑惑他为何不寻药草来改变它，而这令人讨厌的血色很不幸的有一半遗传到了我脸上，变成桃红。不熟悉的人误会我害羞，动不动脸红。我母亲嫁到这个村子后，他背个药箱经过我们村前的土路去圩上摆摊，替人治病疗伤。顺路，偶尔在回来的路上折进来看看我母亲。

有年秋天。我和弟弟浑身瘙痒，擦了药膏亦无济于事，难受得恨不能将身上一层皮当废纸揭下来揉碎烧掉。外祖父是太阳落山时进门的，没背药箱，说是进城看朋友回来。看见两个狗崽子似的外孙蓬头垢面，一阵风样跨过门槛出去，不过一刻钟便带回来一大把青草枝叶。他把药草放在水桶里过了一道水，让母亲把它们放在大锅里熬水给我们洗澡。那天，赤身裸体泡在盛满火炭母、辣蓼和千里光汁液的汤水里，体验到了被天上的星星和月亮拯救的感觉。多年过去，我依然想念着那一木盆水汽蒸腾着的直叫人脱胎换骨的清凉。事实上，我的镰刀曾经割过千里光的嫩叶，也曾无数次绕开牛不爱吃的火炭母或者辣蓼割其他可以喂牛的青草。

至此明白，无草不药。千草百花，懂的人是药，不懂的人草还是草。即便是知道了某草是某药，你当药采时是药，不然它仍是原地待命的草。

三

那些女伴先后也进过学校的大门，不过没有一个比我念书时间长。她们不知道我喜欢去当校长的数学老师家，不仅因为校长喜欢我对功课的刻苦，还因为她三个女儿是和我心性相近的人。另一个难忘的秘密，是在校长家的墙上，读到不知是谁写的一首诗：“花开在春天，求学在少年。进步如鸟飞，争取考状元。”很工整的楷体毛笔字，写在两个巴掌大的红纸上，一进门就看见了，默读的时候，就有一些深藏着的说不出具体是什么的事物，生长出来，挣扎着，想到飞，想到盛开，想到收拢五指能握住属于自己的东西。老师的二女儿后来真的成了状元，飞到大洋彼岸做研究，是个执着的人。

曾经伴随过童年的草木，依然在故乡的角角落落一岁一枯荣。当初的许多女伴，出了学校大门，慢慢地，就在花开最好的时候出嫁了，有的先，有的后，从一个村的女孩变成另一个村的女人，做了公婆媳、男人妻、儿女娘，活在生命本身的生生不息里。开花。结果。有些香。有些涩。

倒是听闻了女伴伊花的命运，才又想起许多草还是药来着。

是曾经和我在秋天采野菊花的伊花。村里人说她去做那种事情了。话说得越含混，越意味深长。从前，我回村里还见过她，露骨的衣着、漠然的表情、踩不到实处的步子。她似乎不在乎我和她曾经是亲密伴侣了。怎么努力，我都无法把曾经山花野草般灵秀的她，跟血色口红、情与色、灵与肉、暧昧、出卖对应地放在一起。放在一起多么残酷啊！我选择不相信。

转眼有好多年没见伊花了。亲手摘野菊花做菊花枕头的伊花呢？

我想起了路边常见的麻醉果。有一年春节，我去玫瑰园里买了二十多朵玫瑰。在园边顺手采了四五枝落尽叶子的麻醉果，它们错落有致的鲜果配合着玫瑰插在花瓶里，果然独具风格。我没有料到这个创意除带来视觉上的新意外，竟然让那些玫瑰从冬天持续绽放到春天。便炫耀起来，可朋友说，麻醉果有毒。我早早知道它是药，却不知它有毒。在自身的毒里麻醉果久久没有凋零，一个个金黄色的拇指大的果实，能够延续半年甚至更久。而那样的鲜艳恰恰是每时每刻都在暗示着它的没有知觉。长醉。不醒。死生无界。

唉，伊花知不知道有一种叫麻醉果的药草呢？不知道疼痛有什么好。

每次回家都看到与我同龄的阿美，她嫁在本村。我有时羡慕她一辈子都不必离开的好。父母，荷塘，晒谷坪，月光下的小巷，架梯子掏过鸟窝的黄土墙，不远处学校的钟声，开花的原野，都近在眼前。

苔绿

一

这是湿漉漉的雨季。我走过种满天竺桂的林荫道，发现幼苔从树干上不声不响地尾随春天的雨水溜下树，在积水上漂一层浅浅淡淡的苹果绿。水歇处，苔在角角落落里铺陈，人们叫它地衣，或者水衣。也有不下树的，因粗壮的树杈阻挡了天雨，那幼苔就仍旧缠缠绵绵地依恋着树干。

苔在雨水的滋润中幸福得战抖。

苔在阴凉潮湿之地睁着敏感而卑微的眼睛说，地不要老，天不要荒，我只要绿。

这场景，令我联想到住在村子边缘苔痕深处的老周家了。

一个七口之家，老周、老周妻加上一果、二果、三果、四果、五果五个儿子。儿子中，二果、三果和五果都是会被早晨十点之后的阳光灼伤的“怪人”。缘何？不足一米的眼力所致。要想看清楚东西，永远要走到一米之内，走到伸开双臂就能够拥抱的距离。

一米的局限，等同于咫尺天涯。

也怨不了谁。同父同母，一果和四果幸运地随了视力正常的父亲，而其他三个不幸地随了生养他们的母亲。在他们的眼睛里，遗传性的先天性白内障像一条暗河在奔流，在难以更改的事实里，他们延续并且承受那与生俱来的障碍。

二

他们在盲人与正常人之间徘徊。悲观，厌倦，要多盲目就有多盲目。当然，乐天的时候也知命，感谢上苍怀揣仁慈，留了一米的视力，让他们弄得懂黑夜与白日是怎样交替。

梦想着，这混沌，这白色帷幕，有朝一日不把眼球遮缠。

又或许，连梦都不敢想。只是安静地住村子的偏僻里，一地苔绿，更适宜三兄弟的眼睛。

村边，有桂花树、苦楝树、香樟树、枇杷树、黄皮果树，这里一棵那里一棵没章法地站着，制造树荫、香气和果实，制造乡村的舒服。真好。同病相怜的三兄弟，在屋里闷久了会烦躁，进入人群又郁郁寡欢，待在树荫下才觉得呼吸畅快，偶尔还能够捡拾落果解嘴馋。尤其是夏天，树冠遮挡了烈日，树叶里蝉声在伴奏，还有些伙伴来闲聊几句。是别人自愿加入这已经有人的树荫的，所以不拘束，不必刻意与人保持距离，用不着担心自己妨碍了他人自由。

树木中，距离最近的，是家门口两棵高过屋檐的酸柚子树。树下，斑驳苔痕间横卧几块光滑的大青石。在树下，二十多年前，七岁的二果和五岁的三果静静地呆坐在青石上，目送一果背着书包上学校。其实根本说不上目送，倒是那上学的人常回头，瞥见树下人的孤单落寞又于心不忍，干脆便不回头。不多的几次，二果拉着三果的手，去过学校，冒着被人嘲笑的风险，在围墙之外，模糊不清地听老师授课。那围墙，成了他们关于学校的最初也是最后的印象，无从逾越。

后来，上学的人又多了四果。再后来，常常在树下目送一果、四果的，又添了五果。

人贵自知，这事理是做父母的从小灌输给孩子的。他们自知属于另类，从不招谁惹谁，这谦卑换来了隔壁邻舍的善待。若是谁家顽童在三兄弟身上做恶作剧，一经发现，免不了遭到家人竹木鞭打。

兄弟几个在读不了书的遗憾中一天接一天、一个接一个地长大了。过日子，有父亲和眼睛明亮的两个兄弟把慧眼借与他们。但是，父亲总有老到走不动的一日，亲兄弟也有成家之后各自奔波的那天。他们当然不愿意父母把心操碎，也渐渐理解了生活的智慧是三分记性七分悟性，一懒百事休，学得一点是一点。做错了事，也是吃一堑长一智。

三

暗地里，也会设想，倘若能够改变这一切，付出什么代价都愿意。

四年前。那是初冬的一天，阳光很好，他们的父亲心情也格外好，因为他在赶圩回来的路上捡到了好消息。他压抑住内心的狂喜回家让儿子们分享这样一个比天大的喜讯——附近下江村的一个白内障患者说起有个“视觉第一中国行动”，通过向“光明工程”申请给一只眼睛做了手术，现在，那人的一只眼已经看得见了。

三兄弟睁着大雾弥漫的眼睛，如在梦中。

真的可以吗？可以让眼睛变得溪水一样清澈？清澈得可以映照远远近近的事物，可以看透深深浅浅的事理？

第二天，二果早早地走在去邻村打探消息的路上，因为过于兴奋，以致差点让一块石头绊倒。走了三里路，路上也没遇见一个人影。赶到时那家人才刚起床，二果进门喊过表叔早啊表嫂早啊就直奔主题：现在还可以申请手术吗？

做过眼手术的男人一边就着一盆热水洗脸洗眼，一边回答：“今年的活动结束了。明年，到时候我要去做另一只眼。”

“那么，明年，等到明年有消息时，可不可以给我捎口信？”二果的诚恳谁忍心拒绝。

对于静，一声呼唤可以充满整个空间。对于暗，一颗星子就是漫天的光。三兄弟在迫不及待中度过了既欣喜又难熬的一年。

四

第二年秋收过后，二果放心不下，又早早地走了三里路去邻村问讯。

那家男人说：“没到时候啊，至少还等个把月，有消息了我立马给你捎信。”

那家女人说：“不用捎信，到时候我亲自去告诉你，你放一千个、一万个心好啦！”

11月底的一天，邻村表婶春风满面地来转告好消息了。三兄弟激动得像睡梦里不小心捧到天上的月亮似的，搓着手，问哪天动身。邻村表婶说，得填表，写申请，先到村委盖章，再由镇里统一交县上。三兄弟不懂写字，填表申请的事情就由一果包办。

后来通知来了，上面批准今年先给二果做一只眼睛。据说是资金有限、名额有限。二果扑闪着云遮雾掩的眼睛，过意不去地安慰两个弟弟说：那就再多等一年。

如果只有一张通行证，做弟弟的其实也是希望给二果的，二果都二十七岁了，早治好眼睛早有个成家的盼头。

双脚迈进县医院的时候，二果清楚地知道，自己将面临这一生中一个重大的转折。医生做了详细的询问，细心检查了二果的眼睛。医生说，先做一只眼睛，做好了，明年再和弟弟们一起来做手术。

二果的左眼，在护士一层层地为它揭开纱布之后，看见主刀医生给了他一个温存的笑。这只眼睛，像一泓泉眼，映着这天早晨并不刺眼的阳光，它盛满了人世间的慈悲与怜悯。

一束光，从天堂照进那漫长而幽暗的隧道深处，照着二果的命运。

五

因为感恩，也因着自己先于母亲和弟弟享受到眼睛带来的光明，二果带领弟弟们更加卖命地干活。他想，到明年，无论如何都要争取兄弟三人一起做手术，这要筹一点钱做车费，回来还要增加点营养。

他们三个去野地里干活，总是赶早，天蒙蒙亮就出门。以前，领路的总是父亲，现在，换了二果。

二果年轻的声音替代了父亲苍老的声音：“这里有块石头，别碰着；前面有摊水，绕边走；后面有拖拉机开过来了，靠边走……”他们像踩钢丝绳的魔术师，小心翼翼地迎着晨光在田埂上移动。十点了，太阳灼人，他们像那戏没演完的演员，仓促收场，退避到屋檐下，把时间花在伺候鸡鸭猪狗牛身上。二果的右眼依然畏惧十点之后的太阳，所以，某些方面也仍旧在局限中。

又一年过去。秋后，二果卖了几千斤干谷，还有几笼鸡鸭，就把去做手术的那点费用准备好了。12月，二果的第二只眼睛顺利做了手术。三果、五果也都做了左眼的手术。三兄弟睡在同一间病房中，太兴奋了，反而一夜无话。

早晨，当一层层的白纱布越揭越薄，最后，医生说，睁开眼睛吧。二果有经验，像开启一扇窗一样慢慢睁开了眼睛。现在，他的两只眼睛视力平衡了，它们再也不互相牵制了。三果、五果有些胆怯，犹豫了一下才睁开眼睛。然后，他们的眼睛里出现了护士的脸、医生的眼、素色窗帘、窗外的树、城里的楼，还有天空、飞鸟以及远方。

他们三个，平生第一次从对方的眼睛里，看见光正在点燃着什么。

转眼，又一年冬将至，好消息如期而至。这一次，因为除了政府资助，还有慈善机构加入，做手术全部免费。三果、五果去给右眼动手术的时候，把他们的母亲也带上了。

春暖花开的时候，在田垌上遇见老周家三兄弟去撒谷种。面对面走过，我们可以自然而然地先用眼睛打招呼了。

他们的脚步，与音符在琴弦上跳动有几分相似。

他们的眼神，和在雨水的滋润中幸福得战抖的苔相似。

雨中的燃烧

采访的人，是个步入了不惑之年的男人，是个披星戴月的耕者。那人，在她经过的路上如树苍翠着。

见面时，他正梳着八旬盲母的白发，木梳子如一枚黄叶落在雪地上。

雨总是落在他经过的地方。他踏着雨的脚印走。在绵绵不绝的泥泞里，他的脚印盛满雨水一样的泪水和燃烧着的炭火一样的红热。

雨怎么总是落在他经过的地方？她想把他背影里满蓄着的雨意拧干，却是连递给他一顶斗笠、一挂蓑衣的勇气都没有。

他到这个世界上寻找比金子更美好的事物，比她早，早了一个年轮还多。

面对面坐在一起的访谈近三个小时。她在三个小时的短暂里，走进了他的世界。他留在原地，既单纯又温暖的气息在木屋里扩散，没有融会她尘烟瞟缈的女人气息。可是如果有缘再见面，她不会把他当陌生人。他不知道在这个世界上会有一个女子眷恋文字一样眷恋他。

她与他一样，来世间是要寻找比金子更美好的事物的。

要是彼此能够变成交织在一起的雨幕和阳光该多好！可是，内心横亘，咫尺天涯。内心与赫拉克利特所说的“火”没有什么两样，是一团永恒的活火，在一定的分寸上燃烧，在一定的分寸上熄灭。如果事情不能做得有分寸，还是不要做的好。

她走着与他不同的轨迹。他是她在此岸眺望的彼岸。

上天如果不是听信了魔鬼的谣言，就不会先送一片光明抵达他母亲的眼里，又转身取走，丢下一片漆黑，连同曾经赐给他父亲的平安也被缓缓地收回了。三兄弟，大的聋哑，小的跛脚，中间是他。健康的他。他愿意自己是一个世界的鸟语花香与五谷杂粮，分给他们。而她把他当亲人，就愿意把他爱的人当了亲人。

世界的某个角落里，蓬门荜户，离别之后的泪光中，他是她今生今世眷恋过的亲人。亦真亦幻，无人知晓。

他的生活在彼岸。

他跟眼盲母亲说：又一年春天来了，园里的枇杷长得挺好。他跟床榻上的父亲说：早稻还是种五亩，田已经犁好，今天就去买种子。

又一年盛夏来了，他递给母亲一面蒲葵扇子。他愿意什么都跟父亲商量，他说，今年早稻长得蛮好，可惜种的一个新品种在雨水里伏倒了，多多少少减点收成。二季稻打算插四亩。

“母亲，又一年中秋了，月饼买回来了，你看晚上杀只鸡好还是杀只鸭好？”月亮升上来了，餐桌上，几句没边没沿的话语突然溜出他的嘴角：“哎呀，从前父亲给我们兄弟讲嫦娥奔月的故事仿佛还在昨天，怎么这么快我们都中年了。”

他出门前端了红红的炭火给母亲烘，说，又一年冬天来了，今年的霜冻太厉害了，好些人家的甘蔗被冻坏了。

他想不到有一天会与父亲颠倒了角色，要像哄小孩似的喂父亲吃药：“吃吧，吃吧，苦口凉药，也是你说的，病啊痛啊也怕药苦的啊……”说着才把大冷天去山沟里采回的草药熬成的汤一小勺一小勺地送到父亲嘴里。

他说话的时候，他的聋哑兄长扯着嘴角，傻笑着在旁边逗一只花猫玩。

村里人说，前几天有人看见他的聋哑哥哥看牛时，在山里的一棵树下大声哭。风会愿意传送一个听不见自己声音的人的哭声，让它飘进别人的耳朵。而这样的一个人，在病重的父亲的床榻前，甚至不会替自己的弟弟喂药给父亲吃。

但是他不嫌弃。曾经，吃夜饭时还不见聋哑兄长的影子，他似断了手足样，连夜邀起邻居，点了火把，敲着锣，到村后的山里找寻。一连三天。络腮胡子和内疚同时长得郁郁葱葱。第四天黄昏，村里的拖拉机手在几十公里外的山路上遇见了他的聋哑兄长，才送了回来。

他哭了。这个男子汉的眼泪是那年初秋最凄凉的一场豪雨，他背转身，不给任何人读他的脆弱。第二天，别人看见他高高兴兴地挑着豆种和肥料，哼着彩调走在田基上，看见他把一颗颗饱满的黄豆当作可爱的新娘，均匀地撒在一块五分地上，还用金黄的稻草做了柔软的褥子给豆母盖。

生命中，他走过另一场把他浇得彻骨冰凉的冷雨。

他在村口开了一间小卖部，让跛脚兄弟守着一些烟啊酒啊糖啊盐啊过时日。做弟弟的到底懂得体惜兄长持家之难，说，二哥，你帮我买一百只鸡崽吧，就在屋后的山坡上放养。他说好。跛脚兄弟每天起早一脚高一脚低地挑两笼鸡崽出去，傍晚挑回。日复一日，一百只鸡崽像知人性般长大，一只不少地长大了。可是有一天，将近过年了，跛脚兄弟心情好，喝了些酒。三更半夜，他睡在小卖部里，被人从外面锁上了。灰房里的一百只鸡全不见了踪影。

跛脚兄弟却咽不下这口气，就绝食，命都舍去了。

如果日子是一张网，那将是一张藏着玄机的网。在秘而不宣的谜面上，看不出谜底。曾经有一个女子走进了他的生活，又谜样走远了。

“想不想找一个人和自己在一起?”他笑了，月白风清的笑容。说，想也想不来，多少年了都是自己独自过来。

她盯着他棱角分明的下巴，说有没有感觉最苦最难的时候。他摇头。很坚定地说没有，什么样的苦都能吃。

她知道自己很喜欢听这样的语言，素朴的言语。可以用它们的清新沉静来掩盖周遭的混沌与凌乱。

事实上，他不知道她内心布满的思念，恍如夜空星光静寂。他只从她的表情里知道她的欣赏。

内心与赫拉克利特所说的“火”没有什么两样，永远是一团永恒的活火，在一定的分寸上燃烧，在一定的分寸上熄灭。她和暗自喜欢的男人，一个既真实又虚无的男人，注定了彼此变不成交织在一起的雨幕和阳光。

她走着与他不同的轨迹。生命里的阻隔，让她自私地把来自彼岸的疼痛，当作清凉的慰藉。

他比她更懂得有分寸地过着一种叫作日子的生活。

是否打算过远走高飞？她明知故问，只是想听他亲口告诉她，就像在一场虚幻的婚礼上期待听他说，此生不管贫困、疾病、磨难都永远不离不弃，说他的冷暖永远不只是一个人的冷暖。比如很多年前，他还拿着稻草与绳索，量父母兄弟衣裤的尺寸，量冬夏两季鞋子的长短，然后上街买。天长日久，所有的分寸了然于心。

一个男人和一个女人，见面了又离别了。很简单的温暖，没有开始，也没有结束。她穿过他门前的青草地时忍不住回头看他，看他一个人时眉目深锁的忧郁瞬间来去无痕。

她在离他越来越远的车上，用白色纸巾无声无息地替自己擦去泪痕。邻座许多出门打工的小青年说笑着，梦想如白云般贴在高天之上。他们完全不像她走近过的那个男人，日子贴着一屋人的苦痛，贴着一座瓦屋的简陋，贴着汗水日夜亲近的大地。很多时候，他都在雨中。踏着雨的脚印行走。

他一个人扛打谷机，独自割倒田里成熟的稻子，怀抱沉甸甸的稻束踩打谷机，挑着谷子穿越田野……他总是，穿过雨幕采集阳光。

离别的夜晚，画面里，风一样飞的男人很优雅地跨越 110 米栏。她发现两个人的相似，是藏在骨子里的。

阶梯

一

我老家五通是义江边上的一个古镇。那里过去流传一句话："义江两岸，饿死不吃稀饭。"又说："五通甘蔗上北京。"言下之意，义江流域沃野广袤，良田万顷，种植的稻米总够吃，种的青皮甘蔗远销北京，话里都捎带炫耀的味道。

我们村在义江西岸。村里人以勤为本，不怕苦累，水稻和甘蔗都得好。事实上，单靠种植十来亩水稻甘蔗，即便年年风调雨顺，五谷丰登，也只是不愁温饱。20世纪90年代后，引进了高产的红皮果蔗，可是接连遇上几年霜冻，冻坏的甘蔗一文不值，蔗农在甘蔗地里哭干了眼泪，赔本赔得恨不能拿石头砸天。

有人开始改种别的作物了。种得最多的，就是适合作为美化城市街道、公园和小区的桂花树了。前几年，树干直径十二厘米的桂花树就卖到千元一棵，部分人家一下子就发财了。后来人多跟风，桂花树漫山遍野地种，价格也因此降了不少。价钱不好可以不卖，放在那里尽管长，树嘛，越大株越值钱。如此一来，弄得整个义江两岸的坡坡岭岭全是桂花树，一出桂林城进入 321 国道，就和进入国家森林公园差不多。

看来光种桂花树并不保险。考虑之后，觉得还是种水果蔬菜划得来，年年有收成。有人建起大棚，栽种反季节瓜果蔬菜，走你无我有的路子，卖的价格比时令蔬菜高出成倍。还有人用大棚种花，玫瑰、康乃馨、百合、非洲菊，花色美得要命。供应桂林鲜花市场，比起从云南空运，这些鲜花少走了许多路。

二

村里的年轻人读到初中毕业就基本上都出去打工了。北京、上海、广东、浙江、福建，足迹遍布大半个中国。许多人在外漂了三五年，就腻了为老板挣钱的生活。工厂的生活太单调乏味了，到了该成家立业的年纪，就算找到结婚对象，买不起房车，无法落地，在城市就很不自由，觉得自己与城市互不相属。不少人就又打道回府，重返乡村谋发展。

这部分人在外打了工，挣了点积蓄，有了点见识，脑袋里或多或少被大城市塞进一点当老板的意识，凡事考虑利润。他们做事就讲规模。农村里有真正的土鸡土鸭，一把米一抓谷子地喂养，一年也就养大一二十只，卖都舍不得卖，留给自家过年过节吃吧，又没有了收入。

在他们的脑子里，对工厂里的流水线印象太深刻了。那么，搞养殖也流水线一下，如何？于是就加入“公司＋农户”的养殖行列，养温氏鸡，养桂柳鸭，由龙头企业提供技术、种苗，负责销售，自己投入资金、人力和物力，得个双赢。

他们选择在村后的岭坡地建了鸡场，在水环境好的地方建鸭场。要交通方便，不然运送食材和鸡鸭的卡车无法出入。要空气好，不通风透气，鸡鸭也不舒服。开始的时候也是小心翼翼的，担心这担心那。后来养出经验来了，就一批接一批地养，一批接一批地卖。假设一批养一万只鸡，一只净挣一块钱，一年养六拨，算下来也挣六万块了。自己管自己，自己挣自己花，上可孝敬父母，下可培养孩子，夫妻不分离，感觉还是比在外面漂泊好。

三

义江流域有一个魅力就是尚武。方圆几十公里，村里人凡过年必舞狮，凡舞狮必表演武术，令人一边提心吊胆，一边却忍不住叫好不停。有着这样一种尚武的情结，20世纪50年代末，举重名将肖明祥凭一副石担杀入举坛，为国争光。随后，肖明德、肖明云、肖明林及易志雄、唐腾芳等举坛俊才又扬名中国举坛。到了唐灵生、肖健刚，更是在亚特兰大奥运会上一鸣惊人。由此，五通镇被国家和自治区命名为“全国举重高水平后备人才基地”和“举重之乡”，现在，一个乡镇建有举重楼也就理所当然。

而操弄书法绘画之类高雅之物，非文人墨客莫属。像我这样，勉强学过几年绘画课程，学生时代在宣纸上动过笔墨，过后就没触摸过了。可是不知从哪一天起，村里许多姑娘小伙甚至大叔大婶都跟笔墨纸砚打上了交道。他们也真是敢想敢为了。过去拿铁锹、扶犁耙甚至操杀猪刀的粗手，现在都拿画笔了。种上几亩地，剩下的时间就画画。

我走进他们的画室，在扑面而来的墨香里，感觉春天就在那里，泥土的气息也在那里。就像在夏日最透明的清早遇见露珠，在最疲倦的晚归路上踩着月光，怀着与生俱来的诗情画意，当画笔落在宣纸上，画者捕捉到了春风吹皱水平如镜的稻田的欢喜。他们挥毫、泼墨、点染，在宣纸上种梅、种竹、种松、种兰、种牡丹、种山水。百花争艳的色彩、彩霞满天的色彩、层林尽染的色彩、雪覆瓦楞的色彩，甚至睡梦中只可意会不可言传的颜色，在我默默站立凝望的片刻，就被他们随心所欲地搬到宣纸上了。

在宣纸上挣钱，过去谁想得到呢？我的农民兄弟姐妹里，有天赋的，画境里渐渐就有了艺术家的味道；天赋不足的，还在继续照着师傅的画作依样葫芦。反正，那些画总能够卖出去，再便宜都比单一的打工或种田强，又不受日晒雨淋。媒体称呼那些画为农民画。本地人出差外地的，都说住宿的酒店大堂，十有八九挂的都是五通农民画。

农民画画就画出名堂来了，五通镇由此被授予了全国文化（美术）产业示范基地。真是令人不得不刮目相看。

四

我家原本住瓦屋，冬暖夏凉，燕子年年来，窝巢就筑在屏风上。瓦屋有一点不好，若是不勤检查瓦，碰上刮大风、下大雨就漏，屋檐下的人忙不迭地拿铁桶与脸盆去接，在此起彼伏的嘀嗒声中，愣愣地望向铺天盖地的大雨，顿生风雨飘摇的凄凉感。

后来我四伯父家搬到镇上住，父亲东拼西凑花一笔钱，我们一家六口就搬到村门口瓦屋与楼房相连的新屋住了。如此甚好，瓦屋的土与楼房的洋都兼得了。二楼的走廊设置了一个观景台，暗夜里的闪电，银河边的传说，春花秋月，萤火提灯，秋虫呢喃，那么多自然界的事物，给人带来了生命中的安宁。

二十年前，有一条航线从我们村上空经过。因为距离机场并不远，透过我家天井与屋檐划开的四角天空，看见飞机像一辆空中客车，隆隆地开过。二十年前，村里人还偶尔抬头看看飞机来来往往，不久就对那近在咫尺又远在天边的庞然大物熟视无睹了。近几年，我们村不少人也坐过飞机了，他们对于飞机更加不稀奇。那些没坐过的，不知道是否也在心里盘算着，何时也去坐坐飞机，去远方开开眼界，体会一下村里人说的，安安稳稳地在天上飞的感觉。

一转眼，我父亲母亲也搬到城里住了几年，只有过年才回村里住几天。看见村前村后楼房越建越多，原本在村门口的我家，又变成在村中央了。不少老屋空着，空久了就显出破旧和颓败的感觉，有点可惜。

五

过去人们捆绑或包裹物品，用得最多的是藤条、稻草和芭蕉叶。人们去赶圩，手上大都挽个藤条编织的小箩。卖肉的屠户，把肉切好称好之后，就用几根稻草从中间捆束了肉，再打个丁字结，然后递给买主。有藤箩的，就直接塞进去。没藤箩的，手拎着肉走人，走过的人都见他买了一刀肉。卖青菜、豆角以及各种菜秧，也用稻草捆。卖豆腐干、盐腌菜、萝卜丝、干鱼仔之类，就先用大张的芭蕉叶包裹，再用稻草打个十字束好。那时候，我们过年时清扫房前屋后的巷子，除了淤泥瓦渣，就是果皮和蔗渣，没有其他的了。

后来，塑料袋就铺天盖地地出现了。如此一来，人们买卖物品，大都用塑料袋子了。还有吃快餐用的泡沫饭盒，也是用过即扔。方便是很方便，可惜塑料和泡沫不比草叶藤蔓，十年八年都腐烂不得，弄得满世界都是大大小小、红红绿绿的丢弃物。大街小巷、河畔堤岸，视线范围内，垃圾遍地。后来有了禁塑令，但执行难，很叫人无可奈何。

过去只有城市里配备清洁工整日扫除，一车连一车的垃圾运往填埋场。填埋场又大多选择建在乡村某个空阔山谷。有时候是抱着呼吸好空气的心情去乡野游逛的，但每次看见无人问津的垃圾，就觉得乡村很无奈，总觉得是被谁怠慢了。

自从提出“清洁乡村”之后，乡村也有保洁员了，待遇并不高，但有人乐意干这活路。酬金是村里出一点，政府补助一点。政府为每家每户发放垃圾桶，为每个村庄配置垃圾转运车，还在合适的地方建了垃圾池和垃圾焚烧炉。慢慢地，我见到左邻右舍也懂得垃圾分类了，也学会不随手扔垃圾了。再回村里，觉得处处都很干净了。

六

我小时候，村里没几户人家在城市里有亲戚。我家有个大伯父在柳州，有个二伯父在桂林，有个五伯父在县城，算是在城里有亲戚的人家了。那时，村里人去桂林看病或者做买卖，免不了就去我那个当厂长的伯父家吃个饭，过个夜。我伯父伯母为人热情大方，凡有村里人去都招呼得好好的。毕竟乡里乡亲，人家难得去一次，看见家乡人，也仿佛见到乡土。不知道我那些没有乡村情结的哥哥姐姐心里怎么想，他们大约感觉自己被打扰了，听我父亲说，反正他们就称呼村里人为乡巴佬。

生活在改变。先是城市里大批工人下岗，再后来是大批农村人进城务工，再接着是农村人种田也不必交公粮了，如此一来，村里人生活也舒服自在了许多。村里人中，也有去外面不是打工而是打拼的，在外省开米粉铺的，搞旅游产品经营的，开美容美发店的，钱挣得多，也在城里买了商品房，城里乡下两头住，随心去。反倒是，城里人对城市的拥堵成灾、空气污染颇有怨言了，每逢周末空闲，就结伴往城郊农村跑。谁家有亲戚在农村，简直是一件有面子的事情，找个时间，挖红薯、芋头去。

几年前，距离镇区不远的义江河畔，开发出一个叫作义江缘的4A景区来。我在船上听刘三姐与阿牛哥对唱，在木楼里拍一个瑶女在纺车旁织布，在演出场地欣赏姑娘小伙演绎白裤瑶的风情。那些事先设计安排好的场景，会吸引远道而来的客人。而我，喜欢在水上随波逐流。义江水太美了。我陪外省的友人在船上荡漾，他们对于清得比眼神更动人的义江水，以及水中温柔摆动的水草和鱼群，喜欢到无法形容。

第二篇

行　吟

青龙纪

绵　延

当夜晚为青龙带来另一个深邃的海洋，当擅长蓄势的锣鼓渐入激昂，十三人共同擎举着青龙，用一分钟由慢而快地翻腾旋舞，唤醒了体内的活力，然后穿过松门，巡游去了。只见群山环抱的平原上，长龙蜿蜒，如同人生为了施展宏图一次次渐行渐远。一个由青龙来呈现的图景，被我一直不变地喜欢着。

1987年春节，在我们村舞过的龙，为我种了一个梦。那年夏天，我离开村庄去城里求学。在那之后，生活节奏一再提速，龙灯一歇数十年。不知谁突发奇想，2011年春节，桃花江中游的西山村庄首度舞起龙灯。如同接力棒一样，时隔不久，传来消息说，中游的马鞍村和上游的板屋村都在2012年春节舞青龙。

龙灯兴盛有无周期？老一辈人的回答是：该出时出，自然而然。言语淡然朴素。我想起林语堂在《艺术家》一文中对中国画家的表述：“到了这种伟大的环境里面，天然地获得精神上的兴奋，同样也获得体力上的兴奋……当他感觉自己丧失了这种精神消磨已罄，则他将重事游历，重受山林清逸之洗礼。”画家也好，百姓也罢，如果状态好，他会兴奋；如果倦怠，他会休息；如果感觉被掏空，他会设法重新充满。

民间“舞龙”，也称“调龙”，想必有调整状态与调动力量的寓意。

梦　想

每个人都有他的美梦。如我，一个长年累月在内陆生存的人，却梦想有朝一日去深海漂荡。当某天，得知一条青龙不期而至，为我传递海天的宽阔、辽远与深邃，就格外期盼。

夏末秋初，一位请来的师傅，在一座清理干净的空屋里开始了编织长龙的工作。偶有闲暇，我会想象师傅心无杂念的样子，他破竹，锯木，制作框架，绷上素色纱窗布，然后点染色彩，描画龙颜，最后是披挂，点缀，合成。朝朝暮暮，二季稻走过了抽穗、扬花、灌浆直至饱满金黄的路；而一条金角老青龙，在由无到有、由虚而实、由零碎而完整的路上一步步从神话走进生活。如我所见，田园人的点滴灵感与诗性光芒，最后都汇集在青龙气宇轩昂的样貌与神情上：恰似骏马的头脸，洞察世事的双眼，金光耀眼的龙角，悬垂三尺的龙须，龙鳞覆盖的躯体，遒劲有力的龙尾……以及忘我舞动时，敢问海天苍茫的非凡气度。

我听说，那上蹿下跳摘桃的猴子，时左时右滚球的狮子，脖颈伸缩自如的灵龟，自由穿梭的鱼虾……夜色中，通过轴与线的转动牵引，活灵活现地撩得人见人乐的灯具，是家族里一个堂哥的手工制作。本来，朴实的乡间人，各有各的聪慧，各有各的灵巧，一旦有所表达，亦打心眼里令人喜爱。

烛　照

通过“开光”“取水”“赶龙脉”的仪式，一条青龙横空出世。

在子夜的宁静里，青龙一动不动地倚靠在舞龙人肩膀上，沿清溪往上游水源去。家人说，肩负“开光”任务的男人精挑细选过，离过婚的、丧偶的、子女夭折的、坐过监牢的，不在入选之列。很可惜，身为女子，也无法加入这支队伍。我想，用一束光点亮一尊神，应该与用一份深情点亮一颗心相似。一心一意做一件事，是很幸福的。从一条纸龙变成一条生龙，只在眨眼间。在纯粹的黑暗里，烛光是一条摇曳生辉的道路。那不再缄默的长号，为我吹送龙吟旷野的安宁，而锣鼓的节奏，令人怦然心动。在高出头顶三尺的位置，青龙以神明的姿势与威仪遥望四野，又俯身，侧头，畅饮清溪。那情景，我在古玩图案里见过，浪花飞溅中，巨龙从半空悬下身子，毫无夸张色彩地把整条江河吸进肚腹。有备无患。如此，等天干地旱时，才有行云施雨的能量。

之后，青龙就精神抖擞地去“赶龙脉”。传说中，绵延数十里至百千里的雄奇山峦，为天然的卧龙风范，游龙气势，藏风聚气，称龙脉。按照民间的理解，“赶”是为了“动”，如牧者对着牛羊举鞭。后来，我去马鞍村，与另一条正在“赶龙脉”的青龙有过短暂的邂逅。大冷天，见到“取水”归来的青龙，恰似御风而行的王者，以箭矢离弦的迅猛气势舞上后龙山。是，没有什么可阻挡这穿越时空的王，它来了，亲自来访问龙脉上各路神灵，一来慰问辛劳，二来察看是否有慵懒不作为的现象，三来通过敦促达到振作鼓舞的目的。让龙脉上的管事者真正动起来，肯管事，勤管事，能管事，善管事，就是一方百姓的福祉了。

求　索

终于盼来龙年春节。我挤在热闹的人群里，一次次领略青龙舞蹈与内心呼应的喜悦。

舞动的龙围绕“禹门”“四门”与“龙珠”，不知倦怠地演绎着有“索”有“获”的情节。这是世人乐于欣赏之处，支撑观众一直引颈期待的饱满激情，也引导观众体验人间的盎然春意。

禹门，是青龙出入的门。屈原《楚辞·天问》中有载：“河海应龙，何尽何历?”在神话里，应龙以尾划地，为大禹指出疏导洪水的路线，才有了后世之江河浩荡。照此理解，我以为禹门是龙族有为、有位、有威信的一个标记。禹门安放在舞龙池正南面，开始我还疑惑着，为何两只朱雀（即传说中的南方神凤凰）会一左一右站在门楣上，一琢磨，才领会是“龙凤呈祥”的寓意。

禹门之内，另有“四门”。四盏有人守护的主牌灯，内外两面用文字来表达愿景。分别是：东北大门“海晏河清”“国泰民安”，西北大门“火树银花”“青龙胜景”，东南大门“阳春白雪”“春暖花开”，西南大门“五谷丰登”“六畜兴旺”。我在这几个百读不厌的词里，读到了一种集体认可的人生追求。越是大格局、大境界，越是朴实真挚到极致，想必，这就是东方的性格与智慧。

“龙珠”是青龙的宝。每次欣赏青龙起舞，心情会随着“龙珠得失”而跌宕起伏。起初，青龙随心所欲地追逐龙珠戏耍，无忧无虑，无患无碍。正得意间，宝珠不见了。急得青龙赶紧围绕“四门”，把四周海域一一找遍。哎呀，怎么不见影踪，究竟失落在何方？青龙舞出禹门，在更宽广辽阔的禹门外，在东方，青龙遍寻南北，无果。转而掉头至西方，再度寻遍南北，仍一无所获。这就急坏了青龙，那雄赳赳、气昂昂的模样里夹带着更多的急切。不相信找不到！无论如何要找到！那样的执着，与尘世中你我决心找到真爱、找到真理、找到想要的生活何其相似。

因为坚定，因为勇气，因为执着，事情总会赢来转机的。这时，来了一条活泼可爱的鱼龙，它的身子仍是鱼，头已经变龙了。我猜，它是未来的龙，拥有足够的灵敏与聪慧去探测秘密的所在。只见鱼龙带路，领着青龙舞入禹门。寻寻觅觅，铿锵密集的锣鼓声让观众眼也不眨地悬着心，也把青龙寻宝的决心表达得淋漓尽致。终于，鱼龙带着青龙来到禹门正对面的龙伞旁，你看，你仔细看，大贝壳的缝隙像一扇关不紧的门扉，透出光来。青龙认定了目标，步步紧逼，旋舞不停。那只狡黠的大贝壳终于招架不住，打开了门扉。失而复得的宝珠，光芒四射地回到青龙面前。那喜悦，是龙的喜悦，也是人的喜悦。那场面，是龙的气场，也是人的气场。那意境，由舞蹈中的龙与人共同呈现，也由呼吸与心跳都与青龙同起伏的观众合力完成。人生，在忍受挫折与失落之后，能够在孜孜不倦的追寻中，那样身心沉醉地舞一回，的确是痛快！

巡　游

大年初二晚，青龙沿着老路，去隔着一个村、一片田、一条河、一座山的汤家村巡游。

青龙走得那么急，是迫切地想要了解一方子民日子过得怎样，丰收或遭灾，贫苦或富贵，崇善或学恶，要心中有底才是。我后悔没有追随前去时，已经迟了。夜晚，听见山河那边传来铁炮爆响，想象龙舞正欢。困倦欲睡时，还念想着青龙是在挨家挨户地走访，还是趁着舞龙人到东家吃饭的闲暇稍事歇息。

第二天，听舞龙人讲，本以为山路难行，谁料汤家村人把青龙经过的路都修葺过，坑洼处填平了，挡路草木割了，真是无微不至。青龙才翻过山头，夜色朦胧中，依稀可见三棵千年古榕与众多人影在翘首凝望，距离尚远，接龙鞭炮就以星火燎原之势轰鸣起来。蓦然，一种勇往直前的力量席卷而来，舞龙人双手牢牢托举着青龙，风驰电掣地狂舞下山，像意气风发的一群人奔向理想，像浪迹天涯的游子回到亲人怀抱。那震撼，连听者也热血沸腾。

为了见识外村人迎接一条青龙来访的情景，大年初三傍晚，我沿着板屋村旁的小溪往下游走，比青龙提前一步到达当夜要巡游的江背底村。只见村口的高地上，翘首盼望的看龙人围得水泄不通。我在可以望见青龙出现的田埂上等待。最先走近我眼前的是三个蹦蹦跳跳的男孩，他们举着鱼灯，穿过一片挂满夏橙的果树林往村口去了。不久，在鱼虾蟹猴各色灯牌的伴随下，青龙以眼观六路、耳听八方的模样出现在薄薄的暮色中。那蜿蜒曲折的田埂，引导青龙一步步走近今晚要巡游的一百多户人家。我赶快也穿过果树林后撤。鞭炮响起的刹那，青龙魔法师似的从两棵大樟树后钻了出来，径直舞向设在空地上的供桌前。在那里，青龙在接受祭献之后，有一小段见面礼似的舞蹈。是，哪怕只是一个片段，也永远是生机勃勃的呈现，无论何时何地。

感谢青龙，赐给我睡好梦的夜晚。想象它走过每段路，想象它穿过门楣逐家逐户访问，想象人龙相约，相会在真实与虚构并存的意境里，是物我合一与天人合一的融合，深情婉转，堪称传奇。我相信，青龙所到之处，吉祥安宁，福泽绵延。

撤　灯

青龙在世间舞够了时日，有一个“撤灯”宴请的仪式。

这天，在村口新扎的松门上，我读到了两副对联。主门贴着：“青龙归海去，宴乡亲且斟三杯两盏淡酒；灯火近阑珊，答邻里尤重十寨八村浓情。”靠外的侧门贴联：“与龙鱼共舞，叹此番竟成佳话传青史；将灯牌俱藏，问何年再聚豪杰织风流。”横额“国泰民安”。情义无价。规矩一直就那样延续着，舞龙所得封包收入，除去开支和宴请宾客，剩下的钱只能用来做公益事业。因此，舞龙是一个有情感、鼓志气、讲礼节、守规矩、不商业化的过程。对联里，对人对己对家对国，有如此深情的倾诉，谁能无动于衷呢！

我的家就在锣鼓喧天的场地东面。站在家门口，注目场地北面，就见青龙端居供桌之后，十几拱龙身安安稳稳地盘在龙头后，鱼虾蟹贝及各色牌灯极安静地停靠场地东西两侧墙壁。附近村子被请来吃酒的客人，是本村龙灯巡游时给予热情款待的东家代表，已经各就各位吃午饭了。午饭后，主家忙于准备下午 4 点正式宴请的芳美酒馔。宾客则趁此良机，拎着糖果把亲戚朋友挨家走遍。

离别的味道越酿越浓。平常轮班守龙和守夜的老者，整日守在供桌侧后方，毕恭毕敬地续香，点蜡烛。来来往往的人，一眼一眼地瞥着青龙，眼神里满是不言而喻的伤感。日落时分，一拨又一拨舞龙人踏着《美丽的草原我的家》的旋律，来给青龙焚纸，烧香，深鞠躬。暮霭中，男女老少流水似的拥到场地四周，最后一夜，欣赏禹门内外，人与龙的沉醉。我之前欣赏烟花，感觉焰火之美虚无缥缈，可惜了那样短暂华美的风景无物来相配。今晚正好，烟花当风景，人龙来共舞，美不枉为美。

舞　哦

夜间11点，三十六面装饰着水浒人物的牌灯出场。那就是人间的万家灯火吧，在舞过各色花样之后，变化出大道通天的布景。这时，青龙舞入，穿花，飞舞，盘旋，翻腾，把人心带到了一个快乐的旋涡中心。彼时的情形，比一整座花园的绽放还美。这个身心愉悦的巅峰时刻，定格了一个普天同庆的场景，舞龙人最大限度地把龙与灯举过头顶，异口同声地喊出："舞哦!"而后，舞蹈戛然而止。止不住的激情却需要一个过渡，青龙抓紧最后一点时间，逐条巷子走走看看，算是惜别。

我看见每条路、每条巷子、每个转角，凡青龙经过的路径两侧，每隔一两丈远点一根红烛，再一次被那份真挚与淳朴感动了。听家人讲，从前是这样，现在仍是这样，为了便于行走，龙灯无论到哪个村庄巡游，都有人负责点蜡烛。我记得，第一次看见青龙降低身子，穿过某户人家写着"良善摘星"的门楣时，眼睛无法形容的明亮。今晚，我蹲下来，在影像里记录巷道转角处的烛光之路、空中焰火与天上星月交相辉映时，脑海竟很自然地浮现青龙侧着头穿过千家万户门楣的情景。尊卑贵贱，都是相对的。当慈悲与善良成为骨子里的品质，即便贵为帝王将相，也会惦记蓬门荜户的冷暖；哪怕身为布衣卑微如尘，也会心怀摘星之愿。

夜里11点20分，我看见一个眉清目秀的男孩，不声不响地触摸一条鱼。我说：舍不得你的鱼吧？他点头。我提出帮他跟鱼照相，他就把那条庞大的红鱼高高举在头顶。我说举低一点，让竹竿靠着肩膀，鱼在头顶就行。见他表情忧郁，我说和鱼在一起应该是很开心的，他才短暂地笑了一下。这时走来一个堂哥，让男孩喊我婶婶。回屋后，我问家人：很迟才结婚的那个堂哥，他的哑妻也会出来看龙灯吗？回答是，男孩的哑巴母亲，原不知被人从何方带来，两年前也不知去了何方，大约是嫌那堂哥年纪大。我理解男孩的不舍了。与伙伴举着鱼灯，在青龙周围游来游去的时光，给了他多么温情快乐的体验啊。要是今晚就让男孩做一个好梦来种梦想，他一定会选择种一条龙。

温 存

最后的仪式是“化龙”，时辰为子时。时间越来越近了。我看见舞龙人把玻璃牌灯上系着的花朵与红布条解下来，装在口袋里，因牌灯及号锣鼓镲会留存下来，鱼龙则结伴而去。

锣鼓歇了下来。一个沙哑的声音把话讲得很清晰：原来参加开光仪式的人员，今晚仍参加化龙仪式。出发了。

烛光岑寂，照着又温馨又凄凉的夜色。没有别的了，只剩下离别横亘在眉目之间。当青龙跨过村中的清渠，它放慢步子，一步一回头。当走到村口松门时，才跨出一步，它就缩回了脚，掉转了龙头。如此情景，几次三番，令舞龙人的眼睛忍不住蓄泪。终于，青龙踏上了公路，穿过长满青草与小花的田野，来到河边的沙洲上。龙头被安放在正中间，龙身缠绕着，鱼虾倚靠着，灯笼照耀着，取下的花朵与绸布一并聚拢在龙脚下。多么安静的午夜！今晚，私心与杂念都躲去很远的地方了。而心地，被一江春水潺潺流淌的声音洗染得格外清明。

那个低吟祭龙词的白发苍苍的长者，是我的亲人。我问，您念过的祭龙词呢？他说，念过，也和龙一起烧了。一根火柴引燃的火苗扩散开来，就什么都不留下了。想想世人对一条青龙倾注的深情，与痴痴眷恋人世间一个有情有义的人并无分别。

第二天清晨，我注视着一只展翅的雄鹰掠过青龙隐没的田野上空，仿佛收到来自梦想的安慰。山海犹在，青龙已远，一条龙能够抵达的高度，会超过鹰的千百倍。那时，就感觉自己的呼吸里，满是东方青龙带来的春之气息。

彩调

一

有三分疲惫与苦痛，就找七分幽默与欢乐来抵挡。这是印象中的彩调，地方戏曲的一种。

岭南。桂北。漓江在“江作青罗带，山如碧玉簪”的意境里流淌。这是我生活的地域环境，有“彩调窝”之称。那感觉，是藤蔓牵着的一窝窝红薯，盖着黄土黑泥睡梦。又或者，是枝杈托着的窝巢，背着风，干草枯枝盛满阳光，一丝温暖与舒适都漏不掉。人，就在窝里乐着，听戏可以当饭吃。

彩调是另一条河流，它完全脱离了漓江婉约沉静的仙境模式。它以它自己饱含人间烟火气的审美和舞台语言，在民间淙淙流淌，滋润着乡土人心。人心沉醉在世俗欢乐中，淡了苦的苦，忘了痛的痛。

二

20 世纪 80 年代，春风荡漾，方圆百里，几乎每个村子都拥有一个彩调班子，众人也总拥有看不腻、听不倦的热情。

我们村接连唱过几年彩调。晚饭后，有事无事都往众屋去，去看十七八岁的大哥大姐排练。众屋是集体议事的房屋，我曾在那屋子上过幼儿园，也曾在那屋里听大人开会，但记忆最深刻的，是在众屋里看彩调。当二胡咿咿呀呀拉起，锣鼓咚咚锵锵敲起，铙钹叮叮当当响起，我端着的饭碗，坐着的板凳，夹着菜的筷子，盛着菜的扒锅，没有一样不随我长出隐形的翅膀。

排练断断续续，一小节一小节地进行。“那个咿——咿呀那歌开——开呀歌开咿歌伊——那个咿歌开……走起来啊。”这段回环反复的过门像一首民歌在耳边萦绕。这一个角色唱着退场，那边一角幕布撩开，另一个角色登场。有唱着唱着忘台词的，本来也没什么，可她忸怩，掩口，遮脸，偷笑，多余的遮掩反把自己变成笑料。观众就笑她的笑。旁人中记得台词的，起个头，提个醒，锣鼓、铙钹、二胡跟上，戏便又续上了。表演中的生旦净末丑，喜怒哀乐的神情，波浪步、点水步、大跨步、蹉步、过水步、扭矮桩、扭高桩……诸多表情与动作，都力求完美。于是，一把年纪的调子师傅，一不满意就喊停，随后便有模有样地比画、示范。观众又一番笑，笑师傅锋芒犹在，却脸老手老脚老了。观众中的老头老太，斗大的字不识得一箩，可一挨近彩调便俨然老树开花，味道深得很，困得双眼眯成缝，身子亦如钟摆样倒伏，不到收场不离去。

一出戏，唱两三个月就熟了。出灯亮台那天，村人早早地差人搭了舞台。四个木马，架两根横木，垫上厚板子，竖几根竹竿，再把薄如宣纸的幕布一挂，舞台就成了。那是一个既与你拉开距离，又与你近在咫尺的歌舞场。我和小伙伴争先恐后地把板凳搬到舞台前占位置。板凳要高矮合适，矮了被人挡，高了惹人怨。事虽小，得有分寸，这是乡村生活的规律。

演员们首次亮相，讲究个化装。登场之前，欠缺耐心的人就说他们比新娘还新娘，太磨蹭，便唆使脸皮厚的人去叫乐手用音乐催一催。闹哄哄中，忽然一人上台很庄重地说话：各位父老乡亲，承蒙厚爱，今晚表演的彩调是《陈世美》，希望多提宝贵意见。调子师傅的脸在舞台底下不经意地阴了一下：错啦！二狗，哪是《陈世美》呀，是《铡美案》！不承想调子师傅一急，话一出口便被台下人以讹传讹地重复多年：错啦！二狗乃是《陈世美》呀！事实上二狗老实巴交，一辈子没有离开土地也没怎么跟老婆红脸。怪只怪《陈世美》比《秦香莲》好记，比《铡美案》更好记。陈世美是个喜新厌旧、忘恩负义的符号。

三

从《陈世美》开始，我发现彩调极富煽情韵味。

叫作陈世美的男人，在舞台上令人咬牙切齿地痛恨。他原本与秦香莲是贫贱夫妻，膝下养得一对天真可爱的儿女，进京赶考长亭送别也深情。可是，有朝一日中了状元，被仁宗招为驸马之后，就变心了。变得一千匹马也拉不动他回心转意了。他不与千里迢迢进京寻亲的妻儿相认也就罢了，还派人夜半追杀……

看戏的老大娘，平时爱说黄金无假戏无真，此时却不停地为苦命的秦香莲大呼不值。演员柔肠寸断的唱腔，甩起来让云都下雨的水袖，激起动情的观众涕泪滂沱，忍不住伸手掏口袋，把五分一角的银毫纸币，掷上舞台。看戏人称之为砸彩。真可谓，情到深处戏也真。一阵隐忍的低泣声中，等到了黑脸包公，他像棵顶天立地的青松出场，个个脸上在瞬间从梅雨时节过渡到青天朗日的盛夏，呈现痛快。终于，陈世美被送上了龙头铡。事情有了结果，航船到了彼岸。善有善报，恶有恶报，不是不报，时候未到罢了。

后来又看村人唱《刘三姐》《三看亲》《娘送女》《天仙配》《唐伯虎点秋香》《下南京》《破镜重圆》等彩调。在令人眼花缭乱的是非曲直和悲欢离合里，一面痛恨媒婆的花言巧语、乱点鸳鸯，痛恨世俗小人嫌贫爱富、趋炎附势，痛恨世间贪官污吏颠倒黑白、睁着眼睛说瞎话，一面理解“三更灯火五更鸡，正是男儿立志时”，理解“十年寒窗无人问，一朝成名天下知”，理解“人海阔，无处不风波”……不知在何时，少年长出了触摸世态伦常的触角。

四

因为彩调，就有许多往日的夜晚，留存着快乐与诗意。

春节里，各村彩调班子走马灯似的去各村演出。那时春耕未及，人闲心闲，看唱调便成绝好的享受。

有彩调团来村里演出，村里人过节似的兴奋。彩调唱得好的演员，处处有崇拜和喜欢的眼神追随。唱得好的彩调班子，一出戏唱完，观众会热切要求加唱。若是唱到深夜还不过瘾，那就考虑第二夜留唱，非要淋漓尽致，才够痛快。

去邻村看彩调，则有别有一番滋味。夜色撩人。戏撩人。呼朋引伴的声音撩人。兴冲冲地出发到邻村，总是远远地站在外围，角落，掠过黑压压的观众，去为戏里的悲喜而哭笑。归途上，迎着割脸的霜风，穿过埋有乱坟的荒野，过一片夜色笼罩的树林，听见令人心悸的怪鸟鸣叫，看不清路面凹凸……深夜露出狰狞的一面，但有一台戏做支撑，便忘了怕。

躺在床上回味。只觉得，彩调是风吹不熄的火焰，引领我穿透黑暗。比如，正大光明的包公，会让薄情寡义、鲜耻少廉者无法得逞；苍天有眼，那虎口脱险的幼童长大后成就了凌云壮志；世间有情人终成眷属，牛郎织女可以借鹊桥七夕会……月圆。花好。这是彩调，让你哭，更多的是让你笑。虽然，在剧情里，趁你津津有味，趁你此刻内心毫无设防，它把万丈深渊推到你面前。心悬空了，被人用钝刀一下一下地割，收紧了，流泪了，四面漆黑。幸好，慈悲无处不在。对于生活中的阻隔与障碍，最终靠一种真、一种美，来穿透迷茫，成全你想要的美丽与圆满。

这样，在浅浅的年纪，不知不觉间对人世有了自己的理解，关于爱与恨，冷与热，是与非，黑与白，悲与喜……是彩调，把一些遥远的事物拉过来，让我零距离认知。专为彩调而撰的对联：“沧海桑田顷刻间现古今世界，君臣父子内留全部天地纲常。”说的是舞台虽小，世界却大。从岭南到京城，也只是从舞台的这头走到那头的距离。从散到聚，两面破镜重合就足够了。从生到死，一块生死牌就跨越了。在虚拟的时空里，一场戏，笑声里穿插几回哭，两三个小时的工夫，已经足够年少的人在故事里完成成长。

五

在彩调的良辰美景里，弥漫并且张扬着浓厚的集体快乐。七老八十的瘦老头和乳臭未干的毛娃仔一同笑出眼泪，笑得人仰马翻，整个场面就充满了喜剧的况味。

是什么令人发笑？是什么让人想哭？最漂亮、最贤惠的女子许配给最孝顺、最有才华、最有出息的男子，幸福而且圆满。我们希望这样，但事实不是如此。不全是丑陋也不完全美，现在的存在和往后的继续之前，有故事。我们想揭开面目看故事怎么演绎。柴。米。油。盐。酱。醋。茶。悲。欢。离。合。爱。恨。添点歌舞来演故事，谓之戏曲。

彩调馆祖师牌位房里的楹联如是说：“鼓锣铙钹，打出花花世界；生旦净丑，唱得句句清闲。”“三两人可算千军万马，五七步即跨万国九州。”台上他气定神闲走着行云马步，她水袖轻摇扇舞翩跹，他亮一张大花脸小花脸把肚子里的花花心肠有板有眼地数给你听，他伴奏的弓弦时轻时重时缓时急，抑扬顿挫，把喜怒哀乐渲染得淋漓尽致……台下众生目光追随着，内心共鸣着，在泪光中笑声里让梦想与现实的命运形成交响。

其实唱调子的演员，都是从早到晚马不停蹄忙碌的泥腿子。砍柴的间隙哼一段，调子就在山间雾霭般逍遥；走在田埂上来一段，歌声就在田野里乘风飘荡。谁都不曾在意。可是，一上台就是别样情景，真佩服他们“要观众笑就笑，哭就哭”的本事。

玉妹脸宽，没有花旦的黄蜂腰。她笑逐颜开地对着大红封包说：“免了，免了。”但是一双手却极巧妙地伸出去，指向本来也是备给她的酬金。她口是心非，她把自己的口是心非用眼神传给观众。这是一个媒婆的角色，一直先入为主地占据我的观念。是台上的演员把丑陋的龌龊的事物抖出来了，所以，令人厌恶的是角色，令人喜欢的是演员的表演。

我堂姐小娣长得端庄秀丽，女扮男装演小生，她多么适合扮演古代的才子！她总是刻苦攻读然后高中状元，众多戏迷着迷于她的相貌俊俏，演技传神，一把纸折扇在她手中，开、合、扇、转、动、静、快、慢，魔力无穷。水井边的贵弟扮旦角，在她指尖上随意转动飞舞的方巾，在她腰间翻飞炫舞的彩带，配合着她舞蹈时婀娜多姿的肢体语言，观众看见的，便不再是那个披星戴月挖土挑粪插田割禾样样卖力的农家女子，而是一个能歌善舞妩媚妖娆的人间仙女。

与我同住一条巷子的梁石哥，顶一串闪闪发亮的小丑头衔：“癫子官”“差来狗”“花少爷”“麻子公”……台上，极尽扮丑之能事。他平常从我家门前走过也是直着腰杆昂首挺胸的，一入戏，眼、手、脚就花样万千起来。无论怎么努力，我都没办法练就他的眉毛、胡子跟着眼睛骨碌转的幽默，也没办法把身体往下压，让大腿与小腿、大腿与身体呈直角，以前脚掌往前走，一面得意忘形地说唱，一面还要把手中的扇子举过头顶呼啦啦地摇。站在离生活更近的地方调侃生活，这是彩调出彩的方式。

于是，戏里撩得众人笑。

六

那时候，乡村不寂寞，不像现在这么空，彩调为红男绿女在空气里制造眉目传情的磁场，流动的快乐密集不散，爱情有足够的时间与空间酝酿。上屋的心玫，下屋的玉弟，村皮的大招，水井边的玉贵、贵弟……台上爱情故事如火如荼，台下各自找到了美好的归宿。

停歇了好些年的彩调，近几年又在家乡热闹起来，还是一窝一窝地出现。日子当然不似当年了，生活滋润了，许多花样年华的人像候鸟一样栖息在大城市，远离了彩调。可是许多优秀剧目保留着，如陈年老酒经久弥香，而时尚的、新鲜的、现代的生活，恰似新酒注入，使一切避免了老掉牙的陈腐。

梁石哥不上舞台了，他拉调胡。拉着拉着，就把眼睛闭着，很沉醉。那些不再年轻的面孔重上舞台，重温旧梦般快乐着，也给别人带来了快乐。虽然，他们的表演像一种怀念。其实，怀念何尝不是憧憬。许多人还是喜欢。

狮·舞·武

一

隔着一道围栏，我与来自非洲草原的狮群见面。它们来自撒哈拉沙漠以南的广袤草原。因为某种缘故，它们离开了家乡。它们本不属于这里。尽管，除寒带、亚寒带外，狮子曾在所有的生态环境中生存。

但那耀武扬威的狮子，它从未离开过我们的生活。

一头大眼、大鼻、大嘴的狮子，流露草原一样开阔的面容与气质。起舞之前，它是一副面具。当暖场的锣鼓声响起，它张口、举首、提足、腾跃，便是一头睡醒的雄狮。它勇猛、威武，受众人喜爱。没有什么可以阻拦一头狮子。它的存在是理想与现实的交集融会，它比真实的狮子更长命。它是一个偶像。

与偶像同在的，是一个完整的狮子班。有时是一头青狮，有时是一头黄狮，有时是双狮齐舞。除了主角狮子，还有支撑这个狮子班的锣鼓队一支、笑佛一个、毛猴若干，舞刀枪棍棒的武术队员及勤杂若干，有的还伴有麒麟，有的还配有牌灯方阵。

二

在义江西岸那个三十多户人家的小村，我三伯是个主事的人，文来得，武也来得，晃眼就做了多年师傅。我们村凡舞狮子、唱彩调，都由他言传身教。我们村既不舞狮子也不唱彩调的年份，就有别的村请他做师傅。

小时候生活在村子里，在舞狮子的年份，全村人都喜庆，做事也比往常齐心。宣布成立狮子班，各家各户的青壮年男子踊跃参加，各自量力而行，选择适合自己的角色。在请匠人制作狮子之前，习武活动已经开始了。

我三伯用他那有板有眼的腔调说，习武之人，强身健体为首要，防御自卫为其次，路遇不平拔刀相助，则非得功夫过硬。他又要求弟子们背歌诀："拳如流星眼似电，腰如蛇行步赛黏，精要充沛气要沉，力要顺达功要纯。""动如涛，静如岳，起如猿，落如鹊，立如鸡，站如松，转如轮，折如弓，轻如叶，重如铁，缓如鹰，快如风。"中国文字的表达精练而生动，可谓入木三分。三伯说，歌诀也是从老一辈人的记忆里来的，不知是何年何月由何人总结提炼出。为了朝这境界靠近，村子里的男子尽管白日干活累得腰酸腿胀，一顿夜饭之后，照旧到众屋里练功。

三

学什么，都离不开循序渐进。带有武术性质的舞狮更是如此。

开始是练习跳桌和翻桌。在众屋中央，习武的男人并腿站立，屏息静气，把白日的辛苦劳累统统收起，把红尘俗世的点点杂念剔除。他左掌右拳举过胸前，毕恭毕敬地对着师傅行抱拳礼，然后把一张四方桌子当作阻碍来征服。先是岔开双腿，从这一头腾空跨到那一头。接着并拢双脚，手掌支撑着桌子一个接一个地跳过桌角。后来，跳桌变成头朝下、脚朝上的翻桌。难度增加以后，翻跟头的四个男子各自两手撑桌、两脚倒立于同一张四方桌上，变成一朵"男人花"，又按顺时针移动一周。然后，一个最灵巧敏捷的男子，轻盈地翻身站到四个男人脚尖顶起的花蕊上，他弯腰，倒立，最后只剩下一只手撑着四个男人的脚。喝彩声中，桌上的表演者一一归位。此时，有另一个人从桌下走出来，他一直坐在方桌下，一左一右双手牢牢地撑住方桌，以免定力不够的桌子被掀翻。他的存在，时常并不被人注意。

翻桌之后，是学习长拳。分腿、跳跃、平衡、跃扑、翻滚、马步冲拳、弹脚冲拳、大跃步前穿、马步击掌……每一个动作，都在瞬间由内而外地爆发身体的力量。一整套动作，在连贯之前，是一个接一个的分解动作。样式繁多的步法、步型、手法、手型让人眼花缭乱。有天赋的，悟性高，学得易，学一样，得一样。也有学而不得要领的，自己苦恼得很，好在师傅耐心够，不厌其烦地分解示范动作，手把手教，他自己也背后暗暗下死功夫，最后，一招一式才有模有样。

再接着，是练习刀术、枪术、棍术等套路。

四

许多人，都是渴望勇敢又不够勇敢。我也是。对刀光剑影，既喜欢又畏惧。

那习武之人，却豁出去了。他手中把持的单刀、双刀、大刀、长棍，是他的另一颗脑袋、另一双眼、另一双手脚、另一对羽翼。

一把刀，被我习武的邻居拿在手上。他们不再是砍骨剐肉的厨子，不再是杀猪宰羊的屠户，不再是砍柴劈木的樵夫，不再是耕田犁地的农夫。他们手上的刀，也不再是菜刀、屠刀、柴刀、镰刀，也不是道具，它是一件兵器，一件利器，一件武器。刀身和刀柄都与他近在咫尺。但总是，厚的刀脊离他近，薄的刀刃离他远。锋芒是受他内在控制着朝向外界的一部分。虚拟的障碍、虚拟的邪恶、虚拟的对手，成为此时此刻必须面对的阻力。在劈、撩、砍、压、刺、挂、格的动作变化中，他的长刀变成闪电从高处劈下，变成利斧重而沉地斩下，变成长矛迅疾地刺出去……那一刻，观众不论是胆小胆大，注视着环环相扣的刀术表演，大气不敢出。等到表演结束，习武人一个金鸡独立，静静地抱刀行礼，众人才拼命拍手。

如果把刀术、剑术和枪术比作一个犀利的锐角，棍术的表演则与一个宽广的钝角相似。我记得父亲曾经打过棍，他的身体和一根六尺长棍合二为一时，身体里的劲，从他握着的棍把传向末端的棍梢。那时的父亲，是一个勇猛、沉稳、快速的象征。他的身体充满了呼风唤雨的爆发力。那时的他，与愁钱愁米愁儿女学费而在深夜叹息的父亲多么不一样。练习长棍的人，一般是六个。起初是单个自己练习，后来是两个两个组合在一起对打，等他们把打、揭、劈、盖、戳、压、扫、穿、托、挑、撩、拨等棍法都练得熟稔，就彼此交换对手较量，一轮下来，一个人和另外五个人都在配合中较量过。在想象中，打棍者一个挑拨，一个横扫，一个劈盖，一个戳压，一阵阵密集如雨的棍点打在那作恶多端者身上，是何等的过瘾。怪不得我三伯教打棍时说，棍打一大片，这是特点。

五

鼻大、眼大、嘴大的偶像狮子，看上去就是一个行侠仗义、扶正除恶的善神，真正是人见人爱。

舞狮人从学起舞开始，就让一个面具狮子成为一头深知礼仪的狮子。在两个舞狮人进入狮子之前，狮子平放在地上。舞狮头者站于狮子右边，舞狮尾者站于狮尾左边。等到击鼓者击鼓提示，头、尾二人各自迅速跳过狮头、狮尾左边，前者举起狮头进入，后者同时拿起狮尾进入。舞狮人成了狮子的一部分，人舞即狮舞。这第一个礼仪，高举着的狮子走急密步，行三次礼，分别拜左边的祖先、右边的师傅和中间的大神。

衡量一班狮队的水平高低，除了扣人心弦的刀枪棍棒拳，最出彩的，还是看狮子舞的表现。

狮子起舞之后，在锣鼓声的激荡下，一头一尾两个舞狮人配合默契地做出翻腾、扑跌、跳跃、登高、朝拜等花样动作。或者，在一阵小高潮过后，又表演挠痒、抖毛、舔毛等动作，栩栩如生的神态与动作撩逗得观众眉开眼笑。这时候，一个笑面佛出现了。他身穿长袍、腰束彩带、手握蒲葵扇、桂树枝或者一枝柚子叶，这个角色是逗引狮子的"狮子郎"。笑面佛脑袋太大了，以至于有时候眼睛、嘴巴会旋转到面具人的脑后，表演的人脑袋后面可没长眼睛，他像瞎子走路那样胡乱摸索一番，又若无其事地将头上的脑袋180度扭转，让其回归原位。而两个调皮捣蛋的毛猴，刚才还抖索着毛茸茸的爪子，帮狮子挠痒，理毛，抓虱，吃虱，逗狮子开心，这会儿却花样百出地作弄笑面佛。它们从背后扯大头佛的腰带，弄得那衣衫里的大裤头几乎要从腰间脱落。笑面佛虽然肚子里生气，但那张举世稀有的笑脸，永远只会笑着面对世间一切。他想拿蒲葵扇打，但是追不上毛猴，既然打不到，他便随手拧了一把鼻涕，远远地朝毛猴甩去……只是，鼻涕的速度比不过毛猴的敏捷，甩不到对方，可总算是甩了。有点像阿Q的精神胜利法。他的惟妙惟肖，总算是有收获的，赢得老老少少、深深浅浅一大箩筐的笑。

乡土智慧，处处都蕴含着平衡的道理。一头狮子，它天性大胆，威严，勇武，甚至莽撞，教人倾心爱慕，又令人望而生畏。在传说中，狮子曾吃掉村庄里的村民，人们只好学会武功，学会训狮术，为了好玩，为了让一头狮子从善如流，便又安排一个笑面佛出现，让他把狮子引上正道。此为舞狮起源。

六

百兽之尊，自然是时时处处都体现出一种风范。所以，狮子在巡游时，很有分寸地遵循各种规矩礼仪。

途经神位，狮子先到神台前参拜三次，然后舞动狮头到神台前，台左咬咬，台右咬咬，再参拜三次，由左边退出。经过桥、水井或同道武馆时，狮子也行礼，这样的礼仪，饱含着世人的感恩思想，以及对同道的尊敬。

出入庙宇和房屋也有规矩。未入庙宇之前，狮子就先进行参拜，然后探路舞进，在完成探门、咬门边、擦门、缠柱等一系列动作之后，才进入庙堂参拜神位。在庙内狮子绕舞一周后，再参拜神位三次才退出。退出时，始终是狮头朝内，狮尾朝外。进到人家的堂屋，称为拜府，也是屋前先行参拜三次，然后探路入屋参拜三次，绕一周后退出。

没有什么可以阻挡一头狮子的前进。所以，狮子班去各村巡游，在给各家各户拜府完成之后的表演，才是看狮子的焦点。这个环节我们叫作“吃罗杯”。此时，村子里的晒谷坪，人群围得里三层外三层。最正中的位置摆着供桌，点着红烛，燃着香火，供着糖果。师傅以及村子里德高望重的老前辈坐在供桌右侧。为了表示欢迎，左邻右舍都会准备大卷大卷的鞭炮。父亲说，狮子的大嘴巴喜欢吃炮，炮放得越多，炸得越响，狮子舞得越是欢腾。我后来仔细观察，果然是，炮少了，狮子动起来就有些意兴阑珊的味道了。那时，就只有靠锣鼓制造气势了。

小时候欣赏舞狮子，“采青”的环节是最记忆深刻的。这是把舞狮活动推向高潮的一个固定环节。在舞狮过程中，狮子通过一系列的套路表演，猎取悬挂于高处或置于盆中的利是，因利是往往伴以有生财寓意的青菜，故名“采青”。

慢慢就理解了，武术其实是“仁者之艺”。

村庄是挂在身后的水墨

村庄到底像不像驿站？千万个村庄曾被谁记忆？我被田心村吸引时，脑子里冒出了许多古怪的想法。

引路的朋友带我向正对着村庄的石山走去。山峦险峻。一些绚丽的小花开在山间。在南方，最坚硬的岩石山里有最空旷的岩洞。上山。进洞。洞南北相通，曲折中透着微光。收割之后的稻草晒得干爽，在山洞里被农人堆叠成垛，借了山的厚实又填补着山的空洞。穿过山洞绕到山的另一面，在犹如门楣的洞口上，刻着“校书岩”几个文字，不着漆墨，保留着原始的刻痕。题刻者朱若东，于乾隆乙丑科（1745 年）被皇帝钦点为翰林院，为官十任之多。由此，我才知道，这是个出了很多读书人的村庄，田心村朱氏系桂林靖江王后裔，清康熙年间从桂林朱紫巷迁至田心。朱若东和他的两个儿子朱依鲁、朱依昊都官至翰林，遂有“一门九进士，父子三翰林”的说法。

遗憾的是，县志上留下了走出临桂本土的朱姓或者许姓、徐姓的才子们的名字，却无从寻找他们从这个村庄走出去的蛛丝马迹。

一个村庄的名字怎么会如此轻易就被忽略了，不被村人以外的人记忆？

低头的时候，瞥见稻草垛旁斜卧一块石碑，碑身略显粗糙，刻着“字冢”两个大字，一旁的题字是“晓峦居士许宁跋并书”。石碑紧挨着岩洞的石壁静卧在积尘的地上，两个金黄的稻草人将它的半边掩盖着，传递的不知是一缕来自后世的温暖抑或是冷漠。

青石碑上指端大小的行楷清丽而庄重。这个“好惜字”的居士，因“吾乡更有三大端，贩卖旧书造纸筋，斋醮遍挂符榜事后委弃，泪涂中原节，比户焚祖先帖及书印纸包，践踏狼藉种种亵慢，实于阴谴”。所以他在退职还乡后，“于岩穴深处，力茔一冢永远埋藏。敬告同人，凡吾惜字，焚余灰烬均望送归于此，且使习焉……”他期望身体力行来改变旧有的不良习俗。曾经的一些文字，他在此处焚烧了，告别了。据传在民间有他的诗集手抄本，我担心它们是否早化为灰烬，传言中的存在何尝不意味着别离。可是我该到哪里去找寻它们的踪迹呢？那些越久越美丽的事物。

曾经那人是世间怜字人，让见过面的文字成冢。离去的文字，可敬可重可亲可贵，不忍不舍不情不愿。既然离去，自有离弃的理由。是否，文字的精魂依然还在？一如绚丽的小花开在岩石间，暗香浮出红尘。等我来了，被世间眷恋文字的情结笼罩着。等我离去，那些无论怎么刻意都抹不去的痕迹仍在原地。

我走近村庄，许老支书等在那里。问起字冢，许说，读私塾时，先生每隔几天就让他与同窗把积存在箩筐里的习字废纸抬到字冢前焚烧。先生总是不厌其烦地交代，要静候烧完，再行拜别仪式。那沉静虔敬的仪式里，饱含对文字的敬畏。

可惜村里已经不存留这样的习惯了。现代人渐渐看淡了许多仪式。比如相爱的人可以删繁就简地省略一拜天地二拜高堂以及夫妻对拜，可以今天走在一起明天形同陌路。

幸好崇尚读书的风气依旧，大约是书香浸透的缘故。

在村南古色古香的石拱门前停留。许说，这便是“一门九进士，父子三翰林”的“承薰门”了。门楣何其显耀。就在此地，开道的鸣锣曾震天响，既把好奇的人推开，又把人的好奇招来。看啊，看啊，黄衣使者骑着高头大马带着浩荡皇恩渐行渐近了。世间功名，总与荣耀息息相关。进士、翰林们阔步出入是何等的意气风发啊！昔人追着功名随风去，只留故事，以村庄为背景流传着深长又含蓄的味道。

一条从村西蜿蜒远去的青石板路，定格一段爱情传说。一个生活在书香和荣耀里的朱姓女子，骨子里高傲的心性与生俱来。闺阁岁月，不离琴棋书画。二八佳年华，姻缘尚未定，吸引多少风流才子慕名而来。真正是踏破门槛啊！

相隔二十里，横山陈姓人家有翰林，名兰森，仪表堂堂，门当户对呀！陈家派人来提亲，朱家回话："好是好，可惜路难行哪！"这样的回话像个托词，与其说是回绝不如说是板上钉钉地答应了。陈翰林岂能不明了修路其实是造福百姓的事理？其祖父可是一品大臣陈宏谋呀！于是姻缘亦如二十里石板路，水到渠成，说修就修好啦。

倒是高傲的心性注定了要衍生出另外的情节。人间八月桂花香，晴好的一日，嫁给翰林的朱家女即陈家媳妇，坐轿游逛桂林城。行走着，过路行人就突然纷纷避让对面飞奔而来的官轿。马路其实也够宽，不肯停下的轿子就与对方有了一场狭路相逢。那面递来耀武扬威的生硬喝问："何方人氏，竟敢阻拦金道台坐轿？"这面莺啼样清脆悦耳的应答绵里藏针："翰林姐翰林妹，翰林女儿翰林妻。"对方不是傻瓜，听出了来头。奈何呀，如此人家，在桂林城亦是凤毛麟角的啊！官轿子停是停下了，由此而起的嫉妒与仇恨却在这个午后的骄阳里生根发芽。

话说回来，是不是陈家媳妇家教欠缺了？恐怕不是。书香人家的女子，又嫁入家教甚严的人家做媳妇，恐怕不会有太出格的举动。那么，定然是金道台大人太骄横跋扈了，不然事情何以至此。

事情既然如此这般开了头，便如此这般发展下去。于是，通往校书岩的石板路就与爱情无关了，说是和风水有关。

某个月黑风高的夜晚，田心村前，一条颇富象征意义的石板路一夜之间就铺好了。作为复仇的象征，以百米高的山为弓，以百米长的路为箭，目标直射村庄里某个仇恨的所在。果真如此吗？纠缠不清的仇怨的种子长成了参天大树，变得一发不可收拾。又传说，因为让轿和其他事件横生祸害，最后竟迫使朱姓家族搬离了田心。反正，现在田心村已无一户朱姓人家了。他们饮水思源的后裔，每年清明时节从邻近的永福县回来，给亲人坟冢割草，站在山麓岩石上的"清江老人（朱若东之父）读书处"，眺望旧时花园横陈的断壁残垣，算是寻根问祖。

田心村南。杂木林下，有一石碑，三村（即田心和与之毗邻的另外两个村庄）公约碑。立于乾隆三十二年（1767 年）仲夏。

我在这面公约碑上读出许多味道。

“禁践食田园以重养生。”要求在清明播种后，各家管好六畜。如有牛马下田入园糟蹋，罚银一钱，猪羊鹅鸭等践食者，打死勿论，还要将损失的禾菜照数赔还失主。

“禁伐竹木以储材用。”竹木需要培养，才能“以希畅茂”，说得在理。

“禁张鱼漏水以育田苗。”水乃万物之源，为区区小鱼毁一季之耕种，同样该罚。

“禁盖积茅草以防火。”村中住宅，屋舍比邻，秋冬干燥，易惹火灾。所以，惹事者除罚银六钱外，还另罚“解送火殃”。想来村人防火意识是很强的，而送火神必是时人的习俗了。

“禁无故夜游。”说村中有事须“燃火点香方辨良匪”，而“如有黑夜潜行声唤不应者，查出罚银二钱”。有趣！

“禁倡聚赌博以恤身家。”理由是“四民各有本业，一入赌场或废业破家继且逞凶行窃”。而对起邪为害的窝赌之家，除送官方处置外，还罚银一两。

“禁裁减纸样以除欺伪。”这个盛产读书人的村庄，还因此盛产草纸。为公平起见，若有改小纸张或短少张片者，罚银五钱。在那时，村人已经把诚信经商看得很重了。

与诸多横眉冷对的条文和索然无味的律令相比，这方石碑到底让人读出一个村庄的可爱，一方风俗的淳朴，一村民众的朴素以及精于表达，能够于情于理地表达了想表达的愿望。这样想着，仿佛回到了多年前的仲夏夜。一轮明月，一片空地，一群布衣，围在三两个或者更多的读书人四周，七嘴八舌地说着心里话，他们被夏季骄阳晒成酱紫色的面孔上，写着内心善良而且简单的愿望。无非是，把种田的、造纸的、治家的、风俗的、能够想到的和希望变成现实的种种琐屑事规范下来，并且勒石以垂永久。而生活本来如此，所有的琐屑其实意味着根本。

最后，禁约碑如期立起。一颗颗期盼的心如浮尘落地。本村人氏，立碑之前的乾隆十年（1745 年），朱若东考中进士。立碑之后的乾隆三十六年（1771 年），朱依鲁中进士；乾隆四十三年（1778 年），许霖中进士；乾隆四十九年（1784 年），朱依炅中进士……只不知那个用文字准确起草此文采斐然碑文者是谁。

几百年后，我记牢了一个叫田心的村庄。琢磨着，田心人无非两种，一是用心耕田，一是以心为田，叠加起来是汉字“思”。

藏地行

行走高原

在秋天，自驾 9000 公里在藏地穿梭。青藏线进，川藏线出。在高原，与人、与物、与事有过的相遇，其实是短暂的有限的，但通过或远或近的存在，植入内心的情感与认知，却是长久的丰富的。

大半个月时间，走过许多超高海拔的区域，它们超出海平面的垂直高度约是：昆仑山口 4767 米，沱沱河 4600 米，羌塘草原 4500 米，唐古拉山口 5231 米，那曲 4650 米，当雄 4200 米，拉萨 3650 米，那根拉山口 5190 米，纳木错 4718 米，东达山口 5005 米，海子山口 4675 米，高尔寺山口 4412 米……数字是简单的，不简单的是海拔，以及相对应的风景，以及身体在场时又惊又喜的感应。

高原的气候变幻莫测。从青海省格尔木市出发进入西藏境的第一天，沿途经过昆仑山口、不冻泉、索南达杰保护站、可可西里无人区、沱沱河、唐古拉山口，到达那曲。我们在昆仑山口停留时，还艳阳高照。午后一点，抬眼即见的草地是白闪闪的雪地，雪层并不太厚，消融的冰雪成了水泊，尚未融解的还覆盖着转黄的草丛。过沱沱河时，乌云压境，电闪雷鸣。豪雨之后，下起纷纷扬扬的米雪。连续转几个弯，再接连爬几道坡，天又蓝得格外透明起来。彩虹也出现了。此时不经意的一瞥，见到路边挂着一个地名，叫开心岭。谁起的，真是恰如其分。

雪域高原开阔、辽远、苍茫的大背景中，进入视线的事物简洁到极致。

天，蓝得通透。云，低得贴耳。光，亮得灼眼。近在咫尺的地平线，仿佛三两步就可跨过去。

终年覆雪的山峰，从海拔 6621 米的各拉丹东峰，到海拔 7162 的念青唐古拉主峰，到海拔 8844 米的珠穆朗玛峰，到海拔 6240 的格聂雪山，记得住名字的和记不住名字的，它们直插云天的山尖，在青藏高原上无限沉静地昂着头。而冰川，则凝固着欲走还留的脚步。它们古老而青春的面庞，粗犷而明朗；担负冷风清雪的肩膀，宽厚而有力；拥抱青云丽日的胸膛，坦荡而深沉。我只要想到长江、黄河、金沙江、怒江、澜沧江、雅鲁藏布江……想到众多江河的根源在此，就有一种神圣的体会，在红尘历经沧桑的双眼，在俗世拂惯尘埃的十指，在低地常碰泥泞的双足，在这里，可以真切地触摸到中华民族睿智、高远、热烈而宁静的脉搏。当我站在民谣里称为“唐古拉，伸手把天抓”的地方，油然而生的愉悦是：到此之后的我，比到此之前的我，更相信自己，更热爱世界。

在高原漫游，并不浪漫，因空气变得相对的稀薄。一路同行的旅伴中，有一人不适应，随着海拔的高低变化，都或轻或重地出现耳鸣、目眩、胸闷、头痛、咽喉肿痛等高原反应。为了体验渴望的风景，他要承受和克服种种难忍的折磨，然后站在风景里说：一切经历都是值的。

虽然，选择开车跑，比坐飞机累，可与另外的进藏人比，却是小巫见大巫了。那不飞也不跑的人，是忘记“远”才出发的。他们选择开摩托车，选择骑自行车，选择背负行囊徒步行走。尽管受着风吹，经着日晒，忍着饥渴，但一辈子这样走一次，这样苦一次，这样抵达一次，却是内心莫大的历练与欣慰了。

更令人肃然起敬的情景是，在漫漫长路上，遇见从青海或四川磕长头进藏的虔诚佛教徒。他们双手合掌举过头，自顶，到额，到胸口，拱手作揖三次，再全身匍匐大地，以额、以眉、以唇、以胸、以腹、以膝、以四肢，贴紧佛在的土地，然后起身，站立，三步一拜地重复这朝佛的动作。

当我初次遇到磕长头的身影，我想起人各自执着的痛苦与幸福来。

当我一次又一次地遇到，更觉得在朝佛者那里，一举一动无不是放下：放下身架，放下自大，放下利禄，放下苦累，放下悲喜，放下执着……他一定不觉得天堂在天上。他相信天堂就在这里，在路上，在他的朝拜里。世间有什么能胜过相信呢。

布达拉宫

布达拉宫是世界屋脊上的一个地理标志。它就像一个变成现实的理想，或者一个变成理想的现实，让人不满足于远远地驻足观看，而是有一种走到跟前触摸亲近的冲动。

这座从1300多年前就已经建筑的土、木、石结构的宫殿，依山垒砌，群楼重叠，殿宇巍峨，有13层楼117米高。坚实的花岗石墙体，独特的白玛草墙领，佛光熠熠的金顶，具有强烈装饰效果的巨大鎏金宝瓶、幢和红幡交相辉映，红、白、黄三种色彩鲜明对比。世间流传的图像记录，是其作为一座集宫殿、城堡和寺院于一体的建筑外在的色彩、光影、线条、形状与格局，正面或侧面，全景或近景，整体或局部，气势恢宏、庄重、协调，气质古朴、典雅、优美，体现了藏族古建筑迷人的特色。宫殿的内部，拍照一律是禁止的，其间的完整、深邃、精致、神秘以及含蓄的静善美，每个参观的人，只能凭借观察、触摸、聆听来感知、领悟和记忆。

从无字碑开始，我走过曲折的石铺斜坡路，跨进一座又一座挂着铜环的门扉，然后来到位于白宫东侧的东庭院“德央夏”。这个面积1300平方米的平台，是每年藏历十二月二十九日举行跳神仪式和观看歌舞戏剧的地方。在崇佛的信仰里，也是善恶俱在的。恶的魔鬼，要驱除，要撵走。善的神灵，要亲近，要祈祷，以消灾弭祸。跳神的目的，也在于此。秋日的上午，我在耀眼的阳光下，凭借内在的视觉，在想象中经历一场持续一整天的跳神活动。这正中的位置，设了香案、神位，置了供品、香烛。跳神人先是焚香叩首，闭目假寐，意为前去请神；继而跳起，并称已请来神灵；然后全身战栗，边跳边舞边唱。此时，神现身。跳神人变成意念中的神灵，他们或持皮鼓敲打，或持铜锣敲打，念着咒语，施着神力，厉声驱邪，直到口吐白沫“扑倒”在地。等到“苏醒”，神已离去，人回归人。但在经历一场跳神之后，人觉得妖魔鬼怪都被驱除了，世间安稳，人心归善。

走过东庭院，沿着白宫东面的木扶梯，上到白宫雕梁画栋的四方门厅。

其中的一幅壁画上，再现松赞干布请婚及文成公主进藏的情景。故事是意味深长的，历史也是。公元7世纪，藏王松赞干布第一次统一西藏，建立强大的吐蕃王朝，他派了自己得力的大臣噶尔·东赞来到唐朝长安，向唐太宗请求联姻。大唐皇帝当然不会轻而易举就将自己的公主送到高原，何况当时，周边各少数民族都同时派使者入朝请婚。好在，大唐皇帝的五道难题，都难不倒聪明机智的吐蕃使者噶尔·东赞，最终请得文成公主进藏，成就一段对历史产生深远影响的姻缘。松赞干布的喜悦，当然是江山伟业与千秋爱情兼而得之，所以，他才要在这座红山上，建造一座将珠联璧合的汉藏联姻广而告之、继而久之、传而承之的宫殿。岁月漫长，世事更迭，布达拉宫历经千年沧桑。到了17世纪，五世达赖受清朝皇帝的册封，获得了政教首脑地位，他从哲蚌寺搬到布达拉宫居住，自此，布达拉宫的性质发生了变化。它不仅是地方政权机关的所在地，而且是西藏佛教最大的活佛所在地。自然而然，也就成了信徒顶礼膜拜的圣地。

布达拉宫白宫最大的宫殿是“措木钦厦”，从这里开始，我穿过一道又一道厚墙隔开的走廊、门洞，在光照亮的地方，探寻这座艺术的宝库。我遇见雕刻，遇见塑像，遇见佛。我凝望着灵塔，注视着壁画以及目不暇接的珍宝、经卷、唐卡、古瓷。我听人讲述关于布达拉宫历朝历代的传说与故事。这座宫殿装着那么多意味深长的过去和现在。当我观察、聆听、领会，我开始埋怨我的眼睛不够用，记忆不够牢，智慧不够宽。我多么希望，我所见，不只是一鳞半爪；我所知，不只是一知半解；我所想，不只是吉光片羽。

我倚靠着窗扇，隔着一米的距离，听一个经师读经。光照在他褐红的面庞上、黑白相间的发丝上、静如清潭的眼眸里。空气里，流淌着禅经的声音。彼时，我是一个如此安静而空寂的人。我的模样，仿佛我本来也属于这里。杜鲁门·卡波特说：“无论你去哪儿，你总会遇见你自己。”那一刻，我是我，或是另一个我，渴望着可以在一种境界里，停留一年半载，或者整个下半生，像那转山转水转佛塔来朝拜布达拉宫的人，朝朝暮暮地想着，离佛近些，近些，再近些。当我离开，诵经的声音还在拐弯抹角地跟随。

不能绕开不说的，是仓央嘉措。他是六世达赖，又是多么出色的民间诗人。于是忍不住多看了几眼他的塑像，一边在心里忆念他的情诗：

第一最好不相见，如此便可不相恋/第二最好不相知，如此便可不相思/第三最好不相伴，如此便可不相欠/第四最好不相惜，如此便可不相忆/第五最好不相爱，如此便可不相弃/第六最好不相对，如此便可不相会/第七最好不相误，如此便可不相负/第八最好不相许，如此便可不相续/第九最好不相依，如此便可不相偎/第十最好不相遇，如此便可不相聚/但曾相见便相知，相见何如不见时/安得与君相决绝，免教生死作相思。

试问世间，情为何物。我终于看不到你。我终于找不到你。这个世界只为我保留对你的思念。这就是爱与痛。而那引导参观的人说，世人都广为流传他的情诗，其实，他是写给佛的。究竟是与不是，每个人都可以有自己的思量。在禅宗的核心思维里，是亦不是，不是亦是，一切执，都是可破的。只有那写诗的人，知道情根所在。

我从高高的台阶下来，仍见转经筒的人按顺时针一圈圈地转着，仍见朝佛的人在距离布达拉宫或远或近的四周顶礼膜拜，仍见人潮一拨拨退去又一拨拨拥来，昨日去，今日来，今日去，明日来。

如此，我终于明了，红山上的宫殿，其实是一盏不灭的神灯。佛住在这里，神住在这里，光住在这里。你必不可亵渎，不可怠慢，不可骄纵，不可贪嗔，不可虚妄，不可贪恋……你剔除内心里不需要的东西，获得简单、本真与善爱，曾有的怨恨会变成悲悯，曾经的悲愁会变得淡薄，曾有的禁锢会一层一层剥落。此为一心向佛的目的。所以，布达拉宫成了令人眷恋的地方。

羌塘印象

“你初到羌塘，寂寞寒冷会使你惆怅；一旦投入她的怀抱，草原变成温暖的家……”

藏北民歌里唱的“羌塘”，指面积60万平方公里的藏北草原，位于昆仑山脉、唐古拉山脉和冈底斯山脉之间。由于独特的气候条件和生存条件，羌塘自然保护区成为世界第二大陆地自然保护区，仅次于总面积97.2万平方公里的格陵兰国家公园。

经过无人区时，一只藏羚羊出现在我眼里。这被称为“可可西里的骄傲”的物种，它们只属于青藏高原。为什么是一只，而不是一群，它们本来是过着群居生活的。我相信它只是顽皮，而不是孤单。它今天离开羚羊群，是想给千里迢迢的路人邂逅一个灵性的存在。我懂得，更多的藏羚羊活在独属于它们的时间和空间里，吃草，喝水，奔跑，成长，交配，繁育。他们与野牦牛、藏野驴同在，与鼠、兔、鹰、狐同在，被一片无人惊扰的草原眷顾，这是它们的命运和幸运。

在藏北草原睡醒的清晨，是很美的。起初，天仍在半明半暗中，空气清冷，星星寂静。一点幽暗的曙色，印在前方的云上。渐渐地，天空转明，雪山的白头冷峻如思想者。过一瞬间，一缕浅浅的粉色，无声地落在那洁白上。再过一瞬间，暖暖的金色映照在雪山顶。这神秘的光，把山顶照成了金顶，但那炫目的美总是短暂，就像佛罗斯特的诗《凡是金的怎能光华长留》。我们呼吸着极其清冽的空气站在草原上，另一种美出现了，那是缀满露珠的草地。逆光看去，似亿万颗珍珠般的语言被星空散布在这里。小溪潺潺流过的草地上，吃露水的鸟出现了。它们的体形比南方的麻雀稍大，露出温柔乖巧的天性，腹部羽毛的色泽像白露，背和翅膀的羽毛是淡淡的黄褐色。它们难得见到人，故不畏惧人，遇见便要相亲，但又客气地与人保持着一米的距离。这个距离，正适合惬意地观看。它们在露水中，一步一跳地送上朴素的舞蹈，美而亲切。草原人说，天上飞的鸟，地上跑的鼠，都是通人性的，果真如此。

在藏北草原行走，见得最多的，就是牦牛了。遇见它们，不只是在这一片或那一片宽阔的草场，也见过它们在陡坡险路上行走，在雪山脚下的河畔沼泽间啃草，或在激流中渡河。此刻，牦牛群迎着晨曦，早早地从晚歇的地方，去往它们的草地。牧人骑着马，跟在牛群后，他的牧鞭并不挥动，牦牛们也跑得飞快，它们正被那露水正重的牧草吸引和诱惑着。我想，仅凭作为世界上生活在海拔最高处的哺乳动物这一点，牦牛就是让人肃然起敬的生灵了。更何况，高原人喝的是牦牛奶，吃的是牦牛肉，烧的是牦牛粪，穿的是牦牛毛皮制作的衣履，住的是用牦牛皮毛搭的帐篷，种青稞的田地也得牦牛来耕。牦牛的体格健壮粗犷，性情温驯敦厚，外形夹杂着马的剽悍，狮的威猛，牛的憨厚。最可爱的，却是长着一身下垂的滑稽长毛，看上去有些累赘。但那有什么办法呢，没有这些拖地长毛，也就无法适应青藏高原的高寒生态环境。

夕阳西下。我静静地站在纳木错的湖畔，与横贯西藏中东部的念青唐古拉山脉隔湖相望。这列大山，为冈底斯山向东的延续，向东南延伸至舒伯拉岭与横断山脉相接，将西藏划分成藏北、藏南、藏东南三大区域。在传说中，念青唐古拉山为北方诸神灵中最具权威的山。他的造像是：头戴盔甲，骑白马，右手举马鞭，左手握念珠，它拥有广大无边的北方疆域。而纳木错是帝释天的女儿、念青唐古拉的妻子，她的造像是：腾云驾雾地骑飞龙，右手持龙头禅杖，左手拿佛镜。在当地牧人眼里，神山圣湖是永不分离的最美满的情侣。此刻，镀上耀眼金色的山头变成一座座金字塔，山上的白雪，也被夕阳点燃了，燃烧着深情而温柔的色彩。眼前的湖水，在变得愈来愈浓艳的晚霞中颤抖，呈现出情意缠绵的激荡状态。这一幅山水相依天地交融的情景，正像一种永恒的爱境，影响和改变着人的处境与心境。

藏北草原是地球上平均海拔最高的自然保护区。飞鸟，鼠兔，浅草，花朵，苔痕，沙砾，尘土，雪山，星罗棋布的湖泊，九曲十八弯的河流，它们是原生态的。牦牛，羊群，马匹，玛尼堆，经幡，古塔，帐篷，道路，车，牧者，这些是顺应自然的。感激上天的眷顾，然后很有分寸地把自己融入自然，这是生活的本分。

生命与存在

空旷的高原并非表面见到的那样空荡。牧人的存在，意味着牦牛或羊存在。牛羊的存在，意味着草存在。草的存在，意味着水存在。同时，草原的存在，还意味着鼠兔存在。鼠兔的存在，意味着鹰类存在。当然，还有一种存在，凸显出牧人作为草原重要角色的意义。因为，牛羊的存在，也意味着狼与狐类的存在。牧人的天职，是和他骑行的牧马、挥动的长鞭以及一只藏獒之类的牧羊犬，成为看守和保护成群牛羊的守护神，抗衡草原狼和狐狸等“兽害”。总之，草情、畜情、兽情、雪情等环环相扣的诸多元素背后，是处于生态平衡中的生命与存在。

在地球海拔最高的地方，并不像月球那样冷清荒凉，这是人类的福祉。

我在纳木错的湖岸溜达时，与一对人到中年的牧民夫妇有过交流。在牧人的心目中，雪山是一个神圣的存在。因为，只有雪山存在，才意味着水存在。只有水存在，才意味着生命存在。在世世代代的牧人心中，山与水都是活着的生命体。山，就像父亲一样；湖，就像母亲一样。山抵御大风与寒潮，是最好的怀抱。湖抗衡饥渴与炎热，是最可依靠的源泉。离开雪山，牛羊所喝的水、所吃的草就无从谈起。怪不得，人们对于念青唐古拉山，对冈底斯山，对喜马拉雅山，对每一座山，都有生动的故事可以传说。

人在高原，祖祖辈辈都遵循着古老的自然规律生活。缘水而去，逐草而牧，处野游居。除非成为国家公职人员或买卖生意人生活在城镇里，不然，就不可能固定居住在一个地方。为了保证牦牛们在漫长的冬季也有草可啃，人们把各处的草原按照海拔的高低，划分为春季牧场、夏季牧场、秋季牧场和冬季牧场。那最寒冷的高山，一年中大部分时间都覆盖着冰雪，只在夏季阳光充足时，消融的冰雪才孕育出青嫩的草地，这些地方，就作为夏季牧场。依此类推，海拔最低的山谷平原，冬季气温相对较高，则作为冬季牧场。除了游牧，另外的生活补充，便是采集虫草、菌类等大自然的馈赠物，而耕种，则只有在气候适宜的区域。这是在高海拔区域生活的智慧。

那天，我们开车在317国道索县境内行走。头裹青红色头巾的女子，和头上箍着发圈的小女孩，以一种原地等候的状态，出现在路旁。面带笑容的母女，一只手中提着一个柠檬黄色的塑料袋，另一只手招呼我们停下。女人举着她的柠檬黄袋子，说：买蘑菇吧，买蘑菇吧，新鲜采的，30元钱一袋。那些来自草原的新鲜菌子，挤挤挨挨地聚拢在一起，尘迹还牢固地粘连着菌根。只可惜，路途尚远，我们没买。离开后，从照片中细看那对母女，高原的风和太阳，在她俩肌肤上留下的印记，就跟白色底子的染色盘被黑、褐、黄、红沾染渗透似的。做母亲的眼神，在愿望落空的某个瞬间隐含着的一缕愁，像一块突兀的石头，走过时让脚感受到路不平坦。但当她接过我们送给女孩的笔和笔记本，她的眉目神情又重新变得踏实而明朗起来。而女孩，始终呈现出非常生动的盼望与喜悦，沧桑尚未落进她的眼睛。

过巴青县城不久，在黄昏中，看见藏民在犁田。这里的山谷低地，已经过渡到半牧半耕的区域了。那一块田也就半亩地大，前面的四个男人每人驾驭两头牦牛，跟在最后的两人一人各驱使一头牦牛。天色已晚，我们当晚要赶到丁青县城住，大家停下车，快快地按着快门，便离开了。也许这一天是一个秋季开耕的日子，我们没法弄明白这是什么仪式，也不懂得人家有什么讲究，会不会冒犯。但凡仪式，总归蕴含着祈求的，人活在各种期待里，便觉得生活充满希望。

从邦达出发的早晨，初升的太阳照在玉曲河沿岸的田块上。藏民们正在收割青稞。男人手执长柄的电动镰刀，也不必弯腰，青稞便在略显生硬的切割声里，一排排倒下。女人们负责将割倒的青稞收拾整齐，一抱一抱地束缚成捆。我长年在南方的水稻耕作区生活，见惯了人们出去劳动，总穿着最朴素的衣服出出进进，劳动回来，不是一身泥就是一身水。高原上的耕作却全然不同，因为不会拖泥带水，所以地里耕作的人，个个都衣着光鲜，漂亮的帽子戴在头上，美丽的裙裾穿在身上，珍贵的首饰佩戴在身上。这样诗意、自在、恬适的田园劳作，具有强烈的画面感，以及自然而然的浓郁而明亮的美感。

风景以及陌生人的爱

我们从川藏线走317转318国道返程。沿途道路之艰险曲折一言难尽，好在风景迷人，也就在所不惜了。

离开拉萨的第一天，我们从索县经巴青县赶到丁青县城过夜。头天听走川藏线进藏的人说，道路是畅通的。不承想，就在那天凌晨，在丁青县尺牍镇玛色村附近的 317 国道丁青—斜拉山段，发生山体滑坡，致使道路阻断。我们到达玛色村附近时，已是晚间 9 点。听一个货车司机讲，堵了整整一天。漆黑的夜里，听着秋虫和水声，寂寞又冷落。人在旅途，看着夜路上堵着的车阵，心中顿生天涯漂泊的凄惶感。实在不行，只好动用我们事先预备的帐篷了。好在大约半小时后，长龙车阵挪动起来。在缓慢如蜗牛的行进中，一路都见挑灯夜战的施工人员在抢修道路。暗夜里亮着的灯光，照着坎坷不平的道路，照着戴着安全帽默默工作的工人，照着铲车和推土机工作的方向。我们沿着一条没法弄清楚名字的河流，在曲折泥泞的道路上，永无止境似的走啊走。到达丁青县城时，已是次日凌晨 1 点了。那一晚，我忘不了经过玛色村时，站在道路右侧的村民，他们深情地跟每辆车挥手道别，有的说再见，有的说慢走，有的说路上平安。多么温暖的陌生人，夜色中看不清他们的面孔，甚至来不及说谢谢。

在西藏传统的虫草产地——丁青睡醒的清晨，看见我们脏乱不堪的车，才知道我们头天夜里走过多么艰难的路途。

之后的行程，亦颇多曲折。我们的司机大哥的确太酷。他凭着自己在藏区也堪称“飞毛腿”的体能，五次自驾进藏的经历，还有大车考官的资格，以及曾经在部队摸爬滚打多年的历练，游刃有余地开着以低调著称的“沃尔沃 XC90”纵横驰骋。有时遇到修路，为了赶时间，他便带领我们自己开路，或者直接驱车涉水过河，为我们的藏地之旅增添了诸多豪迈。在经历塌方、修路、拥堵、泥泞等艰难历程之后，我们的座驾大约埋怨我们不够体惜，水箱出故障了。这时候，我们正在芒康县如美镇境内，在横断山脉的一道道曲曲折折的山路上行进。走一段路，水温上升，就得停车休息，等水温降下后，加水继续前行。有趣的是，当我们的心情跌宕起伏时，横贯如美镇境内的横断山脉则有一个动人的名字——宁静山脉。好吧，漫漫长路远，放慢速度穿行，正好可以慢慢品味一种豁达开阔的境界，因眼前所见，如此雄伟，又如此苍茫；如此壮美，又如此静寂；如此遥远，又如此切近。

在澜沧江边的如美镇，我们没有找到汽车修理厂。在又一次水温升高停下歇息的时候，我们看见漫天星光熠熠生辉。似乎，从未遇过这么宁静的夜晚，从未见过这么明亮的星星，从未这么近距离地注视银河。司机大哥的心情大约是最复杂的了，他在等待加水的时候，用手电筒在高山草原上四处照，然后他发出感叹：好多的兔子啊。我朝着光的方向看，果然，兔子被光罩住就不知道动了。

那一晚，赶到川、滇、藏三省区交汇处的芒康县城时已经是午夜 12 点了。

第二天，我们在芒康县城修整了一个上午，县城最大的两个修车厂的师傅都说，水箱没坏，但却没办法帮我们解决问题。我们洗了车，重新上路。到达四川境内的巴塘县遇到第一家汽车修理厂时，我们抱着试试看的心情开进去让师傅看。那个手臂上文有一个“爱”字的康巴汉子，叫来技艺精湛的师傅帮我们检查。师傅说，水箱进空气了。哦，就这么简单。等水箱冷却，他帮我们排出空气，重新加了水。我们离开时，问康巴汉子收多少钱，他模棱两可地说，看着给吧。给多给少，都由我们。康巴汉子的心地，真是善啊。

我们怀着一种被温暖感染的心情，告别康巴汉子。当我们到达海子山垭口时，正遇上夕阳西下。太美了。让人感到无以复加的称心如意。

北疆散记

往北的第一天

7月的第一天，上午9点从桂林出发去新疆，11点抵达重庆，而飞乌鲁木齐是晚上7点。中间有8个小时看起来无聊透顶，我却偏爱。旁人在椅子上午睡。我在便笺上改一首2010年的旧诗，《一棵椰树掠走我片刻》：

那天我坐在一棵椰树下/坐成慢慢实现的空荡荡的诺言/我与漫长秋日一个横断的截面/相见又相忘/别人喊我走了而我听不见/那棵椰树把我掠到哪里去了/仿佛一去不复返/仿佛声响止于安静/仿佛风止步水歇脚/又仿佛悲止于喜，明止于暗，伏止于起/那里是天涯海角/哪里是天涯海角/现在我在重庆江北机场等候起飞/在等待中想念那棵掠走时间的椰树。

此时一首诗掠走我。我愿意。后来逛蔚蓝书店，买了美国作家乔纳森·弗兰岑的小说《自由》。书的封面上有两句话："自由带给我们的，原来是幸福之外的一切……"

穿过古尔班通古特沙漠

从乌鲁木齐出发，沿着古尔班通古特沙漠的外围走216国道，往与哈萨克斯坦、俄罗斯、蒙古三国接壤的布尔津县。

出城即见与南方迥异的风貌。山坡上成行成片种着的小榆树，一副艰苦卓绝的模样。在漫无边际的戈壁滩上，零星分布着放牧牛、羊、马、骆驼的草场，面积小得可怜。路边一闪而过的灌木丛，正开着碎碎的粉色花，是骆驼和羊爱吃的红柳。偶尔也见到一汪小水泊，小得跟南方的泉眼似的。

途中经过普氏野马基地。普氏野马是目前唯一生存在地球上的野生马，全球仅存1000匹左右。1876年，俄国人普尔热瓦尔斯基在新疆“首先发现”了准噶尔野马群，这种野马遂被命名为普氏野马。后来，欧洲人来了，大量野马驹被带到异国他乡。紧跟着，准噶尔野马绝迹。经动物学家呼吁，从20世纪80年代开始，从英、美、德等国引回17匹当年被劫走的普氏野马的第八、九代后裔。由此，野马故乡才重新印上野性的蹄印。我们在基地附近的戈壁滩上游荡了一阵。异想天开的奇迹并未出现，野马们不知去哪里撒野了。只好在脑海里，想象那些机警、善奔驰、体形健硕的野马纵横驰骋的生活。从物种的角度，一物存世，便算是安慰了。

在充满破碎感的金色沙粒间，荒漠植物呈现旷世的坚韧。而风如魔，日复一日地吹沙成尘；而寒如冰，夜复一夜地销魂蚀骨。这些势单力薄的植物，必定要练就超常的定力，才能够稳住沙丘，不让它到处横行霸道。它们从四面八方凌空扎入沙地深层，据说最深的要到达30多米的地底，才能够汲取到水分。还有叫不出名字的开着各色花的草丛，绿色的边缘，是死去的黑色、褐色、锈色。注视者被一种残酷的命运弄得哑口无言：你若没见过极端，便不知寻常的好。

过普氏野马基地不久，到中国最大的有蹄类野生动物保护区——富蕴县境内的卡拉麦里山国家级自然保护区。1.7万平方千米的保护区足够辽阔。人迹罕至的荒漠里，生存着的兽类有蒙古野驴、盘羊、哦喉羚、草原斑猫、赤狐、沙狐、艾鼬、草兔，鸟类有金雕、玉带海雕、苍鹰、大鸨、小鸨，爬行类有荒漠麻蜥等。我没有足够的时间停留，也就无法与一只狐或者一只狼相遇。草原上的精灵们，在天与地的寂寞里发出声音，在沙与土的绵延里印下踪迹，在水与草的交汇里解除饥渴，就很好了。

到达可以吃饭的恰库尔图镇时，已过下午两点。午餐的菜很可口，西瓜很沙，哈密瓜很甜。吃饱了，交一块钱去一个地方洗手，用过的水自然都是拿另一个盆具接起的。水，再也不能够无节制地哗哗直流了。

路上几次见到驼群。这被誉为“沙漠之舟”的生灵，在贫瘠的草场上，或慵懒地俯卧着，或啃着稀疏的草叶。那样的状态，令人想到四处碰壁的绝境。事实上，动物凭借超出想象的智慧和忍耐力适应世界。人懒，怕困难，只想投机取巧，所以会绝望。当你无望，不妨想象一幅图：在大漠中行走的骆驼，举足踏沙，驼铃悦耳，似天籁。

漫长的路途之后，山势绵延的阿尔泰山映入眼帘。到达五彩滩时，已过晚上 8 点，太阳还很高，似南方夏天下午四五点的光景。站在高处平台四望，从脚下延伸出去的悬崖式雅丹地貌景致，让人惊艳。维吾尔语“雅丹”为陡壁的小丘，是在干旱、大风环境下形成的风蚀地貌类型。曾经激流猛浪冲击以及狂风侵蚀的崖岸，在光照中呈现大块大块的红、橙、黄、紫、绿、褐等颜色，异常明亮的暖调。远古的河马、巨象看呆了风景，凝固成河岸边的神话。而大自然自己碰翻了油画颜料，随意地泼洒、涂染、胶着在风化的岩石上。

与五彩艳丽的雅丹地貌相映衬的，是额尔齐斯河宁静的蔚蓝。这条在我国境内长达 546 千米的河流，自东向西流经哈萨克斯坦、俄罗斯，最后注入北冰洋。一整条河的蓝，可以把眼睛染蓝，也可以蘸着写诗。听说，大诗人李白就出生在额尔齐斯河流域，虽未考证，但我相信，一条诗性的河流会孕育诗人。掠过额尔齐斯河面，平整的南岸绿杨成林，而远处逶迤的山丘与戈壁风光仍如路途所见。最荒凉的沙漠连接着最丰美的河岸，真不可思议。

晚餐，有人特意加了一道菜：两条狗鱼。说这是阿尔泰山及其周边地区特有的一种冷水鱼，鱼生长异常缓慢，肉质也非比寻常地紧致细嫩，被认定为地理标志产品保护。谁能告诉我，一颗米粒大的小鱼需要在冰冷的水中游弋多久，才能够长到半个巴掌大呢。据说，每年的 4 月 1 日至 6 月 30 日正值鱼类繁殖期，这期间额尔齐斯河实施禁渔。禁渔，令珍稀野生鱼类获得一段蜜月似的休养生息的时间。其他时间，不知是可以适度捕捞，还是随意捕捞。但我还是没动筷子，我不想承受一小口就吞下一条鱼度过的百年冰冷。

在阿尔泰山深处

北疆夏夜，晚上 11 点才天黑。6 点起床，天已亮得发蓝。

从布尔津县城出发，前往位于县境内阿尔泰山深处的喀纳斯国家地质公园。阿尔泰山是跨越中国、蒙古、俄罗斯和哈萨克斯坦四国领土的山脉，从戈壁沙漠向西西伯利亚绵亘2000多千米，新疆为阿尔泰山的中段南坡，长500多千米。“喀纳斯”是蒙古语，即“神秘而优美”之意。

出布尔津，渐渐地离沙漠与戈壁远了。视线中，游牧人的素色毡房像白云落在草地上。随处可见的阿勒泰大屁股肥羊，身材一点不苗条，走起路来一扭一扭的，臀部的两坨肥肉像是怎么甩都甩不掉的福气。它们循规蹈矩地行进，一心一意地往牧场走去。这是阳光充足的夏季，我席地而坐的地方，站着草，开着花，以前和以后，都由雪、由风、由花、由月坐。现在，牛羊们尽情享受着不愁吃喝的安逸时光，想吃就埋头啃草，吃饱便放下身架，无所寄托地闲卧。而放牧人骑在深色马上，肤色晒得黝黑。他扬起鞭子，既温柔又严厉。《牧羊人之歌》里，按更巡逻不息的牧羊人遇见天使，起初心里胆战心惊，跪在草地上，而天使说你们别惧怕，牧羊人见救主，是好福气。其实，天使只是一种心境，所想所爱所期所盼而已。

现在，不经意间与鹰和雕相遇了。它们在山势起伏的空阔处展翅飞翔，身体绷得那么紧，天神般无羁无绊，所有上天赋予外在的与内在的力度美，都在远天与雪峰下一一呈现。一种与柔弱、怯懦、犹豫完全不沾边的物种。有人拿捕捉来的大雕供人拍摄。我不愿意带上长过手臂肘关节的厚皮手套，让大雕落在我手臂上。我宁愿借一把大风，触摸大雕的翅膀。

在雄奇的阿尔泰山上转来转去时，满坡满谷盛开的野花露面了，蓝色的、紫色的、粉色的、黄色的、白色的，挤挤挨挨，既俏皮又深情地闪着双眼。与斑斓草地高低错落的，是黛绿树木覆盖的雪线以下的山坡。这里没有阔叶林，一眼望去，树干一律挺直，树叶普遍细碎，但可从树枝生长的方向辨别出三种主要树木：树枝一律向上触碰天空的是云杉，怕冷似的向下低垂枝柯的是冷杉，既向下又向上、看上去有些不知所措的是西伯利亚杉。后来又出现了白桦树，白雪纯洁的树皮上分布着的裂纹，被称作情人的眼睛，无论是睁眼还是闭眼，都脉脉含情。虽说带着境由心生的味道，本质上还是造物完美。

下午两点，去游喀纳斯湖。过卧龙湾，过月亮湾，过鸭泽湖，想起传说中神秘的湖怪，便故意与人说，要是遇上湖怪该怎么办？其实来到湖上，就只在意雪山四周的安宁与明净，在意沙漠与戈壁的尽头，太阳一点一滴地捂暖雪山的头颅，寒冰慢慢融解，涓涓溪流汇聚成水势浩大的河湖。因那雪水的润泽，遇见层出不穷的野花，遇见蔚蓝与雪白，遇见人间净土，这终究是令人感到奇异的。

从湖上回来，与人结伴去了图瓦人聚居的喀纳斯村。作为蒙古族一个分支，生活在雪山脚下的图瓦人，他们的家全是原木筑起的木屋，屋门外，醒目地挂着招牌欢迎客人来访。我在那奇家门口驻足。一拨人正在屋里听图瓦人述说，门前围着两圈半月形的鞋。

紧挨着那奇家后面，一个年长的男子站在新建的屋顶上，用脚掌以及身体的重量，压实原木屋顶上的苔衣。这间即将竣工的木屋，正面由 9 根去皮的原木横向相互压紧堆砌而成，侧面则是由 14 根原木堆砌。上下两根原木之间紧压一层厚实的苔藓，起到填补缝隙的作用，相当于砌砖墙用水泥浆凝固。那奇家的屋子高出一大截，正门一方就有 16 根原木的高度。

轮到我们访问，脱鞋进屋，落座。小屋铺着各色花样的地毯，桌上的碗盘杯盏盛放着奶酪、酥油奶茶、马奶酒、酥果和炒米。眼前健壮得像一堵墙的图瓦男子，他的长相酷似他身后的成吉思汗的挂像。他娓娓道来，讲到阿尔泰山深处喀纳斯湖区生活着的图瓦人，在史书上称为“都波人”“萨彦乌梁海人”“唐努乌梁海人”等，他们至今保存着 1918 年民国政府颁发的“乌梁海左翼左旗札萨克”银印。关于图瓦人的历史，有说是成吉思汗西征时遗留下来的士兵繁衍的后代，也有认为其祖先 500 多年前从西伯利亚迁徙而来，与现今俄罗斯图瓦共和国的图瓦人属同一民族。究竟怎样，不得而知。

图瓦男子一一展示并让我们猜测的几件宝贝，包括做奶酪的皮桶、贴着毛皮的雪橇、可以吹出天籁的苏尔，都与图瓦人的生活息息相关。真是神奇，苏尔是用草茎制成的乐器，且是汉朝时期就在西域流行的“胡笳十八拍”乐器中的一种。在那个男子用苏尔吹奏的音乐里，我成了一粒微尘，落在一棵青草的叶下。

记得深刻的，是图瓦男人弹着乐器唱呼麦。在一种特殊的声音技巧里，从男子无比遥远的声音深处，流淌出两个不可思议的声部。他一会儿在低音声部里流连叹息，一会儿又在透明清亮、带有金属质地的高声部里飞奔，深情与矛盾，粗犷与婉转，既矛盾又和谐地交融在一起。我不知道，一天或者一年甚至一生的时光里，曾有多少时刻，是在声音里获得可遇不可求的安宁的。我听过那样的声音吗？是第一次听。从前难道没有听过那样的声音吗？不是的，一定是听过的。比如在马上听惊雷，在松下听叶落，在距离中听爱情。仿佛我睡在落满星星的草原上，听见奔驰千里的骏马歇下来的那一刻，多么急促又多么安宁的脉搏与心跳。仿佛在不可捉摸的命运里，高昂与低沉，明亮与漆黑，宽阔与狭窄，喜悦与伤悲，不可分割地促膝坐着，坐在山险处，海明处，云深处，至午夜仍倾谈不止。

一曲终时，我从世界的彼岸回到此岸。

我问图瓦男子：唱的是什么？

他答：自然，自然的山，和水。

当我写下这些文字，我理解了有一种表达是不完全的表达。一个人，总会存在各种局限，认知的，体会的，领悟的，见识的，都有无法抵达的程度。有时候，可以成为美的，恰恰就存在于无处不在的缺憾中。

去魔鬼城走一遭

这天清晨，原本是要再次进入喀纳斯湖区游荡的，同行的人懒得去，便省略了。

将出阿尔泰山时，从低处望去，看见隐身花河草海间的牛羊几乎只剩下脊背。第一眼的感觉，是晨光把牛羊散布在花园中，或者“天苍苍，野茫茫风吹草低见牛羊”，都是贴切的。再走一段路，便是天壤之别了。车窗外，怪石密布，沟壑纵横，裸露的岩石点染着各种色彩。那是旱死的苔藓。微乎其微的苔藓。完全失去水分的彩色回忆。等一场雨来，才会活回来。人们称那里为怪石沟。

过布尔津后走 217 国道，长长一段枯燥乏味的行程后，克拉玛依油田出现了。人称“磕头鸡”的一架又一架机井，像大公鸡一边给地母磕头，一边大口大口地吸饮沙漠地底那浓稠的、液态的、黑色火焰一般的河流。这留不住雨水的沙漠，暗藏着古代海洋与湖泊生物经过漫长演化形成的混合物，人们称其为能源，虽说与生活距离近而又近，但直到它们马不停蹄地奔跑着一点一滴消失，我们仍不曾谋面。

与乌尔禾矿区毗邻的，是魔鬼城。此地沙丘，常常要承受 10 至 12 级狂风的吹拂，遂得风城之名。我在长廊上等待进入烈日曝晒的魔鬼城时，瞥见泥黄色的长廊柱子上，裸露着各式各样的骷髅，骆驼的，马的，牛的，一个头颅或一块肩胛骨、两只空洞的眼睛。一个几乎把人弄得神经错乱的场景。一时间，竟不知道世界处在什么年代，发生了什么事，不知该怎么思想，用什么感情想事。

一亿年前的白垩纪时期，我脚下的土地曾是淡水湖，草木掩映，碧波荡漾。随着地壳长期缓慢下陷，由砂岩、泥板岩组成的砂泥质地层沉积在湖底。

经过印支和燕山两次大的地壳运动后，地壳上升，湖水干涸，戈壁台地生成。而台地的西北面正对着进入准噶尔盆地的老风口。风为斧，雪为锯，日为刀，月为凿，光阴，为我们雕琢、刻画、呈现着魔鬼城。

开着小火车带我们进入魔鬼城的司机，让人跟着他的解说去想象。

我坐在车尾，那里留有一扇可以推开的玻璃窗。此时不起风，世界安静得如同死去多年。在荒凉里，我过上了另一种生活。我在断桥下，幻想铺天盖地的大雪来临，把断桥续上，给仁爱通行。那只落在沙上的巨鹰目光犀利，它毫不吝啬地载我，时而高飞，时而缓冲，累了就收敛翅膀，屏息静气地歇下……魔鬼城的道路上空无人影，不塞车，不拥挤。奇形怪状的城堡里空无人影，无喧嚣，无挣扎。

小火车将我们卸在凝固不去的荒凉里。我踯躅在沙漠深处，遇见狮身人面像，遇见欲沉未沉的"泰坦尼克"号，遇见城堡里孤独的王子，遇见山野担柴的樵夫……世上凄楚的美，在停止行走的时钟四周行走。小火车逃一般载人离去。众人都往前看，独我回眸，仿佛我愿意加入这旷世的空无一人。倘若鬼魂都白天死去，那夜晚一定会复活，在这空城里过另一种生活。

另一种生活是怎样的呢？是不是就比这一种生活好呢？魔鬼们会告诉我的。有时候，人盼望脱离常态，只是徒然。

海那么大的一滴眼泪

奎屯这座城市，因历史上有建设兵团驻扎和建设的缘故，很平和。出奎屯城，四处呈现土肥地沃的鱼米之乡景象。南方人不觉稀奇地闭目养神。不知走了多久的路程，一抬眼，望见先前的绿野平畴又切换成一望无际的戈壁和荒漠，突然眼泪就止不住地掉下来。难道是因为令人倦怠的长路，而不是这茫茫戈壁拒人千里？我有没有一颗足够坚忍的心来面对世间的荒凉？

第二次抬眼，看见几个女子顶着烈日，在巴掌大的地里采摘红熟的枸杞，居然又吧嗒吧嗒掉眼泪。

第三次抬眼，看见全身绷紧的老鹰掠过。这一次，我让眼泪不留余地地退回去。我不要不知所以地伤感。如果淌尽卑微的眼泪，可以陪伴碎沙与砾石间的一丛红柳，或者一只鹰，我愿意一直埋头痛哭。

下午两点，与道路平行的视线中，宛如从天而降的山脉屏障一般耸立。哦，天山！世界上距离海洋最远的山系，地球上干旱地区最大的山系，2013年6月21日被联合国教科文组织列入世界遗产名录的山系，在我双眼的注视中了。

不久，道路就把海那么大的一滴眼泪送到我面前。是赛里木湖。这个水面阔大辽远、水色清莹碧蓝的高山湖，与蔚蓝色的大海多么相似。一年中最炎热的时日里，风却冷兮兮地吹着，翻卷的乌云遮住了太阳。我站在湖边，瑟瑟发抖，加了毛衣仍感觉衣衫单薄。

赛里木湖古称“西方净海”。蒙古语意为“山脊梁上的湖”，突厥语意为“平安”，哈萨克语意为“祝愿”。在传说中，赛里木湖是由一对殉情的年轻恋人的泪水汇集而成的，又被称为乳海。还因为，赛里木湖是大西洋的暖湿气流最后眷顾的地方，所以被称作“大西洋最后一滴眼泪”。

令人伤感的传说。那些动荡的水波，仿佛摇篮里的晃动，令我安静下来。在水岸，露出白雪尖顶一角的天山守护神似的站立在不远处。骑马人在水边摆出踏浪而去的架势，但他不会真那样干的。他想奔跑，就会在赛里木湖岸边长着芨芨草的沙地上奔驰，或者到更宽广的草原上驰骋，当然，让马蹄踩踩浅水戏戏浪也未尝不可。

我们在赛里木湖待的时间很短暂。有谁愿意在一滴眼泪里待太久呢？

恹恹的路途。没有谁提醒，忽然就如梦初醒似的，兴奋地发现窗外的峡谷景致险峻而奇异。那个一路陪伴的人漫不经心地说，车窗外就是纵贯北天山的果子沟。

果子沟是伊犁的天然门户，312 国道乌鲁木齐至伊犁公路的必经通道，全长 28 千米。因地势险要，自古就是中国通往中亚、欧洲的重要孔道，也是新疆古丝绸之路北道的必经通道。史书记载，1218 年，成吉思汗西征时，命次子察合台率军，凿石理道，刊木为桥，始成车道，曾架桥 48 座，可见路之险峻。

我们在果子沟险峻的峡谷中穿行。如同刀削斧劈的山坡上，每一棵云杉都在不同立面上伸手向天，浓绿如墨，没有树木的地方，青草披覆，间或耸立着硬骨头似的岩石。令人触目惊心的，是那纵向密布山体的裂缝。从发现起初的一条裂缝，到越来越多的裂缝，只是一件视线移动的事情。虽然，没有裂缝的表皮，仍长着青草。但谁能保证在下一刻，或者下一个冰雪季之后，会不会也变成难以收拾的裂缝呢？究竟是凄厉的西伯利亚风，还是铺天盖地的雪，还是人为的缘故，催生了这伤痕累累的肌肤？

令人倍觉凄楚而心生悲悯的是，一群羊，从这些地裂的沟壑之上，提起并迈出它们书生似的温文尔雅的脚步。一个赶羊的人，跟着羊群，踩在一个个撕开口子的肌体上，举手投足，紧盯裂缝的边缘。我看不见他的表情，看不见羊的神态。举步维艰，就是这样的情形了。我陡然记起了一个词，边塞。

那拉提，那拉提

一面是深入骨髓的冷，一面是灼痛肌肤的热。

一面是沙漠戈壁的荒凉，一面是牛羊成群的丰饶。

连日在北疆行走，增加了对事物两面性的深刻感知。

这天早晨。从伊犁哈萨克自治州的首府——被誉为“塞外江南”“中亚湿岛”“花城”的伊宁市出发，去看那拉提草原。

维吾尔语中，“那拉提”可理解为太阳最早照耀的地方。

在传说中，察合台带领的蒙古军队由天山深处向伊犁行进，虽时值春日，但风雪弥漫，这支饥寒交迫的军队在一种道阻且长的疲惫中，在翻越一个山口的瞬间，看见冉冉升起的太阳照亮了草原，不由得兴奋地大叫：“那拉提！那拉提!”

那拉提山，是高可碰天的天山山脉的一部分。那拉提草原，是“空中草原”。天界台、天仙台、天风台、天鹰台、天意台、天牧台、天成台、天境台……每一个观景台都带着一个“天”字，想必是有意而为之吧。连绵起伏的天然草坡上，每一茎草，每一枝花，都在穷尽生命的热情与爱意，触碰阳光，触碰空气，触碰眼睛、呼吸和灵魂。

此刻，一朵花向我走来。名字叫作夏库拉的小姑娘，她的笑容和花朵一样明媚。

不久，又一朵花朝我走来。戴着银戒指的男人，他手握的两朵天山雪莲，紧挨着他的胸口，淡淡地泛绿香。这是天山山脉海拔 4000 米左右的悬崖峭壁之上生长着的花朵，人世间最圣洁的花朵，被奉为“百草之王”和“药中极品”的花朵。戴着银戒指的男人，当他攀上那陡峭的冰川岩畔，遇到第一朵比阳光还要耀眼、比月光还要纯净的雪莲，从此以后，他心里的爱神，也许就暗暗地替换成雪莲。我问：你去雪莲谷采的吗？他笑语：是啊，雪莲谷，高高的雪莲谷，好漂亮是吧，50 元一朵，可以风干泡酒，也可以做鲜汤。哦，梦幻一样的艳遇。哦哦，戴着银戒指的男人走过了，他怀抱中的雪莲花香抚摸过我，也走了。

淡淡地泛着绿香的雪莲走了。我在草原上躺下来，成群结队的花朵向我走来。夏库拉告诉我，生长在那拉提草原的植物有千百种。我分不清她们，谁是淡紫金莲花、银莲花、老鹳草、马先蒿，谁是天仙子、大花青蓝、小米草，谁是天山羽衣草、聚花风铃草、苣菊、鹅观草……她们比沙漠还要热情地在我额上，在我嘴角，在我肩背，在我腰下，在我手肘，在我脚踝，用很舒服的花言草语将我覆盖。啊，如果，睡在这花丛中，不再醒来，那也是天堂般的待遇。

我不必为每一次举目四望都是沙漠与戈壁而伤感了。世间事，总归是公平的。上天为这个世界安排了不毛之地，亏欠你，冷落你，让你凄凉，让你无助，也会同时赐给了大自然最丰美的锦绣家园，眷顾你，怜惜你，让你温暖，让你安宁。

巴音布鲁克草原

阴晴不定的午后，到达位于和静县西北、天山山脉中部山间盆地中的巴音布鲁克草原。这个面积超过 2.3 万平方千米的草原，为中国第二大草原。令我惊讶的是，目力所及的范围内，我见不到一棵树。草原人说，要在海拔 2500 米的地方种一棵树，比登天还难。

开都河，一条蜿蜒曲折的河流迎接我的到来。有人说，这条九曲十八弯的河，是神话小说《西游记》中所说的波涛翻涌的“通天河”，唐僧取经归来路过通天河时，忘记了老龟的嘱托被掀下河去，上岸后，晾晒被河水浸湿的经卷的“晒经岛”，也在和静县境内。神话本身，听来令人愉悦，姑且听之。但因了开都河的存在，以及草原上众多涌泉水脉相通，人们便给这方水土取名巴音布鲁克，蒙古语意为“富饶的泉水”。

天鹅湖在开都河上游，宛似草原湿地中央一颗硕大的明珠。成千上万只扇着天使翅膀的天鹅，在这里获得自在。我站在廊桥上，看见夏天清澈的湖水上，游弋着白如冰雪的倩影，而午后阳光，在天鹅戏水拨出的一圈圈波纹中，折射出宝石般的光芒。我想象着每年 4 月，天鹅成群结队地从遥远的南方归来，那九天落玉的景致是多么神奇美妙。在此之前，在 9 千米高空，天鹅究竟要翻越多少山川，要抵抗多少天风吹，要承受多少大雨打，甚至闪电，甚至惊雷，甚至饥寒病痛。漫长的迁徙之旅，完全只凭借自身的力量完成，那份艰苦卓绝的意志与毅力，唯天知。无怪乎，草原人将天鹅视为心目中的神鸟。在保护区守护了一辈子天鹅的“天鹅爸爸”说，天鹅的坚贞、浪漫与高贵，俗世间，常人难比。相爱的一对天鹅，若其中一只死去，另一只会毫不犹豫地殉情，或是绝食，或是飞到高空收起翅膀自由坠落，真正的生死相依。当我将湖上的一对天鹅情侣摄入镜头，不禁发起愣来。毕竟，我面对的，是世界上最深情的物种。

也许是受了天鹅情结的影响，从晚上 8 点到 9 点，我一直痴痴地站在天鹅湖畔巴西里克山上等待。我希望看到 9 个太阳出现，同时落入九曲十八弯的开都河。这期间，太阳或者埋在厚厚的云层里，或者从云缝里射出耀眼的光芒，开都河明明暗暗地变化着，有时候，似乎可以数出三四五六个太阳落在河中，但并不明朗，看上去是一个个目光灼灼的眼神，不是浑圆饱满的太阳。等待的人，怀着不到最后的时分绝不放弃的心情在等待。一个人在夕阳西下的时刻，一直在记录着一条河的变化，是件快乐的事情。虽然最终，也没能如愿以偿地拍到 9 个太阳倒映河中，但心情，竟然出奇的好。

下山时，在低处的草坡上。遇到两匹非常剽悍的焉耆天山马。焉耆马有“海马”的美名。因为它们擅长游泳，能够驮上主人和行李连续游上二三十千米，而且游泳姿势自由而洒脱，犹如蛟龙在水中腾跃，由此人们又称其为“海马”。另一个原因是它们冬天善于在冰滩上行走奔跑。换成别的马在冰滩上行走，会摔跤，会滑到，唯有焉耆马能做到健步如飞，即便是拉着车载着人。

我看见那两匹焉耆天山马的时候，它们正在草坡上吃草。而乌云正把天空压下来，把黄昏的巴西里克山压低。马主人不知去哪里了，他将马的两只前蹄用绳索束缚起来，把这个世界奔跑的野性捆紧收起。那两匹骏马，它们只能以单脚跳跃的方式，咀嚼山坡上的青草。它们长颈飘散着黑色鬃毛，撒开的长毛马尾也是黑色的，像夜色一样黑。而一束光透过乌云斜照下来，焉耆马整个身体，便像一丛烧灼的火。那被限制了的自由，看得我有些憋闷。

另一件值得记录的事情：公元 1771 年，蒙古族土尔扈特部落从伏尔加河流域回归祖国，清政府将东归的土尔扈特部落安置在巴音布鲁克草原游牧。

梅里·梅里

一

梅里雪山为滇藏界山，地处云南迪庆藏族自治州的德钦县境内，位于横断山脉中段怒江与澜沧江之间，平均海拔在 6000 米以上的有 13 座山峰，称为“太子十三峰”。

在秋天，我把去见“雪山太子”并徒步明永冰川放进了行程。一心想着，凭借毅力与脚力，在高寒清寂之境印下足迹之后，人世种种险阻都不再成为险阻。

从丽江启程。细雨纷飞，淋湿了金沙江的浪涛和虎跳峡的巉岩绝壁，以及眼角眉梢的沧桑顿悟。在香格里拉草原短暂驻足，看见季节为绵延的草原贮存天堂的眼泪，看见尚未长壮实的牦牛，在花间吃着人间的食粮，而来者举手投足，不舍得踩痛繁星似的一朵朵小花。

在香格里拉的午后，独自一人沿着高高的台阶，去参观龟山大佛寺。在雨中，自己安静，旁人也安静。一个人独步的台阶，也是千万人的台阶。一个人触摸的转经筒，也是千万人的转经筒。一个人走的路，也是千万人的路。每个人，都会在一些时刻，默默地与内心说话。

夜晚，在独克宗古城附近村子的藏民家喝酒。青稞酒，马奶酒，喝得脸颊热热的，目光灼灼的，身体飘飘的。这是高原人的生活。我在那里，遇见劈成条块的干松木燃烧着，火舌一上一下地舔着铜锅，火焰扑哧扑哧地发出它的笑声。那一口并肩挽手的姐妹锅，泛着铜器特有的明亮光泽。与其说高原水就待在那容器里，不如说待在那光里。大坨大坨厚肥的板油，用白色纱线间隔束缚着，悬挂在梁柱下，油光透亮，乍看像金色的老南瓜，主人说已经搁置一年有余。这是海拔超过 3000 米的高原，回忆中滚烫的高原之夜，水还无法抵达 100 摄氏度就沸腾了。

第二天早晨，去梅里的路途上，折进被誉为“小布达拉宫”的噶丹·松赞林寺。墙头上站着的枯而不败的秋草，安静地接着天雨，濯洗它们干净的身体。格桑花在我经过的台阶旁静静摇摆，笑笑的，淡淡的，似生命里最深情最柔软的时光。一只吐纳松赞林寺烟火的猫，惯听晨钟暮鼓，行走护栏的姿势都超然物外。它如此淡定，梦灵一般进入我的眼睛，那是它的意志。它愿意给我三分钟去拍几张照片，不愿与人相近之后，看起来像突然缩小身体的大老虎，拒人千里。它知道我即将启程去冰川徒步吗？它想要给我启示吗？只可惜，一只猫的眼神，我无从读懂。这座城堡似的大寺院，我也读不透彻，其庄严与神秘，与一则深奥的寓言相似。

二

从松赞林寺出来，一出城，瞥见待割的青稞在雨中站立不安的模样。本来要去看那帕海和依拉草原的，但雨幕沉沉地遮盖着，看也没法看。

从香格里拉到奔子栏 60 多千米。不承想，一路上经过的桥梁和隧道多得令人惊讶。过唐辛诺大桥。肯古隧道。甲丁大桥。夏宫大桥。棚南寿大桥。白特大桥。永布大桥。夏格寿大桥 3 号，2 号，1 号。生地隧道。西归 3 号桥，2 号桥，1 号桥。西归村。有的记住了名字，有的一闪而过。穿过色雷丁隧道后，眼前呈现一堆山上滚落的崩石，尚未被人移动过的。车子从旁侧小心绕过。接着过布卡大桥、布卡隧道，又一阵由暗黑转换为明亮的道路上，再次呈现崩塌的落石横陈靠山一侧路面的情景。才走过，开车师傅的脸色陡然凝重，他从后视镜中看到，在我们经过七八秒钟后，塌方点有滚石以比心跳更快的速度从高山上扑腾跳下。我拿手机沿路拍摄路面障碍的手，不由自主地战抖。画面中天外之物似的土石，与闪电明亮犀利的语言有些相似，像在提示什么。快进奔子栏镇区时，过到金沙江西岸，路面骇然出现一块比车身还高的巨石，占去大半路面，越野车小心翼翼驶过。前路变得迷惘起来。一开始的惊险，谁都不在意，等到意识变得明晰，却知道弓箭已经拉开，箭矢正在飞出，无法中止，无法折返。

在奔子栏镇上吃午饭。这是“茶马古道”由滇西北进入西藏或四川的咽喉之地。开车的扎西师傅家就安在镇上，但他一次次把旅人带向远方，一次次过家门时把车子开成驰骋的野马。我哪里能够料想得到，这个藏语为“金色的沙坝”的古镇，原定回程要住一夜的地方，最后竟要像躲避致命陷阱一样远远绕开。

午餐后，太阳天使般露一会儿脸，但越近梅里，越是秋雨靡靡。一路上，与高山上美得令人屏息凝神的景致只有一眼之缘。车子不动声色地一路盘旋，向上，向上，不为景致停留。有一点庆幸，高原反应没有光顾我。终于在海拔 4292 米的地方停下，站在那个高度上，与表面娇柔内在强悍的野花，弱弱地注视，仿佛前生相识。

下午 4 点，抵达雾浓顶客栈旁的高地平台。扎西师傅指着云雾茫茫的方向说，今天会看到梅里雪山。那是他根据经验判断的。

在飞来寺旁的旅馆住下。一个人坐在榻榻米上，窗外雪山，如此陌生又如此熟稔。那是众神居住的地方，还是内心酝酿金子般沉默的地方？梅里在风云变幻中，一半云遮雾掩，另一半月明雪白。一座座直插云霄的山峰，似一个个不容易实现的梦想，待在举目相接的地方，就算看我一眼，也是漫不经心的。但我确定，我是走在自己的心愿里，那是三五个酝酿已久的计谋中的一个。看起来像冲动，其实不是。

三

在神山脚下安歇的夜晚，有着诸神守护的安宁。一夜岑寂。

早晨 6 点醒，撩开窗帘，望见雪山仍被不染尘埃的白雾遮掩，但山景随时变化。内心怀着期盼，一等再等，希望有幸一睹日照金顶的盛景。在这过程中，满山满谷萦绕的云雾缓慢地往低处游移，覆盖冰雪的山顶上方，朝霞若隐若现地映照云层，一派靛蓝、青黛、瓦灰与雪白构成的冷色调中，渐渐地被风挪出一大块蔚蓝和一抹浅淡的橘红浸染成的暖色。正对面海拔 6740 米的主峰卡瓦格博峰，渐渐露出明朗的迹象，但这世上最美的山峰高昂的头颅始终藏入云端，只露出英俊又冷峻的脸庞，以及垂过肩头的永远的白发。突然间，一束明亮的太阳投射在卡瓦格博峰左侧一个状似蓝宝石的山巅之上，山右侧一条玉龙形状的冰川即刻呈现巨龙昂首奔腾的姿势。几分钟后，太阳投射在山巅左侧另一条玉龙模样的冰川上。在那山巅，阳光前后10分钟的短暂映照，带来生机盎然的双龙戏珠的情景。但随着云层再一次切换，太阳完全隐没，梅里群峰即刻黯淡下来。

将近8点，我拎着相机走出旅馆三五米，当时身边没人，却怪怪地感觉被谁轻推了一下。走去观景台拍照，因没随身带门票被拦住了。再返回旅馆，几个开车的师傅说刚才地震了，得赶紧收拾行李上车。地震，这个词语令人惊愕。那么刚才被推，竟是地震。这天是8月最后一日，我本来是要与梅里更近距离接触的，我本来是要去明永冰川徒步的。

又过半小时，不多的雪山旅客都聚集到飞来寺的观景平台。一眼望去，各自茫然。就在六神无主之时，我身后靠着栏杆的背包像被波浪推动似的，被一种力量冲击，这股冲力又传递到脊梁，身体小晃了一下。霎时间悸动的空气搂了我，又推开了我。我在空气中打了一个趔趄。哦，我遇到了战抖的梅里。此时，我在雪山太子脚下。此时，我一心一意盼着去冰川徒步。地震了，这个不吉祥的陌生人在招呼我。同车同行程的靠谱哥问：姐，你还去吗？我答：想去啊。两位江西美女异口同声：你们不要命哦，还想去啊?!

人的思想不在时间中了，每一分钟都是空白。开车的扎西师傅，最先是接到没讲完就断线的电话，之后是在微信朋友圈里读到地震的消息，而震中恰恰就在他安家的奔子栏镇。之后，他就一直打家人电话，拨了很久都不通。他一脸沉重，因为难过，早餐也不吃，总是忍不住地叹息。后来他一个人走开了，站在平台的角落默默地对着雪山祈祷。再后来，终于得知家里旧房子倒了，幸好人住在帐篷里，没伤。他说，房子倒了还可以建。他那时的神情很生动，硬硬的似乎半年未洗的齐耳短发，深深地挡着没落的眼睛，我举起相机拍他，他说你干吗拍我啊。我回答说你神情很真实。他说我是藏族人，信佛的，希望大家都平安。

雪山也陷入悲伤中了。这个观景平台，一下子有了舞台的意味。我正在读着石刻上的文字："酥油灯是藏区常见的一种用酥油作为灯油的佛教供奉仪式。经书上说，点酥油灯可以将世间变成火把，使火的慧光永不受阻，肉眼变得极为清亮，懂明善与非善之法，排除障视和愚昧之黑暗，获得智慧之心，使供奉之人在世间永不迷茫于黑暗，并转生善道……"一名矮个子的中年人出现了，他手上拿着纸烛和青翠的柏树枝，走向酥油灯，烧纸，燃烛，祈祷。

更多的人，穿或不穿藏族服饰的，男的女的，年老的年轻的，走向酥油灯，烧纸，燃烛，祈祷。有些又转过身，在平台上正对着卡瓦格博峰，一边默默祈祷一边虔诚跪拜。

9点半了。太阳出来，心情放松一点。扎西师傅接到电话，让把人都带到德钦县城，车子停在空旷处，人原地待命。那么，明永冰川，就这样咫尺天涯了。开车的纳西族禾师傅说，他们旅行社的一个司机今早回去的路上，遭遇山体落石，丧失了生命，车上的三名游客受伤。在奔子栏镇，夜里还睡梦的生命，有的一觉睡醒，有的在幸福村终止了幸福人生。

我不能一步一步用脚印去亲近冰川了。既然如此，返回丽江的路肯定是封了。

四

撤退到距离梅里雪山最近的德钦县城。这是一个建在山窝里的县城，四周高山耸入云间。心情变得雾茫茫的，幸好，天上有个太阳不曾走开。11点了，扎西德子师傅仍然没吃早餐，说吃不下。他坐在我们这辆车的副驾驶位置上，一边用身体晃动车子，一边说：在我家乡，车子都这样摇了。又掏出手机，在微信里与亲人通话，说藏语。问说的是什么，他说：人都没事，老房子震垮了。房子没了可以建。富的人家不用担心，穷的人家怎么过。然后叹息。

停电了。交通中断了。街边停着许多等待的车辆，等待的人。街边店铺、街上的生意还在继续。一个跛脚老人用红色的尼龙绳牵着三只鸡在卖。看不出谁是卖主的三堆竹编箩筐靠着桥栏堆放。三个小孩在竹筐边抛掷花皮球。一个四口之家大包小包地在候车，他们身后一块广告写着：禁止将垃圾倒入拦河坝内，违者罚款500至1000元。尽管如此，河道中仍然横陈各色垃圾。

午饭在穿过县城的214国道旁的小饭馆吃。正吃着一碗苦菜炒饭。扎西师傅问：旅行社问，我们一行人里有外国人吗？有港澳台游客吗？有的话要登记报告。我们都是中国人，因此来自何方并不重要。

消防车、救护车、警车穿街而过，声音里听出不同寻常的繁忙。下午1点30分传来消息，救援车晚上会抵达德钦接我们出去。那就好，放心了。我想着路障正被一处接一处清除，救援车正一公里一公里地靠近德钦，到晚间，大家就可以安全地离开。剩下的半天时间，会打发过去的。我看见山顶上经幡悬垂，接近山顶处长着一棵枝繁叶茂的大树，便打算去这个当地居民祈福的地方看看。我爬上一段坡，走过门牌上写着升平镇阿墩子社区营房路的山上民居，发现大树仍然相距遥远，一匹看不清晰的白色神兽雕刻，伫立在比大树更高的地方，像个神话。毕竟心意游移，眼睛注视了一会儿大树与神兽，从另一条下坡路折返。

几个旅伴仍在越野车上无所事事地消磨时间，我在集市边缘发现一个藏族阿妈和她的女儿、女婿在为松茸剥皮。为了打发时间，我一边和藏族阿妈闲聊，一边也剥起松茸来。这些娇嫩的菌子，原本像天使一样待在梅里雪山四周的丛林中，采集的人在寻寻觅觅中发现，然后很宝贝地摘下，又背下山，走路或者搭车送到这里，由商贩收购。用手指或者特制的瓜皮刀，把表皮的黄衣脱去，菌根的一点尘土褪去，最后会被下一个商贩空运到日本。据说，注重养生的日本人特别喜欢中国的松茸。我的手，反反复复地握着一朵朵松茸，为它们脱去表层奔波疲倦的外衣时，感到一种神奇，我的手指，或者那个一脸沧桑的老阿妈的手指，是可以为一朵松茸抹去受伤委屈的表情的。当我与几个遥远的异乡人围着一堆松茸坐在一起时，当一个接近80岁的老阿妈愿意回答我时有时无的好奇提问时，那横生的灾祸起伏便置之度外了。眼前的老阿妈神色安然，她说就在一年前，她实现了一生中最大的愿望，坐了三天三夜的车，从德钦到芒康走滇藏线到拉萨，抵达她心中的圣地并朝拜。更多的时候，我们不说话。等到松茸都剥完之后，这个原本要多悬心就有多悬心的下午就快结束了。

但夜晚尚未来临。我沿着下坡路往县城最低处走，两个背包客快快地从我后面走到我前面，其中一个靠一条腿和一支拐杖行走。他们走得那么快，是有哪里可以去吗？而我们怎么没有地方可去，守株待兔般在原地等待？除了停电，县城居民仍然无事人一般继续着日常生活。这时我前面一个男人用手指指着什么给一个男孩看，我顺着那方向望去，看见刚才的两个背包客在公路桥的边沿坐着，有车开过时便做出搭顺风车的手势，在他们身后，竖着一块河香中路的路牌。

五

晚餐是一盘炒面。眼看着午夜来临，原来宣布前来的救援车并没有如期而至。开车的禾师傅劝我们放心去住宿。而两个江西美女一整天在微博、微信上发布和关注地震的消息。她们担心余震来临，只愿意待在县城车站那块空旷地，说什么都不愿住旅店。那么一辆越野车，坐六个人都挤挤挨挨，在车上过一整夜就太折磨人了。我终于扛不住，心想冒险就冒险呗，既然整个县城的人也都住自己的屋子，我怎么就不去旅店找一张床睡呢。

在震区度过的夜晚，睡得不安稳。从半夜3点到3点30分，醒来睡不着，狗一直在叫。我不知道那些敏感的狗为什么叫，一方面是叫得人心惶惶，另一方面又在提醒着世界末日没有来临。下半夜睡着了，似乎总有各种声音，划破极度安静的空气，插图似的切入浅浅的睡眠。后来觉得各种人世的声音越来越多，醒来了，已经早晨6点20分。这是2013年9月1日了。我仍在这个世界。山没有崩，地没有裂，楼没有倒，窗外鸟语清晰，世界的一隅德钦县城没有大的变样。水流着，雾浓着，太阳隐藏着。世界仍是老样子。人世间的声响此起彼伏，悲欢离合仍将继续。

在德钦县城陡坡路旁走，人的神情有掩不住的迷惘。找到一家杭州小笼包店吃早餐。不经意间一抬眼，望见街对面小楼的玻璃窗后呈现两个穿僧衣的男子的身形。他们来自哪里，去向何方？此刻我看见一个僧衣男子推开窗户，他双手做出捧什么东西在掌心的动作。起初我以为他对天祈祷，但是，太离奇了，就在那一瞬间，一只梦一般的蝴蝶扇动轻柔的翅膀，飞出他手掌，飞不见了。有时候，神就住在十指相扣的掌心，祈祷之后，心愿就变成一只扇动着温柔翅膀的蝴蝶，飞到神灵寄居的地方去了。

这个磨磨蹭蹭的早晨，开车的师傅说要离开就得到县城所在地政府签字，承诺自己对自己的安危负责，才准许离开。江西美女对于旅行社将我们扔在德钦县城不管不问意见很大，说：我们没有继续行程也就罢了，但从昨天早晨发生地震过了整整一天一夜，旅行社没有一个人打过电话问我们的境况，开车师傅说道路不通，又说夜里救援车会来，丢着一辆车让我们原地待命。可是昨天上午和下午，都有别的旅客走另一条路离开德钦了。原路返回丽江是不可能了，可昨天上午，沿着澜沧江取道维西傈僳族自治县返回丽江的旅客，下午就已经平安抵达了。我这个笨人也终于看出旅行社是在故意拖延时间，以避免造成提前一天结束行程退钱给游客方的局面。

最终并没有去签字，三辆车结伴，沿着澜沧江顺流而下的方向走德钦到维西的二级路。那条路虽然危险，却并无崩塌的土石阻路。虽说是怀着落荒而逃的感觉离开德钦县城，但也不忘欣赏澜沧江峡谷奇丽的景致，那泛着玫瑰红的河水，岸边绿色的石头，给人留下深刻的印象。过巴迪乡时，发现那里的人在路边放猪。过白济汛乡不久，是维西县城与塔城的岔路口。我们直接往塔城方向走。过一座横跨金沙江的桥，进入玉龙县境，就是丽江地盘了。

我知道，地震已经过去。

经历地震的记忆却会延续很久。

第十天，扎西师傅说：我们去山上拜佛念经了。

第十一天，我在梦境中重复比地震那天更紧张的焦虑。

第十六天，扎西师傅说：阿三和我们去放生了，希望众生能够脱离苦海。

长白山札记

从沈阳到松江河

5月。沈阳。一个湿漉漉的雨天。

吃晚餐的老边饺子店，据说是百年老字号。吃的，自然全是饺子，百十种花样，既简单，又繁复。席间，服务员给每桌客人端上一锅珍珠饺子。只见他闭目，侧头，用长勺为客人捞饺子，根据捞到的饺子颗数，送上一颗代表一帆风顺、两颗代表双喜临门之类的祝福。轮到我，他说一颗也没捞到，那就代表无忧无虑啦。算是吃食情趣。

晚上7点半，搭乘从沈阳到松江河的火车。行进的火车，慢慢把人送入睡眠。

天亮得真早。凌晨4点30分的白光把我喊醒。继续睡。再醒来，瞧见车窗外一派初春景象，山间的树木刚刚发芽，开着红得含蓄的花。也许是野桃花，睡梦样安静。等到太阳光一阵一阵抚触花瓣，想必也妖娆妩媚。

上午7点多，在长白山下第一镇——松江河镇下火车。由此处坐大巴往长白山西坡，有41公里的路程。路上，格外灿烂的阳光照着白桦林，照着那些长眼睛的北方树木。当眼睛与银白色树皮上千千万万的眼睛短暂交汇时，只觉得欲言又止的神秘。

谁在这里划下深伤

南方，时节已入夏，长白山上依然冷。穿过山门。上山。上山。一直以来，我是那样的喜欢上山的感觉。于我，上山的乐趣，在于身心的可隐，可藏。到了李敖小说《上山·上山·爱》那里，上山，上山，可以自由爱。

浓云遮住了太阳。山上显得阴而冷。山脚路边的一堆堆残雪，它们被人为堆积在一起时，掺进了尘埃以及草木腐朽之后变成的碎屑，颜色便距离洁白远了。

不久，来到峡谷跟前。如我想象，峡谷就是大的缝隙，长的距离，深的沟壑。无法逾越。我记起写过的文字《缝隙或者距离》。读小学四年级时，教室外面有一条沟，课间的短暂时间，我曾经与伙伴们在那条干沟边跳来跳去。跳来跳去。无忧无虑。这是一个成长阶段的画面。记得，那些距离短的地方，大家都是不屑于跨越的，不会掉落下去，不存在惊险。最合适的距离，其实是觉得尽了最大努力能够跨越的宽度，即使掉落下去，经过努力也能够攀爬上来。那时，在沟边，眼睛盯着沟对面，一个小助跑，然后右脚起跳，到对面脚落地，身体保持平衡，这是成功的一跳。如果打了一个趔趄，也没什么，只要双脚没落空，没中途坠落，也算成功。那些在跨越过程中极有可能坠落的沟，算是刺激，多数人不怎么敢尝试。

现在，我来到了大峡谷面前。我看见了神秘莫测的现实：这高山上的河流，河床极深，河岸极高，近又近不得，探也探不清，猜更难猜透。如果以我年少时那种跳来跳去的概念来看眼前的峡谷，这是令人望而却步的。如今，跳来跳去的念头已经没有了，我只想深入峡谷，深入这宽，这深，这300米横宽和200米纵深的大缝隙，探寻其间的秘密。想也空想，不能随心所欲。太多时间，甚至一生，人都被这样那样的约束禁锢着。

作为过客，只有站在峡谷边缘，惊叹峡谷两岸比我的立足点低出许多的巉岩怪石。在树木无法覆盖的地方，裸露着灰黑色的地表，是灰烬的形貌与颜色。

是谁，在这里划下深深的伤？

是地裂。地裂遗留了伤痕。

是我们赖以生存的这个星球的剧烈的运动——火山爆发——生成的图景。

大地在这里裂开了，裂缝始终也没能够合上。那灰烬形貌与颜色的地表，是被炽热的火焰灼烧过，又被无尽的风霜雨雪冷冻过的痕迹。

据说，这犹如巨蟒横卧长白山中的大峡谷，曾被时光深锁。因为，在任何古籍或地方志中，关于这绵延山间 70 多千米的峡谷均无记载。直到 20 世纪 90 年代末夏季的一天，因为一场刮了三天三夜的旋风，刮倒长白山密林中的许多老树，峡谷才惊现于世人面前。谷底流水源自锦江，世人便给了它锦江大峡谷的名字。

大自然藏好了自己的伤口。因为，它要自己为自己疗伤。

后来，树木生长起来了，水从远处走来了，浮云也常常光临。天长日久，一切变成天然。伤，最后也不再是伤了。举重若轻，于是那黯淡的，后来也变得明丽起来，变成风光。

如此，明白各种各样的生命形态，也可以称为宿命。

那是属于谁的安宁

接近中午，天一直未放晴。

不知自己是何时转身的。不知当时怀着怎样复杂的心绪离开了锦江大峡谷。我不明白，对于曾经短暂拥有的人情事物，为何难舍。莫名的温情，触摸着发梢，牵住衣角，绊住了鞋跟。也许是因为喜欢。否则，离开哪有这么难？

然后上车，肉体被行走的工具承载着，奔波着，行进着，从一个地方到另一个地方。沿着曲曲折折的盘山路，上山，上山，上山，去见天池。

海拔越来越高了。天空依然不明朗，雪倒是越来越白了。本来在发愣，可兴致陡然高涨起来，新的风景呈现在视线中。掠过的画面，看起来与峡谷不一样。山道两侧，山，坡，雪，原野，落尽叶子的树与碎叶的树，偶尔一座木屋，像我宣纸上的淡墨，随心所欲地铺展，不知边沿在哪里。这是我从未领略过的画面，这是我所喜爱的无止无境的体验。我将那画面取名为《雪·爱》。雪原空旷，空气清冽，目力所及，仿佛离隐离藏远了。实则这林海雪原，一旦深入，便举足艰难了。

离开峡谷的忧伤一下就退去了。

美，令人变得善感和灵敏起来。为了让这种美能够填补生活中的某种空缺，举着相机的人，都在贪心地记录和摄入。那些干净而利索的画面，似乎正是我追寻已久的意念：无论喜怒，无论圆缺，无论黑白，都一一有着真实而冷静的表达。那是属于谁的安宁呢？天知道。

我想停下来，我总是想在某一个喜欢的地点停下来，徘徊，徜徉，奔跑，甚至深度的亲近。但我只是过客。我只能满足于在眼神里拥有片刻。

在那片刻之后，靠我不太可靠的记忆——在遥远的南方，某扇窗后，每天腾出一张叶子从树上落到地下的时间，闭着眼睛回忆片刻，亦会满怀喜悦。

路过天堂路

因为车窗外有《雪·爱》那样可以入画的景致，不期而至的幸福感一点一点把内心照亮。

路上，与几辆铲雪车相让。南方已然初夏的季节，这里依旧大雪封山，上山路是人工清出来的。车子在无法攀爬的地方停下了。人们下车，拍照，倩影缤纷。照片里的背景，或者是气势磅礴的雪墙，或者是无限延伸的雪野。人群中，我甚至看见一个帅气的大男人，蹲在雪地上，掬一捧雪在掌心，又将雪抛起，那些不知何时从天际飘落的雪粒，从大地上一跃而起，一眨眼的工夫，再次从空中舞落。此刻，也许会有那么幸运的几粒雪，在他灼灼的注视中，承受不了他温暖的体热，就融化了，濡湿了他的指端。而他，必定是怀着喜悦之心来欣赏那晃眼的雪白吧，不然，那含笑的眼神也不会美得如此扣人心弦，像一朵花绽放着，呈现着在滚滚红尘背后收藏已久的天真，令人羡，令人恋，令人感到夜空挂着星子的可爱。

上天池，要继续攀登。有些人面对隐入虚无的白茫茫，停下脚步。有些人，则愿意为风景冒险。

我算是执着的人。于是上山。起初，是蹚着雪水，沿着比人高出几倍、仅容两人侧身交错而过的雪巷向上穿行。然后，是沿着一米宽的台阶登山。两侧的雪野不知深有几许。越往上，风越冷，一些上山的人陆续下山，说上不去了，雾很大，没有路了。

继续上山。气喘吁吁的，来到我把它叫作天堂路口的地方。

这是一个暗含寓意的画面：其一，我们登山的路，之前，是有台阶的，到此之后，台阶仍被深雪掩埋，连齐腰高的护栏也不见踪影。其二，就在这人间路消逝的地方，呈现了另一条路，那是一条融雪露出的山脊，在我视线中以路的形象向上蜿蜒，然后在白雾茫茫处消逝了。那渐入苍茫的若隐若现，让我恍惚觉得，通往天堂的路大概就是这样子。曾买过英国作家约翰·班扬的《天路历程》，可惜直到那本书已经不在我手上，我都未曾读完。现在，意念里冒出天路这个词，是不经思考的，完全是下意识的。

就在那一刻，我忍不住一再感叹这个地方像天路，一条可以登天的路！

其实，我平常是很吝用感叹号的。因当年曾被导师批评我文章滥用感叹词，说多也无益于增添内在的情感波澜。可那天，我控制不住地再三感叹。一边感叹一边在天堂路口留影纪念。照片里的人，交叉着双腿，坐在天堂路口，扬着头，注目远方，一副无限憧憬的模样。至今我也没弄懂，那种燃烧起来的痴迷神情，究竟是憧憬今世的未来，还是向往未来的来世。

跨过护栏，我在天堂路的起点拍了一张苔原的特写。不过，也仅仅是有限的一两步。有一种说法，是美好的事物往往诱人发狂。比如在日本作家渡边淳一的作品里，就读到过“有好几个人都是看着樱花死去的”“看着这些美丽的樱花死去也不错”“我之所愿，春日花下，了此生”之类的句子。如果，我对人生的期望已经到了山穷水尽的地步，也许，我会沿着那条通往苍茫的天路一直往前走，不管前面有什么等我或没什么等我。但我不是纯粹的孤独者，也不是悲观者、厌世者，所以，不会选择走那看起来很唯美的路。

从天堂路口往下走时，A在山间雪地上走着，突然，他右脚踩踏的雪地承受不住重量，一瞬间就陷下去拔不出来了，越动陷得越深，眼看着雪没过了膝盖。在场的B赶快挖雪，我忘记自己是怎么发现又怎么加入挖雪的。事情发生就在眨眼间。挖一会儿又试着让A的脚往外抽，可是似乎不起作用。于是继续挖，直挖到鞋子露出，一用劲，A的脚才与深雪脱离。

那晚，在二道白河镇的晚风中散步，有一个最终是有惊无险的故事来回放。这个历险的故事在夜色中，就越说越具体，越说越动听，越说越有味，就如同电影精彩镜头重放，不放过表情，侧重于内心，重点在渲染，关键在真实再现……A说，当时给吓着了。的确，上一分钟的确不知道下一分钟的事情。最后安然无恙，才可以把路过天堂路当故事说笑一番。

冷冷相见

第二天清晨，再次投奔天池。这次，从北坡上。

越野车像发狂的公牛，沿着曲折蜿蜒的登山道狂奔。坐在车上，说不紧张是假的。司机先生这么飙车，想必是要拿出一种气势，与这冷冷的风对抗。是，我已经发现，天上的云也在狂走，是狂吹的风让一团一团的白云不再温柔。环境是可以改变一切的。如果我在这里待很久，我想我也会变冷，变酷，拒人千里，至少在表面是这样。

原以为像昨天那样穿衣就行，毕竟，攀登的是同一座山，何况今天还阳光灿烂。不承想，越野车将我放下的时候，我发现外面比昨日冷许多。没想到方向不一样，差距那么大。旅伴中，有一人去租大衣了。而我还是坚持就穿那点衣服。

剩下的路程，靠自己攀登。沿着台阶，抵抗着风吹，越往上，越冷得无法坚持。有人下山了，说看见天池了。话语简单，是因为舌头冷得不灵活了。

尽管是艰难万分地在冰天雪地中穿越一路冷风，但是感谢幸运之神带我抵达了长白山主峰天文峰峰顶，在这高山上，与冷冷的天池有一次冷冷的相见。这个季节它有什么办法呢，太阳的能量远远不能将它冰冷的躯体捂暖，它的眼神就只能这么冷峻，它的心扉又如何敞得开。它即使想给一张笑脸，上帝不点头，只好继续做梦。

在这个无遮无拦的高度，那自由穿行的横风，把我变成一株瑟瑟发抖的芦苇。我的眼睛用眯着的方式来保护自己，而头发则无奈，它们比乱草更乱地飘飞着，整张脸瞬间老去似的露出许多褶皱。我们面对面，剩下的只有沉默。我来，就像是来欣赏沉默的力量，沉默的魅力，沉默的过程。尽管如此，开始、过程与结局都是欣喜的。不顾千里迢迢地来，见到了，心里知足了。

我选了边沿的一块岩石坐下，背对天池，让辽阔与冷酷，在这一瞬间属于我。

写完这些文字，想象着 8 月的天池，天风应该温柔地吹着。

涠洲岛叹海

夜不闭户的岛

涠洲岛上，单车、摩托车是不用上锁的。我早起去看日出，客栈木门的铁锁只是随意地虚挂着。房前屋后的芭蕉、黄皮果，我把熟得最好的摘来吃，主人也不怪我。去海边的林间小路上，不知谁家的黄毛狗摇着尾巴跟我走，它很乐意和我结伴去看日出。岛上大片大片的香蕉园，也不见谁家围起荆棘篱笆。忘在客栈的物品，人家赶在我上船前帮我送到码头上……在岛上，不必处处设防，令我安心。

耐人寻味的是，在南湾旁的三婆庙，我发现一块嘉庆年间的石碑上，刻着封岛的文字：涠洲、斜阳两岛孤悬大海，最易藏奸，本朝堂奏明，永远封禁，不得来此居住，倘敢故违定罪。落款为嘉庆二十五年（1820 年）七月。

朝代不一样了。对于孤悬大海深处的岛屿，苍茫是天地安排的，孤单是与生俱来的，温暖是可以彼此给予的。美，又如何舍得封禁？

三婆庙

在夏日，步入背靠火山、面朝大海的三婆庙。

三婆庙是涠洲渔民信仰妈祖文化的一个印记。传说中，渔民出海，若遇风暴，便在船头、船尾点上蜡烛，三婆——三婆——三婆地连呼三声，便能逢凶化吉。

我在看着门神文臣魏徵、武将尉迟恭时，庙里负责岛民拜神工作的蔡叔递给我谦恭温和的神情。他领我去看乾隆三年（1738 年）第一次呈现在岛民眼里的三婆庙，遇山石毁坏，如今只剩断壁残垣了。他为我解说庙里陈设以及祭祀和占卜器具。那雕刻精美的轿子，是妈祖出游坐的。绣着八仙过海的龙伞，绣着神光普照的彩旗。写着一帆风顺的镜屏，是虾船、渔船和渔民送来谢神的。蔡叔说，96 岁高龄的冯叔懂得更多三婆庙的故事。又说，适逢龙年，说不定渔民会起心让妈祖环岛巡游——为平安吉祥。

预报台风的鸡

陶渊明说："鸡鸣桑树巅。"

阮籍说："晨鸡鸣高树。"

温庭筠说："碧树一声天下晓。"

斜阳岛仅 1.89 平方千米，岛民养的鸡，虽然生活在 21 世纪，却仍是古诗中模样。白日四处觅食，入夜纷纷飞上相思树枝，收敛了翅膀，呼吸着花味，在高枝上过夜。涠洲岛的鸡，上不上树全凭喜好。沟门村王阿婆家的鸡，一入夜就进窝。盛塘村陈妹家养五只鸡，三只不上树，另两只天一黑就飞上黄皮果树。

鸡栖于树，站得高看得远，所以早早地吟唱晓色。在纯自然的环境里，对风吹草动更敏感。当某天，树叶间簌簌吟唱的风声不同寻常了，那些鸡就成了未卜先知的精灵，它们不肯再待在树上，那便是台风要来。无怪乎，岛民把睡在树上的鸡当作"台风预报员"。

夜间的云彩

与友人在海滩闲坐。夏夜的星空明朗，能够清晰地分辨出银河内外。海天相接的地方，并不明亮的大云朵，褪去了晚霞披上的绯红衣裳，一派恬淡沉静的意趣。

今晚的云，也是在专心听海吗？一丈之外，绵延不尽的海浪，送来大海的声音。那起伏有致的呼吸，从大自然强健有力的胸膛里发出，深沉中蕴蓄着力度。没多久，云朵逐渐明亮起来。友人惊呼，有戏有戏。话音未落，一轮将近圆满的月亮从云间钻出来了。海，明眸璀璨起来。月光，在海面映照出一条波光璀璨的水路来。天上的云，富有节奏地变化着明暗。真的是有戏，这温婉从容的云彩，看起来安静，实际够调皮，她与月亮做起躲躲藏藏的游戏来。

今晚的人，也在海的声音里，听出了《彩云追月》的旋律。

珊瑚屋

珊瑚是美得令人惊叹的事物。

在涠洲岛的各个村落，处处可见珊瑚建筑的老屋。那些砌墙的珊瑚砖厚度在 22 至 25 厘米之间，挺方正。沟门村的村委主任告诉我，村里的珊瑚房，历史最长的有 60 年了，短的也建起二三十年了。曾经在海水中贪婪地过滤水流、筛选食物的珊瑚，在变成珊瑚礁时，就已经握紧了拳头不再张合。青苔和雨水改变了珊瑚的面貌。我见到一座呈现斑斓色彩的珊瑚屋，问是不是新建的。村主任说，哪里，珊瑚石已经被列为保护资源，不许再挖，那是把表层敲掉，珊瑚石重又焕然一新。

那一晚，我住在冬暖夏凉的珊瑚屋里，想起在海水透明的世界，珊瑚其实是充满生命活力的动物，真希望那样一个堪与陆地上任何事物媲美的世界，一直存在。

火龙果庄园的大学生

在涠洲岛东北岸火龙果庄园，偶遇埋头写卡片的甜美女孩芸。摄影师连拍她几张照片，亦未曾惊动她。终于抬头时，笑靥如花，盛满海岛阳光。

女孩在吉林大学学日语。她说，一直想去西北或南方，在豆瓣里找到涠洲岛，暑假就顺理成章地来到七七家的火龙果庄园做义工。这个年代，梦想也可以这样来实现。

她说，火龙果的花夜晚开，花型和香气都与昙花相似。她带我们去看松坡上的吊床。一片靠海的小空地，风吹松树林，隐约的浪潮声，吊床摇晃，令人莫名地冲动。我想，睡在吊床上，看书一样看星星，看星星一样看书，会是生命中的好时光。或者，闭着眼睛，在时光隧道的暗色背景中，想念一生中那些照亮路途的人与物。又或者，干脆停止思想，发着呆，于轻轻摇晃中，听天风吹海浪的声音，听海浪拥抱岛岸的声音，心里会涌上地老天荒的安宁。真希望，就这样一直听着天籁，一直安静地写字，一直舒适地摇晃到时光停下来……

一星期后，芸从桂林坐车回浙江老家，给我发短信道别，说七七家的人很好，火龙果已熟透，有时间再去玩啊。

行者与涠洲、斜阳的不解情缘

行者，是舍得花时间在路上的人。又因为舍得花时间，总会遇上可以安歇身体和安顿灵魂的地方，想让时间走多慢就走多慢。

有一些行者，在涠洲岛和斜阳岛待了三五天或者十天半个月，留下许多如画的记忆，又重新回到路上。也有一些行者，走着走着，就对这海岛的岩石、海浪、海风、海味、人情、世态情有独钟，留下来，不走了。在猪仔酒吧，我见到了留在涠洲岛的德国小伙子，一个重庆女子嫁给他，于是他们有了一间酒吧，酒吧门口两棵婀娜多姿的椰子树，一高一矮，像情侣……

行者无疆。行走，只是为了寻找那个有足够的魅力留住自己的地方。短的留两三天，长的留一辈子。

涛声不染纤尘

令人困倦的午后。透过开满细碎而明亮黄花的相思树树隙，一角蔚蓝的大海替我送来涛声的呼唤。沿着火山口地质公园的山径，下到海岸低处。席地而坐，倾听仿佛来自脉搏的声音，我忘了我。

其实忘我的境界最是难得。现在，我坐在海岸，无所思，无所想，海与天，都蓝得那么明媚、纯粹而沉醉。潮水一次次从未知的远方奔涌而来，触碰我坐着的火山岩石下的罅隙与洞孔，再转身，回旋，发出质朴而纯净的激荡的声音，令我痴迷，连同行的人离开时喊我，亦浑然不知。

不必费心地思量了，是火山岛神奇的海岸基岩地貌，造就了涛声的美妙。你看，如此曼妙的海蚀洞、海蚀沟、海蚀龛、海蚀崖、海蚀柱、海蚀台、海蚀窗、海蚀蘑菇等在那里，倘若海浪不来弹奏，岂不是可惜。倘若我千里迢迢而来，不在涛声中遗忘人世烦忧，岂不是辜负。倘若我坐在不染纤尘的涛声里，听不见内心的声音，岂不是虚度。明白自己中意什么，是一件幸福的事情。

贝壳曾经沧海

不论漫步涠洲岛的哪一处海滩，都忍不住像个被好奇心驾驭的小孩，拾贝！拾贝！拾贝！那情形，和读一本相见恨晚的书相似，精彩辞章接踵而来，相遇的喜悦从天边出其不意地流淌到脚旁。

第一天傍晚，与友人在海滩拾了一捧碎珊瑚回来，几个人笑，不说出口的潜台词是：这也太寻常了吧，怎么不有所选择？第二天下午，我与几个摄影师在火山地质公园遇见一块珊瑚石，很想带走，掂量了一下，偏重，放弃了。后来去到博物馆，觉得仍旧躺在海滩上的与摆着展览的不相上下，但是转念一想，美留在该留的地方，就是最好的结局了。第三天午后，在海水蓝得一辈子都难以忘怀的蓝桥海滩，遇见了一块被海水洗磨得光滑透亮的贝壳，装进囊中时，还在想，这样一块有着珠玉质地的贝壳，不知经历了多少时光孕育，多少海水的洗磨，又走过多少海路，才来到我身旁。第四天黄昏，在滴水丹屏风景区，五彩斑斓的贝壳与石头铺满沙滩，令人眼花缭乱，收获颇多。第五天，整理行囊时，我挑了当中最漂亮的一块贝壳给友人看，她说好好。放回袋里时叮叮当当响一阵，她又要追着看。我不同意，说最好看的都给你看过了。

有些石头，别人可能以为丑，自己却好像等了三生才遇见，真是舍不得丢，舍不得别人嘲笑的。世间事，身边物，心中人，好与不好，唯有自知。

海上日出日落

每个清晨，都忍不住在寂静的夜色中等待日出。出发时尚未黎明，风从海上吹来，有些凉。

到了海滩，总遇见比自己更早在等日出的人。这是一场等待。结局并非百分之百完美。遇见阴天太阳迟迟不出，也无可奈何。有时候霞光绯红，眼看令人期待的红日呼之欲出，没想到竟然迎来一场令人惊奇的豪雨。在岛上的第三天，几位摄影师都懒得起床拍日出的清晨，一个人穿过松树林来到海边。那天的海滩人不多，海似乎也很安静。在大海深沉的喘息声中，海天相连的地方，光影变幻，渐渐地，海面波光与天空霞彩的红晕一层层加深，由淡红而绯红，由通红而艳红，大海终于按捺不住那份激动，向天空倾吐举世无双的深情。天地有大美而不言。仿佛期盼已久的梦想，在一瞬间，全都如愿以偿。遇见了那样动人的日出，总觉得是自己的真诚与执着换来的。

日出是等待，日落是惜别。虽说哪里的落日都美，相比之下，海上落日尤其惊心动魄。在涠洲岛，赤着脚，吹着风，漫步海滩，来自夕阳的温柔映照与来自沙粒的绵软触摸，令我喜悦。

日落时若在屋檐下，不知有多可惜，错过海的蔚蓝、天的妖娆、浪的浪漫，错过海天彼此呼应的神韵，错过一场美。我忍不住迎着盛开的浪花走去，嬉戏或者不嬉戏，且随我的意愿去。若是有一人值得一生约会，我会乐意约在这岛岸，彼此屏住呼吸看夕阳，凭一个眼神胜过千言万语。内心想要的表达，絮语的波浪滔滔不绝地替我说了。

娇羞盈盈的太阳，终于被大海又安静又激荡、又质朴又华丽地吻入心坎中了。那一刻，看海人的眼睛被落日染上了温存。那一刻，我比眨眼之前更爱眨眼之后的自己，也比到此之前更爱到此之后的世界。

叠彩何斑斓

叠彩，是漓江边一座山的名字，听听也觉得美。

山名的由来，大致与山体岩层的颜色有关。唐代诗人元稹的侄儿元晦任桂管观察使时，在《叠彩山记》中说："按图经，山以石文横布，彩翠相间，若叠彩然，故以为名。"看景人的心，在第一时间就被山石的斑斓打动了，于是想到了一个响亮、好听又贴切的名字——叠彩。

叠彩本诗境，春夏秋冬，风花雪月，一季有一季之美。

我所偏爱，是在春天踏花行。在四五月间登临叠彩山，这时节，山上处处可见的青皮材树，满树满树地开着密密的小白花。轻柔、绵密、细碎的花瓣随着风，温情脉脉地舞，纷纷扬扬地飘，悄没声息地落，覆满了山上的青石阶、树下的岩石、洋芋叶的巨掌、凤仙花的花瓣……尤其，那些小亭子，亭上覆着木皮，木皮上覆着青苔，青苔上再覆一层花。这情景，让人觉得安宁，静寂，欢喜。所有的曼妙，全在于扑面的春风和花瓣，在不知厌倦地诉说着南方的诗情与浪漫。但见天南海北许多游客，举足轻盈，似不忍心踩踏落满碎花的石阶。上山，下山，眼神似醉非醉，恍惚间，分不清楚自己是行走在一首唐诗里呢，还是在一阙宋词里忘情地吟诵。

所以，这样一座诗意盎然的山，就不断地吸引文人墨客来登临了。一来，就着迷。一着迷，就留下了诗章，留下了传奇。

明月峰山腰的风洞，是叠彩山极为令人着迷的景致之一。风洞呈葫芦状，南北对穿，中部仅容两人并肩而过，北接“湘桂走廊”，南迎驾桥岭与海洋山之间的“峡道”，前洞如南窗，后洞似北窗，自然风在此殷勤地对流着。风洞风吹，春风和，夏风凉，秋风清，寒风冷。最招人喜爱的，自然是令人心旷神怡的盛夏风了。所以，叠彩山门上，篆刻着耐人寻味的楹联：“到清凉境，生欢喜心。”撰联者，清代广西布政使张祥河；弄墨者，桂林现代书法名家伍纯道。我很喜欢这副暗含禅境的联子。人生最难得，无非清凉境；心境最难遇，无非欢喜心。

风洞之令人欢喜，除了风，还有风洞内外210件珍贵的历代石刻。风洞之南，古称叠彩岩。想当年，陈毅元帅大约就是在此享受着习习凉风，诗情飞扬，所以才有了洞口上“愿作桂林人，不愿作神仙”的题刻吧。洞中岩壁，有摩崖造像90余尊，为唐宋物，故又名福庭洞。有“心赤貌慈，人瑞人师；形神宛在，弥坚弥高”的马相伯像。抗战时，这位德高望重的著名学者、“爱国老人”受李宗仁之邀，曾在风洞东侧的景风阁住了一年。而始建于唐代的景风阁，历来是诗人名士聚会之所，也曾经，是康有为讲学处遗址。

有约而来，文人们必定少不了在景风阁吟诗作赋。比如，在风洞之北的“北牖洞”，袁枚留下了《游风洞登高望仙鹤明月诸峰》，康有为留下了《风洞题名》，李秉绶的兰竹画在岁月的流逝中依然雅致如初……他们转身之后，只有传情笔墨还留在原地。或者说，叠彩，很好地珍存着他们飞扬的文采。于是，叠彩的文采越叠越厚，成了山水的积淀、人文的存储和世人的财富。

过风洞，上明月峰。峰高可揽月，所以袁枚说“仙鹤不可招，明月犹堪弄”。峰高亦可摘云，所以明月峰上始建于唐代的亭子又称齐云亭、拿云亭、倚云亭。

以高、险、峻、秀著称的明月峰一侧，刻有共和国开国元勋朱德元帅和毛泽东主席一生敬重的老师徐特立在1963年1月29日同登明月峰的诗作。是年徐老87岁，朱德的赠诗是：“徐老是英雄，同上明月峰。登高不用杖，脱帽喜东风。”徐特立步朱德同志韵，也写了一首诗：“朱德更英雄，同行先登峰。弩云亭上望，漓水来春风。”那诗那句，那情那景，读着读着，只觉得豪情万丈心底生。

象山

有许多次，接近两座山，两座相望两不厌的象山。

漓江与桃花江交汇处的象山，名声响亮。“象汲长波，洞生明月。”只因象山之鼻呈现伸入水中饮水的神态，而象鼻与象身之间，形成半圆形空洞，被水面倒映，正好是个两相对接的圆。倘若碰上花也怒放、月也圆满的夜晚，即成“水底有明月，水上明月浮。水流月不去，月去水还流”的佳境。每天，不知有多少游人慕名而来，来欣赏这山这水这浑然天成的美景。

在距离这座象山 40 公里的地方，另一座不为世人熟知的象山，坐落在灵山县公平乡境内的南村附近。周围，有紫金山、羊角山、狮子山等形神毕肖的山峰环绕着。在南村与象山之间，有一眼水色青碧的水井，这个位置，是看象山的最佳角度。

我第一次来到名不见经传的灵川象山近旁时，是与一班同学来春游。流年暗转，转眼过了 10 年，又 10 年。彼时，青春年少，望向世界的眼神，与阳春三月的草叶一样鲜嫩无染，回去之后作文，被师长褒奖，过了许多年还念念不忘。曾用过怎样华美的词藻来渲染春景弥漫的象山呢，可惜，那样的文字已经无迹可寻了。

自此以后，心目中就并存两座象山了。而且，因为一个深情款款的传说，总愿意把这两座山看作一个不可分割的整体。一座山在此，另一座山在彼。在时间的河岸，你思我所思，我念你所念，不知道距离与寂寞会不会变得无足轻重。

事情是亿万年前的事情了。很久以前，它们是一公一母结伴同行的大象伴侣。它们从远方来，又准备到远方去。作为躯体庞大而又以植物为食的种群，必须有数量足够的食物为支撑。看一眼那犹如柱子的四肢，那宛若一面墙壁的身体，那世上唯一的肌肉发达的具有卷曲功能的长鼻子，就知道它们为何过着居无定所的时日。漫长的跋涉是为了生存，为了追逐野草、绿叶、树皮、嫩枝、鲜果与足够的水源。

终于，某一天，在穿越了一段漫长而艰辛的旅途之后，它们来到了桂林境内。公象终于走不动了，它的脚步一步比一步慢，拼尽所有的力量也无法挪动脚步。它让母象别牵挂自己，趁着一息尚存去寻找生命的源泉。

它说，在这碧野田畴歇一下，也许能够找回失去的力量，那时，它会不惜一切代价找到它。

它说，那它继续去找水源，找到了就回来接它。

终于，母象寻到了漓江边。它涉足碧波之中，伸出长鼻汲水。但是，就在命运出现转机的时刻，它与它，都耗尽了各自的体力。

在停下呼吸的瞬间，它们都化作比自身肌肉更坚硬的石头了。

从此以后，漓江边的母象和灵川的公象就定格为现在的样子。母象面北而望，公象面南而望。这是它们的身心遥相呼应的状态。

无尽岁月在无情流逝。有心守望在有心蔓延。

或许，在众人都不知道的地方，时空消逝了，而眼神交织，心有灵犀，两情依然相悦。这是两座山的爱情。一座是漓江边的象山，体态丰满，神情清丽；另一座是南村旁的象山，身躯健壮，面目英俊。

呼吸如此清澈

夏日，去了毗连花坪国家自然保护区的黄沙瑶族乡。黄沙不黄，黄沙无沙，97.48%的森林覆盖率，使得那片绿色王国般的地域成了一处诱人的所在。

凌晨4点多出发，去海拔1524米的临桂最高峰广福顶拍摄日出的镜头。路上，遇见山里人家幕天席地流浪的牛群在路途上行走或者躺卧，在固有的安宁里生硬地穿插进来的车灯和人声，惊扰了万籁俱寂的黎明。灯光划过，牛们被浓而厚的水汽洗湿了的壮实躯体措手不及地避让过客。

在越来越深的曙色里到达山顶，虽只是5点10分，却已错过日出，太阳隐隐约约地躲在云层中。林海从冷峻中醒来，树色渐渐地从幽蓝过渡到碧青。这里是花坪原始森林自然保护区的一部分，植被们守身如玉地保持着原始风貌。许多种我无法辨认的植物挤挤挨挨地聚集在一起，毛发般浓厚绵密。在夜晚，山的肌肤不为人知地呼吸着，纯净清澈的气息充满山间，迷人的山岚雾霭是它们闲游时不羁的样子，那些飘累了的，才在木叶上歇脚，抱成一团，等待太阳或者阵风把它们带离现场。

而我在等待太阳露脸的时候，可以欣赏它们做梦时又晶莹又憨厚的天真模样。那时候，我的发梢沾满露水，目光亦是无忧无虑的透明，无意间做了一棵行走的花树，在黎明的清澈里清澈着。

一只蜻蜓飞来，在我眼底下炫耀它融合了神秘与忧郁的粉蓝色。它想要停在一片夹杂着玫瑰红与稻谷黄的花丛中，落下翅膀时，就有两三滴紧紧挨靠在两片花瓣上的白露轻轻一闪，乐得给蓝蜻蜓腾出席位。想起头天在夜色中听见瑶民唱山歌，有一人唱道："蜡烛点灯亮不久，露水夫妻做不长。"不经意间就让人有了笑意。花叶上的"露水夫妻"哪里是太阳一出就分手？而是来自花叶、回到花叶。到了夜晚，它们会相聚。明日清晨，它们又会晶莹透彻熠熠生辉。

一个自在而丰富的世界。岩石上青苔密密地织着地衣，四方竹子与众不同地四方着，一只不知名的白鸟从山谷飞向天空，中途与一群锦鸡在相隔不远的地方邂逅……所有的事物都在细小中成全更为丰富的整体。

下到山脚时，太阳已越过山巅照射在瓦蓝色的高山湖泊上。行走着，视野里一道由细竹枝编就的篱笆上悬挂着万千点露珠，在早晨鲜亮的阳光照射下，每一滴都深情款款地熠熠闪亮。它们晶莹剔透地分布在竹篱上，一点都不零碎，相反，在同样的光芒里它们交相辉映，成了不可分割的美的整体。大地在长夜里呼吸的杰作，如同最美的爱与相思的绝唱。

匆忙间留下了照片，然后追上前面的人，探问此际正在耳畔唱得很响亮又拉扯得很沉郁悠长的声音是什么虫发出的。当地的红衣大姐说，那是杨梅虫，杨梅红了才有。外表半黑半黄，嘴巴像蝴蝶，只吃露水，所以肚子是空的。山里人歌好，情深，在他们眼里，虫子都是痴情的。峰回路转，一棵杨梅树映入眼帘。杨梅熟得参差不齐，熟透的红或者羞涩的青，都在露水的滋润中可爱着，同时也让我领略着这个清晨的万般可爱。杨梅何其幸运啊，有杨梅虫追随着，还不知倦怠地唱情歌。杨梅虫确是不虚此生的，有露滴饱饮，有杨梅寄情，还可以歌声震林樾。

这个踏露而行的黎明，白露用最干净的语言替我说出了所有愉悦：在远离尘埃的地方，在大自然的呼吸里，我渴望自己变成草叶，在此间深深呼吸，清新如木，单纯至美。

第三篇

物　语

隐世者

一

隔着两座南方的石山，我与聚居山庄的千余只东北虎、华南虎、孟加拉虎、白虎做了 20 年邻居。有些夜晚，很晚了，枕着浮于岩壁之上的虫声，会念想正无比清醒地醒着的老虎。谁知道呢，当老虎目光炯炯地坐卧于草地，从那黝黑山顶上落入虎眼的星星，会不会激起一只虎插翅的念头：到另一个星球生活，将会如何？

在山庄里，一些被挑中的老虎经过驯兽师调教，言听计从地在梦幻剧场表演打滚，钻火圈，发力跳过并穿破蒙一层白纸的铁圈，赢得掌声响起。人自己不快乐，便寻思从别物身上找乐，比如让一只高高在上的老虎放弃它的傲慢与矜持，卑屈自身，迎合人类的游戏精神。

我厌恶类似的表演。在远离荒野之所，一只老虎也更愿意与晒着会感觉皮毛灼热的阳光，与跌落尘埃溅起泥腥气的冷雨暖雨，与来不及深度亲近就踪迹全无的南方雪，与闻着气息互相吸引的异性伙伴亲密接触……在天然的体肤交际里，各种发乎本性的质感之美才会得到呈现。

一只野生虎有20年可以活，一只圈养虎遇到好的条件可以多活10年。所以，我最初在山庄见过的、和最近10日见过的，并非相同的个体。初见时风华正茂的老虎，在如期而至的发情周期里，找到了中意的对象，然后经历上百次短暂而激越的交配，留下血脉。尽管如此，虎的繁殖也受到限制，作为胃口不小的食肉动物，它的存活是需要高成本的，若任其自由生育，很难维持良好的生存状态。因此，山庄里的老虎也是按计划优生优育的。一只虎经历幼年、壮年，在最好的身体状态下完成过三五次延续物种的使命，之后渐渐衰老，老得只剩下一副倔强的骨架，被时间覆盖。寿终之后，被冰入冷库。最后，虎皮或被人披，或被人坐，虎骨被用来泡酒，虎鞭被用来入药，所有的精华都消逝在人的欲望里。只有后代，成为种群延续的一部分。这是一只圈养虎的命运。

在育婴房里，虎母呈现格外温情的一面。它俯卧着，任由一只小老虎不停地搬弄它的长尾巴，任由另一只小老虎在它的脊背和肚腹上行走嬉戏，任由第三只小老虎撕咬它的颈项和耳朵。一只母老虎是亲切的、随意的、不怒自威的，虎子们把它当作山峰，当作障碍，当作习武场，甚至当作玩具。在它身上，笼罩着柔软的母性。但一只做了母亲的老虎，不会一直溺爱它的后代，它发乎本能地训练虎子的生存适应能力。它凭借眼神与吼叫，训练虎子谨慎地进退藏匿。隐蔽在自己的领地里，让闯入者暴露在明处，而它在攻防自如的暗处，一切可掌可控，此为虎生存之道。

其他虎房里的老虎，基本上是成双成对关养的。它们在人前少有亲近，其中一只困了，另一只会迈着虎步从这一头踱到那一头，周而复始，似一只无意打破现状的沙漏。当虎不必费心寻找食物时，它也找不到自己。在一个插翅难飞的封闭之所，它忧愁的是如何虚度时光。不知道，在孤独、乏味以及无始无终延续的慵懒倦怠背后，是否还有纵横捭阖的梦境存在。但是虎威，始终都在。有的游客被好奇心驱遣，对老虎吼叫。虎自然是不能容忍，虎口大开，冲永远都无法冲破的铁网扑腾怒吼，利爪扑抓围网发出哐啷哐啷的声响，混杂着嗷嗷嗷的吼叫，响彻虎园。

山庄设置了模仿野生环境的放养区，每三五亩草地一个间隔。过去演示给观众的场景中，让一只饥肠辘辘的老虎待在草坪上，然后放进一头涉世不深的牛犊。牛犊才迈开境遇不明的脚步，脖颈上的动脉已被老虎咬断。类似的血腥表演后来被取消了。

放养区里的老虎基本保持一个相互戒备的距离，睡在远离围栏的树冠下。为消磨时间，伸出胭脂色的长舌头，舔自己的腿脚，舔自己的股部，舔另一只虎的背，甚至，一上一下地滑动那一抹性感的粉红，不厌其烦地亲吻一根铁柱。这是一种无聊的游戏，还是一种荒谬的寄托？或者是它想要爱某样事物，但是没有得到。为了防止老虎不知节制地亲吻树根，每棵树根部以上三尺都包裹铁丝网。人会不会在一只猛虎的身上，看见自己生命中的一些时刻？面对虚无，束手无策。

但是，老虎毕竟是老虎。骨子里那种一山不容二虎的思想，驱使每一只存有实力的老虎随时虎口大开，把另一只走近的老虎当对手，抖着虎须，呲着虎牙，嗷嗷大叫着扑过去，咬对方的脖颈，此种喜好，甚至在与异性亲密交配时仍不断重复。有时候，空气中充满着剑拔弩张的味道，两只老虎仇敌似的相互发飙，以闪电一般的速度冲向对方，在对方身上真心假意地撕咬几下，然后分开。才转身，不曾走出多远，蓦地重新折返，再一次气势汹汹地冲向对方，又撕咬几下，才走开。或许暗中，它们也相互庆幸，有一个旗鼓相当的对手可以搏斗，共同完成身体里的速度与能量的释放，才不至于寂寞到死。每逢这样的场景，常常把我看呆，忘了世界，忘了时间，忘了自己。

本来，凭着兽中之王的天赋，端坐在食物链的顶端，是与谁都不争也不屑于与谁争的。在虎园，它哪怕听从自身敏锐听觉做出响应，在低处抬眼望几下天桥上的观客，那并不愿意持续的目空一切的眼神也在暗示：未来已经过去，而我属于从前，现在却要赋予悲伤以呼吸。有时，围栏外车子开过的响声，会使群虎的兴奋：时机来了吗？是不是可以乘载这轰隆作响的物件离开此地？但车子开过就开过了，卡车司机因为见到老虎，停车一会儿，露出喜出望外的神情看一分钟老虎，然后驾车奔目的地去了。

世人为虎戴上“兽中之王”的高帽，却又箍起“罪大恶极”的魔咒。但那凶猛凌厉的物种属性原本与生俱来，与罪恶残忍无涉。15 年前，山庄里的一头东北虎不知怎样突破重围，跑出去了。消息骇人听闻。这只想要远走高飞的老虎，在附近村庄和荒野间兜兜转转，并没有伤及无辜。但负责行动的警察最后采用枪击的方式，结束了一场出逃。一只异想天开的老虎，一只性命不保的老虎，它根本想象不出，这小家碧玉的南方，距离它的东北故乡或者西伯利亚有多遥远。

三年前，我在长白山游荡。面对寂静辽阔的千山万壑，想象神秘的树眼背后，也许会走出一只健美的大老虎，它金色的身子如箭矢射出，我才一眨眼，它已跳到长白山大峡谷对岸去了。一个童话而已。一只野生虎不把自己藏到林海雪原的腹地，如何安生。

二

与我比邻20年的，还有山庄里另一个大的群体——黑熊。它们是亚洲熊，全身毛色暗夜一般漆黑，唯在胸前，把一弯新月当作项链挂。

黑熊原本生存于丛林野地，以树洞岩穴为最佳居所，爱独来独往。山庄地盘有限，但也还算空阔，黑熊与鸽子分享同一块地盘，相安无事，相映成趣。黑熊身体笨而不拙，擅长攀爬，可以自在地待在它想待的地方。夏季炎热时下水游玩，多数时候是在草地上困觉、上树休息或者互相嬉戏玩耍。它们喜欢选择一个高高的树杈，攀攀爬爬就上去了，动作称得上灵活。经常，一棵树的几个树杈各由一只黑熊占据，各自以最舒服的方式仰躺着，闭目养神，互不干扰，各自有心无心地看闲云聚散，看星星月亮，眨眼工夫就睡着。也许睡着后，会梦见伸出爪子去摘花果，或者掏蜂蜜，梦醒之后，才恍然想起这一棵棵天竺桂都是被削去了树冠的。

一只熊，或者一群熊，凭借憨厚可爱的神态，打动人心。与望虎生畏相比，看熊只拾得开心。在相同的地点，不同的时间，每次与黑熊见面，黑熊总会有各种各样的新奇可爱举动令人忍俊不禁。

我见过兴致高昂的黑熊，在大车轮胎做成的秋千上摆荡，它们优哉游哉，看样子似乎要把自己荡到天上去。见过两只青春年少的黑熊，在树杈上变换着位置和姿势，玩高难度的接吻。见过一只黑熊四仰八叉地躺在小桥上，其他熊就便宜不占白不占似的，从它身上爬过去。见过一只黑熊想要爬上一个水泥墩台，它前爪攀住墩台的边沿，一下一下地往上蹭，快蹭到顶端时，墩台底下的另一只黑熊发现了，立即站立起来阻止，它伸出两只前爪不断地拖住那往上爬的黑熊，拖它的后腿，抱它的腰身，推搡它的屁股，往上爬的黑熊好像不在乎，偶尔伸出一只前腿来拨开下面的纠缠，在持续上演的三分钟好戏里，那只决意往上的黑熊表现出来的心理，就是你想拉就拉吧，反正你只是徒劳。见过一只体形肥硕的黑熊，一左一右地轮流用熊掌在草地上挖坑，把一小块一小块的黄泥扒拉出来。我想它是不是百无聊赖，挖个坑干甚？后来它不挖了，把身子稳稳当当地伏卧在小坑里，安静得像一个椭圆形的黑球。我猜，这是一只将要做母亲的黑熊。我记起三个月前，那时是夏天，正是黑熊的交配季。在那个清晨明亮的阳光里，放眼望去，做爱的黑熊，这里一对，那里一对。它们挺贪心，缠绵不停。离我最近的一对，压根也不管旁边大块头公熊的骚扰以及其他熊的存在，只管身体沉醉。这样的不管不顾应该与黑熊天生视觉差有关，“黑瞎子”们对正在自己眼皮底下进行的交配是熟视无睹的，其戒备心与老虎相比，堪称天壤之别。在相互迷恋中，黑熊最终会从激情深处，给自己带来清新可爱的小黑熊。

在竹林边，有一所熊学校，大大咧咧的黑熊宝贝在那里一天天长大。小熊半大不大，憨厚的脸上浮起一层天真可爱。它们玩滑梯，走台阶，斗胆试水，练习按分寸办事。摘一张嫩竹叶丢过去，也没谁争抢，落在谁面前，谁就抓起吃。有人拿一个苹果，绑在棍子上做诱饵，来来回回逗黑熊玩，它们既不泄气，也不生气，弄不清是人玩熊，还是熊玩人。黑熊的成长是一日不同一日的。上一次去，懵懵懂懂的黑熊一个个憨憨厚厚，再过一个月去，它们无师自通地在我面前搔首弄姿，摆出各种可爱造型给我拍照，甚至，有几只已经远远地在树皮屋的坐板上卿卿我我了。

黑熊看上去笨拙，实际上聪明而乖巧。蹬上自行车就骑得溜溜快，套着呼啦圈就把身体转成舞女，爬上双杠便上下翻飞。真是讨人喜欢。我想起诡计多端的熊外婆吃人的故事，能有什么关联呢？唯一的相似，是熊的面相体态隐含着外婆般的和蔼可亲。

虽然黑熊是以可爱示人的，但其发怒又是另一番情景。冬天的上午，5个男人一直在驱赶在树桩和秋千上玩耍的黑熊，遭到了激烈反抗。离我最近的一头黑熊，它盘踞在一个树桩旁，为此挨了棍棒驱打。这一打，本来存在敌对情绪的黑熊，甚至露出发狠的神态与动作来反抗。在它憨笨的神色里，因为怒气升上来，便增添了夹杂仇敌似的凶狠。但它终究抵抗不过用长棍驱赶的男人们。

后来，我在酒产品介绍中读到一段文字。自古以来人们一致认为，熊胆属于胆中之王，对人体具有清除百毒、利肝明目、消炎镇痛的作用。人类对熊胆的需求导致黑熊濒临灭绝，因此黑熊被列为国际一级、国家二级保护动物。为了既保护黑熊存世，又能够取得黑熊胆汁，学者们研发出活体采集熊胆的技术。究竟怎么取？是不是先麻醉，再将针管插进胆囊抽取，然后拔出，消毒。是不是就和抽血一样？那么，多久抽一次呢？疼痛与不适是不是存在并无法消除？有没有无法愈合的伤口？具体的情形，自然是无法探究清楚的。想起工人们的棍棒驱赶，我不知道他们为什么要赶黑熊，他们的内心不一定那么狠，但若与工作有关，就只好硬下心来。

再后来，听说在植物中可以提取出与黑熊胆汁相同的物质。人不薄情，黑熊可以放心睡大觉了。

三

在北京南海子麋鹿苑内，有一座“世界灭绝动物墓地”，为死物种留下名字。比如，1916年后灭绝的新疆虎，1936年后灭绝的塔斯马尼亚虎，1970年后灭绝的里海虎……为何走着走着，就无路可走了？活着活着，就再也无法活了？有谁认真去找寻过答案呢？

2013年夏天，我在新疆考察时经过一些荒凉之地。从乌鲁木齐往布尔津县，沿着中国第二大沙漠古尔班通古特沙漠的外围行走，途中经过普氏野马基地。普氏野马是目前唯一生存在地球上的野生马，全球仅存1000匹左右。1876年，俄国人普尔热瓦尔斯基在新疆“首先发现”了准噶尔野马群，这种野马遂被命名为普氏野马。追随而来的欧洲人，如获至宝地把大量野马驹带到异国他乡。紧跟着，准噶尔野马在新疆绝迹。从时间上可以看出，1876年前后，新疆境域的气候环境仍然适合准噶尔野马群和新疆虎存世。40年过去，是怎样不可阻挡的缘故，让新疆虎在1916年走向最终的灭绝？

从20世纪80年代开始，经动物学家呼吁，从英、美、德等国引回17匹当年被劫走的普氏野马的第八、九代后裔。由此，野马故乡结束了无野马的历史。虽然无缘亲眼见到机警、善奔驰、体形健硕的野马纵横驰骋的模样，但从物种的角度，知道一物存世，便算安慰。

另一段深刻的记忆，是我从新疆巴音郭楞蒙古自治州和静县坐车到托克逊县，经过无名沟，视线中是寸草不生的山峦。是何等苍凉的风，把豹纹、虎斑、树形和花影画上那些山，仿佛那些山就是睡死过去的虎豹和花树。我走过那一段路途时，夕阳正把金子般炫目的光照投射在形状仿佛溃烂乳房的死亡山体之上。还有什么呢？没有什么了。只有偶尔醒来的雨水，把苔痕与锈迹印刻在沙石上。曾经可以触摸的新疆虎，只剩下一个脑海中的祭奠了。

世上再无新疆虎了，所以叫“灭绝”。新疆无“普氏野马”了，但经过引进，又有了。可惜人不太珍惜“有”之难得，大到珍禽猛兽，小到飞鸟虫鱼，不将其据为己有不痛快。

我记得老家上屋的邻居，喜欢捕鱼。最初的方式是放饵垂钓，或者筑坝拦水，竭泽而渔。不久，他学会了投放巴豆、石灰甚至农药的方式闹鱼，把一条河的鱼闹翻。再后来，他大胆地用炸药自制雷管炸鱼。结果，在数百次击打和切割深水的肌肤之后，他炸掉了自己18岁之后全部的右手使用时间。

有个远房表叔擅长捉蛇。究竟有多少五步蛇、竹叶青之类的毒蛇被他徒手擒拿，连他自己也没统计过。捕蛇的技能称不上本领，因此不值得羡慕和提倡。除非天上的鹰都灭绝了，那时不论广袤草原还是丘陵沟壑，遍地蛇类爬行威胁人类生存。否则，蛇的存在便是生物链保持平衡的一环。他后来终于不再进山捕蛇了，因右手的三个手指被蛇咬断了。一个畸形的手掌，似一块废了的铸铁。

我又听说村里的杀猪佬梦里都时常举着屠刀，被一种模式化的嚎叫惊醒。邻村天天买狗卖狗杀狗的伙计，不论走到哪个村子，只要狗闻到他的气味就狂吠不止。还有一桌子有头有脸的人，吃了上了年月的深潭老龟，半年后大半人丢了性命。

苦果多是自酿的。净空法师讲到人生必须断十恶、修十善，其中“身的三善”第一善就是不杀生。大法师引用《地藏经》所讲，“若遇畋猎恣情者，说惊狂丧命报”，甚至不惜拿至亲举例。法师讲自己的父亲喜欢打猎，天天都有野物回家，结果45岁结束生命，走的时候是惊狂丧命，算是目睹现世的果报。

一些地域民族信仰万物有灵，本身也有敬畏生命敬重万物的因素。人若凭自己的强势，残暴地对待某物，在沉默与挣扎中激起或短暂或绵长的愤怒，不会无声无息地消逝。既然搬起石头，就可能砸伤自己的脚。

今年春天，我与人去属于珠江水系的义江流域做调研，沿岸居民强烈呼吁加强河流管理。过去的打鱼人，也就张网捕捞，如今都用电鱼机。一条无忧无虑的鱼划着双鳍前行，一群悠游自在的鱼正结伴出游，没有任何征兆，便遭遇了人类发明的电流，它憋闷疼痛到无法呼吸，挣扎着浮出水面，那嘴角带笑的电鱼人便用捞绞将其捞走了。不可思议的是，每年地方政府花费几十万元买鱼放生义江，第二天鱼市上凭空多出好多卖鱼人。在饥饿的年代，捕猎或许情有可原。可惜，在温饱之后，人的贪婪没有止步。

也是在2013年，在秋天，我曾去西双版纳的野象谷寻访野象。寻寻觅觅，依然无缘遇见。没找到野象，只遇见了野象留下的一些还算新鲜的足迹和粪便，算是找到了野象还在云南存世的证据。可是最近在网上看到一组图片，说是在云南，盗猎者为了方便取走象牙，将一群野象头首与身躯分离。

画面中横七竖八零落的象尸，惨不忍睹。

想起丰子恺与弘一法师共同成就的《护生画集》。马一浮在初集序文中写道：去除残忍心，长养慈悲心，然后拿此心来待人处事。此为戒杀的目的，也是护生的目的。令人感叹的是：人的手，怎么伸得那么长；人的嘴巴，怎么张得那么大；人的心，怎么比石头还硬。

爱巢毗邻

我离开原来的单位时，很舍不得窗外依着石山栖居的鸟雀。它们偏居一隅，将岩壁间一眼眼拳头大小的岩穴作为天然的爱巢。出也叽喳，入也叽喳。岩洞成了会唱歌的眼睛。于我，那是相当雅致的宁静。

好在新的工作环境也是绿树成荫。美中不足的是办公楼对面以及斜对面都是宿舍楼，在走廊上，隔着十几米的距离，入目的无非是人家洗衣做饭晾衣之类的场景。

斜对面三楼一户人家，男主人是我读中学时的英语老师，女主人是我的生物老师。有一天去老师家拜访，居然有出人意料的收获。穿过客厅到阳台，右面是厨房，左面是洗漱间，靠外一侧是平行线行走的几排电线。洗漱间外墙靠着一个老式的洗脸架，墙上一排钩钩挂挂被毛巾占据。不想此间竟然暗藏玄机。洗脸架边有个洞眼，几只鸟雀毫不拘谨地出入其间。

与老师交谈，才知这样的场景已持续六年了。

当初，女人丝毫不喜欢白墙上那眼洞，几次三番让男人填补。而男人觉得那洞眼无伤大雅，便懒得动手。

为此，女人心里甚至滋生过不悦。

那年冬天，一只灰色羽毛的鸟发现了这个洞，几番探看之后放心地住了进来。那种小巧玲珑的鸟，老家人唤做点点雀，叫声不连贯，一点一点喊出，任由你听成“笑——笑——笑——”“俏——俏——俏——”“要——要——要——”，都相似。在农村，燕子结巢在谁家屋檐下意味着谁家人好，碰上无良人家，会趁燕子外出搬个木梯把燕子蛋取了，端个竹竿三下两下把窝戳了。如今这是在城市，也不知与这种鸟做邻居有什么讲法。我的英语老师说，既来之，则安之。随缘吧。

自从孩子去外地上大学，屋里的男女主人就轻松许多。也因此，多了些寂寞。恰在此时，一只鸟到来，让他们可以当宝贝去爱。起初，女人有意把煮熟的肉啊蛋啊搁在鸟儿飞进飞出的栏杆上，鸟儿拒绝了，仅有几回衔过几颗南瓜子。渐渐地，女人和鸟成为了很要好的朋友。她喜欢晨光，清早起来，一边在阳台上舒展身体，一边笑盈盈地对鸟说，太阳出来了，快去找伴玩。鸟唧唧应答着，掠过她发髻，穿过屋外的枝丫去了它的天空。男主人原本慵懒着，却也在人与鸟的对话中起了床，与女人一起做早餐。

和春天一起来临的，是另一只外形相似而羽毛带着紫罗兰颜色的鸟。原来是鸟夫君来了。不久，窝里传出更热闹的叽叽喳喳声。此番，是鸟夫妻升级为鸟父母啦。高兴的，不只是鸟夫妻，还有人夫妻。男人喜笑颜开地踮着脚尖去看，女人提醒道：别，人手碰过的窝，鸟就不住了，往后你伸手取挂毛巾就轻点，别那么大大咧咧。

自此，鸟父母就成天围着四只雏鸟忙个不停。一只飞出去觅食，另一只就留下守巢。远远的，看着鸟夫妻轮流把虫子喂进小鸟嘴中，那尽心尽责的样子，不由得让人夫妻记起自家小孩嗷嗷待哺时忙里忙外的时光。等到小孩慢慢变得又懂事又可爱，再回忆那时的艰辛，竟成了快乐。

一个周末的清晨。男人躺在床上，蓦地感觉鸟巢里的歌声有别于往日，正想着为何，听见女人催促他快起床，说鸟儿要走了。果真如此。先是鸟父母在他们眼前盘旋，接着是四只学会了飞翔的小鸟围着他俩唱着清脆的歌。一场温情脉脉的告别，发生在人与鸟间。很有些不舍，他们共同目送幸福鸟家飞出了视野。

她怅然若失。他安慰她，窝还在，会回来的。

某天下班，他兴冲冲地跟她说，在大院里一棵浓密的桂树下看见那一家子了。她去看，就见着了，小鸟飞得比原来更熟练了。

日子不知不觉又过了一季。一天黄昏，鸟夫妻真回来了。那么，原来那窝小鸟应该完全学会独立，另择新居去了。不久，又有了一窝鸟崽。真是热闹。

一晃一年又一年。夫妻俩的女儿都出嫁了，男人和女人有时痴痴地想，从第一对搬进爱巢的鸟夫妻开始，如今应该是子又生子了。往后，如果还居住在这里，就会看见这个鸟之家子又生孙、孙又生子的情景吧。

久而久之，我在办公室里忙累了，到走廊里注目斜对面三楼已成了一个习惯。我发现，老师家阳台靠外一侧的几排电线也很有味道，因为，鸟儿外出或者回巢，总是先落脚在电线上，对四周是否安全进行一番探测。此时，电线是抖动的，鸟儿如同五线谱上的音符。

蝴蝶的亲吻

在去蝴蝶谷的路上，一蝶轻舞，飞扬，又迟疑。我看见，蓝色闪电在端重的黑衣上纵横。那么，这就是书中见过的美丽的蓝闪蝶了。它掠过花朵纷繁的荆棘丛，在我四周若即若离，追逐着，让人疑心是一朵不安心的花，被行走诱惑，逃离了花枝。蓦地，也不给我思考的余地，蓝色闪电从左侧河声的喧腾里横插过来，在我额上留下一吻。两秒钟心旌摇曳的光阴到底像经历一场幻爱。眨眼间，蝶已抽身离开，似个不想说再见的情人。独自留恋地抚摸额头，顺手抓了一把空气送到唇际，狠狠地吸了一口，我要把爱神赐予的一粒经风霜雨雪历练的种子深藏了。

“世界对着它的爱人，把它浩瀚的面具揭下了。它变小了，小如一首歌，小如一回永恒的亲吻。”不经意间，发现天使的翅膀背负泰戈尔的诗句，在透明的空气中与我一路。

然后我来到了瑶寨。夕阳温柔，瓦楞青青。吊脚同心木楼古朴幽雅。年长阿婆仿佛深色花，从青石板小巷曲折处走来，与我擦肩而过。“哦，我去找一下钥匙。”善良的人习惯用哪怕是与我们自身不相干的话语表达真心友好。她的话是个隐喻。许多时间，我们都是寻找钥匙的人。我来这里，离开这里，重来这里，为蝴蝶谷的百瀑千蝶沉迷。她和另一个瑶女说话，不懂得是揣测我的孤单，还是议论我的沉醉。或者，只是站在夕阳里说夕阳。

再遇到阿婆，却是被她开门的动作吸引了：在两个铜环交错的中心，那把伸进锁孔的钥匙扭动腰肢，它们唇齿契合，亲吻找到了亲吻。门锁丁零一声打开自己。这和月亮打开夜空，语言打开人心，男人和女人彼此打开是相似的。此时晚霞明艳，屋檐下的蝴蝶对着庭院里的夜合花说："你开吧，开吧，为我开吧。"这确是一件有趣的事情，夜合花，在夜间是关闭着的。它与相爱的人相似，只愿意与人相远。

我踩着阿婆的脚印推门入屋。在火塘上引燃干柴，架锅做饭。有人很细微地吸着鼻子闻菜香。她说男人从山上回来了。接着是镰刀、背篓、柴捆和困倦在门背放下的声音。一个年纪很长的人，差遣飘往深巷的菜香，去问候前脚刚跨进门槛的另一人，这是俗世里的爱。

在火塘制造的烟火味里，我与一对年长的夫妇说话。女人讲她那个年代并不复杂的爱情故事。然后又说蝴蝶。阿婆的男人说，前些年来捕蝶的山外人，将药物溶解在牛尿中，装在可乐瓶里，趁天黑在河边零零散散地挖沙窝子，把牛尿倒在沙窝里……蝴蝶不明真相，翅膀挨着翅膀地来了，没有思考也没有顾虑地把喜欢献给沙窝里诡异神秘的芬芳气息。始于爱，终于恨，蝴蝶无声无息地折了粉翅。诡异的诱惑。

阿婆说，捕蝶人心真硬啊，他们拎着蛇皮袋，捡钱一样收拾那些美丽异常的大蝴蝶，再把它们卖给商人，一角钱一只，或者论斤计价。

蝴蝶不是没有智慧的物种。色泽艳丽的枯叶蝶，与天敌狭路相逢的时候，它的双翅迅速折合成一枚枯叶，逃过劫难。而生活在热带丛林中的非洲蝴蝶，将卵孵化成幼虫后，就强迫它啃吃散发难闻气味的"苦肯菜"，叶子中的强心苷成分就储存在其体内，等到幼虫成蝶，这种物质就凝聚成翅膀上的白色粉状物。鸟类或者兽类跟这种化合物接触后，会难以忍受，这时候，往往迫不及待地把吞进嘴里的蝴蝶吐出来。

然而，就算是聪明如枯叶蝶和非洲蝴蝶，又怎能与人心暗算相抗衡！这时候，蝴蝶该如何分辨和避让陷阱？

幸好，阿婆说，近两年村里定下了禁止捕蝶的条约，蝴蝶才又慢慢多了。

现在，我想念那只从阴暗的缝隙里飞出来吻我的蓝闪蝶了。它的吻在我的思念里，如同吻在爱里。

古松的境界

大雨点仿佛上帝的指端，时疾时缓地敲击着古松，发出古朴悦耳的声响。这是在距离融水县城 70 多千米的安太乡，我与一大片马尾松古树近在咫尺。

安太乡属桂西北高寒山区。距离乡政府不远的林洞村培科屯，为苗人聚居的村寨，有 100 多户人家。村落傍山而居，左右群山罗列，其正前方端端正正地朝向海拔 2081 米的广西第三高峰元宝山。晴好的日子，远山如黛，元宝山主峰映入眼帘，似高昂着的充满智慧的头颅。近处，田园交错，峰峦如聚，在或灰或白或红或黑的房屋后，古松高高地擎举着老辣沉郁的苍松色。这些高大挺拔的古松，近看似村寨的守护神，远观似元宝山的卫士，由近及远，铺排着一气呵成的大气魄。也因此，拍摄元宝山巍峨全貌的最佳位置在培科屯，可谓远景之美天造地设，近景之好浑然天成。

我穿过村巷，沿着发丝一样的小道，上后山拜访古树们。

到半山，路旁竖着 2007 年 7 月 7 日立的石碑。碑身不高，正中竖刻“松羊景点”四个大字，“欢迎观光乘凉”和“注意防火卫生”的刻字各居左右。大字下刻“代号 3399”，底下又补四字“长长久久”。言为心声，无非是祈愿生命、爱情、家庭、事业以及世间种种美好，犹如青松长存人间。

山坡上，建有飞檐翘角的观景亭一座。村里人，尤其老人，喜欢在松下消暑乘凉，有好空气呼吸，有闲时间消磨，谈天说地，谈古论今，乐得逍遥。亭子四周，一棵棵三两人伸展手臂才能够搂抱树身的古松，如同巨人兄弟一动不动地紧挨村庄站立。壮硕的树干，布满粗粝的鳞片，与传说中威风凛凛的巨龙有异曲同工的神似。一簇簇细长凝练的松针，好比奔腾中的骏马尾巴，拂扫八千里路云和月。在这触手可及的存在里，集聚着一种老当益壮的坚韧，一种卓然独立的清雅，一种无畏无惧的安定。妙极。

为何叫作松羊景点？说是山坡地名叫松羊。以前，本地人爱养黑山羊，偶尔也有白羊。清早，人们放羊出圈，那昂首挺胸的公羊趾高气扬，那温驯的母羊低眉颔首。羊群飘出寨子，消失在松林后。肚饿时，羊漫山遍野追逐草叶，吃饱了，就优哉游哉地倦卧于干爽的松针地毯上。小羊羔则安静地依偎在母羊身旁。到黄昏，在领头羊的带领下，羊群又沿着松间小道，回到寨子，回到羊圈。

现在村中已无人养羊了。陪伴古松面对时间流逝的，是苔痕、蚂蚁、虫蛇、鸦、雀、鹰，死亡或者新生。它们以古松为舞台，穿梭往来，生死相依，寂寞过，热闹过，活老了就死去，乐此不疲。春季，白鹭成群，云朵般栖息在古松王国里，中午飞往水田捕鱼捉虫，其余时间以松为家。鹭鸟纯洁美丽，古松苍劲稳重，这是对比鲜明的和谐。古松最绝妙的老牌搭档，非鹰莫属。鹰诗意地栖居在古松上，日复一日，活得像个预言家，报喜，报忧，报雨，报晴。村人从鹰的叫声里听出悲喜。本质上，藏鹰的古松，习惯在古松上高瞻远瞩的老鹰，同属越老越美之物。不怕霜雪，不畏艰险，不惧搏击，相似的生命禀赋，成就了相称相宜的美感，所以齐白石、李苦禅等国画家，都有不同凡俗的松鹰图传世。

更通灵性的陪伴，是人树间的依存眷恋。

一种知根知底知冷知暖的相伴。村中长者说，小时候，山坡上的老树就那么大了。它们长到一两百年之后，就不再长大，只是一直活着，活着，看着儿童长大，看着青年成熟，看着中年变老。然后老辈人的子孙又经历人世的生老病死，几番循环轮回，古树仍活在人间，越活越老，越老越苍劲。

亭子四周的古松，有 60 多棵。和附近几个山坡一起统计，至少有 130 多棵。资料显示，这一片马尾松古树，平均树龄370年，平均树高32米，平均胸围324厘米。对于一棵松树而言，活三五百年，够长久了。人站在树下，总要仰头才能望见直冲九霄的树顶。想要真实地呈现古树，只有匍匐于地面，才能拍出古树擎天柱的全貌。

马尾松的材质并不适宜做家具，因虫子爱蛀，不耐腐，易变形，但马尾松的确一身是宝。因适应环境能力强，越是悬崖峭壁，越能见其俊逸风姿，因此，马尾松是荒山造林的先锋树种。作为我国主要的产脂树种，其树干可割取松脂，为医药、化工原料。松木可供建筑、枕木、矿柱、制板、包装箱、火柴杆、胶合板等使用。松针可泡茶，可提取松针油。松花粉可入药，可养生驻颜。

令我好奇的是，这些古马尾松何以长得如此粗壮、高大、威武？村人的解释是：苗族同胞对古树心怀深厚的情感寄托。

苗家大哥说，苗族对祖宗的崇拜，是在火塘，那里安放着铁铸的三脚支撑，安放着柴薪，安放着祖灵。一日三餐烧火煮食的地方，是个不可冒犯的位置。小孩若跨过火塘或不小心踩着柴火，必定被大人打腿训斥。

苗族人对待一棵树，不论活着抑或死去的，都心怀崇爱与敬畏，除非树已化作灰烬。人们相信，传说中的山魈山神，总是择大树而居。一棵安顿着神的力量的大树，你怎么能乱砍？偶有贪心之人，偷偷去砍。结果，不晓得是因为树太大，或是体力不好，他抡起斧头砍伐时，就会砍着手，或剁着脚，或判断失误，树倒时会压坏房子，甚至压死人。总之，有些鬼使神差的意味。旁人便谈论，喊你莫乱砍古树，你偏不信，这回遭到报应了吧。不仅树不能砍，树上鸟也不能打。候鸟来临时，满树皆鸟，小孩不懂事，听见树上整日鸟雀叽喳，便起心去打。老人家站出来制止，说打不得的，你去打鸟，会伤害树。所以，村里古树都长得好，可做柴薪的枯枝落叶铺得厚厚一层，也无人捡拾。树倒之后，任其腐朽化土，若有外乡人想买做他用，须经各家各户同意，卖得的钱也只能用来架桥修路做公益。

在培科屯，我问年过八旬的退休教师何昌发老先生，这些古树究竟是谁种的。他说此地居住的苗族同胞，明朝嘉靖年间从安徽庐江县辗转迁徙而来。究竟是先有村后有树，还是先有树后有村，不得而知。何老师一辈子在林洞村教书，他说村里每代人都遵循村规民约，自觉保护古树。古老八代时，听爷爷讲还有豹子进村吃牛。二三十年前，山上的古松更茂密，人走进去感觉阴沉沉的。

时光流逝，一些古树自然老死。首先是遭遇雷劈，然后蚂蚁接踵而至，古松终于没有足够的精力应对风吹雨打，松针落尽，也还等两三年才倒。村支书说，大树有灵性，从来不给人看见它倒，而且，树会判断从哪个方向倒下，不压着人，不压着房屋，不压着牲畜。2012 年春的一天下午，他在村部听到轰然巨响，两边的青山又将回声放大，全村人从那巨大的响动里，判断又一棵古松树倒下了。人们纷纷拥出家门往后山跑，站在古树身旁，有人叹息，有人沉默，甚至有人黯然神伤地流泪。事实再一次证明，没有一个人看见古树怎样倒下。那天下着蒙蒙雨，路上一个人都没有，大树才倒。我离开培科屯时，他们指给我看最近倒下的一棵古树，它巨大的身躯，四仰八叉地睡在那里，不再醒来。站了 500 年，或者 600 年，或者 1000 年，累了。令人欣慰的是，在倒下的古树近旁，梯队似的站着松子、松孙。村里人说，它们倒是越长越壮。

这天晚上，我翻阅向何老师借来的 1988 年 6 月编印的《安太乡志》。这本侧重记叙 1911 年至 1986 年共 75 年间乡史的书上，记录着一首当地童谣《顺口问》——

你为什么浑呀水？蝌蚪盘游我才浑。
你为什么盘游呀蝌蚪？石滚下塘我才盘。
你为什么滚呀石头？山羊踩滑我才滚。
你为什么乱踩呀山羊？狗叫我才跑。
你为什么叫呀狗？树倒受惊我才叫。
你为什么倒呀树？虫蛀空了我才倒。
你为什么蛀呀虫？我吃我妈妈的奶，我啃我爸爸的粮。
树懒生，树自倒。

是谁，在何时，写了这首童谣？参与编写这本乡志的何老师也不清楚。多美的古歌啊，让人发自内心地喜欢。树活够，不想活了，这时候，蚍蜉不是在撼大树，而是在吃妈妈的奶，在啃爸爸的粮。大自然就是这样自然。

木秀南方

论起木材中的栋梁之材，“北松南杉”的表达最简洁。“北松”为红松，北国树种，人称“木材王座”。“南杉”指杉木，南国树种，有“木中之王”的美誉。我们住过以杉木为主体框架的屋，睡过杉木床榻，坐过杉木板凳，用过杉木衣柜，摇过杉木风车……南方人的生活，与杉木的接触甚为亲密。

初夏时节，我从融水县城前往元宝山国家级自然保护区。满山满谷的杉木，把眼睛都染绿了。森林如同清新典雅的绿墨水，覆盖县境79%的土地。所以，融水头顶“全国绿化模范县”的桂冠。

一连几天，我在元宝山西麓的培科屯、寨怀村、江竹村、元宝村、小桑村，一一拜访古杉木。我的呼吸里，融入了木叶散发的气息，异常舒适。人与树，做着心无杂念的交流。不必言语，但你懂得一棵树，或者一棵树懂你，这是一种好境遇。

海拔2081米的元宝山，气势磅礴，是让人第一眼就喜欢的山脉。小桑村又名青山寨，被大山搂在怀里。质朴善良的苗家百姓，错落有致的干栏民居，原始俊美的古松古杉，曲线婉转的盘山梯田，凌空起舞的叠泉飞瀑，水声潺潺的山涧溪流，如奔如走的众多巨石……大山美得气势恢宏，村寨秀得灵动飘逸，粗犷与细腻交融，沉寂与活泼贯通，一静一动，亦古亦今。第一眼就让人喜欢的地方，果真是老天赐人灵感的地方。

小桑村有一棵四五人方能合抱的古杉木，人称千年古杉。年过八旬的郑老伯说，相传祖上看中了这块风水宝地，美中不足是寨子正对着元宝山某处山坳的岩洞，潜意识里，总有被巨人嘴巴一口吞咽的不爽。便起心，在寨前种一棵大树，来堵住那个洞口。这棵肩负使命的杉木，体惜人心良苦。它与树根下方的磐石相依相扶，石伴树，树伴石，竟成石上千年杉的奇景。20世纪80年代，公路尚未修通，有人远道而来，出高价欲买这棵古杉，说是做展览用。村民不同意。若是卖了，得几个钱，眨眼间便无踪影，哪里比得上人树厮守，心里安稳？

一棵让人见了还想再见的古杉木。一千年的披星戴月，让一棵杉木把自己修养历练得格外的雍容大度。它的表皮纹路匀称，覆满细腻的亮绿色苔痕。它的主干粗大挺拔，一动不动地举着蓝天。看得见的枝干和看不见的根须，极尽所能地朝各个方向平衡伸展，目的是让古杉雷打不动。我的目光，还追随明晃晃的阳光，穿过树隙，尽可能温存地触摸一棵古树的头颅和肢体。树根的杉木皮上，插着三五炷香。不知在何时，袅袅上升的香陪着谁，向古杉倾诉过，他说的是梦寐以求的心愿，还是不称心如意的苦衷？紧挨古杉站立的，还有个一米高的草结，竹竿开了三个岔口，顶端细竹篾编成的小篮里，有人将新鲜的嫩竹笋供奉给树神。对一棵树钟爱，表达方式真是多种多样啊。

古杉木默默地替人分担许多忧愁。老百姓为了使娃仔健康，会拿点红布，拿只鸡，拿香纸，去祭拜某棵大树，认作契父、契母（即干爹、干妈）。我想一棵生命力旺盛的古树，与其说是在暗中保佑一个孩子的成长，不如说是凭借自身的风格气度影响一个人的身心。在缺医少药的年代，营养跟不上，到秋冬季，手掌、手指、脚后跟开裂，痛得钻心。走山路上学的孩童，光脚穿着一双解放鞋，裂口撑开细皮嫩肉的肌肤，来来去去看得大人心疼。唯一的办法，便是去找“杉木牌雪花膏”。在杉木根刮些杉树油回家，将白色凝脂往肌肤上一涂，封住开裂的口子，过一个礼拜就好了。还有一个民间良方，山里人遇到感冒，发痧，或者身体肿、胀、痛，就折几枝杉木刺回家，剥光了衣服，让家人对准肿胀疼痛部位使劲“刷”。所谓的刷，是在一起一落的鞭打震动中，让杉木枝上密集的针叶尖穿刺肌肤，起到祛风除湿、舒经活络、消肿排毒、活血化瘀的功效，与传统的针灸疗法相似。但在条件受限制时，有些病痛是无法治愈的。命短的孩子，活到一两岁，或者七八岁，甚至十三四岁，抵不住病魔折腾，生命便戛然而止。做父母的，暗自垂泪地抱着夭折的孩子，拿到某棵古树下埋，不起坟碑，连个土堆都没有。一个脆弱的生命化作土壤。以后，人树相逢，增添了一种疼爱的体会。

人们保护古杉木或杉木林的方式尤其特别。古杉木是优势树种，结出的种子备受青睐。夏天，古杉枝头，结着成千上万个球果，它们握着秘密似的握紧青绿色的小拳头，到深秋，在释放生命张力的节奏里，转为黄褐色的球果绽开鳞瓣，然后，长着窄小翅膀的种子，或者一整个自然成熟的球果，就会从树上纵身跳下。到时候，有心人就用一种诗意的方式来采集。人们在干爽的树冠下摊开塑料膜，或者干脆把花花绿绿的床单平铺在古杉下，待种子落下时，一一接住。这些品质优良的杉木子，被当成宝贝收起，拿来育苗。十八年后，又变成一片片成材的杉木林。

一些老人家，发现一片自然生长的非主杉木林长得好，怕张三李四王五乱砍，一心一意地想保护起来，可又不会写字。怎么办？他就拿巴芒草，在东南西北各个方位都打上草结。人们见到这些草结，就懂得这树有人保护，不可冒犯和伤害。另一种情形也颇有意思。杉木林长在存有纠纷的山场上，人见人爱。甲村振振有词地说：这山场自古以来就是我们村的林地。乙村也有根有据地讲：那些树是我们村的，是哪年哪月由哪些人种植的，都记得一清二楚。各自有理，只好暂时搁置。事情悬而未决，那爱树人，自然就担心某天树被砍。这时，甲村或者乙村中，最冷静最理智的人出来熄火，讲定：到秋天，就用芦笙做媒介，讲清楚谁都不要砍那些树。没有比这更稳妥的办法了。人们一见芦笙就想踩，一踩芦笙就欢喜，一欢喜眼界就开阔。两村人欢欢喜喜踩着芦笙，问题就迎刃而解了：那些杉木不是障碍，全部保护好，谁都不能砍。

人工种下的杉木林，除非是水源林，或在自然保护区内，否则最终难免被砍伐，派上其他用途。杉木是制作家具的首选，因其纹理顺直，香气淡雅，质地细致、坚韧而轻软，不翘不裂，耐腐防虫。因其弹性大，有阻燃功能，不论是横向还是纵向都具备足够的承重能力等优点，杉木又被广泛用于建筑、造船等方面。就连杉树皮，也是物尽其用。过去人们用来盖屋顶，冬暖夏凉。缝隙间给麻雀、燕子做窝繁殖，屋下住人，屋上住鸟，哪里漏就修哪里，换块新树皮的事，轻而易举。久了，上面长苔藓，自然得像是生活在森林中。

现在，仍有人大量收购杉树皮，卖到沿海城市，用于公园小区里建造树皮屋，是返璞归真的景致。

苗家大哥说，砍树的细节，颇有讲究。山里人建房，顶梁柱是关键位置，要用上至少五六十年树龄的栋梁之材。卖给广东人建宗祠庙宇的杉木，更少不了树龄近百年的。人们原本就崇拜树木，认为树神、山神都栖居在古树上，现在却抡起斧子要砍要伐，如何是好？那就按照规矩办。选个黄道吉日，喊上师傅或者寨佬，备好酒、糯米饭、肉、纸钱，祭拜看中的杉木。负责做佛事活动的师傅虔诚地念上一段敬辞，告知山神、树神：我家因为人丁兴旺，要建造房屋，现在要用这棵杉木去做房屋的大梁，以后，到了家里，您要保佑这个家平安兴旺。树倒后，山神、树神请另找大树古树居住了。

说起来，人对森林古木崇爱、敬畏，与之和谐相处，既是很原始的约束，也是很本真的善良。以前打猎，主要是打野猪。这种打猎是集体合作完成的。年轻人跟猎狗做一帮，冲锋陷阵。猎狗最先发现猎物，兴奋地嚎叫，猎手便朝天放上两炮，砰——砰。守在各个山坳的人也随之兴奋：哦哦，做好准备。野猪懂得自身已暴露，便往山坳跑。插翅难逃了，守坳人正举枪等在那里。有趣的是，打到野猪了，见者有份。人有份，狗有份，树有份，哪怕是过路人，也有份。分猪肉时，就有人负责割几块肉，插在大树下的草结上，既是敬山神，也是敬树神。

我想，融水之所以被称为“杉木王国”，除了自然气候与地域环境相宜，主要也源于山民朴素的想法。山不可丢荒，那就种蔸树留给儿女。岂止是种一蔸，是一整片一整片地种，一山又一山地种，到了时候就会种。18 年后，儿女长大，幼树也成材了。此时，男要娶妻建屋，有木可取；女大要嫁人成亲，有嫁妆可陪伴。放着不砍，更是一个利息越攒越多的绿色钱柜。另一种情形是，人家在山中看见一棵老大的杉木，奇怪怎么无人砍伐，于是他听到一个答案：这是棵死人树，砍不得的。习俗由来已久，父母特意为刚生下的小孩种一棵生命树，为遥远的死亡做准备。安太乡、四荣乡一带的苗族同胞，会事先将杉木砍倒置备成棺木，等到他再也不必醒来的那天，就安心地睡进去。白云乡、拱洞乡一带另一个支系的苗族同胞，则非等到人咽气才砍树，现砍现做。苗族人认为，他们的祖先来自树木，从哪里来回哪里去，再自然不过。

在银杉的世界

花坪国家级自然保护区位于桂林西北部，总面积17400公顷，我喜欢把这个林海浩瀚的区域称为银杉的世界。

在中国领土范围内生生不息的植物有3万余种，众树、众草、众花之中，一些名字值得记忆：比如银杉、桫椤、金花茶、人参、望天树，它们同属于国家一级保护植物。

多年前，我第一次去花坪探访银杉。父亲问：你要去找那棵银杉吗？我疑惑：怎么是一棵？父亲说他从报纸上读到过在花坪发现世界上仅存的一棵银杉的消息，还听山里亲戚说，那种树远望是一树银色，走近却难觅踪迹，一到夜晚，就在星空下的大山深处闪闪发光。

记忆有时会有偏差。但在父亲的印象里，银杉的世界有着令人刮目相看的神奇。事实上，花坪自然保护区内分布的银杉有1000多株。

许多的铺垫，把去见银杉变成一个渐入佳境的过程。

第一个铺垫是河谷里硕大的卵石以及流水悦耳的声

音。那些以狂奔模样停留在青碧河水里的巨石将我镇住了，它们超出了寻常的想象，几乎让人屏住了呼吸，甚至怀疑时空逆流，世界回到恐龙年代。清澈的流水，在这些巨石间兜兜转转，发出如歌的声音。

第二个铺垫是落叶、青苔和安宁。林下，那些堆叠的落叶，比任何一床棉被都厚实。落叶稀少的地方，青苔地老天荒地绿，见缝插针地蔓延。这是保护得最好的原生态，此地：天空，没有不蓝的机会；地表，没有露脸的机会；泥土，没有流失的机会；流水，没有混浊的机会；人，没有浮躁的机会。

第三个铺垫是鸟语、花潮和清新的空气。鸟，叫不出名字的鸟，在深林里，在阳光照不透的暗处唱和，不知是唱爱情，还是唱闲情。相反，在明处，山崖、谷侧、河畔、涧边，大红、浅红、淡紫、粉白等颜色的杜鹃，则攒足了天地灵性，张扬地盛开着，既浓艳得疯狂，又沉静得优雅。这时节是春末夏初，林海荡起的花潮，不动声色地撩起人的爱美之心。

所有的铺垫，都在为我去见银杉酝酿一种惊讶、惊奇、惊喜的心情。徒步4个多小时，见到一处深山人家。主人说，上山吧，上山自然就找得到。他明白，走这条路线，要找的就是银杉，被称为活化石的古老的孑遗生物。

说它古老，是因为银杉作为裸子植物的一员，已经跟着地球旋转了几亿年。“孑”是孤单、单独、孤独，“遗”是留存、存在、生存。“孑遗”就是孤单的存在。在植物分类学的拉丁学名中，银杉的属名Cathaya，译成中文正是伟大中华的古称“华夏”。所以，对于世界而言，银杉两个字，意味着“华夏”独有。

200万年以前，银杉曾经广泛分布于欧亚大陆。后来，第四纪冰川铺天盖地而来，银杉遭遇灭顶之灾。从此以后，人们探索银杉的唯一路径，就只有借助植物化石。科学家们在法国西南部发现过它的花粉化石，在苏联发现过它的化石球果。根据挖掘发现，科学家们意识到银杉还有活着的可能。

如果银杉还活着，它在哪里?

倘若能找到它活着的植株，对于植物学、生态学、古生物学、地质学、气象学等方面的研究具有不可估量的作用。于是，科学家们漂洋过海地去寻找它，可惜找遍整个欧亚大陆，仍以失望告终。以至于世界植物学家断言：找到活的银杉是不可能的事情了……

感谢上天遗爱。它把银杉作为珍贵的礼物不为人知地珍存在中国的崇山峻岭间。1955年5月，我国科学工作者在广西的花坪发现了银杉的活标本。

我去寻访的时候，在一块巨岩的边缘，向阳的方向，见到了一棵贴着山崖生长的银杉。那高度，已经超过10米了。它的四周，同样阳刚、英俊、清新、脱俗的银杉英姿勃发地挺立在林木间，它们遒劲的枝柯极力向树身四周的空间伸展着，暗灰色树皮龟裂成不规则的薄片，深绿色的条形树叶，丛丛簇簇，很有力度地呈辐射状向上伸展。银杉遗世独立的霸气足够你一见难忘，无怪乎人们给这种针叶大乔木取了个生动的别名——衫公子。每年三、四月间，银杉开花，淡淡的娇黄绿色，透着另一种美，淡雅，温柔，绝不拒人于千里之外。

想必，每个到花坪寻访的人，都会把见到银杉当作幸运之事。它犹如世界上一种可贵的精神，在历经浩劫之后，依然在莽莽苍苍的险峰之上等你来相遇。这样的见面，即便千里迢迢，也是值得。

后来，又多次去花坪，从而获得了另一种感觉，其实，银杉并不孤单。保护区不仅仅有银杉，林海之中，一年一年生长的有野果、野猪、棕熊，甚至，也有猕猴、林麝、红腹角雉等国家重点保护动物。太丰富了，无奇不有。保护区的工作人员说，林区内真菌就有几百种，如果你够仔细，会发现大小不一各色各样的真菌，品种繁多，千奇百怪。“亮菌”能在夜间或雾天发出浅蓝色的亮光。硬菌称为“菌子王”，最大的超过30公斤。“网菌”就像窈窕淑女美丽的衣裙。“虫草菌”生长在僵化的昆虫身上，靠吸收昆虫体内的营养长大，在不同昆虫身上长出的虫草菌，就带上了不同的形状和颜色。

所以说，银杉并不孤单。银杉的世界，是完整得让人想到完美的世界。

荒野路径

水 烛

水烛，也叫草香肠、香蒲、蒲草。

曾在夏夜，摇着蒲草编的蒲扇，造风，或者扑萤。但我从未在原生地见过它们。

如此偶然，是因为念着一片沼泽地即将被建筑物取代，我才曲曲折折地来到这里。

我在湿地深处遇见了水烛，它们举着光明或者食物，如光阴流逝时我举着梦想。坚挺的水烛，恰似男子汉的工具，无比坦诚地占满我双眼，任何其他事物都挤不进来了。听说，古时，水烛曾是坚韧爱情的象征。我把离得最近的一根水烛握在掌心，感知指甲无法掐捏、指节无法击破的硬度。它其实洁白如棉，无数绒毛被时光压缩成坚硬的形象。

我打算下次来，采一捆水烛回家，取蒲绒填一个靠枕，再填一阕词。

但当我第二次站在相同的位置，大风正吹着方圆几里的水烛，吹得倾倒的肢体在战抖中拥抱。沿着小径进入未知领地，路走着走着就断了，一棵夹竹桃站在末端。回头走上另一条小径。可是，谁惩罚我，谁伤害我，湿地中央，只剩下两张被北风吹斜的拦网，令我面红心跳。狠心的猎人，该死的残忍！他今天活该运气不好，遇见一个惊诧的人，站在网下记录一张网虚空的等待。但愿这张网永远空虚，它最好只留住一些水烛的花絮，它最好连一根鸟羽都束缚不住。

聋　鸟

发现聋鸟，是在野草金黄的初冬。

在树林与湿地的过渡地带，两只来不及看清面貌的鸟，从我脚下蹿起，一阵翅膀扑棱的声音之后，已在丈外的深草丛中隐藏了踪影。我差不多踩着它们了，才逃。世上怎么有这么不灵敏的鸟呢?

问人，说是聋鸟。

它们就是传说中那种带着忧伤色彩的聋鸟吗？在俄罗斯东部的广阔森林里，当聋鸟觅到佳偶时，便会双耳失聪，由于担心对方听不到自己的呼唤，便不顾一切地大声啼叫，如此却容易招来猎人的注意。

后来，我在冬季的野地里游荡，又有几次惊动聋鸟的经历。它们的身子称得上小巧，毛色与枯草相近，飞得不太远，但速度快，仿佛箭矢射出。不管此地的聋鸟跟俄罗斯聋鸟是否同一种类，不管见不见面，每次经过聋鸟出现的地方，我都相信，树林边缘的这一块区域，属于它们。我愿意相信，它们因陷入爱情而变聋。

水　牛

穿过树林的尽头，迎面碰上运土车驶过土路，我转身避让时，城市边缘神话般出现一头大水牛。夕阳正斜射在脊背正中高耸的牛毛上。那里仿佛牛神种植的密林，金光闪烁。

我曾数次沿着河岸游荡的这片野地，储藏鸟语虫鸣的灌木丛仍在，穿草而去的小河却纤细如蛇了。我把眷恋的眼神留给那些水草，因为某个睡醒的清晨高楼就会伫立在这里的。

走来牵牛的陌生男子开口说：拍草，不如照牛。他恐怕担心爱过的事物终至无痕。

镜像里的母牛，果然貌美如花。它是十二年前的小牛女，也是十二年后的壮牛娘。可惜时光柔软，孤单坚硬，躁动与寂寞驱逐不尽，去哪里找良田犁，到何处寻异性爱？方圆十里，已经没有一头公牛了，只有顺从听话的两岁牛女，在十米半径之外四处张望。

猫耳桥

大律村变城中村了。庭院里狂吠的狼狗，见谁怒谁。唯土墙瓦楞上晒的鞋，竹匾里匀摊的红辣椒，屋角竹竿上晾挂的衣裳，有乡村味。

走出大律村，机耕路已经不见了。我踩着荒耕田里枯败的草茎，一心去见猫耳桥最后一面。我要赶在太阳落山之前，找到猫耳桥，那时的光线充满质感，桥面、桥拱、流水、水草，全被落日镀金。我还会坐在猫耳桥上，感知被最后一缕阳光触摸的恬适。

向着任何一个猜测的目标奔跑过去，但每个枯草遮掩的土堆，都令人失望。四顾茫然时，发现三个男人在乱草丛后尾随。我揣度着一种龌龊的居心，于是，我像一匹狼站在那里，不走了，带着见谁怒谁的神情。他们从我斜侧面走了，但猫耳桥仍无影踪。

从前我在河岸拍桥，作为背景摄入的凤凰山还在。现在，太阳挂在林立的起重机后，晚霞如同高楼顶上燃烧的语言。我找不到猫耳桥了。

古官道

古官道上清浅的积水窝，是一角不太深邃不太宽阔的人世。蝌蚪仿佛小人类在天边游荡，命运在不可知里。

从杜仲树熠熠生辉的银绿间，蝉鸣盖过雨声从高处下来，初次聆听的鸟鸣滚石样滑下来。在低处，流水声吸收了一切，包括令人百感交集的笑与泪。

一壁青苔和一朵灵芝令人欲言又止，六月雪开在忘记时间的地方，在人迹罕至的道途上坐禅。有时候，欣喜与忧愁挨得很近。不是光凭眼神就可以窃取和移植脸庞纯净的爱情，因你不知栽种到哪里才合适。

众多褐色路石中突然呈现的白石，在一片莹白中由青绿纹路隐现的图案，像从前媒婆挑落的猪头还在那里，细看则与侧卧山路的青蛙王子神似。过往的汗水与相思的泪滴都凝固成石了，它仍在没日没夜地思念走路的声音。

崖边的古树越来越不心疼时间了。它在树腹上替自己打开两扇树窗，放山蚁、蜜露、溪行与马蹄踏地的声音进来。在这寂寞又崎岖的古道上，只有负重的骏马令它心疼。

一只比拳头小的黑山猫属于旷野，我们第一次相见。我捧起它，把它放上比肩高的杉树树杈，它睁大的眼睛像两枚愤怒的月亮：快走，快走，快离开，快离开，我宁愿做一只孤单的野猫！它胆怯的阅历不知相逢即分别。我走时，把它轻捧回地面，后会无期。

蜂花舞与蜘蛛过河

楮树与麻花屏住呼吸，静观野漆树花房半掩。无风，无雨。此刻的安宁，是蜜蜂在一簇簇花间疾走。它的触碰与吮吸，令比米粒小的漆花儿，止不住地晃着身子跳舞。在更低处，草叶仰脸张望，随时接住抖动中睡去的落花。

仍是这行楮树，前日早晨见面的金丝蜘蛛，从此岸消失了踪影。我曾用力吹过它一口气，它就换个地方织风了。今天才发现，它搬家到彼岸了。五米流水的距离，它奇侠似的飞过去，还是甩手甩脚地游过去，抑或绕很远的路从桥上走过去。要是亲眼看见多好啊！

现在天黑了，蜜蜂与蜘蛛都隐身了，只听见秋虫摇响黄昏。借着月光，楮叶在衣衫上留影。

众　鸟

我当时正穿过晒谷场东侧往冬日闲田走去，正午明亮的太阳，送来奇异的鸟鸣。

在青草布满禾根的地方，众鸟落得满田满地满眼，或停或走，或飞或落。它们比珠圆玉润的雨点狂野，比劈头盖脸的冰雹温情，沉默的稻草人也为这奇景发抖。鸣叫中忽东忽西地移动，掺杂着某种仪式的庄重。

一千只鸟的羽翼，掠过比屋宇稍高的低空，迂回，盘旋，上升，降落，飞过的弧线瞬息万变。谁能听懂飞鸟的话语？谁令群鸟飞？谁带群鸟落？谁掌握时间？谁控制生死？

是谁？在时间之内，常情之外，布着令人目瞪口呆之境，仿佛深情与疼痛，承接与抵抗，爱抚与伤害，模糊了界限。天知道，世界上多少事物与隐秘，谜底深藏。

毛　虫

午后的毛虫，在江边草叶上安然自在。它不惧人心叵测，不问世态炎凉。它的泰然自若呈现令人惊讶的美：羽毛与针刺同时披挂，它甚至在身体两侧栽种雪莲和相思豆。横竖交错的长叶，是它的道路。高低错落的阔叶，是它的广场。那神态像足了百草园中的王子。

它坐上一张车前草叶，抱着辣蓼草的嫩叶吸食汁液。

我拿一枝硬草茎故意碰它，它一骨碌蜷起身体，滚到稍稍卷曲的叶柄处装死。三分钟的伪装很短暂，复活再次降临一张绿叶，哈，没事啊，一场虚惊，它又回归一只咀嚼不停的毛虫常态。一个今朝有酒今朝醉的家伙，不必招它惹它碰它。它身上灌满毒液的针毛，只是用来自我防卫而已。

我尚未离开，却开始怀念，设想某个清晨它变成很美的蝴蝶。我会想念，一起静静度过的三十分钟。现在，我转身了。人海那么宽阔，我们一定相互找不到。

楮 树

走到哪里都会遇见楮树。楮树是贱生的树，堤岸、荒滩、偏僻地带随处可见，人们甚至将其作为治理污染的绿化树种。

这个黄昏可以特别提及的事情，就是不知谁抡起斧头，让这棵粗壮的楮树死去。它的体味在夜色中流淌，浓郁的木头气息袭击了我。忧伤的空气中，死亡袒露超常素净的味道。暮色安详，呼吸贪婪，我的心境伤悲得像幽灵流浪。仿佛我心里，那与生俱来的良善，在一棵自然生长的楮树叶脉中流尽眼泪。

从那以后，我每次来这条小路散心，总会听见鸣蝉一次次不知厌倦地在其他楮树上问风：能不能爱你？能不能爱你？

我会在内心，千万次地回答：会的，会的，会爱。

但我没料到，扩散的悲伤还在后面等着我。两年后，渠西岸两里路长的楮树都让人砍了。在这悲伤的空气中，死亡抖落一卡车又一卡车令人绝望的味道。我想起，楮树的叶子本来是心形并且圆满的，但却常常裂开，像破碎的心。为此，我诅咒那些砍树的短命鬼。

蔷薇岛

遇见一整座小岛的野蔷薇。从前，我们不叫她们蔷薇，叫十姐妹。

又温柔又野蛮的十姐妹，伶牙俐齿的十姐妹，站满长枝。如果我化做第十一个拇指姑娘站上枝头，她们会不留情面地把我推下水的。我只好站上近岸的节节草，与大脑袋小身段的鱼儿一起，与找母亲的蝌蚪一起，碰碰撞撞，嬉戏那飘落的花瓣，夜黑不黑都没关系。

过几日，再去，却见到四周的池塘里，无数比手掌宽的大白鱼集体死去。鱼尸横陈，腐臭的气味浮荡在一场横流的黑水上。怒放的蔷薇归于低岸，献出单薄的花瓣与香气，作为祭奠。

没有比束手束脚的鱼更脆弱的了。污浊遏止了呼吸。

百步之外，白鹭驮着暮色移动，替没有翅膀的鱼悲哀。它们滑过天空的影子是一道道白幡，叹息一生都危机四伏的飞翔。

洛神花

那时我正凝望着学名叫玫瑰茄的植物出神，惊讶于世上居然有这样的果实，犹如无比干净的玫瑰色血滴。

是谁开辟荒田，在此栽种了一床宽的洛神花？

一个从我后背递来的声音问：那是什么？我活了九十几年，也没见过。

为了我遇见的这个声音，一个我再活现在这么长也无法抵达的声音，我回答：那是洛神花，据说晒干泡茶喝，清热利尿。

我们面对面，只见来者站在田埂上，肩膀上安着一捆木柴。她让我为她照一张相，而老妪负薪的模样，正好是我渴望遇见的。我说："哦，您九十几岁了身体还这么好。"她答："哎，活着不死，我有什么办法。"话语一点不悲观。我怎样才可以送达相片？于是我只好跟着她，走到住的地方。两排长长的出租屋中的一间，三个女孩就着一张桌子写家庭作业，她们像山茶花似的拥着老妇在中间照相。她告诉我，老家在山区一个叫楠木的村，来这里，是陪伴孙儿的女儿读书，为她们买菜洗衣做饭。

触　碰

小溪边缘有个小水潭，秋水明澈，群鱼明澈。上午十点的阳光，轻轻触摸片片鱼鳞。小小鱼扭腰，送胯，闪游。所有落水的星星，都被鱼背驮着，光便从那里，步入自然。另一个随波逐流的我，与群鱼在水草清流间隐现，仿佛这一潭清水即全世界，仿佛我生来就不去哪里，一心一意只为来这里。

水潭边，腹羽金黄的小鸟，与一片通体红透的梨木叶，不约而同地飞离枝丫。与此同时，时光从高处落至低处，寂静从此树移至彼树。这寂静，也在嘣嘣嘣……嘣嘣嘣……的声音里流连忘返。那是梯田高处，金黄谷粒与四方谷桶相互碰撞。打谷人，正借着稻束与空气跳一支舞。那是时间深处，一物触碰另一物，谷粒睡进谷桶，梦睡入夜。如此寂静的声音，与人爱恋时心房的收放多么相似。当我一个人在田埂上行走，我愿意化作一枚音符，借一小捆稻草，坐上琴弦。

红蜻蜓

我沿着穿过沼泽地的野径，来到一个叫作塔底的水库边缘。西斜的太阳，照着一只红蜻蜓，它站在比我高的芒草秆上。它正在享受它的盛宴。我看着它动嘴，慢条斯理地嚼着一只虫子。它并不介意我抬头注视它，它一定信任我。那时，芒花的手掌温情地拂着风。它总是在那么有诗意的地方生活，真是舒服。我对我们待在一起时不言不语的时光感到满意。

红蜻蜓吃饱了，无所事事地抱着芒花梗。它的外交语言，就是拿圆鼓鼓的由 28000 多个小眼面连接组成的大眼睛，看一眼就等于一万眼地看我。我此刻无忧无虑，不怕它看，我也希望一只蜻蜓用它的超级视力和我一起观察。此时，黄昏临近，归巢的鸟雀不因我站在树下而噤声。世界安好，它们都不对我有所戒备。松下有一棵灌木，结满米粒大小的无名果，像一排排美艳的小人儿，即使不是鸟食，也是鸟伴了。

木眉水眼

一

小城没有河流，也没有公园。边缘地带有一群池塘，一片树林，一些田地。我私底下把这个与居所咫尺之遥的地方，当作世界留给我的一片余地。我不占据，自由出入时我也是那里的一部分。

以树林为中心，小楼位于东面，北面、西面和南面都有池塘错落其间。从阳台西望，五十米外是树林北面的池塘，两亩地左右，在田野低洼处搂着水，抱着鱼，在蛙鼓与鸟鸣声中亲着天光、树影与明月。大律村一个中年男子承包了池塘，养鱼。他女人负责割鱼草，早一担，晚一担。男人在靠近池岸的深水面，用细竹竿拦成“口”字形，青草撒在那里就不会漂散。鱼草的气息迅速被一波一波的水纹传递到草鱼那里。鱼就乐颠颠地荡桨来了，挤挤挨挨地浮出小半个身子吃草，也不嚼，整根草一口吞入鱼腹。乖鱼儿把肚子吃饱了，摇着尾巴跟养鱼人道别。男人扯着嘴角无声轻笑，女人也是。水中鱼，也是人看着长大的。

养鱼人担着许多风险。鱼贼背个电鱼机，连接电源的竹竿伸进水中，发出嘶嘶嘶的声响。电流在水中把鱼击麻了，再也辨不出东西南北。鱼儿木木的，转眼间就窒息了，挣扎着浮出水面，气还没有透过来，电鱼人的捞绞已经把鱼捞入囊中了。为防盗，养鱼人在池岸搭建了四脚伸进水中的守鱼篷，像只泊船。也不是夜夜来守，隔三岔五去一下。人不守的时候，由空篷守，恰好碰上被偷，只有自认倒霉。

另一种风险是雨水泛滥。前年夏天一个雨夜，我被抽水机开足马力的声响吸引到阳台上。“今夜或者明天，池塘无法把水紧紧地搂在怀中了吗？池水，也终于抱不紧那些自由的鱼群了吗？”隔着雨幕，我只能凭借猜想，来估计养鱼人黯淡而凝重的心境。

池塘常常是被动的，无论旱涝，都束手无策。今晚，池塘已经完全失去了调节与控制局面的能力。

养鱼人被雨主宰，抗衡的过程就是人跟雨比速度。比赛每一分每一秒，是天上落入池塘的雨量大，还是抽水机从池塘排出的水量大。只要水不漫过池塘，雨水就别想抱着鱼群乱奔乱闯。男人用手电筒察看着水岸线，在或紧或慢、或大或小的雨势中，心弦一阵一阵绷紧。

鱼不懂得如何安慰养鱼人，它们本能地深藏在水底，惊慌失措地感受着人与雨的较量。这个给铺天盖地的雨水充满的夜晚，雷声、雨声还有机器转动声一齐轰隆作响，人与鱼，都睡不踏实。

第二天清晨，睡醒了。雨小了，在我出门上班的时候，抽水机声音还在疲惫地继续着。看来，危机尚未完全过去。

二

我的余地，其实更是一处福地。

池塘不是一个孤单的存在。池岸生长着蔷薇与杨柳，树林栖息着昆虫与鸟雀，田地孕育着青蛙与稻谷。它们彼此以一种谁也离不开谁的原生状态存在着。

树林南面的池塘，村人称其为冒水谷。一股股清流大约以每秒一口盅水的流量，从靠近树林一侧的水眼里四季不间断地流淌出来。冒水谷的水往西流，绕道树林西面，注入至少五十个相互毗邻的池塘。显然，以松树和枫木为主的树林，成了池水的重要发源地。

池塘显示出它能够调节与控制局面的能力，是在过了10月后。那时青狮潭水库闸门一关，穿城而过的水渠就只剩下沉底的漂流物了。田野里毛细血管似的沟渠不多日就干了。逐水而生的小鱼儿无处隐遁，在日渐干涸的水窝里听天由命地等死。大人和小孩，包括我和我的小孩，就去捉鱼、龙虾和螃蟹。一捉就一小桶，大的煮来吃，小的由小孩养。养着养着，一些受伤的、体弱的就死了。小孩拿纸来包着，埋到楼底桂花树下。顺利地度过了冬天的，只有十条。小孩让我陪他把鱼放生去。在哪里放生最合适呢？最后一致决定放进冒水谷。

时节是阳春三月。小孩拎着桶走前面，我走后面。到了冒水谷，他把桶朝着春风吹皱的池面倾斜了。鱼和水，一起投入池塘的怀抱。夏天，小孩和他的伙伴到冒水谷洗澡，回来在日记里写道："我到放小鱼的池塘洗澡，不知不觉地，好像总有什么东西跟着我似的。哦，原来是那十条小鱼呀。我好像听见它们在谈论什么事情。第一条小鱼说：'哎，这个巨人，我好像在什么地方见过。'第二条小鱼反应了过来，说：'哦，我知道这个巨人是谁了，是以前我们的主人呀！他把我们捉回去养，春天又把我们放进这个池塘来的。'这些小白鱼大吃了一惊后，纷纷和我在一起跳着舞。我是一条大鱼，小白鱼就像我的儿子一样欢快地在池塘里游玩……"

关于小孩与鱼的童话是如此之美。但因为是真实的童话，就更美。

12月的一天，我来到冒水谷近旁。陪着我一起坐在田埂上的，还有尽力挺直腰杆的干草茎。草籽落了不少，也有坚持不落的，似乎在等风雪来抱一抱才肯安睡。

斜对面，种菜人伸个管子到池塘里，用抽水机抽冒水谷的水，浇灌他们几亩地的蔬菜。轰隆隆的声音，震动的气流，使得树林里的枝柯上的红枫叶在不停地摆动，看上去，它们已经找不到平衡点了，像登上海盗船的游客被摆到与地面垂直距离时，拼命喊着下去，下去。可怜的枫叶，那可爱神态让人担心着人们一下子把水源抽干了。不论钱财、精力还是资本，谁都担心入不敷出的事情。树林也一样。好在抽水机停下来了，树叶摆幅渐小。枫叶白紧张了一阵，脸更红了。

这时候，长着六只细脚的无名小虫在我书写的便笺上走来走去，仿佛在窥探我写了什么秘密。我不想搭理这芝麻大的小虫，任由它从纸面走到纸背，它待会儿还是要走回草丛的。但是它又从纸背返回纸面了，兜兜转转，似个迷路的小精灵。我轻轻地扶了它一把，不承想却伤着它了。它不能走了。我也许真伤着它了。我所谓的轻轻，于它，胜过千斤重。就把它送到一张草叶上，但是它站不稳，滑入杂乱的草丛间了。不知道它能不能自己为自己疗伤。

日子过去就过去了，没有过去的，是冒水谷替我珍存的记忆。

三

3月的第一个早晨，心中装着欢喜，漫步在池塘与田野间。如此迫不及待，大约，是整个冬天太冷，冷得骨头和肌肉都僵硬了，只想让天地间回升的阳气唤回身体里潜藏的力量。

野地一派删繁就简的空旷，鸟影简洁而清晰。焚烧过的田埂，草根下的土地被烈焰灼热过，现在比别的地方更早地窜出新嫩的草叶。

我转到树林西面。林边有一片菜地，三个稻草人管理着一垄垄蒜苗、莴苣笋、菠菜和萝卜。才跟稻草人打过招呼的眼睛，突然被一片将近两亩地的草色俘虏了——之前，我从未见过那样堪称唯美的草色。

草是寻常的草，多半是胀胎草，夹杂些糠头菜、胡菜、辣椒菜，我小时候曾经无数次将它们拔回家喂猪喂牛。那草色之所以美，全靠那些露珠以及阳光。当我站在田埂东面的时候，草色是迷蒙的白绿，白的是露，绿的是草。真是不可思议，何以每一茎每一叶都凝聚着浑圆的露珠，胀胎草火柴梗一般长短粗细的草叶上，竟然蓄着至少三十粒晶莹剔透的露滴。那安宁、内敛、饱满而纯粹的草色，从双眼径直落入心扉。什么是滋润？我想，像这样就是啦。

其时，接近上午的九点。草地上，树影还很长，但一抹抹阳光踮着脚尖，穿过林木缝隙斜射过来，映照并且触摸着那草、那色、那凝露。那是趁着世人安睡，天父莅临人间，与地母惊心动魄地恩爱了一夜，留下这美丽绝伦的印记，让你察觉天地间的幸福。

换个角度看看那些草色，如何呢？

我从田角走对角线到斜对面。蹲下来，逆光细赏草色。太阳的光亮，使每一颗露珠呈现宝石光泽。小露滴安分守己，一动不动。大露滴因自身重量，迎着风吹一闪再闪，一晃再晃，那动作是轻微的，似乎这样很小幅度的摇摆本身，就是为了保持整体平衡，所以久久不曾坠跌。完整地看，这是一大片晶莹剔透的绿银。画面是活的，比纯粹的珠宝更多出盎然生机，随着光照变化而变化，光越强，草色越晶莹，画面越明晰。等到十点钟的太阳过去，露珠中的一部分会坠落于地，被泥土与根须存贮；另一部分成为空气，被你我呼吸。

“你离开这里嘛，你看见我们竖在那里的网了吗？你站在那里影响了我们。”几分钟之前，我注意到树林西南面一大一小两个蹲着的男人时，并不在意。说话的是穿黑衣的大人，三四十岁，他用手指着一丈之外。我右侧真有一张十几米长四五米高的网，网眼有一平方厘米大小。那小孩穿红衣，十来岁，影子一样跟着大人。

我纳闷地问：“那网是用来做什么的？”

“用来网鸟。你在这里，鸟看见你，不敢过来。”

两个捉鸟人从我身边过去了，将这个早晨所有我珍惜的景致剪碎。

我懂得，这开阔的田野、杂木林子以及毗连树林的池塘群，栖息着成千上万的以昆虫、植物种子及杂草籽为食的鹩哥。它们一身透着金属亮泽的乌黑，翅膀上点缀着白斑。看鹩哥移动就像欣赏西装革履的绅士在空中穿梭。

在这里，我曾经无数次地与鹩哥会面。意念中，我无数次追随鹩哥，想飞哪就飞哪，想停哪就停哪。有时候，我在池岸停留，叫一本书承载着任意东西，抬头就瞥见几米开外，小小的鹩哥给吃草的牛宽宽的背驮着。鹩哥依恋牛背，那是因为牛毛里寄生着吸食牛血的“牛蓖”。农人犁田时，鹩哥在牛背上一边漫步一边美餐。牛走，鸟也走，犁田人嘿嘿地呵斥牛，这些可爱的家伙也不怕，骂的可不是它。乡人叫鹩哥“看牛妹”，亲切得很。这是我所喜欢画面，隐含着黑白木刻的民间气息。

现在，劝我走开的人让我愤怒。去哪里好呢？唯恐走哪条路哪片田，都会惊动原本安宁的鸟，池塘边缘就更不敢靠近，那是鸟群藏身的大本营。一不小心，反而帮了捉鸟人。

只好在那条通往大律村的石板路上走。望见飞鸟或单或双或成群从树梢起飞，就在心里祈祷，愿鸟高飞，愿鸟高飞。

捉鸟人在距离我几百米的池塘群的边缘，把另一张网升高。我往回走的时候，发现树林北面与池塘中间的田里也立着一张围网。

突然很心痛。美，是这样易于被杂质伤害。

3月第二个清晨，一醒来，就听见窗外千呼万唤的鸟声。可是今天，惯常所有的安然感觉跑哪里去了。担忧着明天以后，一样生活消逝了，被另一样生活来填满。如果鸟声消逝，我才意识到这些鸟声是我听了还想听的，就晚了。七点二十六分，我走出那扇通往田野的小铁门，但愿睡醒的鸟雀不要晕晕乎乎地往捕鸟网上撞。

树林北面的池塘水汽蒸腾。池塘北面，矮墙围着的县城医院老住院部像个绿岛，几排平房全给天竺桂浓密的树影遮盖了，所有柔情婉转的鸟声都是从那里倾泻出来的，相反，小树林的鸟声稀稀拉拉。我临时改变了行走路线，以树林为中心，昨天走北—西—南—东路线，今天走东—南—西—北路线。这样，我的脚步声就距离鸟群远些，以免惊动它们。

走到树林东面向南面过渡的地带时，至少两百只鹩哥从绿岛上齐齐起飞，向树林方向飞过来。“天，别撞倒在那张网上!”还好，担心是多余的，这个上午我所见到的最大的鸟群，密密匝匝地飞过我头顶，那里恰巧是树林子和我居住的高楼的中间地带。它们一路高歌着往南面的天空飞去，扇动的翅膀始终保持着比树梢和电线杆还高的高度，在不远处，它们爬坡一样往上斜飞，掠过了城市一角的高楼。接着，一群又一群从上百只到三五只不等的鸟，从树林上空盘旋而过，往南、西南方向飞走。整个过程也就三分钟的事情。其间，飞往小树林树梢停留的鸟儿不超过十只。想来，“绿岛”是众多飞鸟夜宿的地盘，那里，无人惦记，可以没有忧虑地睡眠。

众鸟寻食去了。我站在那里，目送它们高飞，眼睛像两面碧水盈盈的池塘，收留并且祝福过每一只鸟展开翅膀的影子。

我走到树林南面。冒水谷水汽袅袅娜娜地升起，飘移着，似乎要费心费力地去温暖人心。可惜，树林或者鸟不与世界争，却无法阻止世人与地上的树、树上的鸟争。

然后我踱到树林西面。又见到被露水完完全全地滋润着的唯美草色。顺光看，还像睡梦。逆光看，已经醒来。好啊，昨天我看草色的位置，围网不见了。遗憾的是，红衣男孩靠着林边的一根电线杆坐着，眼睛注视着杨柳树那一侧的网。

感到安慰的是，昨天和今天，我没有看见一只飞鸟落入围网。

我即将走进那扇小铁门时回了一下头，发现红衣男孩在春草萌动的远处朝我张望。他望我做什么？不知道我是谁，但他在暗地里揣测我关心的事物了。

眼下，我只是迫切地希望春耕快点开始。那时，田野又有人管了。田一旦不被闲置，人就没地方设置那些陷阱，鹩哥就可以高飞，也可以低飞。

但是，池塘的世界还能够存留多久呢？我一点把握都没有。在我一直没有详细探看完的池塘群另一侧，宽阔的公路以及工业园已经将池塘与一些村落搂在臂膀中了。

众处一棵树

那棵我曾经熟悉的桂花，花了近半个世纪的时间，终于在地名叫作凉籁的地方长成了南方佳木。有一天，它被买树人相中，卖了两万块钱。

多少年来它已经习惯了安静地与一浪田、一条江、一座桥、一条路和一个佛子大爷在一起。从前，我与父母亲到凉籁的旱地劳作，都经过那棵桂花树，经过佛子大爷，经过那石拱桥。路过，见到树与佛在一起，心里就踏实。过年过节带小孩去做客回来的人，喜欢撒一小把米到佛爷脚下，祈求平安。那棵树，在清风明月小桥流水的环境里，与佛子爷同在，多么好。

树从未想过自己卖自己。但一棵树的命运肯定是不由自己主宰的。怪只怪，做树买卖的人，动了从那棵桂花树上捞一把的念头。

买树人必定是先抛出诱饵，从村里一个熟悉情况的中间人那里寻到突破口，接下来的事情就由中间人去操作了。中间人权衡利弊，分析卖树涉及的方方面面的利益关系，包括可以索要一个怎样合理的价，哪些人有权卖这棵树，哪些人可以分割利益。最后得出结论：这棵树属本村下角的村民所有，村上角的人家无权拥有，因为树在河东靠岸的众处，而河东、河西的水田和旱田都归下角村民所有。

中间人前前后后盘算清楚之后，就把卖树的念头灌输到村下角的几个小头目脑子里。达成共识之后，头头们召开村民小组临时会议，掀动三寸不烂之舌做思想工作，让越来越多的村民加入同意卖树的行列，最后，卖树变成了顺理成章的事情。

一些舍得花力气的村民被雇去挖树。起初，挖树人还有些犹豫，因为树正开花。可是买树的老板选择此时挪动这棵树，就是要用这一簇簇如金似玉的桂花，向下一个买家证明，这是一棵可以把花开得比星星还密集还耀眼的花树。

到了黄昏，树根从泥土中分离出来，像一双脚离开了地面。这是它一生中第二次无所适从地躺卧在原野上。上一次，它从别处来到此地。这一次，它从此地去向远方。它庞大的身躯，被起重机抬上了大车。

一个惜别的时刻。人的情感，只可意会，不可言传。它身后，从河面袅袅升起的暮霭，仿佛分离，横亘在曾经朝夕相伴的佛子大爷与渐行渐远的花树之间。

那一夜，只有潺潺流水，替人表达说不出口的感情。

树走了，钱还未到手，突然冒出一个始料未及的矛盾。相邻的桃园村人放出话来，树在两村交界处，还言之凿凿地说树是他们村里人种的，卖树未经他们同意，搞不好就用打架的方式来解决。

但谁也不想轻易动武，最好是协商解决。

树是谁种的？刚分田下户时，它就站在佛子大爷旁了，那时，它还单薄，远未达到枝繁叶茂的程度。如今，本村人没有谁可以站出来拍着胸脯说这树是他种的。头头们决定再次召集下角三十户人家开会，商量此事。有人说这树是我四伯父种的，可他已经不在人世。而我年近八旬的三伯父私下里说，树是距离凉籁几里远的丁坡村人种的，那个叫伊生的人为了求福，就在佛子大爷近旁种棵桂花树。同时，还有人说，夏留村人讲树是他们村人种的……七嘴八舌的，也无定论。有人发牢骚，说早知如此，不如不卖。事到如今，讲这话和讲废话没多大区别。既然没法确定是谁种的树，那就得重视桃园村人的意见了。最后的结果肯定是令人不甘心的，与邻村平分那两万块钱。可不甘心又能怎样，拿石头砸天啊。

卖了树，村下角每户人家领到三百块钱，物价上涨，三百块钱一转眼就花去了。回头想想，觉得那棵树真的不如不卖。它一走，凉籁那地方徒增荒凉，佛子大爷也显得孤单。也不知它如今在哪一个城市落了脚，花开时，有没有人吸着它的香幸福地做梦。

大月亮

莫名睡醒的深夜，发现一束比白银更耀眼更纯净的光亮，似上帝温存的手掌印在棉被上。我撩开更宽的一角窗帘，望见浑圆饱满的月亮，如同一支早年射出去的箭矢，从另一个黑暗的时空折返回来。它踮着脚，睁着悲天悯人的大眼，在窗户边喊了我。

多么真实的一轮月亮。多么虚无的一轮月亮。它独自奔赴一场旷世的约会，它让夜半醒来或者深夜不睡的人看见，存在是件孤独而奢侈的事情，因为我们不知道那在的东西是否触碰得到，也不知道此刻在的东西下一刻还在不在。

“啊，你想要天上的月亮，我就给你摘下来啊?”这是年幼时亲人拿来教育人的一句话。是的，月亮就在那里，人人都想要，但有谁能摘到?月亮虽与我们亲密无间，却始终保持若有若无的距离。月亮不说话，但是世界上没有人比月亮更善于倾听和分担了。我们思想里的清醒与迷惘，内心里的喜悦与哀伤，身体中的痛苦与凄凉，除了月亮，我们还能说给谁听?

我们摘不到月亮，却会以各种各样的方式遇见月亮。那个莫名睡醒的时刻，我觉得站在窗外的月亮是专程来叫唤我的。我不知道它从哪里来，也许从童年的墙角，从故乡的屋脊，从覆雪的冰川，从光阴的背面，从疼痛的深井……从哪里来无关紧要，我欢喜的是在深夜醒来独自邂逅一轮大月亮。去年秋天，我搭飞机飞往云南时，从另一个角度见到月亮，是柠檬黄的残月，很谦卑地挂在机翼延伸出去的地方，宛如一盏光线温暖而柔美的夜灯。不过眨眼间，飞机攀伸到高空，月亮简直低矮到卑微的地步了，除了小时候在村中央幽暗的水井里，难得见到那么低的月亮。直到一小时后我抵达昆明长水机场，一抬眼瞥见，月亮又露出不可亵渎的模样了。

现在，我读着爱丽丝·门罗的小说《恨·友谊·追求·爱情·婚姻》。叫作乔安娜的女人在服装店试衣服，她说某件正在试穿的衣服“应该是我结婚时穿的”。这句话令她自己都吃惊了。她话锋一转：“我习惯独来独往了。”而卖衣服的女人说：“但是你找到了合适的人，你就不独来独往了，那不是很好嘛！要是结了婚待在家里该多好啊。当然，我以前结过婚，也有工作。唉。也许月亮上的男人会下凡来爱我，那我就一切就绪了。”最后这句话在文字上真是山重水复柳暗花明，不论现实多沮丧，不是还有月亮在吗?

生活在印尼加里曼丹岛的达雅人，他们信奉万物有灵，崇拜祖先的灵魂，相信动物、植物、河流、日月星辰都跟人一样有灵魂，并且与人类的祸福相依。他们认定月亮是他们离开了地面的祖先。月食的时候，为人父母的，会满怀虔诚地为女儿祭拜月亮，期盼月亮为女儿早日找到如意郎君。更多的时候，达雅人一边拿着木棍敲打树干或者用竹竿掠过庄稼，一边祈求月亮赐予丰收。

看来不管生活在哪个国度，东方或者西方，人的寄望都很相似。远在天边的月亮最懂自己，私底下，或者世代沿袭的习俗里，会通过自己的方式在心底搭起一架抵达月亮的梯子。因为月亮，它神秘含蓄又善解人意。

又想起很久以前的一个中秋节，我那手艺出色的木匠外祖父说过一个神奇的月亮故事。他说的不是后羿射日，也不是嫦娥奔月，更不是天狗吃月。我怎么把故事忘记了呢，我从来没在哪本书上读过那样的故事，后来也没再听谁说过那样好听的月亮故事。

第四篇

时　光

缝隙或者距离

小时候，喜欢玩捉人游戏，一种是藏在缝隙中，让人来捉，另一种不藏，是在圈定的距离内奔跑着捉。

一两条巷，三五间屋，八九十个顽童，躲藏的范围是事先约定好了的。大人说，没有规矩，不成方圆；大人不说，没有规则，无从游戏。而规则，其实是与规矩同在的。在迷藏中，一群人，不是相约聚会，而是相约失踪，然后享受失而复得的快乐。找人的人，担负着把失踪者一个个找出来的使命。

藏的人，见空就钻，遇缝就藏，挖空心思把自己藏得隐蔽些。越隐蔽越有悬念，越有悬念越刺激，越刺激越能够抵达快乐的高潮。让找人的人望穿秋水吧，那么，自己和压轴戏中给人惊喜的主角就差不多了。

游戏开场了，趁他（她）还蒙着眼，作鸟兽散。大家蹑手蹑脚，蜷缩起身子，变矮，变小，变扁，呼吸放慢，放轻，放低。钟摆滴答 20 下，众人销声匿迹。门背，床底，柴草，谷柜，酒桶，斗笠，蓑衣，箩筐……天然的、人为的缝隙，成了我们的隐身之所。无论怎样自以为是，总会显露些蛛丝马迹。比如一个箩筐，常规状态下多半是昂首向天，满盛着谷物，现在，它头贴着地，匍匐着身子，那么，它必定是把什么事物罩着了。

最先被找出来的人，心无城府，像个资历浅脑袋又不懂转弯的人，听天由命地被人差遣着，负责在下一轮游戏中找人。经历过找人的训练，慢慢地培养识别假象的眼力与判断力，就摸索出一些门道，总结出该怎么藏，靠什么掩护，藏哪里更保险。如此，捉和藏都成了人生经验的训练。

众人乐此不疲地游戏。有时，还把游戏当了真，弄出的就不仅仅是喜乐，甚至还有了哀怨。

某天黄昏，在村口桂花树下歇息的几个大人，指引我藏到了枝叶的缝隙间。大概是从来没有谁想过藏到花香里，所以，时间缓慢地滑过了，目标依然没被发现，那逐渐黯淡的树色反而更深地把我隐藏着。大人看见别人兜兜转转，也不提醒，也不暗示，他们装出一本正经的样子，一会儿南一会儿北地出谋划策，声东击西地误导人。花香令我陶醉，而大人过分的多管闲事又让我暗地里埋怨。我本想放人一马，自己出来算了，可又不甘心削减游戏的趣味。后来，剩下的人，一致决定不找我了，然后游戏重新开始。这却真的令人失望了。只要绕过假象，一抬眼，就能够瞧见我了，为什么轻而易举地放弃了呢？放弃意味着规则被无情地打破了。

大人，就那样有意无意地教会了我们，如何把简单的游戏变复杂。

另一回，是我堂哥藏得不见踪影。事情毫无进展地僵持着。谁想到呢，他藏到了为奶奶预备的棺木里。后来，他大约在那个令人憋闷的黑匣子里待腻味了，继续藏下去游戏就冷场了，才故意在棺木里弄出哈哈大笑的声响来。那是提前为死亡准备的匣子，他居然有胆量去体验，吓得满屋的胆小鬼脸一阵白一阵青。

堂哥这一藏，使我从此对玩失踪意兴阑珊了。一个轻松愉快的游戏，却沉重又冷酷地把隐匿与漆黑的棺木拉扯在一起了，只要走近那个放着冷峻光芒的缝隙，再走一步，就到了永远的消亡。

相比之下，在空旷处捉人，你我他都在明处，在划定的距离中比速度，比身体的迂回婉转，比实力，虽减了悬念，可玩得放心。

不想玩捉迷藏了。

然而，生活中真正的迷藏却等在那里了。于是，捉迷藏的游戏就成了一个铺垫，一种准备，一重台阶。

我与邻居去山岭间的空田里放牛。牛在田间啃草。放牛人东拼西凑地说鬼怪神奇故事。另一个放牛的女人就近在岭上钩树枝。而我，捧一本书坐在田埂上看。

十几分钟后，听见了看牛人对着钩树枝女人的方向喊：你家的牛看不见了哦！

抬眼，发现我家的母牛和小牛也不见了踪影。一缕不安迅疾从心坎上掠过。这时节二季稻都割了，野地里没什么东西可诱惑那些老实巴交的牛。没有稻谷或者蔬菜的诱惑，我家的母牛带着小牛和钩树枝女人家的带着小牛的母牛却双双被流浪诱惑了。这真是出乎预料的事情。

巨大的令人措手不及的慌乱在一瞬间就将我淹没了。如果找不回丢失的牛，父母肯定不会原谅我。怎么办？

寻牛。寻牛。田垌一侧，有条鸡肠大的岭上路延伸向远处，钩树枝女人推测牛最有可能顺着那路走去，心里还怀着侥幸，四头牛哪，跑得上天？时间也没过多久，能够藏得到哪呢？即便有盗牛贼，也不会如此神速吧。也许，转过一棵松树，就在树后呢。也许，过了这乱茅草，就在这岭槽底下呢。又或许，是口渴了，在河畔饮水呢。

然而，侥幸心理慢慢就被越来越深的失望替代了。我怀揣愧疚，以及如同天塌下来的担忧，面色惶恐地回家把牛走失的坏消息报告给父母听。

我的不安随话音迅速地传递并跌落到了父母的眼睛里。趁天未黑，更多的邻居帮着分头去寻牛。到天黑回来，仍旧一无所获。原来，野地茫茫，藏的缝隙也可以这么大。

晚饭后，两家人碰头，商量寻牛对策。有好事者说，不如先请阴阳先生测一下，问问牛到了何方地界。父亲倒冷静，委婉地拒绝了。那家男主人一贯贩牛卖，懂卖牛经，说等天亮就赶早去牛市必经之路堵堵看。另外的人马按照牛可能投奔的方向分头再找，顺便贴些寻牛启事。

那一夜，只剩下了祈祷：如果明早，我家的牛像个偶然犯错的孩子低着头等在牛栏门口就好了。然而，这样的夜晚注定是不得安稳的，在梦里，牛不管不顾地把我撇下了，它们无牵无挂，一直在我目力不及的远方藏着。它们不在乎我曾经挥动刀刃银白的镰刀，为它们割回一担又一担汁液充足的青草了。从前，它们注视我的那种淳朴厚道的眼光，现在随心所欲地投向遥远。

第二天清早，心细的父亲靠着几行新鲜牛蹄印的指引，去到了一个叫周家坪的村子，在村口遇见一个扛着扁担的女人，向她打听。感谢这个提供线索的女人，后来，父亲在山脚庐村把牛找回了。是两家好心人每家收留了两头牛。于是，按规矩买了糖，送了礼，真心地感谢人家收留了牛。

只是不解，在所有的牲畜里，牛，是最诚实最可靠的了。那两头分别都带着牛犊离开群体的母牛，平常老老实实的。为何有一天，心就野了，胆就大了，不声不响地出走了？究竟只是一时心起想要与主人玩一场游戏，还是觉得压抑了，铁定了心要远走高飞呢？

没有答案。幸好，这一场离走在途中被挽留了。就像我小时候，几次失学，伤心地把所有课本扔到后门的排水沟里。我那时是千真万确地想到了离家出走。父亲发现我收拾的衣物包裹后问，你要去哪里？是，能去哪里呢？我连耕牛犁田那样的本事都没有。离家出走的念头，刚发芽就被掐断了。还好，老师把我当成他们看着看着就不见的牛犊了，来家访了，第一次是隔了大半年，第二次隔了半月，于是，我得以重回课堂，如牧牛重返牧场。

许多年过去了，也没能找到清晰的答案：究竟，一时心起与铁定了心之间，是一道小缝隙，还是一大段距离？人遇事不顺，巴掌大的矛盾被看成天那么大，会生出一走了之的念想，干脆，找个缝隙藏起来，找段距离走开去，眼不见为净。不过最后大都不了了之。大约是，回心转意之际，横亘在裂缝间的巨石就自动搬开了，新长的叶芽子把旧伤痕缝合了。

遗憾的是，不管是偶然，还是必然，生活中总会有躲也躲不了避也避不开的出走事件等在前方。不在这里，就在那里。不在此时，就在彼时。

在一起玩成亲密伙伴的人，有一天，突然就再也不能够你找我，我找你了。一个，在与她姐姐去拔水草的时候，被突如其来的雷电带到天上了。另一个，在与她母亲去做客的归途中，过河时被急流推走了。还有一个，我伯父的女儿梅，在她转送我的笔记本上，小学老师曾经给她这样的赠言："少小灵颖多娇，长就鹏程万里。"可她来不及长翅膀，就在日夜折磨她的肺病中凋谢了。她们，或迟或早地，从光阴的缝隙中消逝了。永远。

十多年前，邻村有个男孩，天真可爱。有一天，莫名其妙地不见了。那家人的房屋斜对着河边的古渡口。沉静的河水成了看不透的深渊，几只竹排、几张网，大海捞针一般在江里寻觅。无果。遂认命似的以为，他们的骨肉是被流水收留了。那对夫妻，趁着年轻，在孩子失踪几年之后，又生育了一个男孩。他们不想让缝隙空在那里。空着，会一直痛。他们在缝隙里，重新种了一棵树。

世事难料。十多年后，有一个大男孩来敲门。这个仿佛从缝隙中钻出来的人问：我记得这里是我的家，你们……还认得我吗？当初，他是被一个中年男子用一颗糖引诱，然后被卖去了南方。同时被拐卖的还有离村十几里路远的另一个山村的男孩子。原以为，永远都回不来了，做梦都不敢想，有一天拐卖案件被侦破，得以回来。

那家人，不愿相信这个世界还有失而复得的奇迹。端茶，倒水，让座，以款待客人的方式招呼吃饭，最终，却没有收留这个说话带着外省口音的大男孩，不懂得是旧的缝隙已经弥合了，还是担心新的缝隙再来。毕竟，世界上还有防不胜防、令人揪心的欺骗。

不知道后来，男孩去向何方了。人海亦茫茫，于他而言，回不去，是比万丈红尘更深更远的缝隙或者距离了。

事情未必不能辨别真假。只是人心有软硬，胸怀有宽窄，世态有炎凉，从软到硬，从宽到窄，从炎到凉，中间是一道缝隙，距离不知有多远。小缝隙转眼间会变成大缝隙，原本的大缝隙转眼间也可能变成小缝隙。

我不认识那个重新回到缝隙中的男孩。故事是别人转述给母亲听，母亲又转述给我听的。母亲说：与男孩一同从远方回来的另一个男孩，回到了那个遥远的山村，那家人抱头痛哭着相认，还燃放鞭炮庆贺骨肉团聚。

独自的古塔

青砖砌就的古塔，站在田野一角，与四周的一些杂木、一条河、一些江畔人家相伴。好几次，独自一人，沿着田间小径钻进塔心，都会油然而生兴味盎然的喜悦，以至于在失魂落魄的时刻，也会想起有一座古塔可以去。在塔心，那曾走失的心神，一定会自然而然地回归躯体。

古塔有着遗世独立的姿态，挺拔，端正，自律，似一朵凝固在时间深处的花。它不像四周散布着的水稻、蔬菜、鸡狗牛羊，随时变化物性。它的时光迟缓而安宁，哪怕经历过宋元明清，也仍然面容清晰。在它的终点，也是它的起点。它永远不需要离开此地奔赴任何目的地。

一个人沿着塔心狭窄的塔道上上下下，可以用一种无人能见的神色自在地窥探。也曾想象，另有一个对古塔感兴趣的人，不约而同地来这里寻找，但是没有。如此更好，独自拥有一座古塔。与世相隔的安静是我的，塞满塔道的暗黑是我的，从塔窗照进的一抹亮光也是我的。

我是塔心里的人。古塔的躯体隐藏了我的身体，我的肌肤、血液、呼吸、思想成了塔身的一部分。古塔在七个不同高度开启的七扇窗，是我另外的七只眼睛。

第一只眼，给我自由出入。我转身，即出世，再转身，复入世。举手投足，全凭我心意。

第二只眼，在遥望中陪伴一对石刻灵兽，防偷，防盗，防守古城后大门，就像我把一些规则安放在内心的出入口，防异端，防邪念，防止灵魂走远回不来。

第三只眼，用来窥视路上行人，从他们或热闹或孤单的行走，或光鲜或陈旧的衣履，或严肃或轻松的面部表情，揣摩人内心的幸福与挣扎。

第四只眼，用来观看农人在稻田上弯着腰身播种，对付旱涝以及纠缠不清的病虫害，最后才有如期而至的收获。

第五只眼，我用来借光，观照自己的迷茫与清醒，当身体无拘无束地靠着一座塔的塔身，会觉得有一个可靠的依靠属于我。

第六只眼，我用来看村子边缘的树和木。树站着时，有风吹雨打，有鸟鸣雀噪，有花开籽熟。树倒下后，成了百米外木材加工厂里的木，被电锯切割，发出撕裂身体的声音。存在与失去，鲜活与僵硬，温和与尖锐，透明与黑暗，在同一个世界交替变换着现实的两面。

第七只眼，苔痕苍翠，靠一点薄泥存活的三条枝蔓从塔顶悬垂下来。我用这最后一只眼睛反观内心。塔道到此为止了。人世间，道路终结的地方，只有自己才是自身的终极拯救者。不必再焦虑，再迟疑，再忧伤，再怨恨。一切都完美，所有不完美的残缺全是铺垫。终于感觉得到，疼痛与时间都不存在时，才能够完成一个人内在的攀登与盛放。

成为一个塔心里的人，是件称心如意的事情。从来不曾停止的世界，凭借一座古塔，赋予我静止的权利。我静下来，和生命中既简单又繁复的思想见面，和那来临之后徘徊不去的绝望和解。塔外，雨很轻，很静，很温婉，就像这文峰塔写下的文字，行走于天空。而浮尘被雨牵着手降落，落地之后发出的那一点点触碰的声音，全被尘土吸收了去。

我走出古塔时，不说再见，仿佛我的一部分仍会以某种方式待在那里。

“只到那儿去寻找吧，在那个灰色光线与绿色空气相遇的地方。隐士的祈祷室，朝圣者的祷告。”艾略特的话就像我的影子跟随着我。此时有另一个人用语言发问：冷不？我答：不冷。因为冷也是可以忘记的。真的。

汲水人

村子里，纵横交错的鹅卵石巷子，都通向水井。

古老的水井。大青石凿成的井围，是硕大的石戒指，固定在及腰的高度，保护弯腰勾头的汲水人。井围内壁上，一道道拇指粗的石槽，被井绳一天天地磨得光滑。井围下，石块环砌的井壁，覆满绵密的青苔，潮潮的，润润的。水井四周，白瓷碎片镶嵌着语录——“井水甜津津，莫忘挖井人”，洗衣石、磨刀石、排水沟、排水池也各有安置，极为妥当。

她喜欢去汲水。她挑着一对空桶到井边，眼睛跟着一根棕绳、一只小木桶，走过一段垂直悬空的道路。她的木桶抵达光滑如镜的水面。当她借着木桶，扑通一声趴下，触摸和吞吻井水，造成一阵波光粼粼的战抖，心里是很快乐的。虽然力气储备不足，必须巧借井沿上的光滑石槽，充当由下及上拉动的定滑轮，才可以从井里汲上一桶水。况且，挑一担水，要从井里汲取六小桶水。盛满一缸水，要挑三担。一天一缸，天天有得挑。当她的空桶不空，是很令人满足的。

汲水人一心一意地走在鹅卵石巷道上，肩膀、腰肢、双手、双脚，以及横斜的扁担、两端悬垂的水桶，在行进中保持着平衡。但是轻微的行走晃动，也会造成一些水浪出去。腾出来的空间，正好装上掠过的风，鸟鸣，以及云彩或者皎月。

有一些愣神的时刻，并不挑水，汲水人趴着井沿，屏住呼吸凝视着水井。日光，为她清晰地照着沉入井底的一枚银闪闪的硬币。井水如此清澈，以至于可以分出那硬币是一分、两分还是五分。日光还照着一只坠落井底的小木桶，断了的井绳在中途突然放手，似乎把汲水人和木桶都吓了一跳，现在主人还没有空闲来召回。注目井面的人，也看见自己的脑袋、眼睛、耳朵和脸庞了，她的神情古怪，恬静、喜悦或者忧郁。时间好像不走了。此刻，曾在上升途中坠落在青苔上的水滴，又重新跳回了水井深处。滴答。滴答。滴答。那一种比时钟还缓慢的清脆与空灵的声响，在一场独自感知的聆听中，回荡，甚至穿透一生。多么安静。

有时月满中天。汲水人看见月亮与世无争地浮在井里。她想起猴子捞月亮的故事，淡淡地一笑。月落深井的夜晚，是多么孤独啊。孤独到要找水中的月亮来陪伴。汲水人原本是要取水上来洗澡的，可是，她愣愣地注视着水里的大眼睛，迟迟不舍得摆动手心的井绳。最清澈的水，和最皎洁的月亮在一起，没有人来惊动。这就是世界上最好看的夜晚了。但那比时钟缓慢的清脆与空灵的水滴声，作为适时切入的画外音，说：姑娘，姑娘，你看，你看，月亮在天上走。

汲水人自己也不清楚自己，为何如此喜欢趴在井沿看。也许，水井里有一条虚拟的路，连着另一个真实的世界。但是，井里除了清滢滢的深水，还有什么呢？村里人每年淘井，用抽水机把井水抽干，下到井底的人，淘出来的有限物品，无非是三两截棍棒、断绳和几许腐叶软泥。他们的目的是在井底放一层石灰，消毒。当抽水机停止抽水，也就一两个小时，井水又满了。

后来有一次，上屋的仁娇去挑水，大约是没站稳，反正她落到井里了。汲水人听见巷道里的人嚷嚷：哎哟，不知道怎么回事，仁娇就掉到井里了！汲水人的心，一下子就提升到嗓子眼上。她听见母亲问巷道里的人：哎，那怎么样了？对方说，仁娇的父亲下到井里把她救上来了。汲水人始终也没弄清楚，仁娇掉下去的瞬间，魂魄有没有惊散，坠入井里时，是不是某块井石突然伸出手拦着她，不让她沉入井底。真是万幸啊。

这件事情，或多或少地影响了汲水人。她愣愣地趴在井沿的时间减少了。

多年以后，汲水人读到一句话，说真理都深藏在井底。这无疑是一个哲理的象征。井水，是一个颠扑不破的存在。永恒的清澈，洁净，甘美，你口渴，或者不口渴，只要你愿意，它都在那里等着你，捧起来就可以喝，就觉得美。绝对的信任。

但那时，汲水人并不懂得真理是什么。

她只是对井水，对深邃，对纯净，对孤独，对安静，对月亮，不可抗拒。

何事相悦

令眼神在瞬间温婉起来的，是矮花墙上一树花事繁盛的茶花。

“咦——花开这么多!”听见感叹，父亲从灶房里走出来。他那与皱纹同时扩散的笑容也感染了我。老家花墙，林林总总二三十盆花草，蝴蝶花、指甲花、月季、玫瑰、紫罗兰、海棠、吊兰、君子兰、凤凰尾、蜈蚣草……一样一盆或几盆，错杂着开，庭院就不再寂寞。然而如眼前这般花团锦簇的情景，应是首次幸遇。问父亲，数过开了多少朵没有？父亲回答没数，数都数不清吧。母亲从邻家回来，接口说五六十朵总有。

这茶花有十年了吧？我印象不深。母亲笑语：哪有啊，不到四年呢，你父亲花了三块钱买来，高不足一尺。父亲顺水推舟，把话题转移到母亲身上：你当初因为没见到花蕾，还怀疑是假的，我跟你说，卖花人我都认得。母亲又接着说：前年，你那个专门买卖桂花树的堂哥，买了好大一棵茶花种在我家灰房前，花开许多，看小孩攀摘，我也摘了些回来，用细线捆在茶树枝上，你回来见过，想小小一棵茶花就开这么多，在花前欣赏，我还告诉你，那花，只有五朵真。

我和父亲嘿嘿直笑。是，我曾经听过这细节，怎么就忘了。只有母亲记得深。她总是把所有细节往内心深处锁。她又说，去年，花开又比前年多，有十几朵，今年，算盛开了。

父母做饭去了。我干脆数起花来：正开在枝头的五十几朵，落在地上又被母亲捡到花盆里的三十几朵，外加花蕾五六十个。于是乐滋滋地到灶房里向父亲报告。父亲来了兴致：真有这么多啊，原本估算至多五六十朵，不承想有两三倍多。说着也与我一起站到花下，细数枝头花。他数得五十一朵，末了问我，你数落花有没有数花巷里的？我于是伸头探看下屋的山墙与矮花墙之间的花巷，发现还有十几朵落花安静躺在花巷间，苔床碧绿，那落花恍如睡着香艳的梦，安静得很。

父亲数完花的手指，做了个若有所思的动作，在耳垂上捏了又捏。此时，如果以炊烟细雨无声缠绕的瓦楞以及天空作为背景，那满树红艳的茶花正仿佛明亮灯烛，为即临的黑夜引路。一个暗含诗意的场景。父亲母亲的谈话，听起来再寻常不过，淡淡的，浅浅的，漫不经心的。也许，幸福就是这样淡淡的味。

回想生活中，许多关于故乡与家的场景，多半是在父亲与母亲的交谈中重现的。比如关于我家养过的跟人狗。父亲说过：这狗也是没用，不守家是缺点，爱跟人又是另一个缺点，他跟我母亲去圩上卖菜，摊位后的那家人认熟了人也认熟了那跟人的狗。才把青菜放下，那家的女人就说，你家的狗又跟来了。我母亲换了个角度为狗讲了公道话：去年割二季稻时，母狗带三小狗跟他们在田里转。收工晚了，就让打谷机在田里过夜。人走了，狗却在田里晃悠。人累了一天，也懒得搭理那狗。第二天，他们早早去割禾，却见母狗和三个小家伙如同勾头的稻穗，一身露水候在田地里……

感谢那一茬又一茬经过并且融入我们生活的事与物。或许，所有绵延不断的温情，都蕴藏在貌似平淡的细节中。一生之中，一定有一条共同穿越的暗道，成为有情人彼此相守相悦的秘密，而回味，就是顺着生命的常青藤去抚摸记忆的花瓣与瓜果。

与树叶相握

在 20 世纪 80 年代度过的小学时光，替我积攒了一生中最初始也最持久的诗意。

我读书的三友小学就在本村门口，村后两三里远的洛来河边，有一座学校管理的茶山。那时节，细雨蒙蒙地过上一段时日，春雷在某个未知却必定会来的时刻滚过，树们就从冬季睡醒了，长出无数发亮的嫩叶。在一个真正的风和日丽的午后，三年级以上的学生，按照老师的吩咐，从家里带上鱼篓或者藤箩到校，摘茶去。比长龙更长的队伍，穿过映山红炽热得似乎要燃烧起来的山岭，往茶山走去。

见面。在那安静而清明的茶树间，齐刷刷地长满茶芽，如同绿色的星星落入人间。小学生的手，一次次，是的，一次次，伸出去，就与茶芽相握了。原本空空如也的篮筐，渐渐地装满了茶芽。以后，它们会借助某个茶具，变成绵长的味道落入某人的呼吸。多么好。多么好。好得后来我去城市读书，给学校新成立的文学社取名“绿星”，好得我一直希望可以写出与绿色星星相仿的文字来。

三友小学的教室外面，站着十几棵壮年香樟和乌桕。在树下平坦的空地上，我们变着花样身轻如燕地跳绳，玩左奔右突的老鹰抓小鸡游戏，玩翻手覆手的唱石子游戏，玩围追堵截的母猪棋游戏，玩迂回辗转的跳大海游戏。不知是哪一天，老师们砍来了五六根竹竿，把竹根固定在泥地下，竹梢捆绑在可靠的树杈上，做成了爬竿。从那一天起，香樟和乌桕就为我们制造了许多半空中的快乐。课间十分钟，在练习攀登的兴奋中度过。男孩女孩，两手紧抓着竹竿，两脚夹紧了竹竿，随着手臂向上攀升，整个身子往上蹭一蹭。有人比上树蛙还灵活，眨眼间蹿上竿顶，有人气喘吁吁，半途而废。我原本胆小，却禁不住诱惑与怂恿，也跳起来蹦上竹竿，向上，向上，居然也手脚从容地到达顶端，乌桕子近在咫尺了，香樟的气息更深浓了，就在一瞬间，伸手就与树叶相握了。那一种艰难玉成的欢欣，好比摘星。在树冠的高度，看见树下众目睽睽的眼神，忍不住就抛给众人笑脸，内心的满足，大约是与“井底之蛙”的视野做过了比较的。

另一种摘星的体验，来自六一儿童节智取高峰的竞赛。

学校曾种过糖甘蔗的试验基地，是座五六十度坡势的土岭，草木并不浓密。老师们事先选择了与参赛班级数量相当的攻坚路线，在每条线路上设置了“拦路虎”，最先攻克难关站到山顶红旗下的班赢。所谓的障碍，是以小红旗为标志的灌木丛下，夹藏着题目。参赛队找出题，解答完迅速交给老师。答案正确，携小旗继续向上，攻下一关。热火朝天的场面，与电影里敌我双方争分夺秒抢夺制高点的情景相仿。太阳照耀下的脸庞，差点没被灼热的兴奋点燃，似乎，小红旗下藏的不是学问，而是阴险狡诈的敌对分子。如此一来，不仅一同争输赢的班级是对手，还在潜意识中把必须攻克的“难关”当作不共戴天的假想敌了。有敌我，就存在对立，就难免拼个你死我活。总之，面对仇敌，不管付出多大代价都要赢。但是，终归还是有输。脑汁被一点一点绞尽，仍旧会碰到自己以及整个团体都无力解答的难题。又即便是题题答对，也不一定就不输。竞赛规则里，还比速度。捷足先登的，是赢家。赢半步也是赢，输半步也是输。半路上输只能算遗憾，最沮丧的体验是一开始就输，第一个坎坷就过不去，拦死了。某次比赛我所在的班赢了，在山头上，不知为何竟把眼睛投向一座矮山。那里，一个同班男孩，被疾病阻拦，活着活着就没继续活了。他的身体被日复一日年复一年的松针覆盖，没有标志。

难得当年的老师把比赛也变得如此有诗意。但是，现实中没有诗意的另一面是怎样的？怎么呈现给懵懵懂懂的小学生？

我读小学二年级时，坐的是一间采光不佳的教室。晴朗的日子，太阳也只在某个时刻浅尝辄止地透过木格窗棂照进教室。某个上午，语文老师正在授课，小学生雀跃的状态突然被霎时间的一无所知中断了。校长肩膀上驮着太阳光，满脸严肃地立在教室门口，说，静一下——

就见肃静的空气撵着一个高年级男生低头进来，穿过两排桌子间的走道，站到了讲台上。黑板上方的大字格言，端庄凝重地监督着这个进入别人教室的学生。牛高马大的男生，被吃惊的学弟学妹们盯着，脸红到耳根。他说他上星期五下午，翻墙进入某人家果园，用石头砸柚子，还让几个低年级学生在外面放风，这是违反纪律的事情，不仅自己学坏，还带着不懂事的人学坏。他说他错了，请老师同学原谅，从今以后绝不再违犯学校纪律，希望大家不要向他学习。我记得那个男生，因为他一直留级，留到后来与我同班。小学毕业他没有升初中，曾经有一次我搭过他卖票的私人班车，再后来听说他习武，教武，做保安。不知道，他会不会刻骨铭心地记得那次自我批评。

第二个进入教室的学生低头含胸，手脚多余似的不知往哪摆放。他交代自己捉了狗爬蛇，趁人不注意，敲破窗户扔进某个批评过他的老师的宿舍。

第三个进入教室的，是我一个天生讲话带点结巴的堂哥。他说，前天，我与村里人在草坪上赌——赌钱，后——后来，又与同学打架。一颗——一颗老鼠屎，惹——惹坏一——一锅汤，我以——以后一定改——改正……

在那间采光不好的教室，我和我的同学集体相信：诚实没有什么不好的，认错也没有什么不光彩。至于那些站上去又离开的人，是否觉得丢脸面，只有他们自己才知道。而聆听者如我，暗地里已经说服了自己千万不要成为那样站上去的人。

“一切知，俱于黎明中醒。”《吠陀经》所说的，正是那样。

睡与醒的距离

睡与醒之间有多远的距离呢？慵懒的午后，他望着被缠绵雨水梳洗的树木，一缕不容易捕捉到的幸福感战抖着拂过心间。

因为生活的拮据，十二三岁的少年趁着假期走远路去邻县挑秆草，翻山越岭，去两天回两天。山路不好走，一天走破一双草鞋。那地方属于高寒山区，梯田如龙脊，种出的糯秆草长而柔韧，适合打草鞋编草帽。

第一次与别人同去，有中年的男人女人以及年轻姑娘，他最小，过木桥都胆怯。到一个丁字形山坳时，天就黑了。同行人各自借住在附近的村民家里，第二天分散去不同的村收集秆草。山里人住得散，路也难走，收一担草要花两天时间。

这个长得招人爱的少年还很腼腆。借宿的人家，一个母亲三个女儿，大姑娘十七八岁，二姑娘十五六岁，最小的姑娘十二三岁。这个家，屋里屋外都找不到男人的痕迹，比如没有男人的衣衫随意挂在门柱上，没有烟草燃烧后缭绕不去的气息，没有堆积成山的大根木柴。他第一次去，不知怎的住进了这户人家，以后他懂得路了，一个人去，还住这户人家。三姐妹都懂道理，都对少年好。

走了远路，倦了，少年总是先睡。她们做什么忙什么他都没看到。睡醒过来的清晨，他头天穿得汗水湿透的衣服已经洗过了，烘干了，有淡淡的柴火烘烤过的味道。有一回，最小的姑娘问他：昨夜你笑什么？那么，他睡觉都曾咯咯笑过了？天知道他笑什么。山里的夜静寂得能听见呼吸，他梦里笑的时候她们还在火边烤着火，烤着他的衣。

最小的姑娘与他年龄相当，对他最好。好几次，她都到山坳下接他。他是否曾跟她说过什么时候再来挑草呢，也许吧，反正她总似一枝俏丽的山花绽放在他必经的山坳下。“哥，你又来了。”她像个很亲的人喊他，帮他拎起简单的行李。等他从更远的山里人家收得一担秆草回来，她算好了时间一样，在另一面山坳下接他。“哥，你累了。”明眸相望的时候，她揣出个红薯，给他充饥。上山时，一个红薯，你吃点我吃点比一个人吃更好吃。一担草，你挑一段我挑一段，走完也不见累。

有一天，他挑秆草踏上返程。她说去上学，陪他一起走。大山里四处是森林，雾气很重。在潮湿的山路上，他被山蚂蟥叮上了，惧得面容失色。她不怕，吐一口口水在手心，温柔地就着口水摸他的脚丫，摸着揉着，那蚂蟥就脱了。于是她走前面，拿根木棍在山路上敲赶蚂蟥。过独木桥，她红着脸来拉他的手。那是一条清澈的山溪，她来牵他的手，他感觉流水中她的影子很美。除此，也没有太多的想法，跟个木莞一样，不懂意会。那担草，她与他轮流挑，走了很长一段路，他劝了又劝，她才转身往回走。她哪里是去上学啊，那时是假期呢。她其实是送他。

不挑草的日子，如果不上学他跟母亲一起做农活。他无意间听见伯父在田埂上与母亲说话：“你再让他去挑秆草，小孩子就是人家的啦。”少年的母亲不懂得那话是什么意思。少年似乎半睡半醒：挑草那么辛苦，他为什么不觉得累？

后来一直没去挑草了。他高中毕业后，村里的妇女逗他：“去挑草哦，去见你妹妹哦……”但是，他觉得已经找不到借口去看她了。彼此间，忘了架一座沟通联系的桥。当初，在心里是谁不明白呢？她还是他？到后来，只有越走越远了。

又过了许多年，他途经那个地方去别处做客。她们已经不住在那里了。那屋那房，连一丁点影子都没留下，仿佛从来不曾存在过。

四十年光阴一晃而过。是春风不解风情，还是少年？慵懒的午后，他凝望着被雨水一点一点染绿的柳梢头出神：原来，春潮是不知不觉间涌来的。当初，怎么不理解她的苦心呢？人家并不希望得到什么，住宿给钱还不要。他挑了秆草去卖，挣得的钱是自己的。而同去挑秆草的人，住一夜都要花八角钱。他突然怨恨自己了，怎么连说感谢都不懂呢？

温存辽阔

在扬州时，很偶然的机缘，在清晨步入大明寺。古寺被明亮的阳光照着，慢慢走着，一颗心被一种跨越时空的温存主宰着。

记得历史教科书上说，唐代高僧鉴真六次东渡日本，历尽艰难险阻，终于踏上彼岸。原来，扬州是鉴真的家乡；原来，他从二十六岁起就在大明寺讲经布道；原来，他每一次远渡东瀛的旅程都以这里为起点。时光倒退千余年。那是公元742年，日本留学僧荣睿、普照到达扬州，请鉴真东渡日本传授真正的佛教。“有谁愿意应此远请?”鉴真的问话在无比清静中流传。众僧默然。良久，一僧回答：“彼国太远，生命难存，沧海淼漫，百无一至……”是故众僧缄默。鉴真听后说：“为法事也，何惜身命！诸人不去，我即去也。”

一个简简单单的“去”字，竟比登天难。第一次东渡，被诬告与海盗勾结，官厅干涉，未能成行。第二次东渡，船出长江口，受风击破损，只好返航修理。第三次出海，行至舟山海面，因触礁而告失败。第四次，鉴真准备由福州出海，可是在前往温州途中被官厅追及，强制回扬州。第五次，航船在舟山群岛停泊三个月，横渡东海时又遇到台风，在海上漂流达半月之久，辗转许多时日才返回扬州。一次次奔波跋涉，一回回无功而返，纷纷扰扰是如此的不可避免。而时光逝又逝，怎不令人心有不甘啊。曾被悲悯光芒燃亮的双眼，终于经受不住海风吹，在第五次东渡后将光芒收敛到心底了，从此成了盲人。转眼到了公元753年末，66岁高龄的鉴真第六次东渡。看不见海天苍茫，天风吹海浪的声音却更清晰了，他学会了在看不见的地方把一切看得更通透。公元754年2月4日，鉴真到达日本首都奈良。

一颗心，要怀着怎样的大慈大悲，才能以心田为旷野，种下一整片菩提树林呢？要有怎样的定力，才能让信念不变，悲悯不变，温存不变？要有怎样持久的光亮，才能够在辽阔人海普度众生？在大明寺的鉴真纪念堂内，我凝神注视鉴真干漆夹苎像，视线久久都移不开。原来，眼神与睁不睁开眼睛无多大关系，交流与开不开口说话无多大关系，懂得与时空遥不遥远无多大关系。叙利亚诗人阿多尼斯的诗句，是那么契合我此时此刻的心境——

当我把眼睛沉入你的眼睛/我瞥见幽深的黎明/我看到古老的昨天/看到我不能领悟的一切/我感到宇宙正在流动/在你的眼睛和我之间。

有时候，感动来得那么迟，那么突然，那么温暖。

后来我读日本“俳圣”松尾芭蕉在拜谒唐招提寺鉴真大师像时留下的俳句：“新叶滴翠，为君拭去眼中泪！”心坎上再次陡然涌上无边无际的温存。据说日本的文献中，鉴真在日期间从未有过哭泣的记载，而总是以最和善的微笑面对信徒。那么，在1688年旧历四月初的某天，芒鞋斗笠旅行到招提寺的芭蕉，在注视鉴真大和尚的坐像时，也是被大慈大悲拨动了心弦吧，也是忆念着大师东渡经历数不清的劫难吧，也是想象着咸涩的海水、狂吹的海风和狂打的海浪，让大师心里流过许多泪吧。一颗心并不容易被另一颗心呼唤，但是，他听见了呼唤。诗人自己怦然心动了，落泪了。然后，想着用这个春天以及此后无数个春天的新叶，为大师拭去眼中泪。

一定是，攒足静寂，才能推开绵绵不绝的喧嚣；一定是，安于沉默，命运才肯替我传递更清晰的声音。啊，曾经，在我面前掠过漫无边际海面的那只蜻蜓，为我遮挡了一会儿头顶骄阳烈日的那片浮云，在一小阵春风中落到我脚面的飞花，在眨眼间游出我视线的成群结队晒太阳的鱼群……那些来自辽阔自然界的温柔的人、事、物，那些转瞬间就从我眼前消失的画面，都是特意来告诉我什么是天长地久的温存的。即便是瞬间的美，也只是在眼前消失，并非在时间中消逝。

爱不忍释

美国电影《附注：我爱你》，令我心间涌起一种爱不忍释的体验。

电影从两个人的不愉快开始。女主人公霍莉怒气冲冲地在前走，男主人公盖瑞跟着，追着，说着，不停解释着。令人憋闷的氛围，一直从大街延续到楼梯到房屋。这是很日常很世俗的场景。等到一人离开，大门在身后掩上，才清醒地意识到，彼此都害怕失去。

事情本身的残酷在于：终于意识到拥有之珍贵，却顿失所有。盖瑞因病去世。霍莉陷入凌乱与无望之中。在一片黯淡的背景中，转机如星辰呈现天际。盖瑞在离世前写好的许多信，以各种各样的方式到达霍莉手中。这些结尾都标有“附注：我爱你”的信，一边勾起女主人公回忆往昔，一边推动剧情向前发展，最后的结果是霍莉走出了悲伤。

影片表现手法极为细腻。霍莉去看望盖瑞的父母，他们交给她一封信。这封信，指引着她来到两人邂逅的地方：爱尔兰威克洛国家森林公园。

回到初相遇的情景。蓝天、白云、碧草、随处可见的紫色花丛和一条柏油路构成的背景中，一个男人在行走。他的头、脸、肩膀、身躯，一点一点出现在画面中。然后，画面中出现一个面对风景的金发女孩的背影，紫帽、蓝衣、花裙、红靴。两个人的初见，她第一句话是：“我迷路了。”

现在，她手里拿着他的信，信里说：“你不像是迷路，对我来说不是。”言下之意，是命运把她千里迢迢地送到他眼前了。不知不觉搭起话头，她说过“我要回去了”，他也说过“那祝你好运”，仿佛要分手了，可是又舍不得分开。她记起他说：“我也走这个方向，你介意我们一道走吗？我在路的这边走，不会和你说话了，有时候静静地陪着别人走的感觉很好，一直走到脚都湿了。”这也是整部电影中最朴实也最打动人心的台词。一个人，愿意陪另一个人一直走到脚湿，必定是两个心有灵犀的人。其时，话题一直没停过，因为都想更多了解对方。后来，一只爱尔兰犬狂吠着奔来，造成了两个陌生人之间最完美的相拥与亲吻……

回忆褪去，女主角黑衣黑帽，手里拿着信，仿佛身边仍有他。他在信末说：“亲爱的，现在又到了改变的时候了。……回家吧，去寻找，寻找和别人一样的生活。我会帮你的，去寻找人生的路标。”

除了盖瑞，同样在爱不忍释的情结中爱着霍莉的，还有她母亲。当女儿说“我气得想要杀人，我这么孤独”时，做母亲的回答：“你知道对父母来说，除了丧子之痛，什么是最痛苦的吗？就是看着你的孩子过着和你以前一样的生活，而你却无能为力。……我已经很气愤了，气愤了很久了，气愤得筋疲力尽了。”原来，母亲正是那个完成盖瑞托付的神秘信使。一切，皆源于爱。

影片的结局是，霍莉带她没有真正见识过这个世界的母亲去爱尔兰。做母亲的，被爱尔兰如诗如画的风光陶醉。令观众欣喜的是，霍莉遇见正背着一捆稻草的乡村歌手威廉，她笑着喊：“威廉。”

新的生活，从这一刻开始了。

不散的筵席

过去的女子询问命里生儿育女之事，叫作“讲花”。占卜的人会告诉她这一生会有几朵红花、几朵白花，红花为男，白花为女。这样的记忆，给了我一个意象：今世可以做兄弟姐妹的，是一起头戴日月星辰一起经历风霜雨雪的花与果，结在同一棵树上。

是上天注定的缘分，让我与两个弟弟、一个妹妹共同做了父母膝下的儿女。我们之间单纯的幸福，像那树枝怜惜第一朵花孤单，派第二朵花来陪，第三朵花不甘寂寞，又唤来第四朵花。我们之间相互依靠，仿佛一场不散的筵席，哪怕金子般的童年转瞬即逝，哪怕长大以后分离多过聚首，但只要想起，只要愿意，只要一声呼唤，总还能够踏上同一条回家的路。我们之间知根知底的信任，来自父母讲给我们听的故事和道理，来自父亲竹鞭的威慑以及不留情面的训斥，以及我们彼此毫不设防地说给对方听的点点滴滴，哪怕不曾共同经历，也会共同分享。

在共同的回忆里，我们收藏彼此的生活，开心的与伤心的，遥远的与切近的，慢慢长大的与慢慢老去的。

我们曾经一起去后山拾野菌。一起挑着箩筐去松下拢松针。一起去沟渠里戽鱼。一起爬上桑树捕鸣蝉。一起在夏夜里扑萤火虫。一起走夜路去邻村看戏。一起在墙角玩的“射人游戏”里死而复生。

在不计其数的甜美里，也有记忆犹新的苦涩。记得小时候有一次，父母早早就去田里收割稻谷，不知何故，大的弟弟用拳头捶打我。那天的我，在送早餐给父母吃的时候，眼泪扑簌簌地汇报被打之事，得到的安慰，大约是责备我弟弟怎么这么“坏”。现在念念不忘的是，那天满是委屈的我，在一张纸上记下了某月某日他打了我几拳，待到长大以后再以牙还牙。可笑的是，我长大他也长大，那张用来“记恨”的格子纸早不知去了哪里，但那情节至今仍回味无穷。这个大的弟弟小学时读书并不用功，小小年纪称霸王，以至于村里人给他取个外号叫“公佬”，谁劝他都不在乎，总讲读书无用。好在初中之后懂得用功，成绩渐渐地好起来。我工作后每个月都拿出一点工资供他读书。后来有了小的弟弟，轮到大的弟弟来教训，不厌其烦地讲，不用心读书无出头之日，真是此一时彼一时，天壤之别。就像接力棒一样，后来大的弟弟也工作了，轮到他每月也从薪水中拿出一部分供小的弟弟读书花销了。

不论贫富贵贱，我们都对兄弟姐妹爱之弥深，彼此真心对待的感情是一致的。一家人觉得遗憾的一件事情，是我妹妹没有考取重点高中，家境又不富裕，她也就没能继续读书了。她去广东打了一阵工，后来就嫁了，在农村安家，养鸭养鸡，种果种菜，现在整天在家管理鸽子。因为我们三个读书出来工作的过得相对好，父亲和母亲更加觉得对不起我妹妹，当初怎么不咬紧牙关给她继续读书呢？也因此，作为她的姐姐，与她的哥哥和弟弟，出于对她的爱和心疼，也都在她遇到困难时给予她力所能及的帮助。

不知不觉，父亲母亲已至白发丛生的暮年。有一天，我小弟提起从前家里挂过一幅大海的画，我曾经说过等他长大一起去看海。我忘了我说过的话，他一说我才恍然记起。如今，除了我父母，兄弟姐妹都看过海了。父母在内陆田园生活了一辈子，从未与大海近在咫尺过，恐怕也未曾想过有朝一日去看海。于是，我们决定休假时一家人去看海。

我们一家老少七人，先坐动车抵达北海，再搭轮船前往涠洲岛。母亲在开船初始的一阵颠簸中，就头晕了，靠在座位扶手上，默默忍受眩晕与不适。大半航程之后，母亲翻江倒海地吐得难过，说：早知如此，打死都不来。后来在岛上玩得开心，此话也就言之过早了。大弟的宝贝女儿第一次坐大船，看着茫茫碧波，兴奋地讲话不停，航程将尽时也忍不住晕船了。父亲则对自己一点不晕船表示满意。

上岸。我们在岛西石螺口的旅馆安顿好，便迫不及待地去海边看落日。我们赤脚在海边走，任由翻卷而来的海浪扑打双脚。看不饱似的注目海天相接处，西天的霞光越来越浓艳，美得令人惊叹。在老家，太阳的脸是一寸一寸埋入大山怀抱的，那种情景下的落日是戛然而止的味道。相比之下，海上落日有几分恋恋不舍的缓慢，漫天霞彩更为浓郁艳丽，因与海水相映衬，瞬息万变的光影呈现变幻莫测的神秘感。那天的落日，落在一家人眼里，都变成了温情与喜悦。

吃过晚饭。我与小弟一起陪父母到海边散步。海风吹来，令人沉醉，特别舒适清爽。父亲感慨于那一浪消逝一浪又来的潮声，说："日日夜夜啊!"是，这绵延不尽的潮来潮往，这周而复始的来临，这转瞬即逝的离去，在内陆是无法感受得到的。内陆的水是安静的，山也是安静的，有点鸟虫发出的动静也是断断续续的。我们用手机当手电筒，往北走了一阵，捡拾一些海浪刚刚送上来的碎珊瑚。一个椰子壳被浪花推到岸上。母亲把它扔进海里，等我们走一段沙滩回来，那椰子壳又被波浪推回到海岸上了，像个欲言又止的逗人笑的故事。走累了，我们坐在沙滩上，聆听大海清晰又模糊的喘息。父亲说他仍是不清楚，大海为什么会有永远不停不歇的潮起潮落。小弟一边解释是太阳和月球对地球的吸引力，一边又用手机搜索出潮汐的原理，给父亲看。正说着，月亮升上来了，是农历八月十七夜的月亮，还很圆。

第二天一起床，各自穿了泳衣去海里游。在石螺口，大海的蔚蓝与清澈，连七十岁的老父都经不住诱惑了。泡着海水，人体验到被大海拥抱的温暖，又有被海浪触摸的温存。这样的享受，和一个山里人睡在松下听松涛相仿，轻松、自由而忘我。游泳回来，步行去不远处的火山地质公园。沿着木质台阶下到海边，一路拍摄，一路欣赏火山熔岩地貌。中午12点，我们自己去市场买海鲜，又辗转找到据说加工海鲜味道超好的包姐。可惜包姐改行卖干货了，她推荐干货店旁的一个店给我们加工海鲜，味道也是超级棒，每个人都赞不绝口，以至于第二天我们从牛栏山转到滴水丹屏住宿时，又继续来吃。如此大吃海鲜，对于内陆人而言，真是奢侈。

为了欣赏海上生明月，我们住到了岛东的牛栏山。大海怎么就令人看不腻呢？吃过晚饭我们又一起去海边。月亮似一盏神灯，无比安宁地挂在天地间，在海面上映出一条明亮的水路。在一种不必言语的情境里，时间被忘记，痛苦被忘记，逆境被忘记。小弟为我和父亲母亲拍摄月下观海的照片，极富诗情画意，喜欢得很。那情景，仿佛我们正沿着海上的光之路，走进月亮屋。一个真正值得纪念的夜晚。月亮，照着一起听海的亲人。第三天一早，我们清晨5点就打着手电筒去看日出。可惜云厚，太阳升起很高了才露脸。但在等日出的过程中，两个老人在海边寻寻觅觅，变成了快乐的老小孩。那天，我们沿着海滩，从牛栏山一直走到岛北的贝壳滩，这个纯净的岛屿，这个孤单的岛屿，它的美，让我们觉得，在一起是件幸福的事情。

如果我们有时觉得倦怠，那是因为人海阔，无处不风波。但是，父母和兄弟姐妹，一定是给我们带来安定和平静的，在一起的时候，彼此有回到过去的感觉。从某个角度上说，我们从不曾分开。

告诉我真相的人

感谢父亲，他是这个世界上始终肯把种种真相告诉我的人。他大约觉得，真相是让人有安全感的，知悉实情总比如堕五里雾中更益于清醒，也就习惯了用这种直截了当的方式，令我知悲喜，知进退，知纷扰，知安宁，以此表达他的温存，他的爱。

最初，吸引我对真相感兴趣的，是父亲说过的四个穷兄弟和一个刁蛮财主的故事。起先，是老大辛辛苦苦为财主干了一年活，年底问财主讨要工钱。财主说，我有三件事，做成了就给你工钱：第一件事，你把这口大缸装到小缸里；第二件事，你把下雨漏湿的堂屋地面搬出去晒干；第三件事，你猜猜我这脑袋有多重。老大老实，想：大缸哪能装到小缸里？堂屋地面怎能搬？脑袋几斤几两重又如何猜得出？只好空手回家。之后连续两年，老二老三分别给财主干活，财主旧戏不断重演，让这贫寒人家兄弟几个一次一次又一次品尝失败的滋味。

天哪，事情怎么能这样？怎么能？听故事的人，心都碎了。最后，是小兄弟为财主干活。又到年关，又遭遇刁蛮财主三件事。当他遇到第一件事，就将大缸高高举起，重重摔到地上，然后将碎片捡起，装入小缸。遇到第二件事，二话不说，架起梯子，拿起锄头，迅速上到屋面，欲将屋瓦全刮下来。财主问：你做什么？他说：我把瓦刮开了，好让太阳晒干堂屋地面啊。第三件事，还是猜财主脑袋几斤几两。小兄弟一听，拿起菜刀就在磨刀石上来回磨。财主问：你磨刀干吗？他答：我把刀磨利，好把你脑袋砍下来称重量啊。财主吓得脸都发青了，乖乖地把工钱数给小兄弟。

到这里，愁眉苦脸的我才笑逐颜开地长舒一口气。完了我说：小兄弟应该把前面三年的工钱全部要回来。父亲说：那当然。父亲想传递的，是越接近真相就越无畏的思想。

如果童年是一朵无尘的花，那么，故事就仿佛路遇风雨，让我在经历迷茫之后，体验明朗。令人吃惊的是，这个故事几乎成了深深刻在脑海的一个可以参照的坐标，让我不论读书阅人，还是遇事析理，都乐此不疲地去寻找真相。好在父亲对我的寻根问底不厌倦，在他那里，我能够体察人世间或者冷峻或者温柔的真相。

比如，读小学时，曾与父亲挑粪走很远的路去耘田，归途中，去戽鱼。我跟着父亲在一个岭槽间的水塘边停下了。父亲穿着西装短裤，下到淹过大腿膝盖的塘水中。一瓢，一瓢，又一瓢，父亲不停不歇地用戽斗戽着塘中水。我在旁边热切地注视着，巴望着与鱼相遇。塘中水大约还剩下三分之一的时候，父亲突然觉得他左小脚不对劲，原来是被一条接近筷子粗的蚂蟥死死吸住，花了很大力气才把那吸血的东西扯开，却发现，血流了许多。终于，水被全部从塘中舀出去了，露出了灰黑色的软泥。父亲开始挖泥鳅，他张开十指，插入软泥，往脚跟方向翻扒。戽斗就平放着，用来装鱼。最后的结局是，我和父亲都沉默了，因为将近两平方米宽的一个水塘，竟然只挖到两条泥鳅。

我把这事与故事做了比较：三兄弟的没有得工钱，与我们的没有得鱼是相似的，得不偿失的付出也是相似的。不同的是，小兄弟把假象撕开了，把陷阱踏平了，将无所获的局面改变了。而这个被水遮掩的水塘，有没有鱼，是不可预测的，我们的无所获，是不可改变的事实。最后的情形才是明摆着的真相：生活是怎样就是怎样，怨不得，恨不得，放平常心就好。正如父亲淡淡说过的话：走，我们换个地方。

再比如，2002 年冬天，我读大学的小弟正需要花钱，父亲在卖完自家甘蔗之后，又贩甘蔗去湖南卖。回来就说遇到一个很好的人。他说，那是一个公司的经理，见面总热情招呼，将他仓库空闲的地方让给父亲放甘蔗，不收钱；把磅秤给父亲称甘蔗，也不收钱。父亲第二次运甘蔗去时，专门带了一蛇皮袋柚子送给那位经理，可人家无论如何也不肯收。回到家就是除夕夜了，父亲赶紧打电话给那位经理，一来报告平安回家，二来感谢对方厚待他这样一个异乡人。听父亲说着，心想：我无缘谋面的那个好心人，肯定是令我父亲在 2002 年冬天觉得最温暖的人，肯定是个什么都不图的明朗的人，当然，也肯定是个与故事中的财主有着天壤之别的人。过年，家里来客，父亲又说起在湖南遇到一个很好的人。他所宣扬的，是善的真相。

午后之牧

其实没谁追赶，没谁在身后握着鞭子，是我自己把自己带到了足够遥远的地方。可是，潜意识里却渴望有朝一日重回村庄，坐着四脚方凳，倚靠木质屏风，听家人吩咐做一些细碎的事情，比如割草、放牧……

盛夏的午后，我和一群黄牛、水牛共同穿越微雨和蝉声相似的纷乱，扑面而至的草叶气息深深地替我把尘嚣推开了。摇篮一样的小河缠绵依旧，昨日的流水带走我从前的气息，现在的流水无心地迎接水牛们遇水时不变的缱绻。水牛让流水漫过大部分身体，像烟民过烟瘾，它们从不掩藏自身赤裸裸的迫不及待的喜好。黄牛们爱树荫，过河时便以目不斜视的姿态流露出对水牛的不屑。看牛的老阿婆为了步调一致，目送黄牛的背影对着水牛吆喝："走啦——这般恋得！"话语令人回味。在慢慢地习惯了改变之后，你还常问自己吗，到底恋什么呢？总有所恋吧。停留在一句话里，琢磨着，身体已跟着牛群似云般掠过一道道土坡，到了放牧的地方。

当我披着塑料雨布坐在细雨濡湿的草地上，所有关于这方水土的亲近就聚拢了过来。村里人当儿女养过的牛已经换过一茬又一茬了，它们新鲜的面孔落进我在雨里张望的眼睛。作为村里的另一批居民，它们属于贡献卓著的一类。只是年老体迈之后不能老死在一方水土，老骨头拉不动犁耙时便被主人依依不舍地牵着去卖，留下年轻一代替自己继续爱一家子，爱一个村庄和纵横交错的水田。它们一点都不张扬的爱令人敬重。

此时，我是牧者。我来放逐，又时刻不忘监管。长盈三尺的金竹鞭平时闲闲地靠着牛栏架子，此时正闲闲地握在我手中。其实我喜欢听挥动竹鞭时划破空气的飕飕如风的声音，那声音贯穿一种令闻者应声战抖的犀利，脉搏样细致地抵达任何一个足够敏感的角落。习惯性地舞动竹鞭，一个老者为此反复说过我的不是，说鞭子的使用不早不晚最好，响有响的理由，不响有不响的道理，鞭声密了影响牛吃草。

按辈分我该唤老者为哥。老哥是读过私塾的，在做不动重体力活的年纪，一年四季替人看牛。日子久了，私底下跟放牧的对象之间总有没完没了的对话。他教训一头三心二意吃草的公牛说："傻了，傻了，吃得美男子样哪个牛妹仔都中意你，瘦骨伶仃的，还不好好吃，扛犁怕要嫌重吧。"一头初生牛犊被他从牛娘肚下生硬地轰开："懒牛，天底下少有，绝懒！放着青草不动嘴皮子，也不体惜娘亲，去去去！"有一回，他跟大伙说起邻村姓汤的大麻子，一个大男人看牛，竟然让牛的长舌头把我们村里一户人家的二季稻秧苗给卷走了一大半。若是吃了稻谷也就罢了，吃一口也就少一口，吃了秧苗可就误了一季。只好用自家的秧苗来赔。到头来又问村里人讨要插剩的秧苗来填补，弄得几亩水田品种不一，刚插下时倒看不出什么，稻子扬花时问题就找上门来了。如同一个闹不团结的村子，"百家姓"明明白白地挂在稻秆上了，长得像缝补过许多道的花衣裳，被上下村人当了笑柄。

"既然是牧者，就把牛马送到水草最丰茂的地方嘛。"老哥的话箭矢一样瞬间穿越二十年光阴响彻耳际。

这里是老哥选择的许多水草丰茂的地方之一。从前我钟爱光顾这片草地，应该与可以放心把许多故事书看得津津有味有关。老哥不说话的时候，也是极安静地坐在草地上，隔河注视对面不远处的山岭。我知道，岭间隆起有巴掌大的茅草地，没有碑，是他孙女栖息的地方。与我同龄的女孩，在河里拔水草，变天了，赶紧跑上岸，但是被雷电带走了。那年，我们差不多八岁，我们背着军绿色的书包上学不过一年。没有人评说什么，似乎雷电是天空举起的鞭子，它落下只是带走了它遗落在人间的事物而已。但是，当我从故事书的刀光剑影中抬头时，看见惋惜与疼痛写在老哥的脸上。听说这样的一个事实成了他生命里的另一声霹雳，说一切皆因他的一声使唤，女孩才与她姐姐去弄水草的。时光寂静，他于无声处举鞭，抽打疼痛的事实，也被鞭声抽打。

多年后，老哥顺其自然地去了那个山坡。家里人也顺了他的心意，他执意陪伴一个半路被雷电截留的娇小心灵。

现在，我重回这个青草遍地的地方。在雨中静默，忍不住隔河隔雨幕注视对岸不远处的山岭，再次跌入令人惊悸的怀念：有谁比戛然而止的生命更清楚来不及成长的疼痛？在一切可以慢慢经历的一日一日里，做个牧者都是幸福的。视线里，牛们优哉游哉，淡泊着，步子移动得足够缓慢足够参透日子的滋味了。它们啃咬草叶的动作和声音里，有着深藏不露的朴和拙。牧者中的几个聚在一块没边没沿地闲聊死亡的神秘，另一个戴斗笠、披蓑衣的老阿婆只顾在地上寻找一种叫奶线草的中药，而那个寻寻觅觅的女子，迷离的目光与波光交织着……

同一河岸，我曾经羡慕彼岸那丛美得惊动童心的鲜花。簇生的花朵，每一朵都有着百褶裙一样柔美的边缘。老哥明了我的小心思，说："你看看河面，流水和你一样喜欢花儿，就把花儿抱在怀里了。哎呀呀，你快看你家的黄牛舌子又长了一大截——"他是否自私地想留住这花，给彼岸山坡上的魂灵欣赏？经历许多事情，才明白老哥的话语足够真切：我喜欢彼岸花与牛贪婪一口稻子差不多是一样的。世间可爱，并不能随心所欲，因阻隔横亘在人与物之间。那花丛站在水湄才有那样的清姿，如果喜欢，这就够了。现在，我知道这种植物叫细叶水团花，也叫水杨梅或水杨柳。它的形似杨梅的果实是一种清热解毒的中草，味苦涩，凉。

当雨中传来放牛人的呼唤，说我看管的牛想偷吃稻谷了，握在手中的鞭子已经鞭长莫及了，好在离稻田近的邻居挥着长鞭帮我大声吆喝了几声——牛便怯场了。鞭声何其凌厉，已经触到谷粒的长舌头弹簧一样应声缩回。那几串稻谷在细雨中微微颤动，并没有受到伤害。虽说，本性善良——牛有着这样的好名声，但是，看得见的诱惑敞开着。每个放牧的人，要做的就是看紧牛们性情里的那一点点放纵。包括牛自身，哪怕一丁点的放纵都需要克制。为了保持一世美名，用力吃草吧，先囫囵吞枣，回去之后再慢慢反刍。

而老哥，会不会知道我再来了？来了，在水草丰茂的地方，在细雨濡湿的草地上，闲闲地握着鞭子。曾经他的一些细碎的话语，不知何时成了青草的汁液，以质朴的青葱把人濡染：本来，放牧的人，也在心灵的旷野上给思想放牧了，自己是自己水草丰茂的草地，自己是自己把握的鞭子。

口盅与骏马

早晨的阳光在屏风上斜斜地割画出明亮的一块。光，走上一只被铁丝圈固定在木柱上的口盅，给斜插着的父亲与母亲的牙刷镀上了亮色。一匹印在口盅上的骏马在鲜亮的光影里奋蹄。

“啊，骏马！久违的骏马！”这只很久没有触摸的口盅，令人莫名其妙地冲动。我在井边摇了一脸盆清水，把它取下来洗。时常与照进屋的太阳亲密接触的口盅，迫不及待地离开手，像一匹真正的骏马挣脱了束缚，纵身一跃，跳向了溪涧。“呀，好清凉啊！”它发出这样的呼喊，叫人疑心它甚至比我的指尖更敏感因而能够更彻底地接触清凉。

我要细心地为它洗去尘埃。它在柱子上站立的时间太久了，表层因白漆脱落而斑驳，只有那匹骏马依旧漆黑如最深的夜色，奔跑在代替草原和蓝天的一抹青与绿上。口盅的底部还算牢固，而边缘已经有大小不一的六个孔洞了。端详的时候，第一次发现背面还清晰地印着出厂时间和产地：1975 年 1 月，柳州搪瓷厂。我试着舀满水，可是不到六秒钟就漏得一滴不剩了，像几十年光阴弹指间灰飞烟灭。

逝者如斯。而一只陈旧的口盅在不经意间激活了记忆的碎片。

父亲何时买了这只口盅回来？我又何时开始喜欢上口盅上的骏马？它又在何时被挂在了木柱上？起初，一家人都用它舀水喝。后来，四伯母与母亲闲坐谈天，说小姑娘该学习漱口了。我就从那样一个妯娌闲聊的下午开始，有模有样地刷起牙来。再往后，到了1985年秋天，我读张扬的小说《第二次握手》，又在父亲借阅的1983年第3期《中篇小说选刊》上，读到张承志的《黑骏马》，然后有很长一段时间沉浸在既甜蜜又忧伤的情节里，无法摆脱。故事里述说的此世难逢的爱情，一下一下地拨动我少女时代忧郁内敛的情感琴弦。而在人世的初始阶段，生命的另一面又有着太多的洒脱不羁与之相呼应。多年以后，我面对这只画着骏马的口盅，觉得它真是一个充满寓意的象征物。一只口盅永远是现实的、具体的、切近生活的，而一匹骏马注定是凌空的、抽象的、贴近理想的，它们有如矛盾的双方彼此交织在一起。

成长就在理想与现实的缝隙间挣扎着完成。这样，我和几个弟妹不知不觉间就天南海北地奔波了许多年。在晚秋时节，某个出差顺路的夜晚，我回到了老家。一场深睡之后醒来的清晨，父亲说，你的牙刷在供桌的某个抽屉里。我打开抽屉，在捆成一小扎的牙刷里看见我的名字。啊，那是母亲朴拙得令人深感温暖的笔迹。她一定是有感于儿女每次回家都临时抱佛脚地找牙刷，就在旁边默默地观察我们各自牙刷的颜色和模样，然后在我们离家之后，才在套牙刷的纸壳上写下儿女的名字。

我们不可避免地向分离走去。我们的牙刷，我们的身体，甚至我们的声音，仅仅在每年春节短暂的几天才与父母靠近。那么，某个偶然，落霜的清晨，无聊的午后，停电找蜡烛的夜晚，父亲或者母亲打开抽屉，会不会看着牙刷上的名字思念？是不是天底下的父母慢慢地都将活成一只仅有两把牙刷相依靠的口盅，而儿女们注定都做一去不复返的骏马？于是，到了最后，只有期望在精神上仍然能够与父母相依偎了。

寂寞的园子

屋和园子相邻。打开天井南墙的木门，便是我家的园子。

小时候总是暗暗地埋怨园子的无趣，以为一个园子带来的乐趣，应该与果树有关。我家园里没有一棵果树，只有酸咪咪们、当归们肆无忌惮地排挤着蔬菜们。

羡慕别家种有果树的园子，李子、枇杷、柑子、柚子、柿子、板栗在不同的季节里成熟，隔着木栅栏竹篱笆，诱惑敞开着，这一切对于馋嘴少年无疑是严峻的考验。

不知何时，我的两个弟弟开始关注他们种在园里的柿子树，是那种籽大、肉少、皮发黑的土柿子。我主动加入护理的行列，并且欠他们一份劳苦似的经常提水浇树。不久，我们又如获至宝地弄来一棵李子树、一棵枇杷树，还郑重其事地告诉母亲种菜挖地时别碰着我们的小树苗。母亲对于我们的树苗能否成活有些不以为意，不过她种菜时还是特意给树苗留下了生长空间。后来，父亲帮我们买回一棵肉柿子树苗，在园子的东北角种下。园里的果苗品种便丰富起来。

但是小果树苗似乎领会不到我们的用心，长得很不情愿。直到我离家去外地读书，仍无缘吃上自己种的果子。

转眼已过十余年，两个弟弟也相继离开了家，只有父母依旧守着家园。成长带来的是不可避免的远离。对于父母而言，怕会有些一去不复返的冷清吧。

前年秋天，父亲给我带来一篮柿子。笨头笨脑的土柿子和亮丽金黄的肉柿子，带着进城的喜悦，很热闹地挤在篮里，跟我甜蜜蜜地笑，仿佛彼此有约。父亲笑语：尝尝你们种的柿子。啊，我们种的柿子终于结果了，这种多年以后与梦想见面的感觉真好。也许，我的父母本不看重那些果树的，只是因为我们曾经那么巴望着它们开花结果，在我们离去的日子里，父母才替代我们关注它们，犹如间接关注儿女。

去年秋天，我特意选择在柿子成熟的时候回家看望父母。午饭后，父母说摘些柿子给我带回去。父亲搬了木梯，靠着树干架稳了梯子，踩着梯级上树。母亲拿着藤篮，站在树下仰望，指点着说哪个熟得好。父亲摘到果子了，母亲也上了梯子，把篮子举到父亲能轻放果子的高度。那时，天下着细雨。我看见父亲站在梯子的第九级，母亲站在梯子的第五级，是一个不可分割的整体。偶尔的一两点雨滴从柿树的枝叶上坠落在他们抬头仰望的脸上，悄无声息地滑落。双手攀扶着梯子的我，静静地观察着这一幕。

今年春节回家，看见园中的几棵果树已经被砍倒，只留下木门边的两棵柿树。问母亲，说，没怎么结果，又占地方，就砍了。

那些果树，终究是无法替代我们陪伴父母的。寂寞的果园，寂寞的双亲，寂寞的人生。

后山半日

后山是村后连绵起伏的山岭，它们有着朴实俊秀的样貌。即使在城市生活多年，但我梦里从未穿插过城市的哪条路、哪幢楼，在梦境中神出鬼没地逡巡游走的，仍是后山。

后山是一个消磨时光体验生活的时间场。我们在后山采摘各种各样的野果，捡拾各式各样的野菌，追随牛群漫山遍野地放牧……那些天真甜美却又掺杂着人世忧虑的鲜活经历，从懵懂的童年一直延续到不惑之年，最后人会慢慢老去，但记忆还在。

这是秋后的一天，因为休假，我拉上父亲一起去后山游荡。

父亲起初不想去，说昨夜下了雨，处处湿漉漉。我们一起看着一部抗日题材的电影，但我隔会儿又问他洛来江怎样，担竿岭如何，他告诉我洛来江上的木桥给洪水吹走好些年没人修了，担竿岭卖给砖厂取土被夷成平地了。父亲大概不耐烦我问来问去，说那走吧，前段时间我家的岭上砍了一棵杉树，合适的话就把那截杉木背回来。

我们俩一人戴一顶草帽，我空手，父亲手上还拿一根绳子和一把草镰。后山的路确实不好走了，过去三五米宽的路，因为道路两旁草木葳蕤，变成羊肠小道了。经过地名叫作石头堆的陡坡，父亲说，前些日子，他用板车拖几截木头，是用肩膀先把木头扛上坡，再把空车拖上去重新装。然后我们来到后山最好的泉眼处，在一列东西纵横的岭脚下，一丛丛浓密的灌木犹如睫毛，从道路一侧遮护着泉眼，一条沟渠连通并承接了源源不断地从地下涌出的泉水，一个水库最后吸纳了这些泉水，用来灌溉岭间一大片稻田。也许是偏心偏爱，我此后去到别处喝过别的泉眼的水，仍觉得唯有后山这一眼好。泉眼边缘，总有善心人插上一个竹筒，或者放个裂边缺口的陶瓷碗供人舀水喝，而我喜欢用双手直接捧起泉水来喝。这么多年过去了，居然水质依旧清冽甘甜。这是多么美好的一件事情啊，心目中看重的旧人旧物旧事，始终保持着令人喜爱的品质。

过泉眼不久，我们来到自家的领地洛来岭。茅草将小路遮没了，父亲在前面开路，被草镰削去枝叶的鸡翅草、落花茅以及山苍子，迅速散发出来自荒野草木的清凉气味。父亲去处理那根杉木了，我在岭头上四处张望。从洛来岭陡峭的南面，一条去后山耕作的必经之路在此走到了洛来河边。过去，我们挑担子去河西耕作，或者从河西挑回收割的稻谷，都要过一座连接河东河西的木桥。那桥由东西两岸各四根圆木用榫头和铁钉拼接而成。现在回忆当初，挑着担子，屏住呼吸，战战兢兢过桥的情形，真是刻骨铭心啊。“千万不要害怕，千万小心稳住，千万不能掉下河啊!”比起涉世以后小心谨慎、如履薄冰的种种经历，觉得在年纪还小的时候就肩负担子担惊受怕过桥的经历，算得上是珍贵而美好的。可惜，我想要重新再过一次的木桥已经没有了，原来的位置，河流仍和从前一样，流水在那里从容地拐一个小湾，默默远去。父亲说，河西的稻田已经没有人种了，想去河西，要么得绕道上游过一座水泥桥，要么将裤脚卷得高高地蹚水过河。

在我眺望的时候，父亲捡了三根枯树树干，一根是躺在茅草中的松树树干，一根是杉树尾，一根是刚刚砍倒的枯树。我们走在返家的路上，父亲背着那棵砍断的枯树，又在枯树尾绑一捆枯树枝，我一手拿一根树干，加起来都不超过二十斤。父亲讲起我母亲老想用液化气，他说，这些大自然送的东西都用不完。

提灯的母亲

我不曾花过太多时间去关注和理解母亲的悲喜，但感觉有一股神奇的魔力在吸引我，似乎，我想要的东西，她会一一带来。不久前的一个夜晚，母亲把半截蜡烛作为柚子灯的灯芯，然后点燃，提起灯，一级一级地上台阶，我们一起去楼顶看花。我走在母亲背后，发现烛光透过柚子皮上的心形镂空，在白色墙壁上映出一串行走的心。这一刻多么特别。走在前面推开夜色与障碍的母亲，她的一生在我生命里，就一直是这样温暖而深情的形象。

母亲哪里知道世上有一个秉烛夜游的成语，只是见我对着一盏柚子灯左拍右拍都不过瘾，便说：去楼上照花吧。于是，我们让一盏柚子灯引路，在城市楼顶，欣赏父亲从老家嫁接来的茶花，观察小弟新近买来的神奇的猪笼草，以及母亲在盆盆罐罐里栽种的蒜苗和葱花。

母亲是一辈子耕田的人。跟着她，我学会了劳作。我们在父亲架着牛犁过、耙过、刮过的水田插秧。早晨被我们扯起又捆缚好的秧苗，在午后通过手臂或轻或重的力量，在空中画过一道抛物线之后，各得其所地站到水田里。我与母亲各自站在田埂一头，配合着用胶线团间隔田垄。这是事先设计好的田间路，细小而笔直，未来耘田或打虫时，刚好可以下脚。剩下的时间，我们弯着腰，双脚站在各自要插的一垄田里，左手握着半捆稻秧，右手将秧苗一棵接一棵、一行接一行地斜插进水田。有时候，一阵天雨扑簌簌地由远及近，吧嗒吧嗒地打在雨布和水田上。在天赐的音乐里，母亲神情安宁地埋头插田。我跟随她很久了，做事也熟稔起来。

与母亲相处的许多时光，宁静而幸福。我们在旱田里挖地整畦，撒豆子，种红薯。在菜园里施肥培土，拔草除虫，搭起豆棚瓜架，让四处扩张的藤蔓在高处开花结果。在蔗地里为甘蔗脱叶，听甘蔗拔节时发出的声音。在岭上种树，割茅，砍柴，离远了就互相呼唤一声。当然，为了有一天甩开我这条尾巴，她就不停地差遣我，吩咐我去洗衣挑水，放牛喂猪，摘菜割草，独自挑菜去圩上卖。种种烦琐累人的事情，当时也有过厌倦。如今在外面的世界经历越多，越渴望回归简单的生活。若不是日子过得捉襟见肘，当初与母亲一起种瓜得瓜，种豆得豆，那样平淡却踏实的安宁倒是令人喜悦的。

母亲是与人为善的农妇，生活的圈子不大，读书不多，跟父亲相亲相爱，偶尔生气吵架。在妯娌间，不多言语。与邻里相处，不惹是非。她的生活平淡无奇。不知道是因为阅历增长，还是因为现在更能体会美，如今越发觉得和她在一起，待在她身边，听她讲各种各样的故事，是很自由和舒服的事情。

她替我忆起许多前尘往事。她记得有一年中秋节家里买不起鸭子，而我偏偏几次三番地说“人家家家杀鸭”，记得老外婆许多次背着我去圩上卖草鞋，记得我因挑食而被父亲关在大门外，记得我爬树摔跤跌得手脱臼，记得在芦笛岩一个男人骑自行车把我碰倒，记得我曾在某个商店买过一个空苹果。我的童年自己都淡忘了，唯有她记得。

当她有闲空与人聊天，会暗暗记下人世间各种各样的事情，讲给我听。我知道，她记住那么多故事，回头又讲给我听，是因为她知道我喜欢写下一些文字。这世界通过母亲的见闻与判断传递到她心里的声音，最后又到达我这里了。也许那一股神奇的魔力，就来自她布施的光亮。

时光里的苍凉与温暖

柏拉图称赞萨福为第十位缪斯。

萨福的名字与遥远的古希腊、与诗歌、与爱情、与大海连在一起，像一个被时间珍藏的关于诗歌的密码。

月已没，七星已落，
已是子夜时分。
时光逝又逝，
我仍独卧。

她的诗，读一遍就不会忘记。

从萨福生活的公元前 6 世纪，到如今已经很久很久了。可她，永远年轻地活在她的诗里。隔着几千年的时空，她的美仍在眼前，侧着脸，临窗独坐，眼神深邃，嘴角轻扬，有着太多的可知与不可知。

那踮着脚尖从窗棂入户的月光，来而复去，而诗人依旧无眠。纵然是诗满屋，琴横床，但无佳期可待，无佳人可期，无佳音可盼，因此才有时光逝又逝我仍独卧的长叹息。

萨福出身贵族，却有着贫民的气质和民主精神。被迫流亡国外 12 年后，在她 20 岁那年回到了家乡。在她办的音乐学校里，组织多才多艺的少女们吟诗、唱歌、弹琴、跳舞，或漫游于郊外的山水田园间。她用 50 多种韵律创作了 9000 余行诗歌，因为失恋和失意而选择跳岩投海来终结生命。爱结束的地方，她结束一切，结束了生命，结束了诗歌，结束了音乐和美……

让每个读她诗歌的人替她怅恨。于是，有人说，读她的诗歌，犹如冒险去远航。

替她怅恨。1703 年，在罗马和君士坦丁堡，萨福的作品被当众焚毁，罪名是“有伤风化”。现在能够读到的萨福的完整作品仅数篇。

她带着她的诗来到眼前，像梅与雪，盛开在遥远而寒冷的季节。转眼间，竟已化作海与浪，消逝于天地苍茫处。这读诗的人，不知道该以怎样的心境来推开萨福以及萨福文字带来的苍凉？人生空荡的苍凉。

时隔半年。在韩愈的文集里，读到一首《条山苍》——

条山苍，河水黄。

浪波沄沄去，松柏在山冈。

萨福说，时光逝又逝，我仍独卧。

而韩愈说，浪波沄沄去，松柏在山冈。

关于时光里的苍凉，从萨福到韩愈，我找到了一种过渡。我可以像那一粒粒飘在风中的松子，找到一片可以漠视时光逝又逝的山冈，借此安顿精灵一样的身心。

在终于可以平和的心境里，我又遇到了另一个出身名门的北方女子。作为媒体的一分子，从新闻的角度介入她的传奇生活。因为在她 93 岁的这一年，她说，我思念北方。她的丈夫曾是军官，带她回到南方的这个叫祥田的村庄后不久就永远地离开了。此后的 60 多年里，她学会了劳动，学会了吃苦，挖粪，裁缝，犁田，种植水稻、棉花、玉米、青菜……独自一人带着三个儿女艰难度日。当然，她也学会了淡忘，淡忘北方那个名门望族，不去回忆曾在女子师范学校里唱歌跳舞的时光，甚至忘怀爱与恨。当爱情离去，她让亲情一点一点靠近并渗透生命。

萨福是一种境界。韩愈是一种境界。到了离我并不遥远的王姓女子，苍凉时光已经镀上了一层暖暖的色调。

随心静好

群峰一片沉寂，树梢微风敛迹，林中栖鸟缄默，稍待你也安息。

歌德的这首《游子夜歌》，文字简单干净，意境含蓄隽永，能够把人的内心变成一条波澜不惊的月光河，静亦静，好且好。

对《游子夜歌》背景的了解，更加深了对诗的喜爱。1783年9月6日，34岁的歌德登览伊尔美瑙的吉息尔汉山，晚上在山顶的小屋留下此题壁之作。1813年8月29日，歌德再登这座山顶，把壁上题诗的笔迹加深。又过了近20年，即1831年8月27日，歌德逝世前最后一次诞辰，登山看题诗，思绪万千，自言自语地低吟："稍待，你也安息。"第二年，歌德即辞别人世。

在吉息尔汉山上，诗歌留在了该留的地方，诗人重逢了应重逢的静好。与其说是刻意而为之，不如说是来自一首诗与一个生命彼此呼唤的力量——诗说：我想念我的父亲了；诗人说：我想念我的孩子了。

于是有了千里迢迢的见面。尽管时间、地域或遭遇，会令诸多的可能变作不可能，我们在走近目标的路上，常常为自己找借口中途退场，并堂而皇之地推托说人在江湖身不由己。但是，歌德令《游子夜歌》成为经典，令读者如我，能够凭借一首诗邂逅生命里随心的静好。

随心，许多寻常事物就有了当下的美好。比如，在熙熙攘攘的人群中注目孤独的卖瓦人，撑一把小伞过石拱桥专程去看一池雨荷，独自在水雾浓重的河畔思念一个隔着千山万水的人……

像今夜，晚风吹送悦耳的笛声来耳畔，吹笛人在隔一段距离的楼上，在笛声里思念着故乡。而我翻读的书页间飘出一帧旧年的照片。春日。乡间。无名小树，在春风中对着清溪，晃荡青葱的脑袋。灰衣男孩和红衣女孩，蹲在溪边戏水。我沿着绣花线样的田埂走来，走到这里就打住了，被年少不识愁滋味吸引。一位画家朋友曾就这幅照片发表过意见，说不如这样，你一年四季分别在这个地方为这两个小朋友拍照，或者，你在这两人的幼年、青年、中年和暮年，仍然在同一地点为他们拍照，如何？

当然是个可以拍案叫好的创意。试想，撤走了时间，20 年、40 年、60 年过去，花骨朵样的容颜和日久年深的皱纹在同一个面庞上呈现，人物的骨架、背景里的小树都有了不忍伸手触摸的沧桑。当一个漫长的过程，在一天的一个瞬间，定格于一面方桌上，它所造成的视觉效果是不是令人惊愕与感叹呢？那是可以预见的几乎令人措手不及的图片效果。晃眼间，怎么就走过万水千山了，回头才知哭过，笑过，爱过，恨过，经历过。不知道时间，是怎样一天天地过去了。

而林语堂说："一个人有童年、壮年和老年，我想没有一个人会觉得这是不美满。天有上午、中午、日落，一年有春、夏、秋、冬四季，这办法再好没有。人生没有什么好坏，只有'在那一季里什么东西是好的'的问题。如果我们抱着这种生物学的人生观念，循着季节去生活，那么除自大的呆子和无可救药的理想主义者之外，没有人会否认人生确是像一首诗那样地生活过去的。"

所以，倘若真能面对这样的画面，不管是画中人还是画外人，内心的河流理应是静亦静好且好吧。

关于今夜

上晚班的缘故，有一年我常走夜路，独自踏车从郊外回城。那时，有一种很深的关于今夜的意识使我欢喜。

那些月光朗照的夜晚是透明的夜晚。镀了银的树木、村庄、稻田面目柔和，朦胧又清晰地在沿路送我，有一种置身并消融在洁净里的幸福。

若在雨夜独行，如果忧伤，也是自己带给自己的礼物。更愿意把雨声当作上天的安慰。走在路上，遇不见什么。即便遇见了，比如人，和我一样在雨中出门或回家，竟有着同在风雨中的亲切。

而每次道别，守门人总要说好走。就着他话语里隐含着的令人安宁的东西，我已经暗自把害怕放下了。这时候是晚间十点，夜不算深。但在乡间，已很寂静了。

夜色漆黑的晚上，人的想法会复杂一些。守门人在说慢走之前，添了一句，挺黑的呀。走了几步，他在背后追问要不要电筒。我说感谢了，不用了。刚从亮处走出，暂时没有适应那样的黑，很心虚地行走着。不久，在纯粹的黑里，双眼适应了环境。树木和草地黑得更深，柏油路黑得稍浅，虫声变得清晰，夜气浸润着浓厚的神秘与魅惑。很奇怪，那些像阴影一样黑的夜晚，没有给我留下任何阴影。

曾经，在转过一片桃树林之后，看见路边荒地上成百上千的萤火虫聚在一起飞舞，明明灭灭闪烁，像灵魂的舞蹈，以黑暗为背景，自身是光明的。真美啊！我独自感叹。虽然，那是一片墓地。只是，逝者若有知，亦会和我一般欣赏吧。行走的人，感觉自己像个江湖侠客，思想里充满了两个字：今夜！

为什么呢，恰恰是孤独的行走，使自己觉出并不孤独的存在。是萤火虫吧，虽然，走过之后都像幻景了。但我回头，它们还在原地穿梭，告诉我，今夜是一种无与伦比的真实的存在。

过了一个村庄，是田野，然后又遇到了每天见面的小河。那是一条容易激动的河。西风一来，河就消瘦了，寒风中，更是憔悴得不成样子。等到春天，泛起的涟漪才有了妩媚女子的容颜。而整个夏天，总是一个容易激动的跌宕起伏的所在。

一个星期之前，两天两夜大雨滂沱之后，又一个夜深时刻，雷声似把天空炸裂。第三天，小河阻挡了所有的行进。路面低处水深及腰，河两岸，深水掩盖了或者灌浆或者待割的水稻……

今夜，消歇的河水呼吸不再急促。白天，我看见河湾平添了许多或蹲或坐的人，注目河面，手持钓竿。我知道，河里的鱼之所以陡然增多，是被洪水漫过的鱼塘里的鱼虾被放逐了。大雨过后，河岸上的紫薇花开得特别滋润。农人在稻田里收割，稻谷稻叶沾满了泥沙，灰灰的，失去了金黄本色，收割人的脸庞犹如干瘪的谷粒……今夜，当白日的所见犹如夜幕中的电影再现眼前，一种切肤的惊悸使我意识到：大水从脚下走过，大水从城市的边缘走过。而河流本身并不想激动，它不能承受了才让平地来替它承受。怨谁呢?

只是，再过一段时间，炎炎烈日下，新一轮的耕种又将开始。什么叫待从头收拾旧山河，就类似于此罢……于是，今夜我看见旷野里同样写满了文字，它们在城市的边缘地带，或者更远。

现在，小河已经在身后很远了。眼前是几家整日叮当作响的废旧收购铺。忙碌的人睡了，搁在那里的堆积成山的瓶瓶罐罐依然空虚得让人心慌。被锈迹遮掩着的废铜烂铁此时沉默着，不像白天那样无端地让人担心思想也会被染上锈色了。此时，它们像没有了高低贵贱之分而又同病相怜的患难兄弟，守在城市的边缘，成了城与郊的界限。走过它们，在越来越亮的灯光中，城市不容分说地把声音和色彩推给夜色中来的我，可我抓不住。

在打开一扇两扇三扇铁门之后，我坐在沙发上，发一阵呆，然后手捧一本书，才又重新握住了什么。

第五篇

素　描

亭前垂柳珍重待春风

踏春。消夏。逢秋。过冬。四个表达走过四季的词语，各自强调了春来之喜悦，长夏之倦怠，逢秋之悲凉，冬至之珍重。从春走到冬，岁月的河流陡然凝重迟缓起来。天寒地冻，像个折磨人的沟坎，少了耐心还不得，一天一天，必得心平气和地度过。

古人以冬至前一日为岁终，二十四节气以冬至为首。冬至这一天（阳历 12 月 22 日左右），人们开始数九，由此进入了“熬”的状态，直至春天来临。

近日读书，领略到了过去人们富有诗意与情趣的过冬方法。

说是在明代，宫廷在冬至之日要制作《九九消寒图》，画上素梅一枝，花瓣八十一片，每天用红笔染上一片。“日染一瓣，瓣尽而九九出，则春深矣。”这习俗被后人称为“画九”。民俗专家说，最早的《消寒图》始于南宋。传说文天祥在广东海丰五坡岭被俘后，被押解到大都（今北京），当时正值数九隆冬，他在狱中的墙上画了一幅图，分为八十一格，以墨日涂一格，以寓严冬必尽、春日必归的信念，以后传至民间为俗。

而清代道光初年，有一年冬天特别寒冷，道光皇帝也冷得不想出门，久待在宫中便又无聊。于是，他亲手绘制了一幅《九九消寒图》，是“亭前垂柳珍重待春风”九个双钩空心字，每个字九画，共八十一画。道光皇帝让大臣们逐日描红填写。数九尽处，春暖花开。贵为一国之君，多点闲情逸致，宫廷生活便多几分情趣，更难得的是这份与属下同乐的心境。

我喜欢“亭前垂柳珍重待春风”寄寓的深长意味。在冬季的冷冽里，最柔弱的莫过亭前垂柳了。风那么狂，雪那么深，而柳枝偏偏那么单薄。然而，即便是如此弱不禁风，因为怀着等待春风的心情，便能够在寒冷中独自珍重了。

于是，在安静平和的心境里，有了波澜不惊的处世态度。整个冬季，收获之后的大地在视线里一望坦荡。阳光流淌很纯很暖的金色。雀鸟嘈嘈杂杂地与人亲近。在乡间，随处可见聚拢在墙根晒太阳的身影，男人们叼着烟，吐着烟圈，女人们纳着鞋垫，织着毛线，有一句没一句地拉家常，都是鸡毛蒜皮的事情，其实也贴近国计民生。到年底，就杀一头年猪制成香肠腊味，舂糍粑，做年糕，既忙碌，又闲适。天黑了，围炉夜话，把酒话桑麻，不知不觉地把冰冻三尺北风呼啸置之度外。

在严寒里，人的思想和欲望变得格外纯粹。活着，有一壶淡茶喝，有一碗热饭吃，有一炉火烤，有一张床躺，有一床厚棉被盖，不饥不寒，就知足了。经历过这样的时刻，才更深刻地懂得，不管是自然界的严寒还是遭遇人生境遇的低谷，不可缺少的只是等待和珍重。因为等待，事情便有峰回路转柳暗花明的机遇。因为珍重，最终就会拥有坦然与安然。

我听说过去还专门有刻印的《九九消寒图》卖，可惜至今未见。

转眼深秋又将过去。我思量着，不如自己动手，画上素梅一枝，花瓣八十一片，制成《九九消寒图》。我想，这将是一个闲逸多趣的数九寒冬。

朴素的优雅

我在一间工艺品商店里，对上了光漆的雕花小木窗产生了兴趣。我把它们称为木作品，因那雕花与镂空里，有民间匠人电光石火般的灵感与创意。据说，外国朋友喜欢这些中国味道的物品。

我的显出麻木的情感在无意中被谁敲醒了。如今，徜徉在车水马龙的街市上，可以遇见的类似于木刻雕花之类的优雅事物，是越来越稀少了。而从前，我们生活的点点滴滴，都被雕鸾画凤的事物渗透。

我母亲出嫁时，做木匠师傅的外祖父亲手打造了一套木制的嫁妆：三面栏杆的架子床、上下两层的双开门衣柜、水架、尿桶，火盆架……那些漆成枣红色的雕花木物并不奢华，充满喜气又不失素雅，它们伴随她离开娘家，步入人生的下一个阶段。

夜深了，月光透过花格木窗，斜斜地照进屋里，照在床架两侧可以搁置衣物的地方。那镂刻着鸳鸯荷塘戏水的图案，沐浴着月光。雕花木床正面顶部流水波浪一样的图案，变得若隐若现。新娘，或者后来的母亲，在那样的情景中，有过怎样甜蜜的安睡呢。

早晨，母亲端了一脸盆井水，稳稳当当地搁在水架上。木质菊花花瓣由里而外地翻翘着，使得那一盆清水有着置于花心的明澈与干净。她从刻有喜鹊闹红梅的架子顶一角取了毛巾，浸水，拧干，对着架子正中的镜子擦洗她由光滑到渐生皱纹的面庞。当我和弟妹年纪很小的时候，母亲拧干的毛巾，则温柔地擦拭过我们的脸、眉、唇、耳郭与脖颈……因着雕花木物的映衬，年轻的母亲在我的印象中朴素而优雅地美丽着。

有一天，我被天井北面的小阁楼吸引，这个楼台式的空间，既干爽又通透明亮。我不想睡在装满干谷的谷柜上了。我跟父母说搬到阁楼上睡，得到允许。踏着木梯一级一级地向上攀，当脚踩到了阁楼木板，不由得放轻脚步。睡在谷柜上与睡在阁楼上，是有区别的。谷柜高，不管装没装满谷子，我都得跳着上下床，抬头是蚊帐顶，被烟火熏得漆黑的楼板上，堆放着劈成条块的枞树柴，老鼠们常在其间穿梭打斗。睡在阁楼上，我可以凭栏远眺，白日看燕雀叽喳，夜间望星月行空。就算躺着，也可以望见灰黑屋脊上的鳞鳞瓦楞，或生烟，或覆霜雪，或走鸟雀。令人浮想联翩的，是瓦楞承接天雨从高空跳下的情形。往村子边缘看去，在土墙灰瓦的背景里，有一些变化着的色彩点缀，比如，竹影摇绿风，枇杷渐转黄，柿子挂灯笼。不过，最吸引我的，是栏杆上的雕花，父亲说是梅兰竹菊四君子。柱子上贴着对联，很奇怪，长久的岁月过去了，而写在纸片上的对联诗句仍存留着。我注视那些文字和雕花时，仿佛见到了我从未相见的先辈们。他们中多半是一世为农的，但骨子里却风雅，他们在小楼上听着风雨，读着书，也像我一样觉得心旷神怡吧。

过了几年，我们搬离了老屋。久不维修，小阁楼便日渐颓败起来，在风雨中，雕栏画柱一日日地消退着它含蓄隽永的古朴与典雅。几年前，我五伯父退休后回老家住，把阁楼拆了，让泥水匠用青砖重砌墙面，过一段又改了主意，将原来的大门封了，建新的门楼在那里。

在乡间，脑海里装着千般花样的民间匠人如今早已无处可寻了。曾经，我把观察外祖父做木工活当作乐事。我看他在两个木马上架起板材，刨下片片木花，我用那些木花夹着耳朵，蒙着自己的眼睛，故意不看这个世界。当然，我也喜欢看他眯缝起一只眼，目测曲直。他从墨斗中抽出墨绳，固定一端，而后一边放线一边走到另一端，他扯紧墨绳一弹，一条清晰的墨线落在在木板上，那是他下一步凿、切、割、锯的标志。他习惯在落斧下凿之前，有一瞬间用来衡量判断与低头沉思。他帮人建的屋落成之后，挑着工具箱和获赠的大猪头走进村口……那年代，做一个木匠是让人羡慕和佩服的。

现在，我正漫无目的地走在一个古镇的老街上。从前，这里有一个繁华的渡口，五湖四海的商人、四面八方的货品到这里中转或抵达。曾经店铺林立的石板街融汇了多姿多彩的木刻和石刻文化。然而，昔日不再，繁华凋零。如同此刻我的背影，给了别人一个错觉：是一个比这个时代慢一拍半拍的游荡者。一些老旧的房屋，苔痕青碧。久未开启的大锁，紧扣着铜环贴在木门上。

坐在长条木凳上的长者，注意到我来来回回的观察。他让我从大门两侧青石墩上的雕花画面，读出蕴含的两句诗。我承认我无法出口成诗，有词无句，有句无韵，有韵无境，真是惭愧。老者一笑，说，你们读书人有文化，怎么读不出？顿时语塞。看我尴尬，他缓缓道出答案——

松竹梅岁寒三友，桃李杏春风一家。

言语间，老者的目光已与我错开，仿佛投向另一个可以向往的所在。

往来质朴

最近读到岛崎藤村写的文字，讲其祖上一位前辈，在风雪夜到知己家献茶。这则故事，让我想起年少时走路经历的诸多场景，涉及亲戚之间质朴的来往，也都呈现出某种非常纯朴真挚的情感。

好几回，因为家里杀猪，父亲都派我在午饭后去相隔八九公里的外祖父家送猪脚。他把一只大猪脚装进藤箩，交到我手中。我听着大人快去快回的嘱咐跨出门槛，那种甩手甩脚、健步如飞的样子，似乎与自我感觉肩负光荣使命有关。很长的一段山岭间的机耕路，过岭，过坡，过河，过桥，过凉亭，过人村，沿路上偶尔才遇见一个耕田人，遇见了会觉得亲切和安全。人家问小姑娘你去哪？我就回答说去给外公家送猪脚。那时候，怎么就不怕路远呢？那时候，怎么也不怕路遇坏人呢？那时候只是小学四五年级的学生，对孝敬和感恩并没有多深的认知，只是感觉那一段路虽远，但能够把一只猪脚送到生养我母亲的亲人那里，是一件理所应当的事情。就像那个年代我们在作文里颂扬的拾金不昧的精神一样，应该的。

记得每次去送猪脚，外祖父都出诊去了。舅舅接过我藤箩中的猪脚，问我吃过午饭了吗？我说吃过了。尽管如此，他仍坚持带我去村中间的米粉铺吃一碗米粉。他大约觉得我走累了，吃碗米粉好补充能量。吃过之后，我也不停留，舅舅也不挽留，我便拎着空藤箩独自回去了。我想象外公一家在那样的夜晚吃着炖猪脚，一定很有味道。

另一次印象特别深刻的，是在大夏天父亲派我去姑妈家换谷种。那年头各自都不宽裕，所以我去的时候，是用蛇皮袋挑着几十斤谷子去的。我想沿着水渠走，父亲说，你想走就走呗，谁知如此一来原本六七公里的路途至少增加了两三公里。汗流浃背地走到姑妈家，放下担子，一口气喝了半口盅井水，还哼哧哼哧直喘气。太累了。

吃过午饭，姑妈带我去看表姐养的蚕。那些白胖胖的蚕宝宝在啃咬着桑叶，发出春雨落下的沙沙声。很好听的声音。但蚕房里散发出一股夹杂着消毒液与蚕粪的味道，闻着头晕。我心想，等下又要挑着谷种回去，我会更晕。幸好我的担心是多余的，我善解人意的姑妈太好了，歇了好一阵，等天上的太阳没那么毒辣了，她说回吧，我送送你。我自然是巴不得，于是姑妈在前面走，我在后边跟。不记得在田基上与姑妈说过多少话了，只记得她送啊送，只记得我们在田野的气息里穿过一片又一片稻田，走过一个又一个村庄。等到她决定让我自己挑回去时，行程都过大半了，我只要再走两三公里路，就到家了。过了许多年，姑妈都不在人世了，可我仍旧觉得她是我很亲很爱的一个亲人。

在通信、交通、物流便捷的年代，走路的情形少了许多。过去走路去请客，现在打电话请。过去走路去做客，现在没空去做客，就让别人帮把礼带到，甚至有通过账号打款的。过去到住进新屋或娶亲的亲戚家做客，老远的路途也会挑一担谷子去恭贺，到村口放鞭炮，请客一方体惜挑担的人受累，会派人去接下对方的担子，现在的礼基本上就是红包。得到便捷，却少了味道。生活就是这样，好处不可样样得。

伏倒的事物

我没有意识到头顶已经云涌如潮。我对天空脸谱喜怒不定的体察，还远不及父母敏感。那时，我只顾挥动锯齿镰刀，埋头收割庄稼，想趁着黄昏来临前的天光，把最后一畦稻谷收回家。

这片早在大半个月前就因大风雨伏倒的水稻，在阴着脸的天空下，腰杆子疏松得发软，几乎贴近了地面。往常，它们感恩戴德地对我点头哈腰，致谢一往情深的培育。现在，它们完全卧倒的身体，一点投怀送抱的灵活性都没有了，僵硬的肢体露出愧对农人辛勤付出的神态。有什么办法呢，它们本来长得有模有样的，稻穗扬花时避过了大雨袭击。到 5 月末，枇杷样青黄可爱，一点都不辜负人的心愿。但是，大风大雨来了，人想替水稻抵挡，但实际上没辙。

事已至此，怨天尤人也于事无补。如果硬说是稻种骨子里抗倒性差，那是物种的品性问题。父亲选择它们时，只考虑这个品种的稻米煮成饭很柔软。许多谷粒在伏倒一段时间后，得不到阳光厚爱，就失去了成熟饱满的机会，徒留躯壳罢了。放到风车中一摇，就身不由已地退避到谷毛和瘪谷的行列里了。只能碾来做糠，喂猪。农人抱着得多少算多少的心理，心不甘情不愿地，花着耐心，费着力气，将它们抢收回家。

打谷的父亲察觉到了风起云涌。说变天了，赶快把谷子扛上车，回家。好在这块地离村庄不远，我和母亲跟在父亲的板车后，把割或未割都一样倒着的小部分庄稼孤单地剩在风雨来临的旷野里了。

风狂起来多么不可理喻啊。它放荡不羁，想要卷走所有我们爱惜和不甚爱惜的事物。就连我头上的破草帽，也被它掀进村口的池塘里。载着谷子的胶轮车终于停到了家门口，我们争分夺秒地把装在蛇皮袋里的谷子扛在肩上，冲进屋里。只在一瞬间，狂风挟来暴雨。母亲把最后的小半袋谷子搂在怀里，用衣襟和腰背做遮蔽进了屋，瓢泼大雨，在顷刻间淋湿了她的头发以及背部。好了，我们以及收割起来的稻谷，都已经平安地回到屋檐下。抬头望去，杂物房的屋脊上，一些单薄的瓦片被风席卷着咣当咣当地疾走，直教人顿生风雨飘摇的惶恐。

我蹲在灶边煮饭。风灌进屋里，打火机半天引不上火。靠着屏风堆满了谷子，父亲和母亲不出声地忙着，扫水，不给飘进堂屋的雨水一丁点靠近谷子的机会。在风雨的嘈杂里，我们不约而同地屏息静气，一个并不夸张的担忧隐藏在沉默中：我们的屋子会不会在闪电与霹雳中趴下？

风狂雨骤的四十分钟，比寻常时光漫长了无数倍。风停雨歇后，人们犹如从一场令人惊悸的梦魇里醒来。最先从我家门前经过的堂哥说，隔壁绿林村那棵古樟倒了。真是难以置信，赶紧到楼上看。果然。以前，看书写字累了，我就站在走廊上，眺望邻村那棵德高望重的大树。看见它昂扬的树冠，我浮躁的内心就会沉静。从今往后，我再也无缘注目它既张扬又内敛的身影了。

一个住得离我家较远的大娘来问：有没有小鸡在你屋里躲雨？

我们说，没看见哦，一定是跑到哪里躲起来了。

在经历过风雨考验之后，整个村庄都变得出奇的安静。大人们疲惫地睡去，寂静中，似乎隐藏着许多暂时放下而实际上还在暗暗牵挂的事情。

第二天，天仍旧阴着脸。香嫂是去重整豆棚瓜架的众多女人中的一个。昨天，她躲在丝瓜棚下避风雨，听见咯吱咯吱的声音，急忙挑着尿桶冲出棚子，后脚刚离开瓜地，整个半亩地的瓜棚便在身后轰然倒下。

村里的一伙壮年男子去抢修决堤的河坝。两头在暴风雨中正走在坝上的水牛，被决了口子的坝石夹住了蹄子，又活活地被流水冲到坝下，最后被堤石掩埋。牛的主人夹在修堤的人里，神色黯然，可是，不可能再把堤石掘开了。他们把装在蛇皮袋里的石沙垒在坝上，掩埋了犁田时曾经用鞭子抽打过并狠骂过的两头水牛。

孤寡的梁大娘，风雨吹倒了她屋旁养猪的灰房，压死了养了近一年的大猪。左邻右舍为此忙了大半夜，一大早，就在村中心的桂花树下，摆了案桌。村里最有威望的长者第一个来，切了第一刀死猪肉，付了钱，在众人的目送中离去。然后，村人怀着相似的心情，来买了肉。最善于飞短流长的人，也没有在这一事件前后七嘴八舌地议论。

暴风雨后，该做的事情比平常翻了几番。那些伏倒的事物不能不管不问，多出来的事情要及时理顺。村里人在相遇的路途上，传递着各自亲历风雨时又惊又恐的感受。不管怎样，都过去了。

第一次山行

那年暑假“双抢”接近尾声时，山里的姨妈来帮忙，之后，她邀请我们去山里玩。那一年，我十七岁，弟弟十四岁，想知道大山里是怎样的一个世界。

我们背对村庄，向着日落的方向走去。在平地的尽头，投入了巍峨的越城岭的怀抱。四五个小时的山路，到了后来竟觉得抬脚都困难。总以为翻过眼前的山头就是终点，可是面前的又一次峰回路转暗示着，道阻且长。真想停下来歇一歇啊，可姨妈说越歇越累，走吧。第一次领略路途的漫长与坎坷不平，几乎到了后悔不该来的地步。山光渐渐幽暗，路边的悬泉凉冷得叫人心神不定。终于，姨妈遥指山间几缕飘忽不定的炊烟，说，到了。

那是我生命中的第一次远程步行，穿越与老山界一脉相连的崇山峻岭。

在山里度过的一个星期，表哥表姐表弟表妹们领着我们在迷宫一样的原始森林里行走。我们一起在山涧里用网罩捞虾，在小河里用捞绞刮石头鱼，有一天干脆拦断小河，让河水流干，徒手捉鱼……那么多又惊又喜的乐趣，令人回味。

不过，最令人难忘的，还是返程的经历。临行前，姨妈说，你们两姐弟背根杉木回去。我们说那么远，不背了。可是姨爹说，回去的路走过了，会比来时容易许多的，况且带回去家里用得着的。那样的热情让人不忍拒绝。这样我和弟弟就一前一后地扛起那根剥了皮的杉木，在晨光中踏上了归途。

我们还是低估了归途的艰难。来时空手尚且不易，现在何况是肩上扛着八九米长的圆木走山路？看见路侧的河里有人放木头，更觉得肩上的木头压人，恨不得对着放木的人大喊一声——喂——送根木头给你们。甚至在山路上遇见陌生人都心生怯意，其实人家以比我们快得多的速度匆匆赶路，只是好奇才多看我们几眼。在涧边我们停歇了好几回，可是，我们终于不轻易歇了，因为姨妈说的“越歇越累”在我们身上很快就得到了印证。我们拖着要坚持到底的沉重脚步在曲曲折折的山路上行进，不时用衣袖抹汗，心里什么都不想了。眼里不再有山花的影子，耳畔好听的鸟语也忽略了，我从后面看见弟弟年少的背影，以及挂在杉木上的几包山货在眼前晃来晃去……

站在最后一道山梁上，我们放下木头，长舒一口气，看着眼前开阔的平原地带相视一笑：世界就在我们脚下，再累都不算累了。虽然，离家还有十多里路，可是轻松的感觉实在是无法掩饰。下山之后，路过几个村庄。有人问，卖不卖你们的树？我们回答不卖。再遇到类似的询问，我们就更大声地说，不卖不卖，真的不卖！

一根从山里扛回来的杉木，后来，父亲在盖灰房时用上了它。

从此以后，每次回忆起山里的姨妈一家，就会想起那根长长的杉木。

每次回忆，我父亲都会心有余悸地说：你姨妈姨爹真是懵懂，送什么不好，送那么大那么长的一根木头，一路上，前不着村后不着店，又是悬崖又是峭壁，要是一不留神掉到山涧悬崖下，那可是叫天天不应叫地地不灵的啊。

而我和弟弟都很清楚，为了这根木头，年纪轻轻的我们所做的努力。坚持了那么久，就是要把这份礼物带回家。不想辜负送我们木头的亲戚的好意，也不想辜负我们自己的辛苦，更不想让父母挖苦似的说：怎么，把礼物都卖了？所以我们不做那样的买卖。

一生几回等父亲

一生难忘的场景中，有几回是等我父亲的，等得既心酸又温暖，既忧伤又幸福。

最初的一次等待在五六岁。杨梅成熟时节，父亲去深山里摘杨梅。路太遥远，我也许等了两天，也许三天。那天天色将晚时，父亲终于挑了两箩筐色泽红艳的杨梅进屋了，顿时，整座屋子都充满了山野的气息与杨梅的味道。杨梅自然是摘来卖的，我也许吃得不多。但是等父亲摘杨梅回来的事情，一直都记得很深，总想着父亲爬上多么高的树摘杨梅，挑着担子走了多么远的山路，回来的路上不知流过多少汗。小小年纪，我的等，带有等吃的意味，却在不经意间，理解了生活的不容易。

第二次难忘的等，我已经读着小学了。父亲去圩镇上卖菜，我和弟弟在家。近傍晚了，天空突然乌云密布，仍不见父亲回来。望着一阵阵电闪雷鸣，直担心父亲回不来。于是急匆匆地收拾了斗笠和雨披，要给父亲送去，但铺天盖地的倾盆大雨，很快就拦住了出门的道路。等雨势稍小，我牵着弟弟不管不顾地冲进雨中。走到半路，隔着雨帘，见到迎面挑着空担子回来的父亲。父亲加快脚步走过来，问怎么了。我说送雨具。他笑笑，说去的时候带有的。于是一起回家。那时，大人赶圩都称二两香瓜子回来哄小孩高兴。我已经忘记那天父亲买没买瓜子，但我高兴的是父亲可以平安回来。

第三次难忘的等，是在桂林读书时等父亲给我送生活费。有一回，为了一本梦寐以求的书，眼巴巴地等。终于等到父亲。明知家中拮据，却还暗存希望地问父亲能不能多给点钱。但是父亲精打细算惯了，一点也不多给，我也不再问。之所以记得深，是父亲返回途中在公交车上，被扒手扒光了剩下的钱。后来母亲告诉我，说父亲讲早知如此，不如把钱全部给了我。我替父亲痛惜那些血汗钱，也在心里为父亲的后悔难过。

第四次难忘的等，我已经工作了。某个周末，我与还读着高中的小弟一起回家。那时是比较清闲的冬天，父亲却依然忙，忙着拉爆米花的机子走村串寨地去爆"吹火筒"。吹火筒本是农村烧火时用来将火吹大的竹制工具，而父亲所爆的，是形状类似吹火筒的食品，相当于以前的爆米花。眼看天已黑透，人还未回。那天，我买了一只猪脚回去炖，炖了许久还没有炖软，又继续炖。反正父亲也没有回。过一阵工夫，把猪脚拿下来试，仍旧没软。几次三番，才知道买了一只母猪脚，但也无所谓了，能吃就行。母亲、弟弟和我都把心思放在等父亲回来上了。父亲去的村庄有十几里路，又是过河又是过岭，很长一段路荒无人烟。隐隐不安的漫长等待之后，终于听见大门打开了，听见父亲的脚步跨进了门槛。父亲说，天黑了还有人拿米出来让他爆吹火筒，又是老人和小孩，不好拒绝，就一直做到事情结束的时候才回。于是一家人安心地围着火炉，吃不太软的猪脚。

最近一次难忘的等，是三年前的父亲节，在老家古镇，圩场将散未散时，我和远道回家的小弟在长板凳上坐着，等父亲。他正靠在老式理发椅上，围着一块比天还蓝的围布，一个沾亲带故的师傅正用飞剪剃着他的发。我看见，霜色爬满了他依旧厚密的发。一生中这半个小时，我们等父亲。这样的等待很少见，因为奔波，与父亲在一起的时光越来越少，不在一起的日子我甚至都忘记了牵挂。实在是惭愧。

转眼又过了三年。父亲差不多七十岁了。这令我意识到，在世间尚有父亲可等，是一件多么幸福的事情。

含混

散步时，遇见了那个令人吃惊的男孩，他含混的思维与夜晚异常迷蒙的月光相似。

男孩独自坐在教学楼前花圃边缘冷色调的瓷砖上。在他身后，花木丛中，几十朵就要开的昙花充满了绽放之前的张力。我猜测，他是这大院里谁家的孩子，在那里玩，或者玩累了坐在那里。

跟在我身后的孩子，还有在小城打工的湖南女人，她领着孙女从暂时居住的工棚里走过来，顺手拉亮了楼梯口的灯。

孩子说，他是傻子，他是傻子。

我指责他不该这样讲。孩子说，人人都这样说的。

我问那男孩，你怎么不回家？男孩低声回答，我妈赶我出来的。我说你回家吧，你回家你妈妈就不会生气了。他说他吃过饭了，他妈不准他回去。

孩子说，他傻的，好多人敲诈他。接着孩子问那男孩："你是不是又问你妈要钱买东西了，你妈才赶你出来的？"

男孩不言语了。

孩子说，潘文，他叫潘文。啊，潘文，你怎么啦？

男孩还是不张嘴。

一个大男人踱过来对此表示关注。我们跟他说男孩不回家。

大男人说，我送你回家吧，或者，我喊校长送你回家。

男孩固执的沉默让人心里莫名地难受。在他身后，昙花开始释放着优雅而又偏激的花香。

孩子说，他以前和邻居阿伟同班的，现在，他不在这个学校读书了，在桂林读。

孩子又喊：潘文。男孩又不应。

湖南女人用夹杂着很重口音的普通话劝男孩回家。我的心情和她应该是相同的，来自女性的怜悯。

男孩一声不吭。

孩子又说，他是傻子，傻的。我说你不能这样讲人的。

男孩下意识地看了我一眼，似乎是我帮了他一把。

孩子说，他读一年级的时候 1+1 等于几都不知道，还吃过屎。

一定是这句口无遮拦的话触痛了男孩。他霍地站起来，向楼道尽头的围墙走去。

孩子追着他喊，潘文，潘文，潘文，潘文。孩子后悔说出口的话了，他心里是希望潘文回到人群来呢，还是希望潘文停下心中的忧伤？

男孩迅速地踩着墙角的水龙头爬上了两米高的围墙。他的一只脚搭在粗糙的岩石墙面上，身子和另一只脚搭在墙头。这样持续了将近一分钟。他似乎想要跳到围墙外，到远离人视线的世界里去。啊，他为何这样？为何像今晚的月亮一样照得人惆怅满怀？突然，他双脚站在围墙上，行走起来，如履平地。

我担忧着，一直喊他下来，下来，可他仿佛压根就听不见我的呼唤。那一刻，心被谁用一枚生锈的钉子钉住了，不能思考、不能呼吸的绝望从看不见的深谷涌了上来。我不再喊，生怕我的喊声惊吓了他。寂静横亘在我们之间。突然，他毫无畏惧地跳了下来，就像盘发女人解开了发髻，长发散乱地从顶端自然垂落。

他走过水龙头，似乎要穿过围墙与教学楼的缝隙走到另一边。我们转身，从楼梯口穿过去，想到另一边再看看他。可是，他却不见了。

太蹊跷了。巡夜的门卫也来找了。几栋教学楼找遍，又拿手电筒扫射长草和有树影的地方，还是不见男孩的踪影。我觉得他不可能用那么快的速度往前或者往后跑，然后神速地把自己藏起来，毕竟，我们与他只隔着一个教室的距离。唯一的可能，是趁我们走进大楼内部的瞬间，他再次踏着水龙头上墙，然后翻身，到了杂木丛生、荆棘遍地的围墙外。

接下来，散步时就一直惦记着思维含混的潘文。他在我们眼皮底下不可思议地隐藏起他自己。我想，那男孩是痛苦的，尽管他可能意识不到；他的父母也是痛苦的，因为忍受比麻木更痛苦。孩子说，活在这个世界上的潘文，是可怜的。

散步回家，专门又折到水龙头那里，再返回潘文孤独地坐过的花圃边缘，可是，一点影子都没有留下。奇迹并没有发生，那男孩并没有在眼前出现。只有独自拥有黑夜的昙花，一点一点往最大的限度绽放。

散文式步行

散步，为我所喜欢；散文，为我所钟爱。私底下，便把“散步”扩展成“散文式步行”。也许，会不知不觉把“散文”写成“散步式文章”。

既然是“散文式步行”，那就离不开“意境”与“情趣”。“有意境”是说散步的环境尽可能令人舒服，这是一次散步的起码条件。“有情趣”是说散步的过程尽可能愉悦，这是一次散步的最终追求。

我生活的小城，最受人欢迎的散步环境是盘山公路。公路地处边缘地带，通往部队，几乎没有什么车流，加上道路依山而建，盘旋曲折而不失宽阔，山上灌木丛源源不断地制造着新鲜的空气。尤其是夜晚，天地都安静，星空朦胧，远灯朦胧，人脸朦胧，散步的人觉得彼此有伴，又相互保持间距。这适当的距离感，带来适当的安全感，于是，此地成了最佳的散步之境，人气甚旺。结伴的人，或一家老少，或左邻右舍，或良朋佳友，相约而来，只为散步。每次融入盘山路散步的人群，总感到人心向上的活力。可惜居所离盘山路较远。常去的是附近的水渠边。水渠不宽不窄，流向旷野，适宜清晨去。从青狮潭引来的渠水活泼地流淌着，人在岸上清爽地行走着，迈出去的脚步就平添几分骏马奋蹄的自知、自在与自信。

至于散步的“情趣”，全在一个过程，与“跟什么人走”“带怎样的情感走”“谈什么话题走”息息相关。

我在盘山公路有过一次难忘的散步。跟一个爱着的人，在秋夜走盘山公路。上山，上山，上山。起初是因晚风宜人而愉悦，然后眼睛适应了夜色，耳根远离了喧嚣，便为夜空星辰闪烁和山野虫声呢喃沉醉。最后，接近山坳时，隐约闻见几近虚无的花香，越往上走才越确信：是，真的有浓郁而甜蜜的桂花香，在空气中自由移动，从山坳那边的部队所在地一阵一阵袭来。我将这境遇称为香袭。

在水渠边散步，亦不乏情趣。我比流水走得快，这样，偶然注视过的一件同向行走的漂浮物，等我返回时再相遇，竟有分离之后再重逢的欢喜。而渠岸野花野草随风摇曳的身影，以其质朴本真的可爱和不见不散的执着与我打招呼。更多的时候，是我走走停停地追随一只鹰、一只蝶、一只蜻蜓，是一只狗、一阵风、一阵雨迟迟疑疑地跟我，是牵牛、雏菊、千里光露出无邪的笑脸想让我留步，是野蔷薇、野麻、野草莓神色暧昧地跟我眨眼，是天上云、水中花和金黄的麻醉果想迷乱我情怀……这些纯净而简洁的见面，令我气定神闲。

我愿意自己是个拥有足够安宁、闲散和淡定的人。我似乎学会了依靠散步来获得无拘无束、优哉游哉的呼吸。一人行，脉搏平静。双人行，无声胜有声。三个行，总会有吾师。谁会找一个令自己拘谨的人来并肩同路呢？

可是，要找到可以一起散步的人，也非易事。

我想起一生都在苦难中漂泊的凡·高。1873 年，凡·高在伦敦给他弟弟提奥的信中说，在家乡莱斯维克磨坊边小路上的散步，给他留下了也许是迄今为止最美好的回忆。1878 年，提奥去看望在博里纳日传教失败的凡·高，之后他又在信中写道：“感谢你来看我。在一起度过的几小时至少使我确信都还在人世。和你一起在博里纳日的荒原上散步的时候，使我有回到童年的过去的感觉。”1883 年，凡·高乘坐驳船穿过荒原抵达德伦特后，他在给弟弟的信中表达了自己的期盼：“我希望你能来看看这些宁静的荒原……我多么希望我们能够在这里一起散步，一起作画啊!”

即便是与自己最亲近的弟弟，在一起散步也是难得。于是，绝大多数的时间里，凡·高是一个人在散步。他把散步遇见的两棵丝柏树、有乌鸦的麦田、割草的少年、夕阳下的播种者流光溢彩地呈现在世人面前，几百年后，我们看见他眼里的麦田、星空、向日葵，仍然闪耀着照亮孤独和苦痛的光芒。他说过，大自然能使人镇定，能够激励人以更大的信心、决心，坚定地去工作。

如果大自然能使人镇定，那么，一定是存在着一种神秘的能量是通过散步释放出来的。也许，捷径就是以散步的方式融入大自然的。

何日重逢

在村口的小溪边，并排站着两棵桂花树。一棵粗壮，另一棵秀气。差不多同等的高度。奇怪的是，它们从未同时开过花，时间总是错开，彼此都仿佛有意要让对方为自己的芬芳陶醉，给树下人带来两次闻香的机会。

宇和云曾是在这树下嬉戏的许多玩伴中的两个，一样的聪明，令众多儿时伙伴羡慕得要死。那年村里舞龙，就选中这对金童玉女坐抬阁。居然同窗 12 年。从小学到高中，宇和云都知道对方其实暗暗跟自己较劲。和那两棵桂花树不同，他们总是同时开花。

宇不知道，云在那棵粗壮的桂花树上的隐蔽处，用英文字母刻了大写的“YU”。云也不知道，宇在那棵修长的桂花树上不为人知地刻了“云”的汉语拼音“yun”。两颗爱慕的心，竟然要通过这样含蓄的方式来述说情感。结果却是表而不达。

10 年前，他们分别踏进了一南一北相距甚远的两个城市里的大学。到了中秋，人家赏月圆，他们内心里却在思念花的好。外面的世界让人眼花缭乱，竟然要找一个本村的人来成家吗？想起来都觉得不可思议。虽然，他们500年前都不是一家，一个是土著，一个来自异域。毕业后，云回到了家乡的县城，宇去了更南方的经济特区。

村里人依然以他们为榜样教育顽童们要刻苦学习。

倒是两个无缘人，难得见面。云离家近，每次回家看望父母，总是情不自禁地把两棵桂树当老友看。偶尔也感叹自己爱路上的胆怯。

两年前的一天傍晚，云从郊外往家赶。突然，她闻见从后面飘来的花香，然后是敞篷大卡车从身边驶过。车上，碧绿如盖的桂树躺倒了，稻草编织的绳索，以缠绕的方式保护着树的根须。车过了，不知开往哪座未知的城市。紧接着，另一辆敞篷卡车开过，另一棵缠绕着绳索的桂树在眼前消失。她惊异地发现，两棵树，一棵粗壮，一棵修长，一棵花香正浓，一棵沉默不语。只在一瞬间，她的心随着暮色一起无边无际地落下。她拨通了老家的电话，告诉父亲她和家人八月十六日回家。末了她问父亲村口的桂花开了没有。父亲说，开了，卖了。为什么？修路！父亲是关心那两棵桂花树的，因为修长的那一棵是他亲手挖来种的。

事隔不久。在南方的那座城市，宇带他三岁的儿子在小区的花园里散步。他惊奇地发现，草坪上新栽了两棵桂花树。一棵粗壮，另一棵秀气。一棵花香正浓，一棵沉默不语。几个放学的小女孩叽叽喳喳地围着那棵粗壮的桂花树，夸张地吮吸花香，又像发现新大陆一样在树根辨认什么。走近。走近。像被命运之神牵引。宇在那棵修长的树上，难以置信地找到了汉语拼音“yun”。

人散去，他那么胆怯地凑近另一棵桂花树，拥抱着，然后他发现了大写的“YU”。像刻在心上，痛得晕过去的感觉。

月光下的滑板车

夜晚突然停电，我和五个扛滑板车的男孩最先走进了月光。这个住宅区，从一辆滑板车发展到六辆滑板车，经过了三个月。听说孩子们为此和父母磨了不少嘴皮子，有人答应每天写日记，有人答应每餐吃两碗饭。

月光下的男孩玩着玩着就觉得缺少了什么，有人提议把一个六岁的叫林雨心的女孩喊出来。

男孩们藏在立着电线杆的水泥墩后，隔着几重树影喊："林雨心——林雨心——"折腾半天没响应，就又跑到操场上玩了两圈。好像还是缺少味道，又换到了球场边的树下卧成一堆，叽叽喳喳商量着呼唤女孩的计策。不久，一声清脆的呼唤从一个男孩的口中传送出来，声音染上了和月亮相似的明亮与纯粹。紧跟着，男孩们齐声呼唤："林雨心——林雨心——林雨心，林雨心，林雨心……""快快快，快快快，不要像个老太太。"他们让一个六岁的女孩不要像个老太太。天知道，女孩是不是正端着一碗白米饭，对着几碟素菜、荤菜动筷，突然听到男孩们一阵一阵地呼喊她，心花怒放，倍感骄傲。

女孩被快乐牵引着，扛着一辆滑板车下楼了，一边跑一边说：我来啦！我来啦！你们在哪里？

可是，男孩们在目标出现后突然鸦雀无声。

我坐在球场中央，很想帮助女孩，就把手中的一个太阳能玩具球用力摁亮了，红蓝两色光炫丽地闪亮着。一个男孩看穿了我的小把戏，迅速阻止了，虽然我离他们足有几米远。只好和男孩们一起安静着，在沉默中期待着在一场游戏中把欢乐引向高潮。

女孩是独自出场的，她机灵地发现了游戏的存在。于是，她也迅速进入了一场游戏中。她快乐地踩着滑板车，一边唱着歌："叮叮当——叮叮当——铃儿响叮当，我们滑雪多快乐，我们坐在雪橇上……"她滑着，独自也很快乐的样子。虽然她知道，和更多的伙伴在一起，快乐就会和月光一样填满夜色。她停止寻找，就是用另一种方式在回报男孩们不直接应答她。一个女孩子的骄傲和天生要保护的天性，注定了她不会满世界去寻找一群玩伴，除非她长大，除非她为了爱情。

男孩们渐渐沉不住气了。一个男孩很干脆地喊了一声女孩的名字，随口唱了一首歌的开头："我在马路边，捡到一分钱。"女孩很开心，就接着唱了，"把它交给警察叔叔手里边。"女孩只唱了一句，男孩们赶快鱼跃而起，陆续钻出树影，哄笑着，各自踩在滑板车上，像一群鱼，游向略显孤单的女孩。

月光下的滑板车比赛开始了，因滑动而七彩闪亮的轮子像火轮奔跑，兴奋一浪高过一浪。坐在球场中央的大人本来忧伤着，不知不觉被充满尖叫声的欢乐掩盖。在这尖叫声里，刚才的等待更像是长长的铺垫。其实，先前的铺垫也是快乐的，那样的铺垫使得现在的快乐更快乐。

在一个村庄度过一日

那是在冬日。我像个游荡的闲人，在一个村庄度过了一日。同行的还有我父母，他们来祝贺我舅舅家的乔迁之喜。

母亲出生的村庄叫祥田，村名萦绕着祥和宁静的气息。她的血脉与那片山川水土之上的日月精华曾经有着水乳交融的相互渗透，而我只是在小时候逢年过节跟母亲回这个村庄，做客。女人通过这样的方式记住她的出身与亲人。

我和母亲走在祥田村的巷子里，没有几个人认识她了。流水岁月把她从少女变成少妇，现在她正从中年向老年过渡。我也会紧随其后跟着变老。人在不同的时候回同一个村庄心境会有很大的变化吧。天知道我身边的女人她内心起不起波澜？我只觉得远离了城市的喧嚣，放下了工作，内心沉静得像个村子。

在七拐八弯的村巷中，很突然地闻到了甜蜜的桂花香，那气息仿佛从天上飘落人间，觉得奇异。再往前走，转过一户人家，发现眼前一个破园子里，一棵三米多高的桂花树上开着如金如银的花朵。感叹的瞬间，心想：把花移到庭院里多好。可是马上就发现自己的念头非常愚蠢：一棵桂花，它守候在那里，可以与多少有缘路过的惜花人相遇啊！留下恋恋目光，带走幽幽花香，难道不是最好。

从桂花身边走过不远，是村北的灯光球场。我在潜意识里想着一个不算深奥的问题，那些习惯在泥地里劳动的农民兄弟，体育真算是实实在在的娱乐啊。想象某些明亮的夜晚，不太娴熟的投篮技巧和感受不到疲倦的奔跑会怎样地让村庄快乐得战抖。母亲笑语：以前这里是块空地。大约她想起往日的欢乐年华了。

午饭后，在去河边沙洲的路上回望，村庄成了甘蔗林围绕的岛屿。刚受过几场不算严重的霜冻，甘蔗们一律露出担惊受怕的模样。某种不安的情绪在不动声色地主宰着一村种蔗人，后来我听说当地领导干部不辞劳苦为蔗农跑销售，蔗农们很满意。

坐在沙洲的石滩上，关于不远处的华岩山，父亲说起了吕洞宾与师父在华岩修仙的传说。做师父的不守承诺把饼干置于枕下夜半偷吃，终不得正果。吕洞宾专心修炼终成八仙之一。毕竟是传说，但传说的栩栩如生使得传说背后的寓意总是易于让人领悟。同一个传说，小时候听过，如今重温，亦不厌倦。所以传说不老。

父亲的叙述使母亲高兴。许多年后，有丈夫儿女陪伴，在她出生的村庄，有这样快乐的日子，难得啊。

竹片的意外

不知道 100 根头发聚拢起来，会不会比它粗一点？19 毫米长的与一张牛皮纸厚度相仿的细竹，从 6 月某日上午，它刺入我的右小腿，到今天整整 10 天了。

10 天前，我走过垫着竹席的沙发，天知道，鬼使神差的细竹片，像一支针刺入肌肉。露出外面的一段被我拔出了，一段却断在肌肉中了。半小时后，我去找医生。那时候还有半小时就下班了，医生说，你得等到我下班，才能帮你做。好吧，等。太多病人了。怎么这么多人生病。我在那张铺着蓝色消毒垫的床上躺下。他划开口子，寻找了五分钟，说没有东西在里面啊，你痛吗？我说不痛，但是感觉得到它在那里。医生又找，说，口子已经划开很大了，仍然找不到东西。于是放弃寻找。他帮我消毒，包扎伤口。他说，不放心你就做 B 超吧，或者开刀。我听到开刀两个字就怕。

一段存在于肌体中的竹片，它不是与生俱来的事物，虽然与生命的安危无关，但它是一个小小的障碍。时间一天天地过去了。每天，看不见却触摸得到的竹片都会在一些时刻提醒我，它在那里，是一个尚未离开的小小的不幸、小小的病痛、小小的绕不开的难题。我不能忘记它。

10天之后，我觉得竹片更深地进入肌体里了。好吧，既然不做B超就无法确定那个异物的存在，那就让超声波来找找吧。我从那块竹垫上取下一小截竹片，作为给医生观察的参考物，再次走进了那家医院。还是急诊科，还是那个医生。他让我拿着带来的竹片去做B超。年轻的女医生用探头在我的右小腿的某个位置探来探去，然后她告诉我一个明确的答案：有。

重新回到急诊室，医生又做手术去了，又要等。等到医生再坐回急诊室那张桌前时，我把那张彩色的照片递过去，说：医生，里面真的有竹片。他开单，让我去交钱拿药。那支透明的麻醉药液像一根救命的稻草抓在我手上。等到医生看完了其他病人，又已经是下班时间了。他其实多么辛苦，多么敬业，多么值得尊敬，下班了，他才有无人打扰的时间帮我探取异物。

这次是要开刀了。

我问：医生，痛吗？我好有个思想准备。他说：不痛。他终于准备妥当，说：打麻药有点痛。

现在他跟侧躺在床上的我说："让你不做你要做，这么大个身体你都养得了，你就养不下它？""啊，不做也行啊？呵，居然不做也行。""是可以啊，但是你一有时间就去摸一下，按一下，你就是不放心。""是啊，每天我都觉得那是一个障碍。"我以为一个人的肉体怎么可以容纳一个毫不相干的异物。"那有什么要紧，它要在那里就在呗。""啊，就像子弹留在身体里啊。""是啊。"这样的一问一答似乎是为了转移我的注意力，让我安静。麻药生效后，他用锋利的刀切开肌肉，然后在那个新鲜的沟壑里为我寻找异物。那动作大约和我翻箱倒柜寻找某物相似。而我感觉不到痛。

"找不到啊。"医生的话也吓人。

"那竹片不是竖着进去的，是横着进去的。"我解释。

"是从上刺进，还是从下刺进？"我告诉他是从上刺进的。

又一阵寻找。时间像古井一样静下来。终于听到他说："是有。"然后他夹出一段褐色的细竹片举给我看。我说："B超医生说断了两截，做的时候要全部划开。"医生说："你别吓我。"呵，我只是重复B超医生的话。于是手术医生又一番寻觅。没有。他说，竹片插进的地方会有一个槽道。往前探过了，没发现。我问：如果不做它会腐烂吗？医生说：不会，久了，肌体自己会将它包裹。医生停止了寻找，用一种黑线缝合伤口。那上面，纱布包扎的伤口像一朵白色的花。结束的时候，医生补充交代：打两天止痛针吧，伤口有点深。

在喧闹的医院走廊，被打针的小孩哭啼不止。药水一点一点滴进血脉，我不知道它们是什么物质，能帮助我抵抗曾经裂开现在已经缝合的伤痛。

现在，夜深人静。才发现，一点难受就让眼泪滚落了。哎，多少，我都觉得委屈。为什么，一片小小的竹，让我经受这切肤之痛。我只好把它当作生命里必须跨越的障碍了。而每个人自己的疼痛，别人谁都没法替。

足惜

吉翔得知父亲脚痛，是在周末的晚上。电话那端，做母亲的声音压抑着忧伤，说："翔啊，你爸的脚痛，回家看看吧……"吉翔恍然想起有大半年没回家看望父母了。老家离小城也就二十公里，不很远。他决定骑摩托车回去。

灯火中如梦的城市渐远，乡野的静寂无比真实地围拢过来。时值深秋，清冷夜色中，吉翔脑子里填满了久违的父亲的形象：严厉的，慈祥的，年轻的，苍老的……也不懂得从何时开始，与父亲已这么疏远了。

到家了，母亲为他开门。幽暗的灯下，瞥见躺在床上的父亲，身子因脚的疼痛而扭曲变形。那双眼，在看见吉翔的瞬间，满含隐忍的眼泪。此时的父亲，脆弱得如同需要保护的小孩。吉翔的母亲避着父亲在角落里说："那脚是几个月前不小心剐破的，你爸总说不碍事，擦点药就行，谁想变成这样。"

第二天进了城里的医院。医生说怎么不早来，脚是保不住了。吉翔想不到会这样，父亲和母亲也没想到。母亲恳求医生想办法留住脚。然而父亲说，锯就锯吧。

手术后，护士问：那脚由医院处理还是你们自己处理？吉翔征求父亲的意见。带着脱离剧痛折磨骤然间获得的轻松，父亲说随便你吧。吉翔却犹豫了。也许，家乡的山冈上有一片青草地可以掩埋，但那样的一个土堆算不算父亲的坟呢。拿去火葬场吧，又小题大做。吉翔后来想到的是江河的宽广宁静，于是他用蛇皮袋装起了父亲的左脚，也不搭车，怕吓着别人或引人起疑，走了挺长的一段路，把它送进了一条著名的江中。望着父亲左脚沉入的那片水域，吉翔空空举着的双手半天收不回来。

再回到病床边时，从手术获得的解脱中清醒过来的父亲冲着吉翔大发雷霆：畜生，那不是拿我的脚去喂鱼吗？那是你父亲身上的骨和肉啊，你想过没有？几十年都靠那脚走路干活挣钱供你们读书的啊！没有那脚能有你今天吗？怎么说扔就扔了，你们小时候穿过的鞋袜衣裳我和你母亲都舍不得扔呢……

吉翔已经很久没有聆听父亲这样的痛骂了。从前自己犯错，最怕听的就是父亲的痛骂。那些带刺的言语或多或少地逼迫他反省。现在，他拿着拐杖去接父亲出院，却听见父亲说："翔啊，也不怪你，那只腐脚，不足惜的。"他听着就心酸：那只脚以前是健康完好的啊，如果对父亲多些关心，何至于此？搀扶着父亲，才发现，父亲有些不习惯地依靠着自己。

你的童年

给野花的掌声

高楼之外，围墙之外，有一片不封锁的树林子，那是三岁稚子的乐园。

走在林间，跑在前面的总是孩子。他忽然呼喊着："啊，好漂亮啊!"原来是发现了一大片星星点点的野花。

花摇曳，蝶起舞。他的鼓掌及由衷的赞叹，有谁教过呢？对大自然美之所在致以真诚的礼赞，必是与生俱来的吧。

飞扬的歌声

对着一片花海，孩子在放声歌唱。

那也许是世界上最小的音乐会了，但是多么富有诗意啊！三岁孩童，置身林间，对着母亲以及花草树木，十分投入地唱着喜欢唱的歌，丝毫没有在家中唱时的那份勉强和心不在焉。天地间除了树上鸟儿偶尔伴奏般鸣叫三两声，就只有孩子的歌声在飞扬了。

那歌声，足以让一颗即便愁苦的心停留在欢乐之上。

书与一百零三枚松果

那天，坐在松下看的是一本《齐白石书画集》。我指着画中的蝉告诉他："听，现在树林里嘶嘶叫着的就是蝉。"

"在哪里？我怎么看不见？"那仰着的脸、侧着的脑袋诉说着疑惑。

"树叶里藏着，它在看着你呢。"

"我喜欢蝉。"孩子说。事实也是如此，孩子每逢看电视节目《人与自然》《动物世界》就乐。

碰着脚趾的松果使我怀念起自己的童年。于是我们一起捡拾松果。拎了一袋回家，倒在地上教他数数，有一百零三颗呢。隔壁的小朋友来玩，他便告诉人家那是松果。

世界何其大，告诉孩子认识书上的蝉和树上的松果，同样重要。

陌生的问候

林间小路。挑着一担水草的农妇与我们擦肩而过。那妇人只顾着赶路，已走过七八步了。蓦地响起孩子稚嫩而清脆的呼唤："奶奶——奶奶——"

我没料到他会跟那妇女打招呼。那妇女也没料到，又走了几步才醒悟是喊她，扭过扁担微笑着应了。

我很吃惊。媒体上时有教育年轻父母，告诉孩子不与陌生人讲话，觉得言之有理。而这样的相逢，我吝于给一个劳动归来的陌生农妇的问候，我的孩子却给了。

第一次打电话

假期里的一天，孩子从乡下打来电话。他在他的第一次电话里，说他刚才抓一条狗爬蛇，没抓到，它爬到洞里去了。言语间，有着毫不掩藏的欣喜。

我说别抓，有危险的。他答应着说好的，之后又补充了一句，说狗爬蛇是四只脚，言下之意是四脚蛇并不危险。

也许他只是思念。他用分享快乐的方式表达了想念。

幼儿园

送孩子去幼儿园。起初，告别的时候总是兴高采烈地挥手。过两天，离开时就有了哗哗的眼泪。老师过来牵着他的手说妈妈要上班的，跟妈妈说再见好不好。很固执地不说，泪眼婆娑的样子楚楚可怜。再过些时日，不哭了。只是眼里写满了恋恋不舍。在那样的目光里，做母亲的似乎看见了自己的影子，彼此的生命里有着相似的深情。再后来，他很熟悉幼儿园了，每次只送到大门口，就像个真正的男子汉似的说妈妈再见，很自信地迈步走向教室，头也不回，仿佛是说妈妈你放心去吧，我长大了。

小小的别离

他四岁那年，回老家过中秋节。我因为要出门远行，就先行一步。离别时他一个人跟在我身后，走过两条巷子。我停下脚步回转身说，听话，回去吧。他说，妈妈，我站在这里看着你走。我说，还是我看着你走吧。他说，那我转弯走到墙那边了，你看不见我了，你就走哦。我说好的。

五岁时，他读学前班。我忙些，很少送他。偶尔，他让我送他一次。站在学校门口，看他进校门，总是特意走得慢，好让值日生看清他的校牌。我很感动于他的认真。他走了一段，回头看我还在原地，竟然倒退着走。但是，又不想让人看出他的本意，装得像是在玩一种游戏。走到了尽头，遥遥挥手。

岭间笔记

喊风风来

在山岭间看牛，体验到了喊风风来的喜悦。

盛夏时节看牛，印象最深的是渴。渴了，交代同伴帮照看一下，就去最近的泉眼喝水。如果泉眼太远，只好忍着。但有时，热浪滚滚，让人憋闷得透不过气来，连树荫也不起作用。真是无可奈何。偶然一次，邻居大爷跟我说，那你喊风来呗。我问他怎么喊？他说，你伸出右手，手掌心朝外，对着远方喊就行。我是第一次听说，很吃惊。真的可以喊风来我身边吗？于是马上就试验起来。

那个酷热难耐的午后，我嘴角对准拇指和并拢的另外四个手指形成的八字口，对着南方扯开了嗓子喊："呜——呜——呜——"然后停了下来，在静寂中等待。不知中间隔了多久，也许一分钟，也许两分钟，也许三分钟。然后，我听见松涛阵阵，仿佛来自海洋，来自天堂，由远而近，然后，脸庞、脖子、手臂被风的指端轻柔地触摸，那感觉真切得令人激动。

哎呀。是不是风睡了？是不是风倦了？是不是风忘记了时间？但是风，天生喜欢走。也许，它们认定我也是风，从我这里发出的“呜——呜——呜——”的声音是风行走的密语。也许，它们认定我是一个懂得风的人，所以要来见一见良朋知己。

后来又有几次，在最闷热的岭间喊风风来的经历。也许，风只是感动于我内心的真诚，它们也就愿意与我这个热爱自然界的平凡女子坦诚相见。

绕开漆木

小时候，经常去割草来喂牛。有些植物，是看得摸不得的。比如漆。在岭坡间，漆是以灌木的形式存在的。大人告知：与漆相遇的时候，如果在割草，手握镰刀，就一边语气坚定地念着“七七八八，你来我杀”的话语，一边挥动镰刀从根部砍断那棵漆。

我家在后岭边缘有一块旱地。那里有一棵有故事的漆。有一年，小弟与几个玩伴去找树枝来做手枪。兜兜转转，挑挑选选，玩伴就看中了我家园地旁那棵灌木，觉得树枝挺直，蛮适合做一把枪来威风几下。我弟说那是一棵漆，要不得。俩小子偏不信，几下工夫就把漆木掰断了，选了合适的素材做起了手枪。过两天，刚好下屋堂哥结婚办喜事，午后，迎亲队伍回来了，鞭炮噼噼啪啪响，村中老少都出来看新娘子。那俩小子也忍不住好奇，跑出门来观看正停留在他家近旁空地上的新娘以及送亲的年轻女子们。这下可好，他们的脸、手臂肿得跟面包似的，皮肤表层还布满了细小的颗粒，看上去足够恐怖。结果把送亲的女子们都吓着了。赶快放下喝茶碗，往前面钻。这时候有个老人在一旁感叹：咦，生漆生成这个样子，啧啧啧……

一些顽皮的孩童见此情景，忍不住嘻嘻笑。那俩小子忍受着漆毒缠身，就去追那些嘲笑的孩童。我弟看见他们的模样，哭笑不得，怕传染上，也跟着跑得气喘吁吁。俩小子跟我弟说，我们不追你，你别跑啦。大约是因为弟弟事先劝过他们，只怪他们不听。

原来，漆的枝干皮面有一层细细的白绒毛，触碰着了，绒毛就如箭矢飞到皮肤上。俩小子取漆来做枪时，不仅摇动了漆的枝干，还丝丝缕缕地扒了皮，这就难怪绒毛沾满了他们全身。沾了漆毒，至少七天才好。所以人们叫这种植物为漆。

现在想起来，漆也不可畏，能绕开就绕开，绕不开就不去招惹。

享受渔获

那时候，沟渠里鱼们闲适地生存着。小白鱼成群结队地在水面下穿梭，看不见的泥鳅在软泥里自由穿行。那时候，只有过年过节才可以吃肉。于是，半大不小的男孩女孩背着戽斗，拎着竹篾编织的鱼鼎，在那些岭间田的沟渠里戽鱼，就成了一桩乐事。

戽斗本是一种取水灌田用的旧式农具，更多的时候，我们用来戽鱼。操作时，一手持开口一端的绳索，一手持尾部的把柄，一前一后一抬一扯一送的瞬间，就完成了舀水、送水、泼水的全套动作。

来到山野间，找到自认为有鱼的水沟，在十来米的距离间，用泥巴筑坝拦水，上游是拦流来之水，下游则拦泼出去的水。坝要尽量筑得牢固，不然，戽着戽着堤坝垮了，就白费许多力气。遇到倒霉时候，莫过于已经戽干沟渠，在软泥里开始翻找泥鳅，发现运气不错，心里正为频繁得鱼而喜悦，谁想上游的堤坝承受不了水流的冲击，垮了。这时就赶紧想方设法阻塞那缺口。当然了，有时运气好，把堤坝筑牢后，再戽出适才涌进来的水，继续得鱼。但倘若，经过几次三番垮坝之后，鱼就基本跑光了。鱼真是聪明。

戽鱼毕竟是体力活，所以两三个人结伴而去，互相合作效果更好。碰到相中的大沟渠，也有足够的力气几个戽斗同时上。即使累了，也还可以轮流换一下戽水。若是遇上垮坝，人手充足，也容易抢险。

戽鱼得鱼。要是几个人一起戽，回去后就平均分。我们先把沾着泥污的鱼儿清洗干净，拿个脸盆来，盛上干净的井水，所得之鱼全部倒进盆中。这时候，历历可见的鱼儿就在盆中自由呼吸了。开始分鱼了，按照约定或者锤子剪刀布来决定谁先拣第一条大鱼，然后第二个人拣他认为盆子里最大的鱼。以此类推，从大拣到小。

分鱼的事情，记忆犹新。那时年纪仍小，但如何做到最公平，却无师自通。论起世上的公平，真有趣味。

行行重行行

相遇于海

一到钦州的三娘湾，便迫不及待地坐船去看中华白海豚。这些被誉为“海上国宝”“美人鱼”的海洋精灵，对赖以生存的海域环境极为挑剔。因此，早在 1988 年，就被列为国家一级重点保护的濒危野生动物。

午后，零星细雨无声无息地落在海面上。后来雨收了，海面依然苍茫。海那么辽阔，深沉，安宁，干净，偶尔一两只海鸟或蜻蜓飞过，亦是无声。怀着即将遇见惊喜的心情，在大海中航行了一小时。有人看见海上漂浮的光点，比如一条小飞鱼跳出水面，就以为自己最先发现目标了，但眨眼间便发现是错觉。

耐心地等待，太阳竟露脸了。不久，碧波荡漾的海面上，轻柔的扑通声此起彼落，浪花飞溅处，粉红、银白、灰黑、淡蓝的海豚划过一道道优美的弧线，又在深海中迅疾消失了。一阵短暂的安静之后，海天之间，又响起海豚跃出水面，画出一道道弧线之后，复斜插入海水的扑通声。那绿松石一样蓝得透明的海水，是一种富有弹性的载体，于是，这寂静中发出的扑通、扑通、扑通的声音，在一种天然的节奏感里，充满着蓬勃盎然的生机与活力。我们的船在那片水域绕了一圈返回时，结伴而游的两条白海豚在追逐我们的船，轻轻巧巧的一个空中腾跃，如同依依不舍的惜别。

寂静之音

北部湾边境城市东兴的京族三岛，是中国京族唯一聚居地。京族是中国唯一的海洋民族。独弦琴是京族特有的乐器。京语里，“哈”是“唱”的含义，哈歌即唱歌，哈亭即唱亭。

第一次听独弦琴的演奏，是在哈亭里。这第一次的倾听，是一首《月下摇篮曲》。在音乐中，深深沉醉。那声音，将人间的音色完美地融入了天籁中，便有了不是天籁胜似天籁的美妙。如果不是深谙大海，淡看漂泊，惯常等待，怕很难得有那样清新婉转的温情与安宁。

离开的时候，京族大哥伴奏，京族大嫂为我们用京语哈歌，唱的是京岛上人人会哈的京族经典民歌《过桥风吹》——

相爱脱衫相送/回家撒谎过桥遇大风/风吹了风吹了/风吹无影又无踪/相爱脱葵笠赠送/回家撒谎过桥遇大风/风吹了风吹了/阵阵风把帽吹向天空/相爱把戒指赠送/回家撒谎洗手掉水中/冲到深处黑咕隆咚/顺水推到龙宫。

爱情就是这样，说谎都无比美好。

这样的一首歌，让我在离开哈亭前往中越两国边境的路上，还在不断回味。同样是风吹帽落，同样是经典之作，我小时候在日本小说《人性的证明》里读到的日本诗人西条八十作词的歌谣《草帽歌》则令人伤感不已。

妈妈你可曾记得/你送给我那草帽/很久以前失落了/它飘向浓雾的山岙/耶哎妈妈那顶草帽/它在何方你可知道/它就像你的心儿/我再也得不到……

相比之下，之所以有《过桥风吹》这样的通俗而富有情趣表达，本身应该与海洋民族乐观向上的情感息息相关的。

老牛湾

当双脚第一次触到黄河这个地理位置，眼神说，心其实来过，梦也来过。是的，这个名字叫作老牛湾的地方，在心境里遇见过千百遍了。

那座曾经屯兵的城堡空着，蔚蓝色的安宁布满天空。草色青葱，山崖险峻，岩石、流水、大地在浑厚的古铜色中流动着，沉醉着，甚至微微泛着玫瑰那样令人心动的光泽。

如果你知道，这是黄河第一次遇见长城的地方，第一次与长城握手的地方，第一次相遇又分离的地方，那么，你就会懂得，习惯了勇往直前的大河，为何在此迂回婉转地回眸，为何那么自然地把深情与宁静铺陈在你心底了。

云冈石窟

仿佛这些阳光一直围绕在这里，在云冈石窟，不知道从哪里开始，到哪里结束，一万年不算长，一千年不算短，日复一日，年复一年，绵延无尽。

在这扇阳光照耀的门窗里，光阴为我止住逝水与波涛。

在这双盛满阳光的眼睛里，世界为我找到风帆与彼岸。

在那微微上扬的唇角，你一直替我保存人世间清澈的微笑与呼吸。

在那如同明月的脸庞上，温柔、慈悲与善良，温暖并照亮着千万人的道路。那么，不需要太多的言语，凭眼神就足够传递千言万语了。

大观楼的长联

昆明的大观楼垂挂着清代名士孙翁所作的“古今第一长联”。为古人的情怀意境陶醉，且当一回掉书袋，收录在此：

（上联）五百里滇池，奔来眼底。披襟岸帻，喜茫茫空阔无边。看东骧神骏，西翥灵仪，北走蜿蜒，南翔缟素。高人韵士，何妨选胜登临。趁蟹屿螺洲，梳裹就风鬟雾鬓。更蘋天苇地，点缀些翠羽丹霞。莫孤负：四周香稻，万顷晴沙，九夏芙蓉，三春杨柳。

（下联）数千年往事，注到心头，把酒凌虚，叹滚滚英雄谁在？想汉习楼船，唐标铁柱，宋挥玉斧，元跨革囊。伟烈丰功，费尽移山心力。尽珠帘画栋，卷不及暮雨朝云。便断碣残碑，都付与苍烟落照。只赢得：几杵疏钟，半江渔火，两行秋雁，一枕清霜。

从大观楼下来，在杨柳岸小坐，风吹来，人都慨叹：好风。我想起君子千里同风的话语，大约也有吹着好风思念远人的意味。坐船，在湖上荡漾，悲喜都远。对联中的场景，三分可觅，七分无影。从前风月，百年后能够保留到这个程度，已经算是用了心。文字里面的意境，始终还是教人感叹欢喜。

星夜往丽江

晚间坐长途客车从昆明往丽江。从仰躺的视角，窗外也值得一看。众晚星被银河搂着，村寨被午夜抱着，都低眉垂眼，温存几许。此时夜深，寂静而清醒，倘若睡不着，不妨找星子说说话。在夜半，一切安好，没有什么不妥当。过了大理，在经停的驿站，夜风唤醒假寐的月亮，来陪一盏寂寞的路灯守夜。眼睛会想：一整夜都用来看星星，真是不知疲倦的欢喜。

茶马古道

这匹枣骝马，驮我走在崎岖的茶马古道上。紧跟着的第二匹马名叫梨色，第三匹名叫紫马。

在马上，不忍心注视马蹄一步步踏过坎坷。赶马人说，马天生如此。又说，这匹马会偷巧。我笑语：一匹聪明的马。在路上，当前面路无阻挡，它会载我飞奔。当前面的马稍停挡路，它就吃了两口路边的草。当一眼清泉出现在路边，它就径直走去痛饮一番。

从前的茶马古道，延伸千百里。枣骝载我，不走那么远。抵达的地方，是《一米阳光》的拍摄地，一个跳崖殉情的地方。人世间，殉情两字，令人痛，不令人惜，在此坠落，在彼飞翔。一米阳光，灼热到冰冷。

束　河

束河是一条清澈又安静的河。因为太美，古镇也以这条河为名。

人们在束河水岸洗衣，洗菜，喝茶，用束河水的沁凉，冰牛奶、西瓜、黄瓜，过着缓慢而优雅的生活。

我相信，是站得很高很高、照得很远很远的月亮，替我找到这一条河流中的河流，这一双眼睛中的眼睛。我已经别无所求，唯愿有生之年，能够像束河中的水草那样，幸福得分不清呼吸和吟唱的差别。

野象谷

野象今天待在比野象谷更野的地方，在木色狂野而安静的千藤万树背后。

隔河对岸，蜗居树屋的狒狒母子好奇兴奋，来一阵去一阵地悬窗挂臂，有一眼没一眼地打听我的消息。那好，我把最近一次不寻常经历讲给你们听吧，三天前在梅里雪山遇到的地震，已经过去了。

早晨路过一个分别的地方

去那拉提草原的路上，路过伊宁市的牲畜交易集市。四周笔直的树木，围起一个买卖场。有买有卖，有分离，有聚合，人们按照自己的意愿，为即将来临的交易谈价论价。一个牧民望着空无所系的木板车发呆，一个中年男子牵着三头肥羊扬长而去。晚来牧民的板车牵着四头黑羊填补空地。角落里一条绳索牵绊着一匹无人问津的棕色骏马。早晨八九点钟的太阳晃眼地映照着发亮的毛、驻足的蹄、六神无主的眼。这里是牛羊马匹交易市场，人畜间的悲欢离合在此来来去去。人与牲畜，会日久生情，但买卖又不可避免。所以，卖方总归是怅然若失的。

巴松错

我所祈求的安静在此等我。经幡依着云水，动也不动，恰似羽翼止住飞翔睡去。然后，梦的风帆即将起航。

布达拉宫

那是擅长舞蹈的光焰，行走在诗与歌的路上。我的目光一直追随着。一直，走向天上的宫阙。

鲁　朗

藏语中“鲁朗”是龙王谷的含义，另一个名字是叫人不想家的地方。好吧，那天你来时，既不早也不晚，为你，天地架起了接连爱与美的彩虹。

雅鲁藏布大峡谷

两匹马下到世界上最深的峡谷低处。一边吃草，一边替我们听，那谷底的流水。

纳木错

谁家的牦牛停留在晚霞燃烧的湖岸。以后，我会一直想起它们的美，以及孤独，以及温暖。

祁　连

“祁连”系匈奴语，匈奴称呼天为“祁连”。

山坡上，这些种出来的美，全都呈现比黄金和翡翠更迷人更丰富的色泽。我们初次相见，却不陌生，仿佛哲理，仿佛箴言，仿佛重逢不期而至。

武当清晨

我走出天禄酒店时尚未到 6 点。花朵仍在睡觉，鸟儿和太阳比我醒得早。

一个男子来到我近旁，他掀开一个木头盖子，原来那盖子盖着的，是武当山上的一口水井。他用水桶去井里取水。这么高的山上，也有这么源源不绝的清冽的井水，真是奇迹。

我往紫霄宫走去。一对从青年向中年过渡的夫妇，像完成一桩心愿似的，很早就从烧香许愿的殿堂出来。人怀着希望，神情里就落满阳光。

河上墓床

水走时，河老了，只剩下埋葬月光的暮色，在磨去棱角的卵石上触来碰去了。

多么残忍，让眼睛去经历一整条河的赤裸。而上帝的指端也无法平息的愤怒，是多么令人羞愧的事情。

我不忍心恨，又无法爱。在天湖脚下的河道上，在那河心，两具实心的天然石棺，装走了曾有的柔软的水流。那么是谁，一语成谶。

秋过高石村

这个季节遍地金黄，多么饱满的稻谷，用发光的身体为秋天献祭。

负薪老妪的蓝裤腿沾满新鲜草籽。她的发肤褶皱与一捆干柴相映相衬，她定然是听不见我的问话了，她的时间比金秋走得更远了。她背篓里的柴薪也比秋天老，老得可以燃烧到一切化作灰烬。

而秋风吹拂着，如此温存，如此酣畅，在肌肤上深切感觉得到却不为肉眼所见的触碰，痛快得就像瞌睡遇到枕头，像我孤独时遇见我的爱情。

稻草人

两个稻草人一远一近地出现在田埂上。

南面的稻草人握着长竹竿，天知道是哪一阵野风，让它的身子有些往日出的方向倾倒了。我走过时，把它扶正了。北面的稻草人整个面部都被草帽遮没了。它挥着衣袖，血红色的彼岸花不偏不倚地长在它的裤裆四周。

稻草人是用心良苦的，管理一片稻谷是多么费心费力的事情。若是白天，它们一直保持着驱赶的体态动作，那些觊觎谷粒的鸟雀会因此望而却步吧。若是夜晚呢，会不会有不安分守己的鸟，不管不顾地飞来偷吃呢？我这样胡思乱想着待在它们身边，花去了原本要去河对岸的时间，直到暮色将我劝返。

暮色即临

这一片芝麻、黄豆夹杂种的田，可以叫作芝麻豆田，也可以叫作豆芝麻田。

田埂上，先是一个老翁挑老芋叶走过松下与我擦肩而过，再是一个看不清面孔的挑两撮箕南瓜的老妇低头走过。不久，又一个农妇挑着两捆晒干的金钱草走过，清淡的药草气息走到哪就散发到哪，没有半点金钱的味道。

我不打算过河到对岸了。秋草太深，夜露也重，这是不穿袜子的脚面感觉出来的。此刻，黄昏稍纵即逝，而桂花散发意味深长的体香，而树影编织杂而不乱的鸟鸣，而暮色安心地伸展夜的羽翼，而每个挑担行走于田基的农人都即将卸下负担。天黑时，各自做自己想做的角色。

大阳舅

一只大阳舅停在无名花的草茎上。那么多年，一直叫它大阳舅，不习惯叫它蝗虫。我和它互相陪伴了半个钟。为了靠它更近，我的裤腿被鬼针草插满了人称鬼针的花籽。距离太近，令它起了谨慎提防之心。它一跃飞起，落到一棵野蔷薇上，给我一个挥手再见的停顿，便飞到树林深处了。

同事曾经讲过一个故事，说小时候多次见到成群的大阳舅往河里跳。大人告诉他，说是要让大阳舅娶毛毛虫为妻，大阳舅气不过，相约跳河而死。比起大阳舅的潇洒英俊，毛毛虫毫不阳刚的形象确实猥琐丑陋。这个童话故事，教人每次遇见大阳舅都忍俊不禁。

秋虫之醉

这一大片秋草，干净，绵软，厚实。我躺上去，就像在舟楫上枕着柔软的水波，可以随波逐流。一群白鸟，在一弯新月下的扇动翅膀。它们，在我仰面注视的渐蓝渐深的天空，越飞越高。白鸟驮走了我的困惑与疲倦。此时，秋草深处一直为我弹琴如歌的秋虫，成了我独自拥有的宁静。虫声在我四周流淌，就像一股股泉水，有着透明的好听的音质。它们商量好了一样，小歇一会儿，说：最后为你演奏一曲了。但其实，它们一整夜都在清唱，像陷入情场不可自拔。我想它们的恋人，一定是天上的繁星。

花无忧伤

在我的起点朝颜比我早。在我的终点暮色比我晚。

蝴蝶或者无名蜂虫，一律迫不及待地出入花房。所有摸爬滚打，都为吮吸蜜汁与甘露。世界上所有的采花大盗，不论季节地陷入情场。蜻蜓洒脱，任意点水。草无方向，听凭风倒。花朵沉醉，不惜年华。而时光，悄无声息地赤着脚走。

走路的人，对着飘飞的蒲公英说：如果取你三分静，如果有你七分野，最后我也会慢慢飞起来。

红枫谷

我爱上了种满红枫树的山谷。

时节已是晚秋，凡间全部的喧嚣，都被枫叶的红撤走，只有眼睛、心跳、呼吸和鸟鸣留下，留给午后微醺的爱神、诗神、酒神，还有树神、谷神、牧神。我醉了，微醺着。我把枫木树干上成千上万的眼睛，当作爱神、诗神、酒神、树神、谷神、牧神的眼睛。在热烈燃烧的枫树林里，我们凭借举世无双的眼神，读懂彼此的喜欢与眷恋，然后道别。

山间步行

遇见蝴蝶扇动翅膀。遇见路畔结网覆盖矮草的袖珍蜘蛛。遇见山芙蓉花上捷足先登的蜜蜂。遇见葛藤举着紫花一串串。遇见两只果子狸月夜在山路上留下的黑色粪便，果子狸现在不知在哪棵树旁吃着果子。两个米粒大的蜗牛不知何时落到了我头上。我伸出手，一只白蝴蝶知我心意地落到我指端。一只红嘴蝴蝶，趴在另一个人裤腿上走了一段路。接连遇见的三只筷子粗的百足虫使我心慌，我害怕它们光秃秃、圆嘟嘟的身躯。回来时经过我家果园，见到三十岁的八角树长得又高又帅了。它仍旧孤独地单着身，我们突然自责起来，为什么自始至终，就不曾为它的爱情着想过？

黄河骑马

与黄河相见的方式令我大吃一惊。

初夏的午后。黄河没有咆哮，相反，黄河水守口如瓶一般的安静。黄沙漫漫的河滩，比足球场还大。一些生活在黄河边的当地人，牵着马给人骑，挣几个钱。我在风中，骑上一匹棕黄色的骏马，在宽阔柔软的河滩上，策马狂奔。天啊，假如马蹄没入黄河水，而我再也回不到河滩，那样我会上新闻的。但是我像一阵狂风，在黄河上自由地吹，又自如地在时间中止住。

白日记梦

时光老了

是不是我太累？其实也不累，就见自己身体疲惫软弱，走着走着就一只手撑着头颅，走不动了。

我去哪里？我不知道自己去哪里。路上的人也不理睬我。然后我来到一间私人诊疗室。我跟女医生说我的症状：间隔性地走着走着就浑身发软，再无力迈步，似乎要睡去，会不会一旦靠着床，就睡了，醒不来？

女医生说：是啊，有的人就是睡着睡着就无法醒来了，没了呼吸。

我心中惊骇。又条件反射似的说：那样也真好了，一点点痛和苦都没有，死了也不知不觉。女医生说那是。

我自己还没有遇到睡着睡着就不醒过来的机会。这应该算庆幸胜过不幸，因为接下来我躺到了诊室的床上，女医生用各种仪器为我诊断。奇怪，她怎么把我的牙齿都取下来了，也不痛。莫名其妙。好在梦醒了。满口白牙还在，真是幸运。

失去的事物

我在无名大街上。在排队买煤球，或者是别人在排队买煤球。

被等待充斥的时间，和曾经有过的生活一模一样。然后用了几年的手机就滚到地上了，它有一个月光白的背面，亮晃晃地直直地滚过一条又一条街。像一种有意的逃离，我追不上它。我担心别人截住了它，占有它。它终于消失了。

时间停下来了，我在发呆。我除了发呆别无办法。想这几年已经习惯了用它来接电话、拍照、发微信、发微博，我时时刻刻都在利用它，时时刻刻被它束缚。没有手机的时候多好啊，我和朋友和家人通过的信，现在还可以拿出来阅读。可是手机怎么可以，说了一千句话一万句话，最后还是一句都不留着。我在无法改变的现实里，愣愣地站在那里，不知所措。

后来卖煤球的夫妇忙完了，歇下了。我跟那对夫妇说，我的手机在这里滚啊滚，滚不见了。他们便帮我到处寻找。但是他们寻找到了许多东西，比如一块手表、一双旧鞋、一颗玻璃珠，唯独没有找到我的月光白的手机。

梦醒了。天光照亮了屋内的事物，手机还在昨夜搁置的桌子上。

语　言

我不记得梦里谁跟我说话了。

也许是智者。也许是命运之神。也许是我内心。

“如果是玫瑰，它总会开花。”歌德的这句话，在我12岁时，通过某篇小说读过就再也忘不掉。如今，梦中，不知是谁仿照这话，对我表达一个我自己想要得到的决心。

“如果你开始了，你就别停下来。”

“如果你决定开口说话，你就大胆地说吧。”

“如果厌倦，就离开吧。如果依恋，就留下来吧。”

你已经无法回到梦里那句令人震撼的话语里了。意思是这个意思，表达却不是这个表达。但你在梦里就弄明白这个梦境的寓意了，于是你在梦里也不再迟疑犹豫。

受　伤

我在某扇门口，突然一头栽下，然后料想自己会流血，会晕倒，然后双手捂着受伤的头部。

这个时候，有个人看着我，一个彼此认识的人。有一天，在聚会上，我吃了海鲜，突然反胃，从包间出来就忍不住呕吐。那个人也在那里，承受着和我相似的不适。

那个擅长解梦的人，给了我一个答案："受伤幸福来。"也就是说，梦见自己受伤，意味着不再害怕各种伤害，伤害就不会来找你，幸福从各方来。

原来所有的受伤，都可以算收获。

活着去捡自己的尸骨

这是一个更为离奇的梦境了。梦里，我头脑清醒地琢磨着：明明还活着，为何要去另一个莫名其妙的地方去捡自己的尸骨呢？

解梦的人说：秘密被解除。

这却是好答案。我终于将我不愿说的说出来了。我终于可以为自己寻找到一点安慰。就像有一个知情人曾对我说：该坚持的要坚持。要相信，公平自在，恶总不会永远得逞的。

天上模样

一开始，我是低头走路的。低头，谦恭，顺从，是现实中的我一贯的处事态度。

在梦里，我突然扬起头来。扬起很高，脖子都拉长了。仰视，而不是俯视。于是我看见一座耸立的大山，一条好比通往天堂的大路就在眼前。有的星星在路上，有的星星垂得比路还低。真好。以前我怎么不仰起头来呢？要是早仰起头，我就早知道有这条通往高处的路了。

有一个认识很久的女伴在我身边。我们一起沿着那条大路，上到了高处。

在高处，我见到了从未见到的情景和人事。我们的身份也改变了。高处的人把我们当客人迎进屋里。有一个女孩说她喜欢读书，她让我帮寻求一条继续读书的路。有一个妇人说她家想建房子，但是遇到了一堆矛盾。有一些人想要启齿却欲言又止，他们大约看着我们装了那么多问题离开，担心我们无能为力。

梦醒了。我以为高处是天堂呢，高处怎么悬着那么多问题。

履迹

无痕

偶然的机会，出差到一个离家甚远的村委办公事。站在那幢办公楼上，倚栏西望，雨后的田园叫人遐想。楼前一路延伸，他们说是通往涛江的，无多远路程，三四里而已。不知何故却有挥之不去的山遥水远的感慨。

事后提起此事，母亲说："你一岁多时，我背着你经过涛江去过更远的山里呢。"令人难以置信的是，这种经历竟是在不知事时，中间隔着近三十年时空。唯愿知事的年纪，走过的路，留下痕迹。

欣赏

在日落的黄昏，登临有"世界梯田之冠"的龙脊梯田。光与影里，那些曲折流畅的线条，舒展着，激荡着，明快着，又含蓄着，温柔着，婉约着。令人想起大海，想起音乐，想起梦之所在……眼前美景莫非"错落鬼斧镌"？否。一切皆在人为，龙脊梯田开造于元朝。

下山时，一手持镰刀的山民对差点摔在石板路上的游人说："高山路不平哪，走惯了就不觉得，我们是闭着眼睛都可以上山下山的。"生活就是一种习惯。你若把刀山火海看作平常，便无须感叹行路难了。

农具博物馆

在布满梯田的山顶，有一座农具博物馆。是的，农具们在此聚首。

这是压迫死亡和疼痛的药碾。这是牵引黑暗与道路的灯盏。这是吐散苦楚与压抑的烟斗。这是借流水抱鱼入怀的渔笼。这是野地里装水盛饭的竹筒。这是穿越坚硬与柔软的犁铧。这是割断五谷与荒芜的镰刀。这是坐过童稚与苍老的木凳。这是蒸煮清淡与浓郁的铁锅。这是睡过浓爱与淡情的床笫。

一切了与未了的结局都完成了。

最后，它们在博物馆里厮守。

缘　聚

盛夏，回老家。见成群蜜蜂嘤嘤嗡嗡穿梭于屋里屋外，甚是惊奇。小妹英子告诉我，有天黄昏她在家做饭，突然有许多蜜蜂飞入屋，如从天降，赶都赶不走。父亲说："它叫你养，难道你不养？"他是把物当人待了。

在家住几日。人与蜂，互不干涉，相安无事。大雨来时，人往家赶，蜂亦往家赶。只不知这蜂群恋的是庭前花好，抑或是屋里人善。或许是人与自然，本该如此。

眷　恋

与筱相识是在一个语言培训班上。在落脚的旅舍午睡醒来，她心急地说喝汤的勺子忘在快餐店了，叫我陪她去寻。"但愿，但愿能找回。"那语气，仿佛丢的是金勺、银勺。原来是她的宝贝儿子用了五六年的勺子。好在失而复得。看她一脸的欣喜，蓦地忆起自己丢失的一把紫雨伞，心里叹息不已。那把雨伞已经无迹可寻，背后的故事却太凄美。

物本寻常，如一勺一伞。眷恋不舍，是心有所系的缘故啊。

关　爱

兄妹几个如鸟离巢，剩下父母守着个家劳作依旧。假日回家。母亲去割茅，亦去。不小心割破了手，竟看见伤口中自己白色的指骨。母亲四顾寻不到桃金娘树的踪影，惊慌得要撕下衣襟给我包扎。不停地告诉母亲，不要紧。

母亲才让我按着伤口回家休息。我说我去河边走走。才踏上那久违的小木桥，隔河隔树，听见父亲来了。“兰呢?”“割着手去河边了。”“砍得深吗，这么不小心……”听得做女儿的直把泪落。

漂　流

乘着橡皮舟，穿着航海用的救生衣，在河谷幽深的岩门峡漂流。清一色的女同事，惊惊乍乍地在一江跌宕起伏的碧波上体验刺激。

意在随波，意在逐流，便把无限山光水色漠视了。行程六公里，在滩险浪急与波平水静的交替中体味境遇的起落无常，却总觉意犹未尽，少几分酣畅淋漓的痛快。一切只因在开始就知道了结果，预先就知道过程有惊无险，如演戏。人生若河，我宁愿选择悬念与真情投入。

畜禽的幸与不幸

马

马在南方，常思念北方的草原和天空，思念草原上的骑手和歌声。听说北方沙尘暴肆虐，草原锐减，马一面担心起北方的兄弟姐妹，一面就迷上了南方的山水灵秀、风和日丽。

马在南方曲折起伏的道路上拉着车，负着重；马在南方水田里驾着犁，拖着耙。它想要一试无鞭自奋蹄的畅快，却把犁田人绊倒了。罪过。

马立在水田里，面北而嘶：在北方，自己可是比南方的车还善跑呀！

牛

牛记得主人家的女儿曾经无数次把鲜美的水草挑至栏前，学她母亲的声调，说吃吧吃吧，像面对默契的老友。牛甚是感激。

一日，主人牵着年迈体衰的牛去卖。牛看见主人把它交给买主时，很沉默，一副不忍不舍的样子。牛就觉得心痛。其实，扶犁在后的耕田人是一样辛苦的啊。但牛竟不知如何安慰。想到它生下的不知第几代牛犊已日趋健壮，并将替代自己继续着一生无怨无悔的尽忠效劳，也便心安许多。

猪

猪想到自己的一生只与吃有关，不禁脸红。

当初先是吃糠，吃砍碎的红薯、菜叶，偶尔也吃上些呛人的酒糟、稀疏的饭粒。自从猪饲料广告播得满天飞以后，猪们就吃到了添加饲料的美餐，百天工夫就吃得腰圆肚吊了。

贩猪佬把大猪抬上大卡车时，猪听见邻人说："卖贵啵！几多?"猪又听见主人说："两块七，保本啵。"猪就心生愧意。临别时，又听见主人跟他女儿说："养猪不挣钱，是把钱攒在猪身上，财富点滴积吧……"猪于是才觉得自己的吃还算是一种贡献。

鸭

鸭知道世人对它们印象欠佳。不信，你听，就有人这样描写："成群的鸭子像逃命的难民自家门前走过，飘过一股腥味。鸭掌踩在卵石上的细碎而密集的声音，恰似闷雨，滚过沉巷……"

真是有苦难言啊！鸭们闷闷不乐地走在田垌里，不敢有一丝放纵。总是如此千篇一律：看鸭人手持长竿跟在屁股后，一竿，打在冲在最前面的花头鸭上，又一竿，打在力不从心的鸭崽上，弄得自己都不喜欢自己了。只有在碧波荡漾的河中，嬉戏，舞蹈，水暖水冷都是鸭族先知道，才有了在水中的可爱与自在。

鸡

鸡起初以为自己受青睐是因为鸡鸣带来清晨。古人闻鸡起舞，更是令人惜时如金。

鸡后来明白现实不是所想。现代人讲实惠，喜爱它是因它养人补身子，而且越土越好。但是做只土鸡挺难的。出家门难免糟蹋人家的菜园子，气得人家随手拾块石头就砸，还被骂得个狗血淋头。

土鸡后来就被关了起来。养鸡人把鸡散在山岭上养，用编织网围着，任你有翅也难飞。鸡们倒也安然，免去许多忧患。略感遗憾就是觉得自个儿半土不洋，像丢了魂儿。

另一个没有语言的我

光

很久以前，疯狂的月亮曾经满世界找过我。月亮走进一扇敞开的门，为我镀银。月光，让我的影子站上另一扇紧闭的门。生命中唯一的一次，我被月亮吓坏了。在莫名其妙的瞬间，我看着另一个陌生的我惊叫，一副魂飞魄散的样子，吓坏了在圈舍前喂牛喂猪的外祖母。

我说："那门上有人，那里，门上。"外祖母说："哪里来的人？人从哪里来？你看这门闩关得紧紧的。咦，那是你的影子啊！"原来，水银一样明亮的月光里，站着另一个没有语言的我，她借皎洁的月光，触摸一扇门扉。

这么多年，我已经信赖并依靠光来获得安全感了。我和我的影子行止坐卧相依相偎。我借船过海，她履险如夷。我隔栏畏虎，她与虎促膝。那个没有语言的我，比被语言塞满的我生活得惬意。

在梦里，只有星星在说话，它们唯一的语言，是寂静。

眼神碧绿

我不想说话，因为嘴巴发出来的声音，会打扰我对一幅画的喜欢。

我的眼光跟着一幅图变得无比的碧绿。画面上，坐着抽象椅子的红衣女子，正慢慢脱离一个牧者角色。她仿佛红尘，被六头眼睛碧绿的牛，拂拭倦怠。她喜欢，真的，幸运至极。

而我坐在木纹如路的地方，坐成追逐水草丰美的牧者。等到夜深人静，我就骑着画上任何一头牛，去草尖上燃烧或者沉沦。我在草叶的汁液里奔走：但愿世界稍停片刻，让这染绿眼睛的神色，把山川河海都濯洗一遍。

斗转星移

黄昏制造的炊烟太短了。春天不播种真是可惜了。乡村里老人明显比年轻人多了。学区传来的钟声显老了。三友小学只三个老师了。求学少年也就三十人了。那三层教学楼太空旷了。城区小学一班七十人了。老师讲台上看人头晕了。我热爱乡村不比谁少了。哎，为什么，直等到星星都移动位置了，而我仍无法张开嘴巴说一句话。

红紫珠

起初，是喜欢上那种紫色野果。接着，梦想着一件紫果颜色的衣裳。后来，眷恋着具有紫果悲悯光泽的笔墨。由此，那种紫色野果被我反复思念。

紫梦般的野果，有个红紫珠的名字，又名紫珠草、贼佬药，可祛风清热、散瘀止痛的一种药草。其实，我已经不知道推翻自己多少回了。我在梦里梦外穿梭，在笑里泪里坚持，盼望着找到一件衣裳，符合红紫珠的颜色，穿着，符合梦想的颜色。我一直在寻找。我有什么办法呢，就算推翻了一千次，却还在一千零一次中坚持。

麻醉果之约

在黄昏，一只大鸟处心积虑地隐藏孤独，芦花却在湖岸不管不顾地忧愁。星光走了多少光年，才流淌至眼眸深处。我的脚尖与眉梢，同一时间被暮色碰痛了。

我改变不了，我的眼睛与生俱来就是行走的湖泊。多少年多少路多少人过去了，小雨滴天使般落入怀抱，蝙蝠驮着黑夜掠过衣衫。此时此刻，近在咫尺的，是那消失了纹路的鹅黄色麻醉果，它们明亮如春天，它们举着醉生梦死的灯盏，诱惑人。

多少年多少路多少人过去了，眼睛依然是行走的湖泊。我知道，思想或者灵魂从不怯场。偏僻处，世事荒芜而清醒。那么是谁？是谁睡在死去活来的麻醉果里？醒来时，被无边无际的虫声摇晃，恰似海浪拨动舟楫，泪水洗刷疼痛，苍凉依恋温暖，暮鼓呼唤晨钟，醉不舍醒，死分割活。

在水草上呼吸

为了发呆，我坐船去一座小岛。

做个耕田人会快乐些吗？看一朵花的时间独属于我了。一匹木马谁骑过又不骑了。过去回不去就不回了。过去像水草，在水底柔软无限地摇摆。现在是这朵被日光覆盖的花，眨眼就不见了。

我坐船离岛时，看见擅长隐藏的真理，在水草上安静地呼吸。

谁种的字

我不知道是谁，在天台山寺的侧墙上，种下那些汉字——

身是我所有，不是我。衣是我所有，不是我。我是谁，谁是我？

那么，倚靠着四角木亭的我，不是我吗？但是，我站在那里的所有微笑，以及短暂坐下的孤单瞬间，眼睛一瞥又一瞥地碰撞那些汉字的瞬间，不是很真切吗？

在那新叶滴翠的山顶，那些没心没肺的汉字像一场消融的冰风，比飞瀑更安静地哗哗流淌。

木叶下的宁静

那一天，在杭州，在灵隐寺，人群攘来熙往。一个绿色的无名木果，不偏不倚地敲我头顶。我想，那一定是个没有语言的果子，它带着时光的口谕，以及神的启示，来敲打同样没有语言的我的头颅。我沉默寡言地过了上千个日夜，依然难以忘怀那个无名木果，难以忘怀它离开树枝掉落时的安宁与寂静。

木笔与灰鸟

一棵被时间栽种在荒草深处的玉兰树，野野地独自存在。

比起玉兰，我更喜欢唤它另一个名字——木笔。哎，木笔。它的香，比尘埃轻盈地浮起，比月光含蓄地落下。我愿世上的香都有人接起，续上。

现在，我和一只羽色瓦灰的鸟，一起落在树枝上，一起在木皮上空空地啄三两下，简洁又干脆地动着寂寂无言的嘴，吸一口香气，吞一口光阴，叹一声息，哼一支小歌。一起飞低枝，一起飞高枝，变着花样延续我们的相遇，为了不让虚空填满虚空，如此而已。

它还在树上。它会继续飞，飞到另一棵树上。它会落到草叶上，捉虫吃。它会飞到水潭边，小口喝水。它会唱着诗一样的歌，找到相爱。它拥有天空，而我狠狠地吸足了花香，欢喜地离开。

雨与谷

不是蝶，也不是闲，是豌豆花瓣的圆顶屋上，大颗大颗凝聚不落的水珠，唤我进入雨珠端坐之境，坐成悬崖、河流、湖泊、眼睛。终于亲眼看见，我那一世饱满的清澈透明，以及完好无损的苍茫与悲伤，不为人知地铺满豌豆花瓣的纹路与脉络。

从我身旁，一个女子挑粪肥下田，一个男子拿镰刀进山，一个小女孩念叨着我爱青蛙，一阵小南风撩动衣角。这是适合从任何一分钟开始耕种的日子。坡地低处的水田里，一个男子在秧盘上播种。

我想起从前，那一瓦缸由我亲手浸入温水的谷种，它们懂得我全部的疼痛和忧伤，就是想成为一棵既卑微又宏大的水稻，谷粒挤挤挨挨地聚在一起，听天籁入迷。我愿意让光阴粗粝的手掌，把这颗古老的心甩出去。躺在软泥上睡着死去会很美，但是天上的闪电会喊我醒。苍天在上，厚土在下。一棵轮回生长的水稻获得了梦寐以求的现实，生根，抽穗，扬花，灌浆，饱满，不被稻飞虱与卷叶虫的阴谋毁灭。

今晚，若你走在黑夜的田野上，会见到一棵陷入理想国的水稻，比满天星子离你更近。

错觉之美

夜半梦醒，听见水声滴答。以为是在春天，在老家，落雨了，瓦间滴落屋檐水。其时正寒冬，看窗外月光泠泠，才记起是水龙头坏了。

阴天，在陌生的教室监考。在讲台上枯坐。抬头时，感觉金色阳光暖暖地照在门上，有一瞬间的惊疑与喜悦。定眼一看，是门坏过，木匠修过，却没给换上的木板漆色。心中暗叹，呀，木色真似阳光。

原来，错觉也可以这样美，有如昙花一现，短暂又虚幻。

爱情愿望

玫出嫁，我送亲。

迎亲车队在那古镇上绕了一大圈，说那是老规矩：老路走得久，走得吉祥。到一街口，除了司机，迎亲的和送亲的都要下车陪伴新人走过一座桥。新郎说是母亲叮嘱过。桥为三块日久年深的青石板，称“百合桥”，蕴含百年好合之意。

真希望，一生都浓缩在这桥上，或者，这桥无限延伸，贯穿长长久久的一生。在桥上，爱情牵着手。

隔街唤你

那是在外地旅行。一群同伴走在异乡的街上，有些疲倦。蓦然间，传来一哥们非常响亮的一声“表嫂”，接下来是大家的一阵大笑。我抬眼望去，原来那小子是隔街呼唤对面楼窗后的女子。那位表嫂很友善地露着笑脸，应答声大约被街声盖过了吧。

事实上，那是另一哥们的表嫂。昨天他们曾得表嫂关照，算认得了。大伙的笑，想必是笑他不必喊。在我眼里，那一声喊，却来得无比真实，不似应酬。

献曝之忱

带一班学生去一个水库旁野炊。结果因为几个大男生不听劝告，带了酒去喝，弄得自己不愉快。第二天，与事情无关的一个男生在他的周记本上，写满了安慰的话语，让我快乐起来。

那个善解人意的男生使我释怀。想起古时那个在春天的阳光下耕作的农夫，感觉温暖舒适，便一心想把晒太阳的方法献给国君。那热忱与真挚，其实无价。

“凤凰”惊魂

觉得愧对一蔸树，是在发现我的铁树被夜风吹到楼底的清晨。

我知道铁树是越长越神采飞扬了。它的茎叶犹如传说中的凤凰之尾。我把它端置在栏杆上，它就像随风舞蹈的绿凤凰，装点我的阳台、我的书房、我的梦。可我何曾关注过冬天的风霜会怎样凛冽地吹打它。

盆碎。泥散。树虽未受损，然而当那一阵裹挟它的风使它坠落的时刻，总有一瞬是惊魂不定的吧。何况上次四楼的一棵厚脸皮掉下楼时，枝断叶残的。是我错了。

乡间幽默

坐在父母和乡邻中间看电视。图像不太清晰，父亲走到电视机前，东拍西拍，效果居然好些。邻居大嫂说："春叔，拍电视啵!"父亲咧嘴，众人亦笑。

上屋的庆嫂啧啧不断，说电视上的人武功咋那么厉害。她孙女说，那是拍出来的，假的。下屋的阿四说，瞧人家多聪明，考大学的料。庆嫂说，夜夜看电视，考中央（种秧）大学吧。她孙女抢先把下文说了，还有巴黎（耙犁）大学咧。

在电视播放广告时，父亲嘟哝了一句，真是讨嫌，正有瘾，就卖膏药（老家人称广告为卖膏药）。这时庆嫂一边摩挲着我家大箩里的谷子，一边问我母亲得几个太阳了。我母亲说两个太阳了。她们其实省略了，生谷晒一天叫一个太阳，两天叫两个太阳，晒够三个太阳之后，摩擦着当当脆响，存得久，碾出来的米才颗粒饱满。

真喜欢那些朴实无华的言语。就像我无意间走上一条路，相遇的花朵纷纷绽放。

停留在花的世界

柚花开落

世间百花，气息各异。曾有淡淡惆怅，与柚子花的气味缠绕一起。那年六岁。早晨的时候，听说有人收购柚花，便挽个篮子去人家的树底下捡，等花落。捡了大半天，积在一起的柚花大约有半斤重。

到了傍晚又听人说，无人收柚花了。你不信，去问亲近的大人，结果同样令人失望。

得到的同时就已经失去，这样的遭遇竟是在童年就已经历了。把那些柚花放回树下，想：也许，落花躺在母亲脚下才是幸福的。

只是，你扔花时的心境，已不是捡花时的心境了。

梦中的花树

起初，你并不知道什么是梦中的花树。

有一天，你做了母亲，你喜欢看孩子熟睡时甜美安静的样子。你想，还有谁的脸比安睡中孩童的脸庞更像天使呢？可是，看着看着，却发现他在梦中咯咯地笑，转瞬间却又在梦里皱着眉头哭。你万般不解，在话语都不懂的年纪，那样的哭笑，为何呢？这时，母亲在一旁说，他是在花底与人相打呢，赢了笑，输了哭，随他去吧。

真的有梦中的花树吗？

红桃K

在伯母家的园里看见很红艳的花。奇异的形状，像鲜艳的血滴。

问：是什么花呢？

答：是玫瑰吧。不清楚。是你伯父种的。

你知道那不是。种花的人会知道吧。你为花担忧了。

偶然的机会你知道那种花叫红桃K，可以入药的。后来你也问明白了，种花人也知道是红桃K的，就觉得很安然。

花也怀念

菊花依旧怀念在东篱下吟诗的陶渊明。

向日葵以金黄色的温暖致谢永远的凡·高。

桃花在潭水边思念李白，思念汪伦的踏歌声。

梅花在漫天飞雪中思量：空调房里季节的界限模糊了，尚能相遇踏雪寻梅的知音否？

莲花唤醒沉睡的周敦颐，说：科学家们经过研究，得出莲出淤泥而不染的原因了，还说这项成果将运用于建筑方面，诸如涂料等。周敦颐笑语：好啊，请君替我转达，就说下一步该研究一种口服液了，至少要抗污染，有清心明目之功效。

相遇桂花香

是个冬天里的日子。当时你正走在七拐八弯的村巷中，内心也沉静得像个村子。然后就闻到了桂花香，幽香甜蜜，那气息仿佛从高天上飘落人间。觉得奇异。再往前走，转过一户人家，猛然发现眼前一个破园子里，一棵丈多高的桂花树上，开着如金如银的花朵。感叹的瞬间，心想：把花移到庭院里多好。可是你马上就发现自己的念头非常愚蠢：一棵桂花，它守候在那里，可以与多少惜花人相遇啊！

低处的花朵

那是个挺大的水库。在秋天，枯水季节，湖面依然给人以阔大的感觉。你踩在丰水季节是湖底的地方，镜头对准了远远近近的湖光山色。低头时，发现脚底下的地面上长着许多的小花，胭脂样的容颜，如天际的星辰，每一朵都有着扑朔迷离的眼神。突然就止步了，是怎样的花地啊，在春天和夏天，大水淹没，然后，水退去，花长起。秋与冬是它们的。你来不来并不重要，你知不知道是什么花也不重要。

但你懂得什么是践踏，什么是尊重。把镜头对准了地面上的花朵时，你发现，在低处，亲近或者交流，是需要俯下身子的。

众生相

九斤的眼泪

九斤是一只鳖的名字。司机阿荣初遇九斤，它正被人束于网兜，在黄昏等待买主。他动了恻隐之心，决定买来放生，60元钱一斤，9斤花了540元。回家搁盆中养，喂食螺蛳和泥鳅。九斤也怪，食量恒定，每日限8条泥鳅，若是放十几条下去，它咬断鱼身子，并不吞吃。吃螺蛳更神奇，伸出头来，嘴巴一吸，螺蛳肉就出来了，剩个空壳。

转眼就养出1800多天的感情来。九斤的乖巧，就是从不乱攀爬，见面必探头招呼。偶然的机会，阿荣经过一个青山环绕的水库，他觉得九斤若在这里生活，是再幸福不过了。当即做出决定：择日放生。相处一场，到底是缘。分别之际，又称了重，居然还是9斤。阿荣恐放生后，九斤又被人捉去，便在鳖右后腿系上锡牌，刻写九斤的名字，及某年某月被人购得，某年某月由人放生，如有再捕得者，请放它回青山绿水间。

阿荣一家扶老携幼去放生。在水库边缘，阿荣与九斤道别：走吧，回到水世界去吧。不料此时，大滴大滴的眼泪竟从九斤眼中流出来了。阿荣哪里料到，一时又不舍了，赶紧用视频把流泪的九斤记录下来。阿荣说：走吧，走吧，走吧。九斤依然不走。阿荣说：九斤，走吧，我以后还会来这里看你。九斤这才往水深处移动。

千万个理由

说的是架设供电设施期间，在一个叫小太平的地方遇到的事情。

一家养鸭的。开始是说，你们在我养鸭场附近施工，来来去去走动，我必须消毒。好吧，谈妥了给600元的消毒费。之后，他又不乐意了，理由是：你们施工弄出声音，不利于我的鸭子生长，损失你们得赔。怎么赔法？说：我的鸭每天长2两，1000只鸭累计一天长200斤，按市场价每斤7元，一天得补我1400元，你们施工5天，得补偿我7000元。

另一家养鱼的也要求赔偿，理由是：施工影响鱼生长。但鱼在水里，怎么影响得到？鱼塘主人说：当然有影响，一是影响了鱼睡觉，二是影响鱼产卵，这都影响鱼成长，三是我养的是名贵鱼，要是鱼受不了死了，损失更大。问：那怎么知道鱼受不受影响？答：无法估量，不然，你派个人守着，见到死了多少鱼就照赔。这可如何是好？派人日夜守，是不可能的；而不守，那么他可以每天去市场买很多死鱼，神不知鬼不觉地放到鱼塘里，这个赔偿法就是个无底洞。

人人皆知的笑星

在这个几十万人口的区域内，首屈一指的笑星非L莫属。

L退休之前，是某局的主要领导，人缘好，说话、办事都颇具特色。L没上过舞台，他不必演出，他的故事十大箩筐都装不完，任何人只要说上一分钟他的本色生活，听者都会忍俊不禁，甚至笑得泪奔。

他曾经有一段时间很喜欢别人喊他“L公公”。一个肚子里很有点墨水的旧同事A，某日在小区里抱一小孩玩，L来撩。A就教小孩喊“L公公”，小孩就“L公公”“L公公”地叫起来，甜脆脆的声音听得L如同吃了蜜糖。不知怎的，这个“L公公”的称呼就叫开了。

又一日，L遇到也是肚子里有点墨水的同乡C。C讲：“人家喊你L公公，你应得这么好，傻的！”L问：“此话怎讲？”C说：“你知道清朝最著名的太监是谁吗？”L问：“哪个啊？”C讲：“李莲英啊，大家都叫他公公啊！”

L心中顿时不悦："这么多人钻我空子。"C接着讲："以后不要叫公公了，应该叫你总管才合适，你当的这个局长，就像个大管家，那么多部门那么多的事务都你管，工作又出色，哪个领导不喜欢你。"L觉得好，至此，"L公公"的称呼就被"L总管"取而代之了。

再一日，L再见到A，就不高兴地说："你不安好心，叫我什么公公，那是清朝的大太监才那么叫的。"A问："那你现在喜欢人家叫你总管？"L说："是啊，这个称呼实在啊，和我的工作也挂得上钩。"A问："大太监叫什么？"L答："李莲英。"A讲："李莲英就是清朝时的一个大内总管啊，所以人家叫你L总管啰！"

老单身汉

天擦黑时，一个老男人挑着两蛇皮袋东西，在0号公路上行走。

这个薄暮时分还在长路上行走的人，真是奇怪。

我身边的男人说，从小时起，不知遇见这男人多少次了。他是邻县某村人，每逢圩日，他都会挑一担柴走20多里路去五通圩卖，然后一路上捡破烂回家。一晃三四十年过去，那个男人仍然单身一人，仍然年复一年地砍柴，仍然一双大脚板走远路。一担干柴去，一担破烂回。我们到家时，已经万家灯火。那个老单身汉，他还在路上，他回到他的村子时，天会更黑。

生活要多简单就有多简单。不偷不抢，不怨不恨，不占便宜，不贪安逸。生活就是今天知道明天，就是三天砍一担柴卖，就是自己种菜自己吃，一人吃饭全家饱。但不知，几十年做着一成不变的事情，厌不厌倦。一辈子不结婚，到底遗不遗憾。

铁匠的家

村里人都喜欢聚到铁匠家闲聊。

为什么东家不去，西家不去，偏偏就去他家呢？况且他家还有个残疾女人。

大概是因为铁匠煮的菜好吃吧。他煮饭菜总会多煮一些，左邻右舍就喜欢夹点菜端着饭碗去他家，尝一尝他做的饭菜，好像他家的厨房就是众人的厨房。要是谁打得野味，也会去他家聚餐，好像他的家就是众人的家。

最有意思的是冬天。这时节，天寒地冻，人们窝在家里都懒得出门。可是，铁匠家仍是热闹非凡，他家的火塘里，从早到晚都燃烧着大木蔸。虽说有点烟熏火燎的味道，但是村里人喜欢。人们喜欢去铁匠家，大约就是因为他家总有烧不完的木蔸吧。为此，这个乐观本分的男人，每次从山上回来，肩膀上总会扛着笨重的大木蔸。那些木蔸在屋门口搁一段时间自然会风干。干了就可以烧了。

他为什么乐此不疲地提供木蔸呢？因为他有个残疾的老婆。他担心她寂寞，又担心他去外面做事情时无人照顾她。女人整天待在屋里，做一点裁缝和编织的事情，人多聊天，她的时间就好过点。铁匠老婆编的藤箩篮筐也不必去圩上卖，村里人会一个不剩地买去。

天打雷劈

一个老妇给孙子一颗糖果吃。那糖果鬼使神差地卡住了小孩喉咙，什么都还来不及做，小孩就断了气。事情发生得像做梦一样猝不及防。

老妇儿子得知失去孩子的前因后果，直把生身母亲不当人看。他话也不说一句，扛起一把铁锹去岭间，找了一个树高草深的地方，掩埋了自己小小的孩子。然后，换了一个树高草深的地方，不声不响地挖了另一个坑就回家。老妇精神恍惚，千错万错，都是自己粗心大意的错啊。做母亲的看见儿子进家门，不知如何安慰。这厢却听见做儿子的说："娘，我在岭间砍了棵树，一个人扛不动，你和我一起去扛回来吧。"老母亲便与儿子一起出了门。

一路无语。做儿子的直接就把母亲领到挖好的深坑前。望着坑旁的铁锹和堆着的新泥，老妇一下子就明白了。她说："儿子，当娘的知道自己该死，我活该。既然这样，我就在这里等着，念在娘养你这么大的分上，你回去帮拿几件干净衣服来，让我干干净净地到另一个世界去。"儿子答应了。他转身回去的路上，就让惊雷闪电和暴雨遇上了。遇上了，并且不肯饶恕地带走了他的生命。

修修补补的女人

十几年前，每天上班经过的铁路边，有两棵梧桐树。三十出头的女子，素面朝天，每天支了红蓝条纹雨布遮顶的简易棚子，摆架衣车，置了工具在路边修修补补。她给别人的旧裤子换拉链，修一把不太完美的雨伞，或者在清水中检查自行车内胎上的砂眼……她的工作，就是花一些心思，忙一些琐碎的事情，各种破的、损的、缺的、漏的、坏的，到了她手里，就会被修补弥合好。

有个掉了门牙的小男孩帮她收摊。之前，他跟飞驰而过的北上列车挥手。现在，他将剪子、线团装入布袋，将掉了漆色的气筒放上三轮车，把红桶里的脏水倒到树根下。他很在意自己的小大人形象。女人拍拍儿子衣上的尘土，又顺手理理自己的头发，摊子就算收拾妥当了。一张泛黄的梧桐树叶在女子的视线中往下坠落，她用目光接住了对方的挥手，告别又一个彼此相伴的静好时日。

那个修修补补的女人，真诚，热情，是个一回生二回熟三回亲的人。过去，我家里有什么物品要修补，就直接丢给她解决。后来我换了工作地点，一转眼，有好几年没见她了。如今，见她在菜市口开了一家修修补补的小店，这样，当然比在梧桐树下受风雨限制好。有天拿双鞋子给她修补，问起帮她收摊的男孩，她笑着告诉我，读大学了。

摆烟摊的老汉

在街道拐角处摆烟摊的老汉，他卖烟，却不吸烟。一整天坐在那里，也不嫌腻。他总是一副看着什么都盯住不放的神情。或许，他天生就是一个专注的人，认真，严谨，不习惯松懈。有时，我甚至怀疑他是不是兼做警察的线人。

其实，他以前是个很敬业的放映员，在我老家那个古镇放了多年电影。有一晚，放的是一部新片，直至放完电影，整个影院灯火通明，他才发现影院里空无一人。“真是见鬼了，这片子有那么烂吗？如今的观众也真是，众口难调啊！”他为自己的无用功找借口。一回家，就跟家人说今晚的电影没劲，观众都走空了。老婆和儿女就笑得喘不过气来。原来是街上一户人家的房子起火了，影院里的观众闻讯都去救火了。

现在，他的日子里有一个烟摊，守着它，看街上各种角色往来变化，好像在看电影。